U0519592

梵 香

Incense for Buddha

红尘 著

Pearl Hong Chen

四川文艺出版社

图书在版编目（CIP）数据

梵香 / 红尘著. — 成都：四川文艺出版社，2017.9
ISBN 978-7-5411-4771-5

Ⅰ.①梵… Ⅱ.①红… Ⅲ.①游记—作品集—中
国—当代 Ⅳ.①I267.4

中国版本图书馆CIP数据核字（2017）第223076号

FANXIANG

梵 香

红 尘 著

内文摄影　红　尘
英文翻译　陈　兵
责任编辑　余　岚
封面设计　叶　茂
内文设计　史小燕
责任校对　蓝　海
责任印制　崔　娜

出版发行　四川文艺出版社（成都市槐树街2号）
网　　址　www.scwys.com
电　　话　028-86259287（发行部）　028-86259303（编辑部）
传　　真　028-86259306

邮购地址　成都市槐树街2号四川文艺出版社邮购部　610031
排　　版　四川最近文化传播有限公司
印　　刷　成都勤德印务有限公司
成品尺寸　146mm×210mm　1/32
印　　张　10　　　　　　　　字　　数　280千
版　　次　2018年3月第一版　　印　　次　2018年3月第一次印刷
书　　号　ISBN 978-7-5411-4771-5
定　　价　48.00元

版权所有·侵权必究。如有质量问题，请与出版社联系更换。028-86259301

旅行是一面镜子，通过旅行，我们看见自己……

目次 Contents

上路，

你是我崇拜的一座寺庙

You are a Temple I Admire

Starting a Journey

"因为山在那里。（Because it is there.）"

1923年，英国著名登山家乔治·马洛里回答了记者，他为什么想要去尼泊尔攀登珠穆朗玛峰。

大约76年后，1999年，一支美国探险队发现了1924年登珠峰时失踪了的马洛里的遗体，他在稀薄空气中消失了的身躯只距8848米的峰顶678米，但他湛蓝的目光始终向着天空在延伸。

1953年，新西兰登山家埃德蒙·希拉里与夏尔巴人丹增·诺盖首次登上了珠穆朗玛峰。"我把马洛里视为珠穆朗玛，所有人类的英雄，是他把珠穆朗玛带到公众目光里，如果有一个人可以登上顶峰，那一定是他。"时隔30年后，问鼎峰顶的希拉里如是说。他们在世界之巅的雪地里埋下一个十字架和几颗糖。

随后，曾9次登上珠峰的希拉里爵士，用他的一生回报了曾经帮助过他的夏尔巴人、他所热爱的喜马拉雅山。在他首次登顶后的55年里，他在尼泊尔建成了27所学校、2所医院和13间诊所，无数人去到尼泊尔，成了高山上的国际志愿者。

从马洛里到希拉里，他们都拒绝使用"征服"这个常用词，"我们真正需要征服的敌人只有我们自己"。他们都将登山作为和自然、和当地人融合在一体的途径，作为自己灵性生活的一部分。人只有站在山峰上时，才能看到远处众多的高峰。登山是一种坚强的信念，而守住信念就守住了自己，守住了希望。

2015年，距马洛里出发去珠峰的92年后，尼泊尔发生8.1级大地震，12座美轮美奂的世界文化遗迹遭摧毁。

尼泊尔是一个旅游国家，旅游业是这个喜马拉雅小山国的经济支柱。没有旅行者，就没有这个国家的经济复苏。地震后，最感人的一幕是很多尼瓦尔女人用她们的大拇指挤压着破碎的地面，希冀通过这种方式，将大地的负荷和灾难挪移到她们自己的身上。地震，让我们记住和更加珍惜这个佛祖的故乡、世界的雪域冒险之都、尘世间的最后一个世外桃源。

我的身体和精神重返了尼泊尔，带去的是你手中即将打开的这本书《梵香》，和一颗心。写作也是一种信念，从夏天到冬天，再从第二年的夏天到冬天，两年，我住在重庆的古剑山，面对着一座大山，面对着孤独和静寂，面对着我自己的内心，内心里的那座花园，还有每天要喝的两碗中药汤，不停地写，不停地思考。那里没有通天然气，也没有通自来水，有时天旱，会十天半个月都断水，要很费力地为人和植物、动物储存山泉水；有时雷击，会断电；周末、节假日时，周围的游人会彻夜唱卡拉OK，让一座山都没有安宁，比山下的城市还吵闹，但我没有离开。世间已很难有真正的世外桃源，但在我的心里还有一座。

有生死之交的徒步向导毗湿奴，逃离战区的克什米尔少年托斯弗，一生都在画唐卡的僧侣比夏尔，画米提拉涂鸦的尼泊尔女人惹卡，和贝尔果结婚的少女玛拉，活女神库玛丽，跳舞的苦行僧，在香榧木上雕刻佛陀的尼玛，不断修复着世界文化遗迹的尼瓦尔手工艺人，在天空飞翔的英国人亚当，与猎鹰一起翱翔的斯科特，登山的法国女孩卡罗尔，禁区里的法国义工托马斯和克里斯廷……无数熟悉的，或陌生的尼泊尔人与外国旅行者，他们都在喜马拉雅山国的寂静里，经历了他们自己的磨难与灵性生活，他们都重新走到了我的眼前，回到了我的笔尖。他们都面带着微笑对我说："告诉苦难，我们是糖。"

好多个世代，加德满都谷地一直都是灵修之人的灵修之所。在尼泊尔这个寺庙众多的国家里，人们几乎每走三步就会遇见一座寺庙，每一个建筑物就是一座寺院。大多数的尼泊尔人信奉印度教和佛教，哪怕你就是一个无信仰者，在紫气氤氲的宗教氛围里，内心都会慢慢释放出芬芳的莲花香味来。而在任何一个沐浴着印度洋暖流的季节里，漫步街头，抬头即见高高刹宇伸向天空，躺在床上即可看雪山、看风景、看云卷云舒。那些由小风琴和手鼓伴奏的虔诚圣歌，会在灿烂的星空下从古老的集市、从孤独的旅馆或者雕满图案的窗户中飘荡出来，让你的身心千百遍地受到自然与神的洗礼。

尼泊尔的大诗人德库塔曾吟诵道："你是我崇拜的一座寺庙，我们生来就要承受悲伤，生来就要遭受折磨才能走向纯洁。" 在我们每个人的心中都会有一座崇敬的寺庙，侍奉的殿堂，我写下了9年在尼泊尔的生活，经历了冬夏，内心的无数挣扎，疼痛，爱恋，信仰，信念，直至最终的宁静与恬静。它已不仅仅是关于尼泊尔，更多是一个走在路上的人，如何和自己的内心相处，如何看见，如何思索，如何修性，如何在一个娑婆的世界，开悟。最后，我轻轻地合上了这本书和萨伦吉琴，并将它供奉在了2500年前的佛陀足下。

在这尘世之外，还有另外一朵莲花正在盛开。而在这片土地上的花朵，全都蕴含着神的笑声，散发着尼泊尔的香气。

我将凯特·斯蒂文斯的一首民谣《加德满都》，也一并译在了开

篇，敬献给还未上路，或即将上路的你，那同样也是我们生活的一种信
念。有时，旅行就是一种自我成长的方式，而写作更像是无止境的另一
场修行，我想有一天，无论你在哪儿，也会聆听得到，自己内心的某种
声音。

我坐在黑暗的边缘

陷入这寒冷的积满尘埃的日子里

清晨的湖泊

犹如沉醉的天空

加德满都我将很快见到你

你那奇怪的令人迷乱的时光

将让我屏住呼吸

砍下一些残木

点燃一堆炉火

炯炯暖意照亮黎明

我会看见一棵老魔鬼树

加德满都我将很快触摸到你

你那陌生的令人困惑的时光

将让我全神凝注

把帽子和外套递给我

把小屋上锁

漫漫长夜待我如此之好

直到我离开

能了然醒悟真好

加德满都我将很快触摸到你

你那奇怪的令人迷乱的时光

将犹如我的家一样

白昼,

泰美尔阳光灿烂的日子

Days of Sunshine in Thamel

Chapter1 Daytime

「　我把这里称为我的第二故乡，将一个沐浴着潮湿印度洋暖流的地理空间作为我的新家，9年的时间里在这里停留了4次，那些空气中弥漫着的似曾相识的声音与曲折街巷中夜晚的味道都令我战栗。

　黎明的银色晨光在召唤着我，远处是喜马拉雅银光闪耀的雪山，加德满都一天的生活就这样在这些简单得像一张棉纸、干净得像一张手绢一样的人群中，舒缓地开始了……　　　　　　　」

降临，幻觉之城加德满都

Descent of the Fantasy City of Kathmandu

在尘埃落定的日子里，我重回了加德满都。

迷彩背包 25公斤重，能装进一个尼康D7000单反，一台苹果手提电脑，五本书，三顶帽子，高山生活的防风防雨衣裤，谷地旅行的轻便 T 恤、短裤，一双徒步鞋，一双沙滩凉鞋，一只薄睡袋，高倍值的防晒霜，一大袋常备药物，一大袋充电设备，一些要在路上用的小东小西，一只可收折叠的不锈钢杯，一包滤纸咖啡，一根晾衣绳，还有针线包、烧水用电杯、折叠刀……用尼龙防水袋分门别类地把这些行头装进背包的不同隔层，老旧的背包顿时像一只飞行包样鼓鼓囊囊。就要做一个真正的穷家富路的行者了，我挺直了腰杆，挺起了胸膛，伸展了一下双肩，深吸一口气，把我脚下这个背了8年的老相识、老伙伴猛掼上了身，那种兴奋、激动、狂野的感觉又重新回到了我的身体上。

那是一种熟悉的、亲切的，又充溢着一种莫名的、不安的在路上的感觉。与我井然有序的日常生活、朴实安详的家居幸福迥然不同的生活，一种在我固有的生活里总有那么一个时段，总有那么一个空隙，我会渴望的一种脱离常轨的生活。它是我血液里的一种强烈的愿望，内心深处渴望的一种更加惊险的生活，一种自由飞翔、狂放不羁的旅途。

当看着相伴的背包在机场安检的黑色传送带上慢慢远去时，我的心也跟着踏上了那个无法预知的喜马拉雅旅程。

从拉萨、昆明、成都、广州出发直飞加德满都的航班，通常只需1～4小时的飞行时间，但它们都会飞越8848米的珠穆朗玛峰上空。记得为了一睹珠峰的殊容与芳姿，我和哥哥曾经冒着窒息得快死过去的危险，在海拔5200米的绒布寺里硬生生地挺了一夜，我一共吸了三次氧。想想这次不是在定日的珠峰大本营苦挨，而是要像一只蓑羽鹤那样跟随着气流在珠峰的头顶上如风般飞逝，我的情绪顿时就high了起来。

人类除了要用脚登上那座坚冰覆盖的大角峰、世界的最高峰外，还梦想着要用翅膀飞越。英国一位探险家拜尔在零下60摄氏度的严寒和高空缺氧的情况下，竟然驾驶着一只动力滑翔伞去实现了他自己要飞越珠峰的梦想，并且此次飞越还为帮助非洲儿童的慈善组织募集到了100万美元的善款。当年轻的机长用磁性的声音预告着此时飞机的高度为9600米，即将飞临第三女神的上空时，冷寂的机舱里一下惊呼声一片，不断移动到右舷窗位抢着拍照的乘客让空客机在瞬间倾斜了角度，这时眼帘下的珠峰已不是神秘莫测的女神了，她清晰的岩纹、细腻的雪肌让我也想像一只飞鸟样纵身而下，直接投入她洁白的怀抱。

我看见我邻座的英国男孩马克此时不是像其他人一样在哇哇哇兴奋地猛按镜头，而是掏出了一张纸，在飞沙走笔地狂写。我惊奇地问，你是记者吗？他说不，他只是一个学生，正在给他的女朋友写信。马克说他刚大学毕业，打了一年的工，就计划了这次为期一年的环球旅行，先渡过英吉利海峡，从欧洲坐着火车横穿了蒙古高原、西伯利亚，然后是从高纬度的莫斯科、乌兰巴托、北京，到低纬度的马尼拉、曼谷、加德满都……而他每到一个地方，都会用古老的方式给女友发一封盖有当地邮戳的信件，而不仅仅是在脸书上晒一下他的图片。女友想念着他的笔迹，触摸着他的每一个心绪，剪下了她收到的每一张邮票，沿着他旅行的路线为他贴一张布满足迹的世界地图。

谁还会认为旅行只是独自放飞而没有满蓄着一身的牵挂与爱意呢？而此时我想的却是，那个收到一封在珠峰上空抒写的"峰言峰语"的女孩才是天下最幸福的人，可以将年少轻狂的一摞在路上的情书当成一部百年难遇的纯真"爱经"传与子子孙孙了。

10分钟飞过数百座云朵簇拥着的圣洁莲花山峰后，我们就降落在了喜马拉雅山脉的南坡——青翠的加德满都谷地。

特里布万国际机场（Tribhuvan International Airport）是尼泊尔境内唯一一座国际机场，这座用已故国王特里布万来命名的机场深藏在加德满都谷地的翠屏里，是一座建于1955年的砖红色的三层塔楼，方正、朴实、传统又老旧，远看像一大块儿童玩的稚朴积木。这里没有穿梭车、转接轻轨、自动扶梯——通常在任何一个国际机场看到的现代化情景。国内与国际航站楼其实就是两个大房间而已，里面的拱门、走廊小到人可以"体会"的程度。我们的世界有时太大，此时感觉小得刚好，实用。仅仅3公里长的跑道每天要起落28个国际航空公司的近30个国际航班，中国国航、南航的，尼泊尔皇家航空的，迪拜的、撒哈拉的、奥地利的、印度的，还有阿格尼、佛陀、西塔、塔拉和雪人航空的国内航班，每年有约300万的外国游客、200万的国内游客在这里匆忙地进进出出。一架土耳其航空的空客A330在降落时不幸冲出了跑道，栽在了机场的草地上，而这个喜马拉雅的小国缺少移动150吨体积庞大的大飞机的设备，机场方面从路政部门借来的起重设备，最大起重量只有70吨，故国际航班只好临时关闭了三天，约2.5万名乘客滞留加都，如热锅上的蚂蚁。

尽管如此狭小、仓皇与不安，但特里布万应该是我所见过的最有温度的机场了，源源不断的来自世界各地的旅行者还是那么急切地憧憬着在这个雪山佛国、纯净天堂来一次悦心之旅。由于我坐的飞机延误，就和其他几个航班的人，在办入境手续通道那里撞成了一堆，找行李的感觉也像是在一个大仓库里寻宝似的。

尼泊尔针对外国人要填的所有入关表格都是英文的，但内容与护照上差不多。填好两张表格后，还要在其中的一张上贴上照片。来尼泊尔，无论是西方人还是中国人，都是落地签证（on-arrival visa），即不需要提前签证就可入境尼泊尔旅行。但机场海关会根据停留时间的长短不同，收取不同的签证费用，15天、30天和90天的，其对应需缴纳的签证费用也分别为24美元、40美元和100美元。尼泊尔大地震后，为鼓励旅行和重建尼泊尔，尼泊尔政府从2016年开始，特别对持中国护照的公民赴尼泊尔旅游实行了免签证费的最惠国待遇，即不仅可以白本入境，还可以免费入境。

即使如此方便，但过海关时还是会弄得你满头大汗。来自世界各地的人很多，我计划待3个月，可恨的是海关通道都是相同的，没有做出相应清晰的标识，等你排到了，海关人员又慢腾腾地说，长期的应该到另外一列去排队，这边是短期的，真想给他那张饱受喜马拉雅阳光照射的亚麻色长脸一记中式粉拳。旁边站错了队的老外也开始发毛了，嘟嘟囔囔地，整个乱遭遭一片。好在旁边宇宙和谐之大神毗湿奴的化身——大鹏金翅鸟的铜雕像一直在谦逊的、半跪立式的对你双手合十，温情微笑，它让你的心情逐渐平复了下来，在慢国家就来点慢节奏的慢享生活吧。

一出阳光热烈的机场，看见的就是农村，就是田野，这是最不像国际机场的一个机场了，没有哪家机场具备这种诗画般的荒谬，这种无所谓的舒缓。流浪的狗就安静地坐在玻璃门外，眼含着天真，看着各种肤色的人在这里默默地出发和到达，伤感的离别与快乐的重逢；穿着杏仁色库尔塔的女清洁工，用的是细竹条绑成的大丫扫，左一下右一下，像在自家庭院挽花一样，轻抚着路上的垃圾与尘埃。从机场到市区只有6公里路程，但的士司机开口就是800卢比（Rs），我的旅行经验是见价砍一半，出400卢比，他说那要去他介绍的宾馆，显然他是有宾馆的回扣可拿的，与我们20世纪90年代的情形一样。不过机场的士司机都很礼貌温和，没有强拉强拽的现象。我加价出450卢比，把我在网上预订的扎西德勒旅馆的地址拿了出来，马上就有另外一个司机愿意走了。

如果你是第一次到加德满都，看见道路两旁又破又烂的低矮红砖房子，又窄又挤、尘土飞扬、坑坑洼洼的公路，像蝗虫样在烂路上轰鸣的一大堆摩托，一定会抑制不住满腔的失望。尼泊尔的出租车就是我们已经淘汰的铃木奥拓车，只不过是在印度生产的，又脏又小，把大背包放进去，人就只能蜷缩着了。尼泊尔人信佛陀信湿婆，性情温顺、平和、慢条斯理，不多言多语，也不油腔滑调。的士司机和你说好了价钱，你就放心地坐车吧，他会一心一意地送到，不会有半路甩客或宰客、加价的现象发生。到旅馆门口了，不会抛下乘客急吼吼地就走，而是背上你的背包一直相送到前台。在路上我问司机，你们有了历史上的第一位传奇女总统，还是尼泊尔共产党（联合马列）的，即我们通常所说的毛派的，日子变好点了吗？他咧着嘴笑，一般一般啦，但眼神一闪一闪显得无比快乐。

泰美尔（Thamel）是加德满都旅行者和背包客最集中的地方，拥挤不堪的巷子两旁全是商店、旅馆、饭馆，不足六七米宽的街道上，两辆巴掌大的铃木错车的话，互相还要刹一脚才能让得开，很像中国四五十年代的模样，大街小巷，全是人们淳朴的模样，路边的背包客在走，车子在闹，店铺里的音乐在唱，阳光明晃晃的，空气里的咖喱味、香料味浓烈得很，尼语、英语、中文、日语、韩语的招牌密密麻麻地一块挨着一块，这就是传说中的加德满都了，拥有着在黑白明信片时代可以感受到的那种混乱与平实的老式魅力。尼泊尔不像它的邻国印度那样曾经是西方殖民主义的附属国，但这个内陆小国在文化上的包容性和感染力却不得不令人敬仰，我把这里称为我的第二故乡，将一个沐浴着潮湿印度洋暖流的地理空间作为我的新家，9年的时间里在这里停留了4次，那些空气中弥漫着的似曾相识的声音与曲折街巷中夜晚的味道都令我战栗。没有什么可以取代那种流淌在我血液中的欢悦与陶醉之情，而"那摩斯德"（namaste，你好）是你要学会的第一句尼语，好了，欢迎你浑浑噩噩地就降落到了一个真正的喜马拉雅王国。

尽管旅馆不是家

A Home like Hotel

所谓旅馆，就是一个暂时让旅行者停留的地方。它之所以不能称为"家"，是因为那里没有心爱的人、用惯了的生活器具、可口美味的饭菜以及宠物呀、花花草草呀，等等，故我们中国古人把旅馆称为"客栈"或"住店"，而不是"府上"或"居家"。

无论走到哪儿，住都是最重要的。干净、舒适、安全、安静的旅馆会让你心情舒畅，尽快恢复体力，第二天能够神清气爽地出去看风景，进行下一站旅行。我喜欢住的地方都不是酒店，而是家庭旅馆或青年旅馆。世界上的酒店都是相似的，会将旅客封闭在一个个互不相连的房间里，谁也不认识谁。那种互不相关的陌生、冷漠与疏离，会让人很难融入一种叫异国情调或叫当地生活的氛围里。

这次我选择的是一处家庭庭院式旅馆（Family Hotel，Inn），叫扎西德勒旅馆（Hotel Tashi Dhele），位于泰美尔十字路口（Thamel Chowk），在纳森门（Narsing Gate）巷道里，它的旁边是陀龙峰旅馆（Thorong Peak Guest House）与加德满都国际青年旅馆（Kathmandu Hi Thamel Hostel），3家旅馆紧靠在一起，像一个别具一格的小社区，又单独拥有着各自的庭院，是闹市中难得的清幽之地，价位呢中等偏低，出行特别方便。

我是中午12点到达的，门卫马上来帮我卸下了身上那两个巨大沉重的旅行背包。走进绿色的大院门，我就看见了紫红色的九重葛，一树一树的从每一层楼的阳台上垂下来。我一开口，就要求要一个安静的房间，在拉萨我高原反应，已经三个晚上都没有好好睡一觉了。填好一个超级简单的住宿表，就是名字、护照号码及大约几晚后，接待生就把我的背包拿到了503房间。

房间很小，有张不到两尺半的梳妆桌，但那把椅子却是尼式传统的木制高靠背椅，雕刻着瑞云图案和宝塔式椅柱，椅座和靠背上镶嵌着蓝底金色的菩提树叶图案，坐着、靠着都很舒服和柔软。我倒下床去就想好好睡一觉了，但窗外的摩托声、高压锅出气的吱吱声、装修房子的电钻声、狗狗汪汪汪的吠叫声，还有乌鸦、鸽子呱呱呱咕咕咕的鸣叫声，全都在我的脑袋里炸开了花。躺了一个小时，冲了一个凉后，马上冲下楼去，要求换房间。接待生明玛（Mingmar）很耐心，带我在5层楼上下空着的房间走了一圈。

我选择了304房间，比那间单人房大了许多，是双人间，要800卢比。我把所有散开了的东西又重新打了一次包，换到了这间两面墙都有巨大窗户、看得见花园的地方。

打开手提电脑，竟然发现可以在自己房间Wifi上网，这让每天必须靠电脑和网络生活的我，心情一下子像外面花园里的小鸟一样轻盈、欢快了起来。

但旅馆的房间不能因为表面上看起来不错，就认为晚上也会休息得很好，要睡一晚后才知道是好是坏。我从503转移到的304房间，是个北向的房间，光线很好，但紧挨着一家KTV歌厅，那些"我要衷心地爱你，至死不渝"的印度歌曲声、乒乒乓乓的打击乐声一直持续到凌晨两点。我在加都的第一晚是彻夜未眠，躺到早晨6点就冲下楼去要求换房。

泰美尔地区经过近半个世纪旅游业的发展，已经成为加都房子最稠密、地价最昂贵的地方。近400多家大大小小的酒店、旅馆在这个老城区云集，还不用说上千家的店铺、无数的餐馆。所以旅馆和旅馆之间、旅馆和住家户之间的建筑距离，往往不足1米的间隙。我看得见他们在房间里的一举一动，当然他们也可以对我一览无余，而站在窗台上，就可以跨到另一家的窗台。所以旅馆房间的门上，都用英文写着：Don't keep your money and expensive things inside the room; Keep windows and door closed when you go outside（外出时关好门窗，不要把钱和贵重物品放在房间里）。

在任何一家旅馆里，都有最好的房间，它不单是指价格昂贵，还要包括位置好、不吵闹、安静、向阳、采光好、面对花园、带有小阳台等。我指着201、301、401、501这一边的房间说，把我换到其中的一间吧。

扎西德勒共有24个房间，我已经尝试了两个朝向的房间了，无疑只有东向是最好的。但是明玛说，这4个房间全都被老外提前在网上预订了，有3个老外已经在这里住了两周了，如果401的老外今天离开，他会把房间为我留下来的。

中午的时候，401的蓝眼睛老外离开了，我终于如愿以偿地搬进了这个房间。房间里有一张舒适的大床，还有一张小床，分明是供一个家庭使用的房间，我马上就把睡衣扔在了大床上，然后把随手要用的东西全部放在了小床上。我再也不用看着蓝眼睛小子悠闲、舒服地坐在自己房间外的阳台上喝着咖啡，而我却得忍受邻里的"偷窥"与吵闹了。

我现在还需要做的一件事，就是把这1000卢比一个晚上的房价，砍成之前那种房间的价格。明玛说老板叫依藤（Eten），要晚上才过来。我见到美女依藤时，又是赞美又是"利诱"，讲现在是雨季呀，不是旅游的旺季呀，我会在这儿住上一个月，你的家庭旅馆将是最有意思体会加都生活的场所呀，她终于给我了一个最好的折扣价，800卢比一个晚上，人民币与卢比是1：16，折算下来即每晚50元，1500元人民币一个月。

想想这样的价格，在拉萨或者重庆，顶多只能住4到5个晚上，而我在这里的待遇，有随叫随到的房间服务，有种满草木鲜花的花园，有天天见着的熟悉面孔，我真是该睡着都会笑醒过来了。

尽管旅馆不是家，但我是一个务必要把居住的环境，哪怕是一间不到10平方米的房间，也要把它弄得舒坦、好用、清静才肯善罢甘休的人。而像我这样挑剔和追求完美的房客，就像上海人或广州人在周日不厌其烦地坐着看楼车去看东家的楼、西家的盘一样，目的都只有一个，就是要拥有一个舒服的窝、一个安静的巢穴。

但加德满都给我的第一个见面礼是晚上停电，我本来是想靠晚上的时间来写稿子的，慌忙摸索着下楼去问明玛，赶紧让他写了一个停电的时刻表给我，以便安排自己的时间。尼泊尔除了自然风景，几乎没有什么大的工业，所以电站的发电量及供应也不足，全国不同的城市，会在每周不同的天数和时段里停电，尤其是在7、8月的雨季，每天要停电2至3次，每次2至3个小时，轮流使用电力，当地人把它称为"power shielding"。

我们这种在一座过度拥挤、膨胀、快速、空气脏得不得了的大都市里生活惯了的人，起初一下子遭遇没电，顿时惊慌失措得不知道该在停电的时刻里干什么！

明玛很细腻，开始去每一个楼层的过道上、楼梯转角处燃上蜡烛，这样小楼一下子就像一个"鬼影"憧憧的童话世界了。本以为停电,外面的店铺顶多也是搞成个幽暗的烛光之夜,结果整个泰美尔的街上反而成了夜光与星光闪烁之城。有的店铺燃着无数的蜡烛,有的店铺用小型发电机发着电,瑞香纸灯笼高悬在窄街陋巷上,一个灯笼就是一户人家,好像乍然回到了李清照时代的上元灯笼节。

住店的旅人呢,则很浪漫地窝在院子里的露天餐椅上聊天,蜡烛在风中摇曳,人和人之间也不存在什么肤色的隔膜与障碍了,我们需要的就是使用一种能够共同交流的语言——英语就足够了。即使不会英语,有眼神、有手势、有静谧、有笑意,还有幽蓝夜空里的星光映射在彼此的眼波里,也是另一种惬意时光呀。这是仲夏8月,可是有含夹着花香的风在吹,皮肤透凉凉的,空气干净通透得好像只剩下我自己在抽的"翡翠万"香烟的薄荷味道了。

我不由向明玛感慨道:"尼泊尔有全世界最好的风景,但是却没有电!"

明玛的回答却意味深长:"这就是神的意旨和安排。"

而我不可想象如果是在火炉子重庆,酷暑天没有了电,几千万人将会是怎样的挥汗如雨、臭骂连天、臭气熏天。

我甚至觉得,这里才像我一直就渴望居住的地方,是我的家。而遥远的重庆,说着母语的城市,反而更像一个异国他乡。

依藤旅馆里的面孔
Faces in Eten's Family Hotel

对很多人来说，旅馆的生活是匆匆忙忙、惊鸿一瞥的，但它对我来说却是生动细腻、日日新颖的。

已经来加都定居的朋友大脚佛说，在领事馆区，租一个带花园家具的三居室小院，只要1900元一个月，相遇的都是VIP，干吗非要去住在狭小吵闹的旅馆里呢？

他不知道，我喜爱的奥地利作家茨威格，就是在旅馆里完成《昨日的世界——一个欧洲人的回忆》。那时他流亡在异乡的一个不知名的小旅馆中，没有护照，失去了国籍，家族和自己的财产也已由希特勒接管，没有一封友人的书简，手头上甚至连一本可供参考的书都没有，但他把自己看作是"一个幻灯报告的解说员"，在旅馆的烛光中苍凉地为我们记录下了整整一个时代的人的命运。甚至他的《一个陌生女人的来信》，就是从在旅馆中收到的一封没有签名和地址的来信开始的。

"你，从来也没有认识过我的你啊！"算是奇怪的顶头、算是不一般的称呼、算是神奇的开场白了。

而这一切都是因为旅馆里有故事。

扎西德勒旅馆的老板依藤（Eten），出身于尼泊尔北部芒朗（Manang）的富商之家。芒朗人久负盛名的就是做买卖的本领，他们驱赶着马帮，翻过喜马拉雅山脉冰雪覆盖的5000多米高的山隘与关口，就到达了喜马拉雅北坡辽阔宽广的西藏。他们在藏区收购牛羊、酥油、羊毛、药材，然后再贩运回尼泊尔进行加工，向中东和欧洲大陆出口最好的手工地毯、延年益寿的藏地密药。依藤的父亲，就像法国导演艾瑞克·瓦利导演的片子《喜马拉雅》中的老酋长一样，每年都要带着村庄里的壮丁、家族里的男人，去完成这趟顶风沐雨的艰险旅程。

1992年，年事渐高的老依藤在泰美尔中心区购买了这块宝地，建起了这家由长女依藤掌管着的家庭旅馆。院子中有两幢红砖的小楼，一幢当成旅馆，一幢住着依藤一家。取名扎西德勒，不仅是告慰以前雪雨风霜的马背生活，还是对所有来住店客人的祝福——吉祥如意、一路顺风！

来住店的客人起初都会把长着挺拔的鼻子、有着棕色肤色的依藤误认为藏族女子，而不是一个典型的瘦小的尼泊尔女人。而靠近西藏地区的芒朗人，很多都混合了藏族人的血统，所以他们高大、健壮、勇敢，同时又富于智慧、擅长经营。依藤爱花和植物，把旅馆弄得像个贵族的花园。依藤说她没有私人的花园，她就把旅馆周围的环境营造成一个花园，这样每个人都可以与她一起享受鸟语花香了。

依藤的印度产吉普车Bolero就停靠在院子里，常常看见满载的一车背包客来了，然后就散落在了每一个房间里。院子里每天都混合着多国语言，尼语、汉语、英语、法语、德语、西班牙语，和屋顶上的乌鸦声、喜鹊声胡搅蛮缠地混合在了一起。依藤在旅馆里雇用了两个清洁工、两个前台接待生、一个餐厅侍者、一个厨师、一个门卫。也就是说，不到一天，你就会和旅馆里的所有毛子狗子都混熟了。

清洁工罗蒂卡（Radhika）住在加都郊外的岗嘎布（Gangabu）村子里，每天早上坐一个小时的巴士来干活。每天早上在她来之前，她都要先去寺庙里祈祷一圈，让经师在她额头上点上鲜红的提卡（Tika），这种用酸乳酪、米和红色粉末混合在一起涂在男人和女人额头上的小圆点、吉祥痣，是印度教神灵保佑的一种符号。然后她就穿着天蓝色的库尔塔，开开心心地来做清洁了。她总是趴在地上，用一块块抹布清洁着地板、楼道。然后我下楼的时候，扶着楼梯滑下去，发现到处都干干净净的了。前台接待生明玛高中毕业了，正在上网络课程，他的薪水每月是5000卢比，他希望攒下一些钱后，再进入大学去半工半读。

我在旅馆的第一餐是侍者吉亚（Jaya）做的。一看菜单上写有川菜鱼香肉丝、青椒炒牛肉，我的口水都出来了。但能够做这种菜的厨师已经辞职离开了，我只能点了一碗最简单的番茄鸡蛋面。吉亚先把面煮好了，然后就把面弄到水龙头上去冲凉。尼泊尔的生水是没有完全净化处理的，外来人吃了马上拉稀摆带。我冲进厨房就是一声大叫"stop（住手）"，把面条从冷水中救了出来。自己挡上袖子上阵，把番茄鸡蛋炒好后，再把面条挑到了汤碗里。我告诉吉亚说，你把程序搞反了，要先把番茄鸡蛋炒好后，再煮面，然后把面条挑到有番茄鸡蛋的汤碗里，这是一碗热面，不是冷盘。

而这些家伙就是一味地看着我笑，不是哈哈大笑，而是轻轻地笑、不好意思地笑。

他们每天看见我，就是一声亲切的"那摩斯德"，然后用清澈得发亮的棕色眼睛看着我，让我想到清晨要喝的第一杯醒脑的黑咖啡。帮我跑出去买水果、帮我送一壶开水到房间、帮我把手提电脑的接线板连到露台上、帮我把被子和枕头拿到屋顶上去曝晒。只是尼泊尔人做事都慢得出奇，笨得出奇，经常烧壶开水要烧半个小时，搞忘了。雨季时潮湿，房间里会有白蚂蚁，写文章写着写着就爬到我手上来了，弄得我一身都过敏。告诉他们用吸尘器吸地毯，半天都没有动静，两天后还是照旧。有天邻居的猫跳过了隔着的窗台，溜进了我的房间闲逛。中午我在床上睡觉时发现被跳蚤咬了，一反手就在床单上杀死了一只带血的跳蚤，我让旅馆来换我的床单、被套，他们半天都不来气儿，最后我只好自己指挥着清洁工把我房间里的所有东西都拿出去清洗了。

　　慢性情、慢思维、慢动作，接受"慢"是我要从他们的身上学会的第一件事。当然，从他们的姓中，也可以看出他们来自哪个种族，比如Jaya Gurung，表明来自古荣族的吉亚，或者Mingmar Tamang，来自塔芒族的明玛。古荣族人是以高颧骨为特征的自给自足的山地人，以爬山和打仗著名；塔芒族人是尼泊尔中部丘陵地带的勇士，被称为"马背上的战士"，而现在，这些年轻的小伙子们都已经变得温吞吞的柔和、慢悠悠地谦让了。

　　依藤的两个儿子下午放学后爱在院子里踢足球，这时院子里的花盆就东歪西倒地遭殃了。但早上推开窗户的时候，就看见吉亚呀、门卫普纳呀，在露台上翻新花盆，用大枝丫的扫把打扫院子，依藤的大白狗"Luck（好运）"一直生活在屋顶上，在四周跑上跑下地唤叫，看见我，就给我来个清晨的热烈拥抱，把我扑倒在椅子上。隔壁402的房客、印度女孩玛拉则已经铺上地席穿着橙红的T恤，盘坐在露台上闭目面朝东方，开始练起了与日出同呼吸的"Om，Shanti"瑜伽。

　　黎明的银色晨光在召唤着我，远处是喜马拉雅银光闪耀的雪山，加德满都一天的生活就这样在这些简单得像一张棉纸、干净得像一张手绢一样的人群中，舒缓地开始了，而在以前的生活里我从来没有如此接近过一座令人注目的、如此神圣的山。这里是佛陀的故乡，是湿婆的家园，是一个看得见的天大的吉祥如意与好运。想象着以这些雪原为前院的生活，该是多么轻灵柔曼的时光呀，我身裹棉麻的白色瑜伽服双手合十，身体浸润在了清晨的第一缕朝霞里……

欢喜钱
Joy Money

凡到国外旅行的人，第一件事情就是要倒腾钱。把人民币换成美元，或把美元换成卢比。

从陆路经西藏的樟木口岸出境的人，在樟木换钱是最划算的了，在每一个旅店和餐馆，都有换钱的"窜窜"，不存在什么上当受骗的问题，人家天天在那就是以换钱为生的，在那里可以换到全尼泊尔卢比最高的价格。比如，此时在樟木是1∶17，到了加德满都，在银行只能换到1∶16，在代理店可以换到1∶16.2。所以樟木对我等精打细算的背包客来说，就是高出几个点子的天堂了。

而从空中飞到加都的旅客，只需要在机场的兑换店换够打的士的钱就行了，机场的兑换率是全城最低的，只有1∶15，"蒙"你刚下飞机什么都不懂嗫。而到了泰美尔，几乎每走几十米就是一个换钱处、代理店，根本不用担心钱没处换了。

换钱是一种非常愉快的过程，很过瘾。想想，可以把1张100元的人民币换成16张100卢比的"沙阿国王"，钱一下就膨胀成了16倍，比炒股票玩基金买卖古董的增长速度还快，而不是被美国佬来个下马威，钱会被来个1.6的打折，100元人民币只能折换成16美元的零碎钱，损失缩水好大一截，当然会心花怒放、欢欣鼓舞了。

　　我第一次是在机场换了100元人民币，住好旅馆后，就上街去换卢比了。在代理店换钱不需要像在银行那样出示护照，还可以尽情地讨价还价。代理店的门前都用彩色水笔在布告板上写有当天世界各种货币的兑换率，最贵的英镑排在最前面，但美元、人民币最流行。

　　店员通常会给你看当天《新兴尼泊尔》（*The Rising Nepal*）报纸上公布的官方兑换率，意即他们店的价格是比官方略高一些的，如果你心痛钱的话，那就拼命抬价吧。第一晚在代理店换钱，由于停电，又是晚上八九点了，所以我速战速决，店员说1∶16.3，我1∶16.4完事。第二天我有时间了，在"北地（Northfield Café）"餐吧的换钱店，我磨了一阵嘴皮，哈哈，涨到了1∶16.5。开心没两天，遇到来加都定居的朋友大脚佛，他说去专门做中国人生意的成都餐厅、凤凰餐馆，可以换到1∶16.8。我马上掉转枪头，找到了在切翠帕堤（Chhetrapati）路上一条脏兮兮的巷子里的 "凤凰（Phoenix Restaurant）"。

　　"凤凰"是一对四川夫妇在加都开的旅店和餐馆，楼上住客，楼下吃饭，主要成了中国游客的聚集地。一走进去就不用说英语了，全是喧闹的中国各地的南腔北调。有麻辣的川菜可吃，有央视直播的欧洲杯足球可看，有高比率的钱可换，有回国的机票可订，有双语的向导可提供，买单可直接用人民币结算。如果钱花光了，可以直接让国内的亲人把钱打在老板在国内的农业银行账号上，"凤凰"这边直接取卢比给你，没有任何手续费。他们来加都三年未回过国内一次，两个看起来不怎么起眼的四川遂宁人，竟然把好多中国游客的生意，从吃喝拉撒玩一竿子全部揽完了。女老板小艳得意地说，尼泊尔人懒散，她在这里的生意是没得竞争的。看见她轻松地数着成沓的卢比，我等花钱如水冲沙的"蚀钱包"只有叹息的份儿了。

除了兑换店，你还可以多途径换钱。你所住的旅馆老板、服务的徒步公司、卖克什米尔披肩的店铺，都可以比兑换店略高的价格与你换钱。先打探好当天兑换店的价格，免得他们"蒙"你，然后与他们切磋，你的钱总会"涨"一点的。在尼泊尔，美元依然是最坚挺的硬通货，可以直接用美元结算。而在尼泊尔的各个节日期间，美元更会猛涨，最高的一天竟然达到1∶107。所以不要冲动，不要急于一次换完你的现金，每天外出经过换钱店，要聪明地瞄一眼当天的汇率，看见涨高了点子，就赶紧下叉。我通常都是在国内兑换5000美元，然后再带一些人民币去尼泊尔花费。当然，亲爱的人民币无疑在尼泊尔也是非常值钱的，第一次以1∶16.8换了2000元人民币，揣在身上是3万多卢比，泡松松的一大沓，像个"伪富婆"一样穷开心。

在尼泊尔花钱，的确很有一种"腐败"感，它是花费最便宜的第三世界国家之一。拿着几千元过去，白菜价格，呵，那里是帝王享受。在国内，100元人民币，顶多能够在"斗牛士"点一份小牛排，或者在"屠场老火锅"够一个人搓一顿。但是在加都，每天1600卢比的花销可以让你生活得像个"纨绔子弟"。800卢比就可以在有花园阳台的旅馆与小伙伴分担合住个双人间，早餐120卢比，配有一杯咖啡、两片黄油果酱烤土司、两个煎鸡蛋；中餐380卢比可以在"凤凰"吃一大份水煮牛肉；晚餐480卢比则可以在有着大大露天花园的"北地"餐吧吃一餐尼泊尔最传统的美食达尔巴（Dul-bhat），同时欣赏尼瓦尔人传统的长笛、手鼓与西尔塔琴的音乐演出。

我把金黄色的达尔巴称为黄金能量，它是每个尼泊尔家庭每天的主餐，每天必须吃的食物，将米饭、咖喱肉块和扁豆汤盛在铜制的小碗里，再配以几种腌渍咸菜、一块烤薄饼与一小杯酸奶，吃的时候用干净的右手，而不是用叉子、筷子，将它们在一只巨大的铜盘里拌在一起，用指尖将它们拈起来直接塞进嘴里，吃完再用双唇舔舔蘸满汁液的手指，会感觉到一生里食物与身体从未如此这般的亲近。那碗浓、软、香的扁豆汤，是用紫色荚果类熬成的，除了有化湿解暑之功，更多的是让生活在高山上的人具有抗氧化、防辐射的能力。所以无论是去贫穷还是富有的尼泊尔家庭做客，都会款待你吃达尔巴。达尔巴盛在纯铜手工打制的古朴盘子里，端出来时弥漫着稻米、豆子与咖喱的香气，对我这个资深的旅行者来说，每天吃一餐达尔巴，是让我能够像当地人一样强身健体、能够在喜马拉雅山区活得很好的方式之一。

剩下的100卢比呢，可以点一杯鲜榨木瓜汁、一杯鲜杜果汁，或者去茶屋喝一大壶加糖的红茶或一大壶奶咖啡。产自喜马拉雅山区的茶叶与咖啡豆是最天然、有机的饮品之一，而且在尼泊尔，20卢比相当于1.2元人民币，人人都可以在路边或茶吧喝得起一大杯的红茶或咖啡。尼泊尔的硬币叫派沙（Paisa），1卢比可换100派沙，呵呵，吃喝到最后，再将一堆铜光闪闪的10派沙、20派沙、50派沙留在亚麻布的餐桌上，作为感恩、感谢的小费，是不是很绅士、淑女呢。

最后，一个低碳、智慧的玩家还会花100卢比，在任何一个杂货店、小超市办一张Necall的当地手机充值卡，超值超方便。尼泊尔是全世界最贫穷的国家之一，但它的话费却神奇的便宜，每分钟通话只需2卢比，每条短信1卢比。一买当地手机卡，好多当地人就开始加你的微信，然后你的朋友圈里就来了一大群橄榄色皮肤的各种靓仔，他们用"那摩斯德"、用"你好"、用"hello"跟你打招呼，此时你还觉得自己是个孤独的异乡人吗？

卢比上面印着的是喜马拉雅的雪山、野生大象、独角犀牛、孟加拉虎、斑点鹿、老寺庙、国花杜鹃花、国鸟九色鸟等尼泊尔的国宝。中国还首次为尼泊尔印刷了质量更高、色彩更亮丽的纸币。每天把这些珍稀的野生动物、花呀鸟呀挥霍出去，自己都会觉得钱好生态好可爱哟。

汉语是如此流行
Popular Chinese

20世纪60年代，当西方的嬉皮士在旧金山举行完盛大的"爱之夏（Summer of Love）"露天狂欢派对，疯狂地"要做爱不要战争"热闹完后，他们掉转方向，飞越太平洋，徒步千山万水，涌向了神秘的东方——尼泊尔。失去了罗马、失去了拜占庭、失去了大马士革"腐败沉沦"生活的嬉皮男女们把加德满都视为"西方人的后花园"，将泰美尔变成了他们离经叛道、逍遥堕落的新天堂。

大约10年前，日本的红男绿女们开始在这条街上出现，街上于是开始流行日语、日本招牌、日式清酒屋；5年前韩国人涌向了这里，街上于是又风靡上韩国餐馆、韩国泡菜。而今天，穿过泰美尔的一条条街道，南北向的帕克纳久路、纳森门路、加塔路、堪提帕斯路（Paknajol，Narsing Gate，Jyatha Road，Kantipath），东西向的勒克纳斯街、翠德维街（Lekhnath Marg，Tridevi Marg），一条街的人都改用中文"你好吗"在和你打招呼。

　　各式各样的店铺、餐馆、青年旅馆，大大小小的货币兑换店，五光十色的纪念品商店，甚至是洗衣房、按摩所、赌场等，除了以前的英文标识，还添有了中文名字，仿佛在对不断涌来的中国旅客说：只要你需要，我们一定有。而中国的商人与中国的背包客，也让汉语在尼泊尔流行开来。

　　尼泊尔证照代理商人拉米索尔（Rameshwor）的名片上，是用超萌的中文"喵呜体"写着的名字。那是一种像猫走路的、类似少女的字体，深受中国女孩子的喜爱。拉童鞋问我，愿意去参加他们的"Chinese Corner"吗？我当时就笑出了声。中国人在国内时，疯狂地学英语，所以每个城市每个大学都有"English Corner（英语角）"，我的确没想到，中国现在是如此强大，竟然在尼泊尔流行"汉语角"了！

　　星期六的早上7点15分，拉米索尔开着摩托车来旅馆接我，用他年轻的朝气和活力叫醒了我，也好像用一种对汉语的尼泊尔式热情叫醒了泰美尔。我坐在中国产的力帆摩托的后座上，紧紧抓住他的腰，一路拉风地穿过贩卖鲜花、水果、香料的菜市场，回旋着诵经声、响铃声和鸽哨声的王宫广场，向他们神秘的"汉语角"奔去。

这个"汉语角"是由来尼泊尔援教的乔竞仪和几个老师发动起来的。中国对外援教的教师分为两类，一类是国家公派的，像乔竞仪，尼泊尔属于第三世界国家，生活条件相对于发达国家来说会很艰苦，中国给予他们的薪水是1700美元一个月；另一类是志愿者，由所援助的国家提供免费的吃住，但没有额外的薪水，中国会保留对外援教教师的职位，原单位会支付此教师以前在国内的月薪。在特里布万大学有一个外国语学院，很多尼泊尔人利用业余时间自费到那里去学中文，但他们缺少练习口语的机会，于是乔就把中国"英语角"的方式，移植到了尼泊尔。

每周星期六的早上7:30—9:30，是"汉语角"免费的聚会时间，想操练汉语的尼泊尔人都跑来了这里，大家围坐在外国语学院草坪上的一个亭子里，就开始了叽叽呱呱的中文"磨刀"。来尼泊尔各个学校当志愿者的中文老师，以及爱凑热闹、有爱心的中国旅游者，会成为这里的主力，通常一个中国人身边会围着一圈的尼泊尔人，那阵势和我们在国内时，一个外国人的身边会簇拥着一圈的中国学生的情形一样，在这里，你就是一个很受欢迎的"老外"哟。

为什么要学汉语？在航空公司代理处当店长的28岁的沙宾（Sabin）告诉我，他已经在外国语学院学了两年的汉语，一学期的学费是3000卢比，每周一到每周五，从7:00—8:30是上课时间。而这个清晨苏醒的时间，通常是一个尼泊尔人去寺庙供奉的时间。每天当他上完课后，他就骑着摩托到公司去上班。在加都，一个餐厅侍者的月薪是5000卢比，一个银行职员的月薪是8000卢比，移民局局长的月薪是1万

5千卢比，他在这家代理处当店长，他的月薪是1万卢比，属于加都的白领了。但如果是一个会中文会英文的导游，一个会双语的代理人，则每天可以挣1000到2000卢比。无数的加德满都年轻人都希望去做双语导游，与中国人做贸易生意，去义乌批发服装、生活用品回来卖。所以谁中文好，谁就会有比较大的优势。

我以前是扭着我们大学的老外练口语，把他们变成"说话机器"。现在好了，我自己被尼泊尔人当成了"磨刀机器"。我告诉这些"新鲜血液"说，语言如同一把刀子，要越磨才越锋利，越使用才越娴熟。呵，两个小时里，小学校长、航空公司职员、羊毛商人、旅馆老板、酒吧侍者，轮番向我发起了"汉语"进攻，乱七八糟地什么都向我讨教。而拉童鞋俨然已是入门级汉语的教授者了，他把那些第一次参加"汉语角"的当地人分了组，举着我们幼儿园小朋友识字的图片，教起了"爸爸"、"妈妈"、"孩子"、"眼睛"、"耳朵"、"眉毛"，然后指着我的头发热炒热卖地说"长头发"。这时乔逗他说，不能指着一个中国女孩说她的头发长，因为下面一句就会是"见识短"，这是一句说女孩子不长脑子的骂人的俗语，他们全都嘻嘻嘻笑了。

中途说话累了，尼泊尔人就去叫了红茶和甜点过来，每人出30卢比，来了个小小、轻松的甜蜜"早茶"享受。红茶里通常都加了一点牛奶或羊奶，他们爱吃甜的和具有香味的点心，茶铺小厮用一个椭圆提篮送来的桔雷比（ielebi）和拿杜（laddu），浓郁的甜味像是从糖浆里捞出来一样让人晕眩，让害怕长胖、忌口甜食的我，也忍不住在糖浆里畅游了一番，以补充说话多了伤神的能量。两只流浪狗一直在大家的脚下酣睡，大家开玩笑说这下狗都听得懂中文了，他们会用普通话"汪汪汪"地唱奥运歌曲《北京欢迎你》了。我提议让他们唱一个尼泊尔的民歌给我们几个中国老师听，犒劳犒劳口干舌燥的我们，他们就嗓音质朴地唱起了尼泊尔最流行的情歌《木棉花开飞漓漓》（*Resham Firiri*）。

> 木棉花开了，你是何时开的花呢？
> 花落似白鸟飞下，白色的鸟一直在飞；
> 你可能很累很累了，是否想停下来休息，
> 还是你喜欢飞去，很远很远的地方？

　　这个清新的早晨，让我开心地体会到：所谓语言，就是天底下最动听、最美丽的声音。

　　好几个星期后，我独自一人走在巴桑坦普尔广场（Basantapur）的奇异街（Freak Street）上，这条原名叫乔琴街（Jhochhen Tole）的紧靠哈努曼王宫广场的喧闹街道，它曾因风靡全球的嬉皮们的闯入而更名为"奇异街"，当地人更直接地叫它"老外街"。当年的嬉皮们选择了自由、流浪，停留在这条街道的便宜旅店与氤氲的茶室里，过着四海皆兄弟的乌托邦式的俭朴生活。如今的奇异街仍是加德满都人生活的缩影，它的污秽与美丽都让人无法回避，街道中飘荡着浓烈的尼泊尔梵香味道，光影里走过摇着转经筒的老人与托着托钵的苦行僧侣。我站在一家唐卡和纸草画店外，被店里流泻出的一阵美妙的曼陀罗乐声而吸引。我推门而入的响铃声响起，那个店员兴奋地用中文叫着："你好，老师，你来了我的小店。我叫拉杰。"不多一会儿，一个头发卷曲、束着时髦海盗头巾的小伙也跑进来了，也笑着叫我："老师，我是汉语角的

学生。"开心地递了一张奇特旺丛林酒店的名片给我,让我去奇特旺探险时,住在他服务的酒店。

我很惊异,在泰美尔的奇异街上,相遇了好多个学汉语的学生。我问那个乐曲谁哼唱的,拉杰说是尼泊尔著名的僧侣歌手穹乃(Lama Jungney)吟唱的《喜悦》(*Blissful*),他试着用中文结巴巴地翻译给我听,我尽管不能完全听懂他说的尼式中文,但能够用自己的方式去帮助别人,哪怕一点点,也让我们彼此的心里一下觉得像吮吸了清晨的甘露与蜂蜜一样的愉悦。

"你像吹过山头的清风,愿你的内心永远纯真。"我听着iPhone 6里穹乃唱诵的《喜悦》,走过了加德满都一座座不再陌生、不再迷乱的街巷。

那我要不要也跟着那些眼神里闪烁着一道光的年轻人,去学习另一种像《木棉花开飞漓漓》与《喜悦》一样优美的语言呢?

躺着在加德满都泡吧

Indulged in the Bars in Kathmandu

薇薇安在重庆开有一家叫"非屿"的酒吧,正好在长江与嘉陵江交汇处,凭栏而起的风声水声、夜晚的霓虹灯火映射在"非屿"的玻璃墙上,让人有"不知今昔是何年"的幻觉。

Incense
For Buddha

　　有8年的时间我未见到薇薇安，我们在不同的地方飘忽，可是有天在泰美尔一辆花花绿绿的三轮车上，我竟然与她忽然相遇。

　　她已经移民美国，而她要做的就是走遍天下、泡遍天下的酒吧，当然好像还有世界各地的靓仔哈！

　　她这样煽动我说，Pearl——珍珠，如果你不去酒吧腐败腐败，怎么知道尼泊尔的"马尿"是什么气味呢？

　　的确是，当我一只脚刚迈进"佛陀吧"的时候，它差点让我的另外一只脚赶紧想缩回去了。

　　泰美尔的小酒吧没有激光旋转的射灯，没有震耳欲聋的电子乐器声，它们也不是超格调超小资超别致的清吧，它们一点也不奢侈和现代，没有任何时尚与好看的器具，它们就是一种彻彻底底的、原始的闹吧，是人挤人在一起的闹吧。

　　"佛陀吧"在一个红砖的二层小楼上，从黑乎乎狭窄的楼梯上往上走的时候，我有种在往"黑社会"的巢穴逼近的感觉。酒吧的门很小、空间很低矮，迎面就是一尊佛祖慈祥的坐像，酒吧里没有高脚的吧椅，人来了总要坐吧，好了，请君脱鞋上炕吧。酒吧里就两张巨大的炕，一左一右靠墙，占据了整个酒吧的空间。炕上乱七八糟地摆着七八张炕桌，那些吧客呢，管他认识不认识的，全都背靠背、人挨人地挤坐在一起。正在本女汉子犹豫是否也要蹭掉夹脚拖鞋，来个飞燕投身上炕的时候，一个毛森森戴着银手镯的黄发老外说，Why don't you guys join us？（你们两个家伙为什么不来入伙呢？）

　　跳上炕就发现炕上有坐垫，还有长条圆枕形的靠垫。我平生的梦想就是要有一间"躺吧"，在有一次给《南方周末》写"酒吧理想主义"

时，我说，应该开个"躺吧"，让人全都可以自由地放倒、睡倒，以体现回归怀抱的人文主义关怀；或者像四川的老茶馆一样，沙汀在《其香居茶馆》里也写过的，给酒吧的人发几把竹躺椅，大家可以一顺溜地在夜色里躺一排，无休止地八卦嘛！他们最后集体认定我的建议有"色情"成分。

我在炕上抓了一个沙袋样的圆枕头，就势在人堆里躺了下去，不要就此以为谁会来招惹你或者侵犯你，大家全都见惯不惊，大家全都这副东倒西歪的样子，抽着烟，喝着加德满都本地产的啤酒"翠朗（Trorung）"；我马上闻到了那些浓烈的脚臭味、汗臭味，烟草燃烧的烤香味，还有尼泊尔燃香的沉香味、莲香味，黑皮肤的、黄皮肤的、白皮肤的，尼泊尔当地的年轻人，全都混在一起。现场的乐队不是站在表演台上演唱，这里根本没有什么舞台，尼泊尔乐队打手鼓的、弹吉他的、唱歌的靓仔们全都挤在炕上演出，小胡儿、皮肤黢黑的鼓手就在你的腰际处指法流畅地打着尼泊尔传统的圆形窄腰手鼓，发飙般的鼓点会把你腰身间的肉肉都一跳一跳地震动起来，长发的吉他手甩着发辫边弹边唱，越来越high干脆就把脚踩在炕桌上狂吼了，兴奋的、手舞足蹈的人就站在炕上集体群魔乱舞起来了。

邀请我们加入的妹子叫温迪，一个波兰人，在深圳待了3年，他的皮肤已经被晒成了古铜色，整个人看起来就是一个国际混混，他们正在给一个来自澳大利亚的妹子过生日，炕上的人于是都为"有生的日子里天天快乐"而喝干"马尿"啤酒。那些香烟盒、烟灰碟、啤酒瓶、手袋、相机、披肩、薯片、花生，什么乱七八糟的东西都堆放在炕上的亚麻地毯上。

我第一次听一群在几分钟之前还很陌生的人，集体唱起了詹姆斯·布朗特的《你是如此的美》（*You're Beautiful*）。"I saw your face in a crowded place...Yeah, she caught my eye, and I don't think that I'll see her again. But we shared a moment that will last till the end.（我在拥挤的人群中看见了你的脸……噢，她抓住了我的视线，我不认为我能再次看见她。但我们共享的那一瞬间将一直到永远。）"

它让我想起另一个唱《黄色潜水艇》（*Yellow Submarine*）的约翰·列侬的乌托邦理想，"我们都生活在黄色潜水艇里，我们过着平静的生活，我们有所需要的一切"。

我们都喜爱美食、美色、美酒，作为世间的流浪者在世界各地漫游，同时在任何地方都不会再有陌生感……

我逗薇薇安，可以把那个尼泊尔鼓手小胡儿弄到重庆或者美国去打鼓噻，可以迷死好多女吧客了。薇薇安说，其实这个炕上不知有多脏，不知有多少世界各地的虫虫蚂蚁在上面爬来爬去，而那个厕所也汇集了世界各地的马尿味，把人熏得退；但她接着无不迷幻地说，"躺吧"才是真正的"醉吧"，人们不需要道貌岸然地正襟危坐着，假装绅士淑女、假情假意地周旋调着情，人全都像牛顿自由落体似的苹果样跌倒、放倒，全都是平起平坐的、无拘无束的、身心放松的，就像人类最初的伊甸园，亚当与夏娃是赤身裸体、纯真无邪的一样。

我问她，那要不要回去后把她那像孤独小岛样的"非屿"酒吧也改成个尼泊尔自由落体式的"躺吧"呢，她狡黠地笑了。她说，"躺吧"是客人舒服，老板不喜欢。事实上当人们坐在地毯上喝酒的时候，是没有坐在椅子上或沙发上喝得多的，如果弄成个"躺吧"，她怎样卖酒水赚钱呢？

呵，这就是四根眉毛的陆小凤和到处留香的楚留香为什么昼夜喝酒、千杯不醉的原因了，因为这两个古龙最心爱的侠客都是躺着喝酒的。

日光

孔雀窗上的王宫与寺庙

Palaces and Temples on the Peacock Windows

Chapter2 Daylight

「　　这里或许也是滞留街角吸大麻的外国嬉皮士和尼泊尔苦行者的旧巢，我坐在光线和香烟缠绕形成的一片烟云下，在煮茶和西塔尔琴音的氛围中，一下将外面的繁华忘掉，房子的镂花木门和窗户都朝外面辽阔的蓝色天空开放。

　　我那一刻仿佛也跟着他的影子进入了一种"神圣的"新生活，觉得时间过得特别慢，好像整个世界突然在我眼前停滞了一样，原来只有几分钟的时间，但觉得像经历了好几个小时、好几个世纪。那种醍醐灌顶之感，让我的心里陡然轻松了许多，满眼都是星光闪烁。　　」

湿婆与帕尔巴蒂向你示爱

Shiva and Parvati Show Love to You

加德满都最繁忙的一天是从杜巴广场开始的。

从我住的泰美尔步行去杜巴广场，只需要35分钟的时间，而这段距离，也是让你真正体会加都市民一天生活的距离，你所经过的许多集市、神殿、寺院、街道、庭院、茶室和店铺，如今依然是尼泊尔传统生活的中心。

杜巴广场（Durbar Square）是加德满都最有名的广场，也是观赏尼泊尔经典寺庙建筑的好地方。这里囊括了尼泊尔16至19世纪之间的古迹建筑，广场上总共有50座以上的神庙、寺院和宫殿，包括哈努曼多卡老王宫（Hanuman Dhoka）、搞笑的湿婆神庙、"色情公仔"浮雕像、神秘的活女神庙，而加德满都（Kathmandu）的名字就来源于其中一座"矮胖"的寺庙——独木庙（Kasthamandap）。

当每日黎明的晨光射进后街小巷、庭院门道时，一扇扇雕花的窄门、木窗也次第打开了，当地人不慌不忙地起了身，手捧一个精致的小铜盘，上面精心排列着米粒、红色的粉末与细小的各色花瓣，绕过那些漫无目的闲逛的圣牛、流浪的狗与凹凸不平的路面，开始了每日从一个神像走到另一个神像的小小敬献之旅。有的印度教徒将这些细小又好看的供奉撒到神像上，有的佛教徒还带来了几杯酸奶、奶轧糖或酥油，一些人也就近在住家的附近，将谷物、花瓣、红粉抛撒到石像或树上来简单地敬奉一下神。每当供奉完毕，坐在路边、石阶上的经师会将这些祭品混合成软软的脂膏，再在供奉者的眉头额心涂抹上一个吉祥的"提卡"，这个拇指大小的朱红色印记仿佛是神灵存在的一种象征，清晨背着军绿色的散步包从泰美尔最拥挤的中心泰美尔十字路口出发，与这些额头上亮着红红"提卡"的男女老少擦身而过时，我立马就感知到他们已履行过早上那番短小的敬神仪式。

我跻身走着的闹嚷嚷的小道也与他们的方向一致，沿着贾塔路（Jyatha Rd）往南，几乎每隔一条街，就会相遇墙上的象头神甘纳什（Ganesh）。这个矮矮胖胖的可爱小家伙是尼瓦尔人的房屋保护神，也是幸运之神。他是湿婆与雪山神女帕尔巴蒂的小儿子，一个象头人身的超萌宝宝，被尼泊尔人认为是最聪明的人类和最聪明的动物的结合，因此又被称为智慧之神与财富之神的结合，据说他是从湿婆神的笑声中诞生的，湿婆怕他过于俊美诱人了，所以给他安上一个温和的象头。它身体的各部分还有着生活中的哲学与神学的含义：庞大的肚腹代表丰盈的知识，硕大的脑袋代表众多思考，细眯的小眼睛呢，代表精神的集中、专注，而小嘴巴则代表少说，大大的双耳代表有力的倾听，长长的鼻子代表隐藏的力量。小小的象头神无疑是最有助于解决百姓日常生活难题的男神，看看他周身被抛撒的红粉和涂抹的脂油有多厚，就知道他有多受欢迎。每经过一个脖子上挂着金色花环的象头宝宝，我也会开心发笑。人们最后摇响铃铛，以祈祷以后的旅程平平安安。

加德满都谷地至少有2700多座神寺，代表着不同的天神，迎合着人们的各种需求。如果某些神庙具有治疗的功效，那些生疮害病的人或家属就会常到这些神庙去供奉。有些神庙是专门保佑孩子的，有些神庙是供奉生育之神的，有些神庙是供奉爱神的，还有些神庙是保佑家畜的，有些神庙是考生喜爱的知识神。我看见来来往往的人都要随手去抚摸一下一个镶嵌满了硬币的大嘴巴之神，我也赶紧放上一枚5卢比的硬币在它张着的巨口里。成千上万枚银光闪闪的硬币被抛在了大嘴里、被钉在了木头上，都是献给牙痛之神的，它那张千疮百孔、痛苦扭曲的硕大头颅也好像正在替代人类饱受那痛起来要人命的牙痛一样。据说头痛、牙巴痛、鼻儿痛、神经痛都会在银光的照射下倏然消失，原来神像也可以这样有趣、好玩呀，我那因旅途奔波、缺乏维生素而发炎的牙龈仿佛也清凉了起来。

　　每天尼泊尔人就是这样生动地加强着神与人的沟通，就像玛丽·舍普德·素萨尔在《尼泊尔的坛城》中写道："对大多数尼泊尔人而言，甚至是社会高层人物来说，有大量的神祇，看不见的主人居住在加德满都谷地。这样的信仰在尼泊尔依然普遍，尼泊尔人用不退的热情来维系着。日常的供奉以及集体的集会在每个家庭、本地社区以及国家庆典间无休止地循环。多数尼泊尔人的生活不仅被椭圆形的加都谷地绕行的路线所限制，他们的传统价值观也是如此。"人们每日在神庙与寺庙间往返，在神地与圣地间徜徉，每个人就这样简单地将悠长的历史与平凡的俗世连接了起来，而我想加都市民早晨那最美好的时光也一定是拿来献给各路神的。

　　尼泊尔人把最古老的街区与传统的市场叫作"阿桑（Asan）"，

通向杜巴广场的阿桑街（Asan Tole）在六条街道的交汇处，自古以来从西南方至东北方的主路都是加德满都主要的商业街，同时也是通往中国西藏商路的起点。几百年来，阿桑街一直都是加都最重要的街道，也成了加都最繁忙的市场。在这条屋檐倾斜、拥挤不堪的市井小街上，当地人在买卖蔬菜、水果、肉食、粮食、布匹、铜器、银器、香料、花朵，五颜六色的三轮车嘀嘀叭叭摇着铃在人流中窜来窜去，搬运工坐在庙前的台阶上眼巴巴等待着顾客召唤，热爱酸奶酪的"粉丝"会排着长队站在路边享用一杯清爽的早点，卖七孔长笛、萨伦吉木琴的流浪艺人一路表演一路追逐着游人喋喋不休，而英国的嬉皮歌手凯特·史蒂文斯（Cat Stevens）就曾住在阿桑街一间烟雾缭绕的茶室里写下了嬉皮时代的传世歌曲《加德满都》。

尼泊尔像印度一样，从多神宗教的圣歌《吠陀经》（Vedas）里，诞生了有种姓意识的印度教。从创造神梵天嘴里出来的是祭司阶层、僧侣阶层婆罗门（Brahma），从他的胳膊出来的是骑士、武士阶层刹帝利（Chhetris），从他大腿出来的是手工艺人、商人吠舍（Vaisyas），从他脚出来的是农奴、乞丐、浪人首陀罗（Sudras）。在如此庞大芜杂的阿桑街上，我仿佛看见各色人等都在这里往来穿梭。

好不容易从阿桑街的喧闹声中挤出来，汗水已经打湿了背心。我一眼看见小屋咖啡店（Café Cabin）就在近旁，赶紧穿过门道的珠帘上到了楼上的一个房间，要了一杯热热的马萨拉茶（Masala Tea）。侍者是个年轻男孩子，额上点着"提卡"，笑容温和，他不慌不忙地将一点鲜奶倒入茶叶水，再加了一点肉桂皮、茴香籽、豆蔻籽、姜末，和茶水一起烧煮，那一大杯香滑浓郁的尼泊尔奶茶只要60卢比，真想不到在靠近杜巴广场的地方还有如此的小天堂，而这样的咖啡屋、茶室也是当地人与旅行者一路走来，小憩、聊天、放松的处所。

这里或许也是滞留街角吸大麻的外国嬉皮士和尼泊尔苦行者的旧巢，我坐在光线和香烟缠绕形成的一片烟云下，在煮茶和西塔尔琴音的氛围中，一下将外面的繁华忘掉，房子的镂花木门和窗户都朝外面辽阔的蓝色天空开放。而1560年，马亨德拉·马拉（Mahedra Malla）国王就在外面那座哈努曼多卡老王宫登上了加德满都王的王位，仆从们说他是一位心怀悲悯、道德高尚的国王，老王宫里有14个壮丽的木雕庭院，他每天要从宫殿的不同窗户里看到广场周围的户户人家有炊烟飘出，确定庶民百姓都有饭吃后，他才肯用自己的餐饭。据此加德满都进入了宫殿、寺庙、民宅建筑的黄金时代，杜巴广场上现存的5座印度锡克哈拉式神庙，22座尼泊尔传统的塔式神庙，可能都与当时供奉的神祇有关。看看老王宫两侧刻有的那1672个形态各异的猴神哈努曼的雕像，就知道一个梵音氤氲、民生兴旺的时代有多辉煌，你远远地就能看见那只印度史诗《罗摩衍那》中的神猴身上涂满了红色的朱砂，市民们还用伞为它遮着骄阳与豪雨。

我走到杜巴广场，就感觉像走到了好多个时代的中心，无论是有着9层基座的玛举迪瓦尔神庙（Maju Deval），还是有着12层基座的塔勒珠女神庙（Taleju Temple），神庙的基座上都坐满了各式各样的当地人，而在像因陀罗节花车巡游的盛大节日里，层层叠叠的台阶上好像挤满了整个谷地里来看闹热的各个种族的人群。当然，在尼瓦尔人建造神圣场所的传承里，神庙的基座不光是简单聚集人气的台阶，基座不仅能抬高神庙的位置，使其高耸和挺拔于宽阔平坦的大地之上，让神庙平添一股夺目的光彩，超凡脱俗，更重要的是，独立于广场上的正方形神庙以及下面的正方形台阶都是来自于尼泊尔人那宇宙坛城的理念，是宇宙间一切形式的根本形态。每一座神殿仿佛都是"世界最高处的艺术"，而笃实的基座则是"神庙内部宇宙的边界"，这里的人们生活在喜马拉雅雪山映衬之下的广袤空间里，他们对地表的尺度感也与生活在城市钢筋水泥狭窄森林里的我们截然不同，杜巴广场上那些高耸于台基上的神庙、紫檀木雕的大型凸窗、飞檐走壁的成排斜撑、上翘有轻巧飞升感觉的檐角瓦片、屋顶角脊上有男脸面孔与女脸面孔的堵头，都在使人的目光不知不觉地向上方移动着，最后融化在了瓦蓝瓦蓝的天际。

我想杜巴广场迷人的魅力也正在于它是宽阔的，露天的，开放的，随处可见、可触摸可感受的，但这些上千年的古迹文物是否会遭到盗窃就成了我的疑问与担心。受到某些私人收藏者有收藏"别致神奇的"亚洲神像欲望的驱使，广场上一些神圣的古物也未能幸免，有的神像从它们的底座上被扭下来或从脚部锯断，如果头被认为很有价值的话，神像可能被斩首。当地人也用简易的方式来保护他们的神像，用格栅把能吐啤酒的神像红麦群卓拿围起来，或用水泥把大鹏金翅鸟神像固定在基座上，这些笨拙的办法显然有损神像的美感，但是更多的时候人们是用虔诚的信仰与每日的供奉让各种古物一直活在广场上，活在人们的心里。对于有信仰的人来说，宗教和道德的约束力往往比法律的约束力来得更强。

我想去敬拜一下广场西侧的湿婆－帕尔巴蒂神庙（Shiva-Parvati），一个英俊的尼泊尔男子走上前来问我："需要一个向导吗？需要陪伴吗？"他有着很好的肌肉，棕榈色皮肤，穿着紧身的黑色T

恍，有着一头黑色的长鬈发，但眼神佻达、飘忽。我很诧异他的打扰，迅速摇头，转身。他微笑了一下，退后。我发现尼泊尔有成百上千座湿婆神庙，但这一座紧靠老王宫的一定是最逆天、最另类的。在印度教中有三大主神，梵天（Brahma）、毗湿奴（Vishnu）与湿婆（Shiva），湿婆神是毁灭与创造之神，无疑也是最有威力的神。传说中，其妻雪山神女帕尔巴蒂（Parvati）从后面用双手捂住他的双目，顿时，从湿婆额头出现了第三只眼。额上的第三只眼能喷射神火，在宇宙周期性的毁灭之际，他会用这只眼睛杀死所有的神和其他生物，他也曾用这只眼将作恶多端的三座恶魔城和引诱他脱离苦行的爱神伽摩烧成灰烬。印度教认为"毁灭"即孕育着"再生"的含义，故表示生殖能力的男性生殖器林根是湿婆神创造力的象征。

记得在《罗摩衍那》中有一段关于"恒河的起源"的故事，说印度教大神湿婆和大地之母乌玛交媾，一次就达100年之久，中间从不间断，众神对湿婆的生殖能力感到惊慌，就央求湿婆把他的精液倾泻到恒河之中，这就是"恒河之水从天而来"的典故。

通常湿婆的形象是5头3眼4手，手中分执三股叉、水罐、神螺、鼓等；身着兽皮衣，浑身涂灰，头上有一弯新月作为装饰，他的头发盘成犄角形，上有恒河的象征物，坐骑是一头大白牛南迪。而在杜巴广场这座神庙最高层的雕花木窗里，湿婆与他的伴侣帕尔巴蒂正探身窗外，相拥相抱着用揶揄的眼神在看着众人，像在欣赏千年广场上芸芸众生的活动，又像在甜蜜地窃窃私语。这对住在楼顶上的神仙眷侣的窗口一直开着，不由让人浮想联翩。

在神庙廊柱上以浮雕形式镂刻着的"色情公仔"，描述性交形象的"雅雍"艺术，则生动、直露地表现出湿婆和帕尔巴蒂创造生命的天职。根据印度教信仰中"性力派"的理念，尖向上的三角形是男性的象征，尖向下的三角形则象征女性。两个三角形相交组成的六边形，就意味着男女交合、刚柔相济，象征创造、繁衍，而宇宙的创造正是通过阴阳的和合而完成的，人的修行要想真正有所成就也只能通过男女的结合，如此，性爱在"性力派"那里变成了主要的修行手段。这样的修行并不是欲望的简单满足与宣泄，而是欲望自我净化、升化的过程。因此斜撑上那些成对出现的神祇、双身人物通常是湿婆与帕瓦尔蒂、毗湿奴与拉克希米、因陀罗与因陀亚米，他们在枝叶茂密、从上面坠下累累果实的幽静场景中赤裸裸地性交，每一次交媾都是欢畅和祥福，子孙满堂，牲畜满栏，名望满天下，看起来与中国古代的道家房中术、藏密男女双修完全相似，是天地之合、阴阳相调的一种影射。

当然这些带有露骨性爱场面，也包括动物交配场面的斜撑、砖雕大多与湿婆神庙有关，它们不会出现在佛教寺院中，要辨别你进入的是印度教神庙还是佛教寺院，有无色情雕像也可作为有趣的标志之一。

在众神栖居的塔楼上，湿婆留着小胡子，看起来酷似20世纪著名画家达利那戏剧化翘着的两撇八字胡，他不再穿兽皮，把头发搞成奇怪的犄角，他象一个多情的暖男走向了人间，而他的妻子帕尔巴蒂则衣着华美，与夫君紧紧依靠在一起，神态亲昵妩媚。我以前很少见到这样人性化的神，而"雅雍"色情艺术的意义也不仅是取决于它所表现出来的欢爱形式，而是取决于观看它的人们的心境与心情。

我想那是16世纪时加德满都人心中的湿婆神，他一方面以豪雨、雷电等成为破坏的神，另一面他也以欢娱、柔情成为治疗人们情爱障碍的治愈神。我是那样喜欢居住在塔楼上的湿婆与帕尔巴蒂，他们与我们这些居住在人间的每一对夫妻一模一样，时不时地要秀一下恩爱，要小儿女情态，要打情骂俏。

我离开湿婆神庙向更远处的独木庙走去的时候，看见那个黑衣俊男还在门前向单身的女性游说，他站在光影交替的斜撑廊柱下时很帅，很像孟买贫民窟中的马龙·白兰度，他的目光朝向的也是独自来到杜巴广场的年轻外国女性。他或许是一个牛郎，一个性工作者，一个采花大盗，他或许不属于《吠陀经》里的那四个阶层中的任何一种人，也不同于我清晨在敬奉之路上相遇的男女老少，但他额头上点着同样的吉祥红色提卡，在那一刻我真的希望他能在杜巴广场上发现他的爱，他的爱人，或爱他的人。

谁能说湿婆没有吉祥、好运的意思呢？加德满都的神迎合着人们的各种需求，Good luck，清晨的甜心，马龙·白兰度！

苦行僧也吸食大麻
Baba also takes in Cannabis

从杜巴广场迤逦西行，有一条嬉皮士时代著名的街道玛鲁街（Maru Tole），当时的小街上遍布着各式各样的面包甜点店，新鲜烘烤出来的面点香气会一直蔓延到圣河毗湿奴马蒂河畔（Vishnumati），人们便送了它一个"馅饼巷"的绰号。尽管那个嬉皮花童们啃着面包冥想东方宗教的六七十年代已经一去不复返了，但打开旅行者味蕾的袭人香气还是引领着他们来到了传说中的馅饼巷。

馅饼巷的档头有一座朴素的三重屋檐的"独木庙（Kasthamandap）"，它朴素得很容易让人忽略它的存在，但关于"加德满都"名字的起源，却是从这座独木庙开始的。

在下雨天的时候，坐在石阶上打坐的巴巴会告诉你，这是一间用一棵巨树建成的福舍。

他说远古在鱼王神乘车出游的日子，生长在天上、能遂人愿的树神也变成了凡人模样来人间参加盛大的狂欢派对，不意却被一位法师识破真相抓住，树神答应用一棵长生不老的娑罗双树来建一间福舍，为来来往往的修行者、旅行者提供一个可以遮阴避雨的庇护所，当然这间用一棵大树建的福舍就叫"加斯达满达尔"，在梵语里意为"独木之寺"或"树林与庙宇"，后来简称为"加德满都（Kathmandu）"，在尼泊尔语中意为"独木大厦"。

巴巴的传说总是如此美丽，哪怕听一次也会终生难忘。

史载的独木庙大约建于12世纪，是整个加德满都谷地现存的最古老的福舍。在尼泊尔的文化里，有一种在其他文化中很少见的公益性建筑形式——福舍，尼泊尔语为"萨陀（Sattal）"。简朴的福舍常建在街角、朝圣地的附近或面对广场，比如神庙或神圣的沐浴处。福舍的一层，仅是一个升起的平台，用雕刻精美的16根立柱支撑出挑的屋檐，像回廊一样面向四方敞开；福舍的上层，带有漂亮的木雕凸窗以及密实屏门。最早的福舍，是供重要仪式之前聚会使用的社区中心，不仅免费为短暂停留的行者提供防晒防雨的庇护，也可为长时间停留的旅人提供较为安定的住所。同时福舍还是居民的游戏场所、宗教集会场所，有时女人们也在这里晒衣服、晒谷物。

尼泊尔曾经是世界上唯一一个以印度教为国教的宗教国家，古朴的独木庙也成了供奉苦行者乔罗伽陀（Gorakhnath）的神庙，乔罗伽陀是13世纪出生于王室的一位苦行僧，用树木搭建起来的加德满都福舍，就像佛陀与五百僧众在舍卫国修行的那座奇花异树、林木葱郁的祇树给孤独园一样，成了大庇天下寒士俱欢颜的福地，这座周围弥漫着粮食、面粉、谷物、树木香气的独木庙逐渐成了众多印度教苦行僧的栖息地，而苦行僧也成了馅饼巷里最奇异的一道风景。

很难说清尼泊尔到底有多少福舍、多少苦行僧，在旅途中经常会见到苦行僧的身影，其中有些还是从印度过来的修行者。他们被看成是来凡尘普度众生的"神的使者"，受到人们的普遍尊重，苦行僧被尊称为萨度（Sadhu）或巴巴（Baba），意即"圣人"。在《梨俱吠陀》中，梵语苦行（Tapas）的意思是"温暖"、"热力"或"热量"，古印度人认为世界正是由于这种热力而得以诞生，后来的苦行之所以取这个词，是因为印度气候炎热，宗教徒便把"受热"作为苦行的主要手段，苦行逐步成为宗教修行的主要形式，苦行僧代替祭司成为宗教的主体，湿婆大神也演变成为一个苦行大师。

苦行僧们采取斋戒、日晒、禁食、沉默不语等各种形式进行自我苦修、自我磨炼，拒绝物质和肉体的引诱，甘愿忍受恶劣自然环境的压迫从而得到某种超自然的神力。按印度教典籍《摩奴法论》的说法，人一生都在修行，这种修行被描述为人生四个阶段或四个行期：梵行期、家居期、林栖期和遁世期。年少时拜师求学、勤学苦读的学子生涯，即梵行期；成年后结婚成家，生儿育女，供神祀祖，过着世俗生活，履行社会义务，是为家居期。俗务和家事完成之后，教徒抛弃所有的一切，苦行游方，追求人生的最终目标——解脱，是为林栖期与遁世期。《摩奴法论》说，人到了头发花白、子孙满堂时，应该离家到森林里去进行苦修。以别人的施舍和野果为生，应该有意增加自己的苦难，"在夏天，他应该暴露于烈日之下；在雨天，他应该生活于露天之下；在冬天，他应该身穿湿衣服；死亡来临之前，他还应该抛弃他在森林中固定的住处，带着拐杖、钵和一点粗衣去四处流浪"。

尼泊尔的巴巴，即指那些身处于林栖期和遁世期的苦行僧。他们衣衫褴褛、蓬头垢面，带着象征湿婆神、毗湿奴神的三叉杖，边走边吟诵古经文，充当着神的仆从。苦行僧必须做到"三不"，不性交、不撒谎、不杀生。没有家庭与性爱，没有老婆孩子，没有功名利禄和爱恨情仇，即使道上与父母相逢也不会相认，一心想跳出生命的轮回，寻求解脱之道。一些巴巴为获得神力，不惜走火入魔，他们只吃草根，坐在烈日之下，用热火焦烤着自己，在刀尖上行走，在火上赛跑，或是躺在用荆棘或钉子做成的床上，或是头朝下挂在树枝上、深埋在土里达数个小时龟息。但大多数苦行者并没有走向如此严厉的极端，他们在圣河沐浴，以洗净肉体，更多是在精神和意志方面进行沉思。有些独自住在郊外或是某个村庄里，有些则在长老的带领下居住于森林棚屋，集体修行。有些则是游方的托钵僧，每一间福舍都是他们的临时栖身处，有些是全身赤裸的天衣派、裸体哲学家，仅用一小块破布遮住裆部，有些则身着极其简单的衣服，以一袭黄色的布衣作为净衣派的标志。

　　大部分的苦行僧信奉湿婆神，小部分信奉毗湿奴神，而另外一个主神——梵天，世间万物的创造者，高高在上，几乎没有追随的苦行者，这是因为湿婆在印度教三大主神中是最有个性、最疯狂、性格最复杂的一个神。湿婆在世间有几万个不同的化身，因此也影响到苦行僧们的扮相，苦行僧们几十年不剪不洗长发，满身惨白色的炉灰，随身携带着怪异的木杖，有的还在脖子上缠绕着蛇等，而每一个苦行僧画在脸上的彩色涂鸦也不相同，我想他们都是在想方设法模仿他们的主神湿婆吧。

　　我在独木庙相遇了两个苦行僧，一个是全身穿着豹皮图案的袍子，头上横向画着三道颜色，手中紧握着蛇形木杖，他是湿婆猛兽化身的崇拜者。我问他是否还能像苦行大师湿婆那样做瑜伽，他居然直接脱去花斑长袍，坐在地上轻易就把双脚盘到了脑后，而我练了6年的瑜伽，还是做不了双盘。通常苦行者通过修炼瑜伽能激发出体内的潜能，有的苦行者还能双手同时击打两面鼓，且打出不同的节奏。而另一个则在头上缠绕着如鸡窝般的长发，上面再盘绕着金色的万寿菊花环，额头上竖向画着斑斓的图案，手中的木杖则是一只青鸟，看来他是毗湿奴半人半鸟化身的追随者。这位老巴巴说他在独木庙外待了好多好多年，已经记不清自己多大了，当他把长发解开时足有3米长，臭烘烘地铺洒了一地，不由让人咂舌那一寸一缕是怎样的苦难岁月，整天将长有各种小虫小蚁的长发盘在头上，如果没有超强的苦行本领，何以忍受那噬咬、那叮痒、那难受。如果有人细心考察相遇的每一个苦行僧妆颜的来历与出处，一定会写出一篇霸道的博士论文。

　　苦行僧几乎没有什么财产，一般都是靠人们的施舍、捐赠来维持生活，全身上下的东西价值不会超过10元人民币。在游客众多的杜巴广场，一些苦行僧会主动走上来在你的额头点提卡，摆出各种"Pose"热情地邀请你拍照，当你想抽身离开时，对不起，他们索要小费的手也伸向了你。如有游客不给，他就一直追赶着游客喊着"Money"，那一前一后的现代角逐，实在让人困惑。

一个苦行僧开口竟然向我索要10美元，好像人人都是特朗普的钱袋子。而与这些神的追随者讨价还价也是非常尴尬的一件事情，给少了怕他们不屑一顾、嗤之以鼻。我扔下50卢比就落荒而逃了，它让你觉得你不是在面对着一群皈依宗教的神圣信徒，而是在跟一群趋利的生意人进行利益的较量与博弈。我想苦行僧也像金庸小说描写的武侠世界，各式各样的巴巴都会在芸芸众生这个江湖里招摇过市、良莠不齐，一如"一沙一尘埃，一陀一世界"。而一个真正的苦行僧见你拍他时他通常只是静静地待在原处，不喜不怒，不太会主动要求你拍，也不主动索要小费，来来往往的行人是否施舍完全由你自己的心意来决定，或许真假苦行僧的区别就在于是主动还是被动吧。

每年2月至3月在湿婆神节（Maha Shivaratri）期间，都会有大批苦行僧聚到加德满都，最多时可达到1万多人，很多还来自印度。由于尼印边境完全开放，两国居民可自由往来，不需要签证，这些"跳出三界外，不在五行中"的巴巴，也根本不会理会什么身份证件。他们在巴格马蒂河两岸搭起临时帐篷，白天在湿婆神主庙帕斯帕提那神庙（Pasupatinath）进行祈祷活动，晚上则在河边燃起篝火唱歌跳舞，火光四起时身影绰约，蔚为壮观。

带我去汉语角的拉米索尔说，这些巴巴大概要聚集一个月才会慢慢散去。有趣的是，他们还会来一次惊世骇俗的"拉度比赛"。拉度（Lado）是指男性的阳具，他们用阳具进行各种练习，目的不是为了壮阳，而是为破坏其性功能，不为性欲困扰，达到"无欲则刚"的地步。苦行僧们要赤裸身体，展示谁的"拉度"最强大。其中一个项目是用"拉度"提起装满清水的一桶水来，好像"拉度"是举重机一样，有的巴巴还能将套着绳子的重达几十斤的小树干提起来。苦行僧们倡导无欲无性无爱，修行者要修掉的不仅是物欲，还有性欲。但如此好玩、刺激的"拉度比赛"，无疑在向你展示巴巴们游戏风尘的另外一面，只是我无缘看到如此精彩的场面罢了。在尼泊尔，即使是那些携带骷髅的隐士和云游四海的托钵僧，都对生命充满热忱，哪怕在一场悲壮的火葬仪式中你也能够看到其轻松、幽默的一面。

在餐厅、酒吧或者旅游纪念品店，还可以看见抽着大烟的巴巴的画像，这让我对尼泊尔世俗与宗教的宽容度感到异常吃惊。在寺庙的门廊下、福舍边，偶尔也可看见好多位在草席上或躺或坐的巴巴聚集在一起吞云吐雾。他们把双手掌握成空拳，用嘴对着拳头另一端的烟卷猛吸，让烟雾通过空拳传到嘴里，然后像有深湛的内功一样再从鼻翼间喷射出白色的轻烟来；有些苦行僧的眼睛是红的，那是因为他们吸了致幻的大麻脂，他们认为这可以获得洞悉别人心思的能力。

由于苦行僧需要终日沉思冥想，与他们的主神沟通交流，地方政府甚至网开一面，允许苦行僧吸食大麻，以便修行者在软性毒品的麻醉与迷幻作用下，能够更加顺利地与神灵通话。也正因为有这些微毒品的豁免权，一些嬉皮士、瘾君子会找苦行僧购买大麻，有的苦行僧也会悄悄地询问游人是否要点"哈吸吸"，这种情形让你想到崔健的《假行

僧》："我要从南走到北,我还要从白走到黑。"一次我和登山女孩卡
罗尔踏着月色回扎西德勒旅馆,一个站立在夜色中的巴巴突然问我们:
"想不想high,要不要来点哈吸吸。"惊得我和卡罗尔落荒而逃。对于
我等俗女子来说,尽管我日夜梦想着四海为家、到处流浪,但这种风餐
露宿、天当房地当床、饥一顿饱一顿的生活,我还是不敢去追随的。

　　在8月末的黑天神(Krishna Jayanti)之夜,我和一群善男信女坐
在独木庙的空地上,皓月朗照,人们吟诵着赞美黑天神克里须那的颂
歌,整晚守夜,歌声不断。那时庙宇四周的台阶和栏杆上点起了大大小
小的油灯,一位巴巴先是坐在草席上一边喃喃自语,一边用双手在空中
像做法样比画,他突然微笑着对我说了句"祝你也快乐顺意",然后
他就跳起了身,旁若无人地舞蹈起来,脸上沐浴着光晕,沉醉在一种时
间与空间的错觉里,好像"过去种种譬如昨日死,未来种种譬如今日
生"。苦行僧们大都性情温和,虽餐风饮露但亲近自然,不需要氧吧,
也不需要钙片和足疗;食物简单甚至忍饥挨饿,但没有工作指标,无须
阿谀奉承或阳奉阴违,也不会营养过剩,酒色过度;他们过着有规律的
独身生活,却从不须费神,将物质上的自我省略与精神上的无限喜悦自
然而然地融合在了一起。

　　我那一刻仿佛也跟着他的影子进入了一种"神圣的"新生活,觉得
时间过得特别慢,好像整个世界突然在我眼前停滞了一样,原来只有几
分钟的时间,但觉得像经历了好几个小时、好几个世纪。那种醍醐灌顶
之感,让我的心里陡然轻松了许多,满眼都是星光闪烁。

　　后来再去独木庙时,这座谷地里沐浴着灿烂阳光、和煦微风的第

一福舍，已经和杜巴广场上的玛珠庙（Maju Deval）、迪路迦摩罕纳拉扬神庙（Trailokya Mohan Narayan Temple）、纳拉扬毗湿奴庙（Narayan Vishnu Temple）一起，灰飞烟灭，变成了一堆尘埃瓦砾，但那位忘情跳舞的巴巴却永远刻在了我关于独木庙的记忆里。佛陀曾经发愿："愿祇园内的树，生生不息，遮阴众生，广度有情，若遭灾变，愿树重生，世世供养一切觉者。"我相信千百年来的加德满都，虽曾遭遇多次地震与摧毁，但总会如大树般不断地抽芽、重生、流转。馅饼巷的香气袭人，苦行僧整天赤足走在大地上，他们吟诵的唱词在我心头低回……

他不能渴望死亡，
也不能渴望活下去，
只是在等待时辰，
就像仆人在等待工钱。
无论什么人对他生气，
他都不可动怒。
他应该祝福诅咒他的人，
他不能说任何假话。
执着于精神和心灵的安宁，
一心一意，戒绝任何感官的享受，
把自己当作唯一的依靠，
以对永恒祝福的渴望生活于世上。

活女神的修行
Spiritual Cultivation of the Living Goddess

凡祭拜女性的地方，皆有神灵居住其间。

在世界上很多国家，女神或只是一尊雕像，古希腊的维纳斯女神，现代美国的自由女神，她们更多是一种文明精神的象征，而在尼泊尔，令人崇敬的女神却是真实存在的。那个身披柔软的红色细纱纱丽，用美丽的莲瓣之眼看着我们，脸上散发着迷人光彩的少女，就是活女神库玛丽。

活女神在尼泊尔被称为库玛丽（Kumari），意为处女之神，一向受到印度教徒和佛教徒的共同崇拜。尼泊尔上至国王总统，下至庶民百姓，对活女神的崇拜都很虔诚。据印度教圣典，活女神是难近母杜尔伽（Durga）的化身，是智慧女神亦是力量女神的象征，还是印度教王权和庇护的神源，人们相信库玛丽拥有预知未来的力量和治愈疾病的能力（尤其是血液疾病），不仅能满足人们的愿望，赐予人们幸福，更重要的是，库玛丽建立了世俗社会与神的世界沟通的渠道，能唤起信徒的慈心，让凡人的精神有了寄托。

关于尼泊尔敬拜活女神的历史可以追溯到16世纪的马拉王朝，后被沙阿王朝继承。当时南亚地区的少男少女们在印度教和佛教的宗教仪式中进行占卜，他们被认为能够通神，有预知未来的能力，尤其是尼泊尔的居民纷纷相信女孩具有超能力，相信在神奇的仪式中，女孩可以通神。那时民间流传着许多关于库玛丽的传说，一说是马拉国王和加德满都谷地的保护神塔勒珠（Taleju）经常在一起玩掷骰子的游戏，有一次国王作弊，不体面地赢了塔勒珠，女神一怒之下，说从此不再庇护尼泊尔。国王苦苦哀求，终于求得塔勒珠回心转意，答应将以神圣不可侵犯的女童化身，重返宫廷。一说是马拉国王有恋童癖，一次与一个尚未青春发育的女童性交，致使女童死亡。出于愧疚和忏悔，他开始把一位女童作为活女神来敬拜。

1768年，月亮王族的廓尔喀国王普里特维·纳拉扬·沙阿（Prithvi Narayan Shah）兵临加德满都都城，恰逢童女神库玛丽节。年轻帅气的沙阿跳上女神车，跪着接受了童女神为其涂的吉祥提卡，随后他成了加德满都山谷新的征服者和现代尼泊尔的奠基人，并在1769年打造了一个与印度和中国接壤的王国。沙阿国王袭用了马拉王朝的哈努曼多卡王宫，并应当时活女神的要求，为库玛丽修建一个永久性的住所，以便她们有固定的家，而在此之前，虽然历朝国王都在王宫供奉活女神，却没有一个专门的庭院供其居住。国王答应了库玛丽的请求，只用了6个月的时间便在杜巴广场的最南面建起了一座库玛丽神庙（Kumari Bahal）。它与其说是神庙，不如说是活女神的住处，因此被称为"活女神之家"。200多年来，加德满都的活女神一直都住在这里，成了世间少有的供奉的不是铜铸的神像而是一位活着的女神的神庙。

如今在尼泊尔有10位活女神，其中9位都在加德满都谷地，每座古城都有一位，当然最重要、最受欢迎的还是加德满都杜巴广场的活女神，她也叫皇家活女神。

2010年8月，年仅3岁的玛蒂娜·释迦（Matina Shakya）当选为现任皇家库玛丽。库玛丽必须出自尼瓦尔人中的释迦种姓，人们相信这个种姓是佛祖所属的释迦族的后裔，且祖辈必须生息在加德满都的两条圣河——巴格马蒂河和毗湿奴马蒂河岸边。挑选活女神的过程也极其神秘与复杂，向来只能从尼瓦尔人的幼女中精挑细选而出。第一关是候选人要满足32个吉祥特征或具备32个优良特质，从眼睛的颜色、牙齿的形状到说话的声音都有具体的要求。比如 "海螺壳形状的脖子"、"榕树般的身体"或者"像狮子般勇敢"。第二关，是将候选人集中在一间黑屋子，男人们戴着魔鬼面具跳着舞，发出凄厉恐怖的声音，四处摆满108个血淋淋的水牛头。只有始终保持沉着冷静、不惧怕黑暗的女孩，才被认为是女神的化身。最后一关，与挑选转世灵童的程序相似，未来的活女神要从一大堆珠宝服饰当中挑出属于前任库玛丽的东西。一旦被选为新的库玛丽，女孩和她的家人就会搬进库玛丽神庙定居下来，接受信众的顶礼膜拜，直到月经初潮来临或不小心受伤流血，她的任期也就终结了。然后，新一轮的库玛丽选拔又将开始。

6岁的乌妮卡·瓦拉查娅与家人住在帕坦一幢年代久远、屋顶低矮的庭院里，喜欢穿黄色的帽子衫，后背上还印有史努比的图案，她笑起来脸颊上会有两个小酒窝，羞怯的眼神中充满了好奇。2岁时乌妮卡参加了库玛丽女神的竞选，但落选了。2014年的春天，她再次走进了正对着国王柱的塔勒珠女神庙，接受新一任帕坦活女神的挑选。77岁的阿南塔是塔勒珠女神庙的首席祭司，他说现代社会家长们生的孩子已越来越少，也越来越不愿意把女孩送来参选。按照传统女孩要接受32道"完美测试"，但现在他们只要求家长确保女孩是健康的，身体没有任何瑕疵、胎记，也没流过血。

人们安静又期待地等在庭院外，雕花木窗里传出了轻缓的曼陀罗吟诵声和手摇铃铛声，焚香味从房间里悠然飘出，有的女孩开始紧张地大哭。当房门打开时，乌妮卡沉稳地坐在毡垫上，眼睛里透出超出常人的冷静和无畏。

谜底揭开了，人们开始上前送上祝福，并一一拜倒在她的纤足下。从现在起，她再不是那个叫乌妮卡喜欢美国小猎犬卡通的小女孩了，人们会叫她"库玛丽"，她安静地坐上了帕坦活女神的宝座，双足放在一个铜色的供盘上，难近母杜尔伽女神在头顶上方守护着她。

一旦成为活女神库玛丽后，她就离开了世俗生活，离开了正常人的轨迹，每年只能在9次正式庆典中与外界接触。每逢尼泊尔最隆重的节日宰牲节（Dasain），信众会把库玛丽从女神之家请到王宫中的穆尔庭院，这里通常是古代王室举行宗教仪式的地方，门口竖立着两尊与真人同高的铜雕鎏金恒河水神与朱穆拿河水神像，庭院中央有一座3米高的金色小神庙，四面壁门，活女神就会蜷身在小庙中，供人们膜拜。

我第一次见到皇家活女神是在9月加德满都最盛大的因陀罗节（Indra Jatra）上，在印度教里，因陀罗被视为云雨之神；在佛教里，因陀罗又是护法之神。这是尼泊尔影响力最大的两个宗教群体——印度教徒和佛教徒共享的节日，因此各地的活女神都会在因陀罗节上乘坐华丽的花车出巡，让人们一睹她的真容，信众会戴上传统的尼泊尔面具跳舞，从四面八方涌向广场聚集，来承享库玛丽的福祉。这时坐在花车正中间的那个万众瞩目的小姑娘，皇家活女神玛蒂娜·释迦，浓妆重彩，她的头上戴着银蛇飞舞的银色华冠，额头上画着红色和黄色的极富宗教意义的火焰，眉心的中间点着象征第三只眼的蓝色"火眼"，她的双眼描上了浓重的眼线，那浓黑的眼线一直向上延伸到太阳穴，人们相信，只要注视她的画着眼影的双眼，他们便可以与神灵相交。

她的双脚赤裸着，戴着银铃，脚尖涂得红红的，但却不能沾地，以免身上的神性被玷污。作为神，她的一言一行也被朝拜者看作是吉凶的标志。如果女神对礼物报之以微笑，信众们认为自己的心愿必会实现；如果女神哭泣或大叫，这表示信众会患上重病甚至送命；如果她流泪或擦眼睛，信众们则相信自己死期不远；如果她发抖，则表明信众会有牢狱之灾；如果她脸色阴沉，左顾右看，那么朝拜者家中肯定将发生争吵；如果她用手指戳食物，则意味着信众们会破财。此时库玛丽将经过的道路已被冲洗得干干净净，数以百计热情的志愿者靠人力拉着大麻绳，推着那高20米、如彩色果冻般摇摆不定的花车穿过首都的街道。花车上除了坐着活女神，还有一些随从在车上保护着女神，并不时把花车上的鲜花撒向围观的人群。

活女神是如此的漂亮，有着蜜色的皮肤，头挽乌云般的高髻，一袭鲜红的华丽锦衣紧紧包裹着她娇小的身躯，她的两个男孩侍卫，扮着象头神（Ganesh）和巴伊拉布神（Bhairab）的样子，每人乘坐一辆金色战车在前面开路。她在护卫、密僧侣、警犬和其他前来帮忙的人们的团团包围中，一动不动地端坐在那辆具有250年历史的金塔花车中，眼光直视着前方，没有一丝笑容，也没有一丝恐惧，如怡人的秋月般安详。我在暖人的季风里挤在簇拥着人群和香气的花车前，心里漾着激动，看着她微笑，也像当地人一样向她投掷着鲜花、钱币、欢笑和热爱。任凭身边的欢声雷动、万众欢腾，她如一道和煦的清风一样，安静又淡然地穿过了我们这个喧闹的尘世间。

终日生活在库玛丽神庙中的活女神，其日常生活既是荣耀的，也是孤独的，好像中世纪足不出户的大家闺秀。每天早上7时之前，她要在随从们的帮助下梳洗打扮，穿上库玛丽的繁复服装。上午9时，她端坐在黄金宝座上，接受民众的朝拜，随后跟着老师学习。最后，她可以和来陪伴她的玩伴们玩游戏，偶尔也吃吃冰激凌。每天12时和下午4时，活女神会身着象征创造之力的红色纱丽，头戴花环、银饰，出现在窗口，供游客们瞻仰。

库玛丽在任期中，接受寺庙和信徒的供奉，青春期初潮来临后她就必须退休，她可保留的，是一枚金币和一件她在任时穿的红色华服。离开寺庙后，库玛丽可自由地结婚生子，但老百姓普遍认为和卸任的库玛丽结婚不吉利，会克夫，因此不愿娶她们为妻。在经历了世间最悬殊的宠辱哀乐、起伏跌宕后，好些退休的库玛丽终身未嫁、老死闺阁，注定要孤苦地度过她们苍凉的余生。

帕坦的前活女神萨米塔·瓦拉查娅（Samita Bajracharya）卸任时只有12岁，她曾做了3年半的库玛丽，在她帕坦老城的家里看见她时，她虽然可以自由自在地笑了，但与她一起坐在坐垫上时她始终一言不发。她当库玛丽时的大幅照片挂在墙上，那是过去的一种光环环绕的时光。由于长期的与世隔绝的禁锢生活，走下神坛后的生活立即变得真实而残酷。她几乎没有读过书，必须要学会靠自己的双脚走路，要适应拥挤的人群、嘈杂的声音和凹凸不平的路面。陌生人也会令她不安，她几乎花了一年时间才开始和周围不认识的人说话。她现在是一个天才的萨伦吉琴手，每天由母亲陪着穿过闹市去上音乐课，她特别想成为一位尼泊尔传统的音乐家。

每一位卸任的活女神都面临着无数的挑战，她们小小年纪除了要适应基本的凡尘生活，还要面对缺少现代教育、恋爱以及婚姻生活的挑战。1984年至1991年间的皇家库玛丽拉什米拉·释迦（Rushmila Shakya）退休时才12岁，她选择了上学受教育，并在31岁时获得了硕士学位，成为一名IT技术人员，同时也是尼泊尔唯一一个有高等教育学历的前活女神。她在别人的帮助下完成了第一部库玛丽自传《从女神到凡人》（*From Goddess to Mortal*），她在书中描述了当年的活女神生活：与世隔绝，缺乏教育，最终导致她在重归正常生活时障碍重重。"那个时候，我每天只有一个小时的上课时间；如果有人来参观，我就必须坐在宝座上。退位之后，要回到普通人的生活是十分困难的，比如我12岁时只能和6岁的妹妹一起上二年级。"

自《从女神到凡人》出版后，尼泊尔政府开始给现任活女神们进行每周3小时的强制性正规教育；与此同时，每个月还拨出3000卢比（约180元人民币）用于前皇家活女神的教育，并总共给出50000卢比（约3000元人民币）用作婚礼费用。

将一个小孩子成天禁闭于圣殿内，她的双脚甚至不能着地，不能让外人碰到她的皮肤，每天让到访的游客当作吉祥物拍照，每年只在重大节日才能外出9次，这不等于是虐待儿童吗？近几年来，库玛丽活女神制度的缺陷受到了指责与质疑，但一位撰写了《活女神》一书的英国作家伊莎贝拉·特里（Isabella Tree）认为，膜拜活女神的影响是巨大的，因为在正统的印度教家庭中，女子应俯伏于男子脚前。参拜女孩的风俗正好把次序颠倒，提醒男性尊重敬畏妇女儿童。

想想我也在徒步喜马拉雅的旅行中相遇了很多的尼泊尔家庭，很多地区的女孩不能与男性同桌吃饭，必须让丈夫或父亲吃完后才能上桌吃饭，甚至有的山区在女孩来月经时被认为是不洁还要将其关进牛棚。那么从宗教情怀来看待膜拜女童现象，或许成为库玛丽就是这些女孩的宿命，她们来到世间就是要成为库玛丽的。

"如果你有女儿，你愿意让她也成为库玛丽吗？"当问到女硕士拉什米拉时，她露出白净净的牙笑着说："要是我女儿被选为库玛丽，我会很开心的。我被选中时就觉得很幸福，成为库玛丽是上天赐给我的礼物。"回忆起当女神的经历，她说感到很幸运也很神圣，没有任何女孩会后悔她们的童年经历。而作为尼泊尔的成年女性，她们都说愿意自己的女儿成为活女神，并为此感到荣幸。

2015年4月发生于尼泊尔的地震是过去80多年间最猛烈的一次，库玛丽圣殿却奇迹般岿然不动。无论是建筑、历史还是大小，加德满都杜巴广场上的库玛丽神庙看起来并不起眼，也不辉煌，但由于皇家活女神就居住在其中，所以这里俨然成了整个加都人气最旺的地方。庭院大门朝向北面的哈努曼多卡老王宫，库玛丽神庙是一座砖红色的四合院式的三层建筑。门口有一对白色的石狮把守，门头雕刻的是难近母杀死牛魔王马希沙的故事；大门之上，是繁复厚重的窗棂和檐柱，上面雕刻着开屏的孔雀、太阳神乘坐的七拉马车、湿婆神等。神庙的底层有鹦鹉、大象、狩猎、歌舞、性爱等各种雕塑，顶层开着三扇联窗，居中一扇为金窗，高挂着猩红色的丝绒帘子，隐约可见室内活女神的黄金宝座，其精美可与国王的鎏金雄狮宝座相媲美。庭院中间是开阔的天井，为了满足人们的期盼，每天正午12点和下午4点，活女神会在她居住的金窗前露一下小脸，让众生一睹她的圣颜。那时信徒们会纷纷往木箱里塞钱，以感谢女神的眷顾。我看见一个华人的观光团，也和我一起挤在抬头期盼的人群中，但女神却深藏楼阁中，迟迟没有露面。有人就开始粗暴地责怪导游了，"快打手机让她出来让我们看一眼！"手忙脚乱的导游一阵忙碌后，最后回复道："昨天是因陀罗花车节，活女神因为巡游太累在休息，请大家再稍候。"但那群姐们却高声嚷嚷着，"不看了，退钱退钱。"忿忿然离去。那个从小就被选为受万众膜拜的女神，其实偶尔也会罢罢工、闹闹小脾气的。

当地人依然静悄悄地站在天井中，眼含柔情仰望天空。下午的空气带着清爽的风，砖红色的神庙之上是清晰可穿破的蓝天，鸽群轻盈地飞来飞往。信仰在物欲横飞的一些国家很容易就显得势单力薄，稍纵即逝，无足轻重，但在这个小小的国度里，人们并不富有但很幸福很充实，人们不过分追求物质享乐，然而心中保有最纯洁最真切的信念。当我们遇到艰难痛苦时，我们会打开电视，在微信圈刷屏，找朋友倾诉，或出去喝咖啡，做一次按摩，膜拜一下菩萨，世俗生活里有很多种可供我们逃避与解脱的方式。但对一个只有几岁的小女孩来讲，她没有任何人可以倾诉，只能面对自己的内心慢慢成长。每天置身在相同的庭院，坐在相同地方的相同座椅上，会见相同的人，需要夜以继日地重复相同的祝福、祷辞、观想。对于生活在刺激和快速变化中的人们来说，库玛丽的生活如同一种酷刑，而事实上库玛丽就是一种修行，一种今世的磨炼，是我们在现实生活中能够触及、遭遇的各种情形的磨砺与修炼。在库玛丽那里，我们能观想到如同梵文戏剧里不同的人生味道，如同《星球大战》中那来自光明面与黑暗面的原力：挚爱、坚持、怜悯、勇气、悲伤、喜悦、忍耐、真切、恐惧、宽容、孤独、牺牲、平静以及安详。我们每个人心中都怀抱着神，只是有时我们却不认识它罢了。

神庙屋顶那一长条八宝图案的金色垂带从宝顶处垂了下来，越过古旧的檐口，垂到房檐下方的窗棂。垂带的尼瓦尔语叫"帕塔卡"，被认为是神祇们从天上下降到人间的通道。那个已9岁的库玛丽如愿出现了，倚着250年的花窗，垂着浓重的眼睑，脸上映射着垂带上的金色光芒，人们屏住呼吸，双手合十，眼光交会，5秒，10秒……每个人的内心某处都存在一种永久平和的至高自我，很多时候我们未能看出自己内心深处的神性，而那样的一瞬，就是满足。

活女神大概在窗口站了15秒，就离开了。窗户被重新关上，白鸽仍然在头顶上空飞舞，庭院外是一片喧杂，成批的尼泊尔男人站在广场上做着各种零碎的小工，一个怀抱女婴的妇女穿着又长又脏的纱丽，伸出黑瘦的手拉住了我。我没有犹豫地拿出了100卢比递给她，但她却并没有伸手接过去，而是带着我走到一间小小的杂货铺前，让我买了一瓶牛奶给她的孩子。地震后，最感人的一幕是很多尼瓦尔女人用她们的大拇指挤压着破碎的地面，希冀通过这种方式，将大地的负荷和灾难挪移到她们自己的身上，每一位库玛丽在地震中都幸存了下来，而人们对难近母的化身活女神的崇拜也变得更加热烈。

活女神庙是尼泊尔最美丽的庭院，无疑也是尼泊尔最寂寞的庭院。库玛丽的一生，不由让你想起张爱玲的那句话——她的牺牲，是一个美丽的、苍凉的手势。落日的余光染红了她海螺般雪白的法身，她伸出的莲花掌中有千只温柔的眼睛在庇护着我们的苦难。

女人在提吉节上晕倒

Women faint at Teej Festival

尼泊尔几乎每两天就有一个节日，要想疯狂的话，天天都可以灵魂出窍。而我很幸运的是，住在加都两周后，就遇到了印度教女人最大的节日——提吉节（Teej Festival）。

尼泊尔是一个全民信教的民族，在尼泊尔媒体最近的人口普查报道中，有81%的是印度教徒，11%是佛教徒，4%是穆斯林，4%为其他宗教的教徒，包括基督教。在每年的8月底和9月初，尼泊尔所有信奉印度教的女人都会盛装庆祝提吉节。也就是说，尼泊尔2852万人口中有约1千多万的印度教少女、妇女们要在一起唱歌跳舞。

所谓提吉节，也是女人为男人祈福的禁食节，一共会持续3天。9月1日的第一天叫"欢乐天"，已婚与未婚的女性会自发地聚集在一起，穿着她们漂亮的盛装唱圣歌，通宵达旦地载歌载舞，爆吃着丰盛美味的食物；9月2日的第二天则叫"禁食日"，太阳从东边升起开始，她们就停止进食，不吃任何食物，不喝一滴水，去寺庙为丈夫与家庭祈祷，一直要坚持24个小时；9月3日的第三天则叫"沐浴日"，女人们在圣河边、小溪旁，用红色的泥土、神树的树叶清洗脸庞、清洗身体、清洗脚趾，完成三天来身体与内心的最后一次洁净。

帕斯帕提那神庙是尼泊尔印度教最古老最大的神庙，也是南亚次大陆最重要的湿婆神神庙之一，它在加都的东部边缘地带，静静地矗立在日出时的巴格马蒂河（Bagmati River）河畔。在提吉节的第二天，全加都的女人都会穿着红色的纱丽或库尔塔，天不亮就去那里祈祷。

那天我也特意穿了件彩虹色的条纹衬衣，在衣角处随便打了一个结，下着Miss Sixty的牛仔裤，招了一辆破烂的铃木出租车，在天光朦胧的7:30就到达了路口，但是从进入寺庙长达数公里的路上，已经排满了密密麻麻的、人紧贴着人的、等待进入神庙祈福的女人们。它让我在视觉上发晕，因为这完全就是一片让人心跳加快血液加速的红色的、闪着金光的海洋。这天有着三叠皱褶披裹的红色纱丽是最流行的颜色，就像女人那颗渴求的、滚烫的心，也有少数标新立异的女孩，着宝蓝色的、明黄色的或黑色的纱丽。已婚的女人会在脖子上戴上成串绿色的发光项链，手臂上戴着几十个成摞的绿色手镯，后来我的向导袋鼠兄弟送了几个绿圈圈给我，我才知道绿色是专属已婚、名花有主的女人的，而少女、未婚的则佩戴着黄色的发光项链和手镯。加都的英文报纸《喜马拉雅时报》（*The Himalayan Times*）在提吉节之前报道说，加都纱丽店的红色纱丽已经告罄，卖断货了；政府会在禁食日那天增派1500人的警卫在寺庙外维持秩序，女童子军和男童子军会在人群中充当志愿者，红十字会将设立紧急救助站。因为在这天，男性会停下他们在神庙里游走了一年的脚步，这一天男性是不能进入神庙的，这天是女人的专场，女人的世界，所以政府会在寺庙里加派女警察，避免拥挤、踩踏的事故发生。

显然这是一场女人志愿的"爱情圣战"，她们在清晨的晨曦中，手捧着放在心形菩提树叶上的花朵、糖果、米粒、钱币、一小节蜡烛和金色的万寿菊花环，在道路两边的经师为她们在额头上点上鲜红的吉祥痣"提卡"后，就一直期盼地站在队列中，忍受着奔袭而来的饥饿、喜马拉雅阳光的炙烤，要排好几个小时的队才能进入到神庙。有的女子会自发地站出来鼓舞大家，在一行一行的队列间，腰悬尼泊尔传统的乐器

"塔布拉"手鼓，边击打着手鼓边哼着唱诵词边跳着曼舞，旋舞的亮红色腰肢比公孙大娘的剑舞还让人眼花；旋完这一波排队的女人们，手鼓女孩又旋去另一波人群打气，我最喜欢的是看到一个个手鼓女孩的到来，她们在干渴与炙热里愉悦着众人、愉悦着远近的众神，当然也愉悦着她们身体里的神灵，她们的脸上沐浴着阳光，沐浴着晶莹的汗珠，青春极了。

不时还看到系着红色领巾、身穿墨绿色短装的男童子军们抬着担架飞跑，把那些因饥饿过度、暴晒过度而晕倒的女人抬到救助站去补水、输液。所有进入神庙的女子必须脱鞋，我很担心自己那双Echo的玫红色小羊皮凉鞋一旦放入成百上千双脏兮兮的人字拖鞋里，到时又怎么能把它识别、扒拉得出来呢？于是加都警局头头很自豪地向媒体说，今年把凌乱一地的存鞋处改成了一排排的铁架子，并会在每双鞋上写上号码，于是我背包里又多了一张号数大得不得了的"纸飞飞"。

进到寺庙的女子会先围绕着粗大的林根（Lingam）巡游一圈，林根是印度教的男性生殖器像，也是性爱之神湿婆的化身，它紧密相含地置放在圆盘形状的女性生殖器像幽尼（Yoni）上，这是神授的天地之合、阴阳之谐，就像我们古老的磨盘与滴溜溜转的磨心。印度古老的《广林奥义书》形容："女人是火，男根是她的燃料，阴部是火焰；当男人穿透于她的身体时，她得到活力，她的迷狂是她的火花。"这样的性爱火焰本身就像原始的宇宙创造力一样神圣。按照古代吠陀信仰，祭祀仪式的程序与性爱过程时常是难解难分地交错在一起的：分开女人的双腿，那里不仅是幸福快乐的源泉，而且是子孙繁荣昌盛的象征。

在加都谷地的街道上，很容易看到这些石质粗糙、大小不一的湿婆林根雕刻，大的可以像金刚巨人，必须要爬上爬下才能抚摸得到，小的则可以盈盈一握，很舒服地放在掌心。宗教学家声称加都谷地的林根有600万个之多，我用手机算了一下人口比，这个数字4.75：1出来时，几乎把我吓住了，几乎每5个人就拥有1个神物林根，这相当于发达国家的人拥有的私家汽车、手提电脑、手机、房子、宠物、孩子、草地那样的多。

林根直挺挺地裸露在阳光下，裸露在风雨里，裸露在大街小巷中，看起来一点也不神秘兮兮，也不猥亵，它们被供奉的各种香花缠绕着，涂着鲜红的矿物质朱砂颜料，生长在堆满了花瓣的圆盘幽尼上。粗大的石茎被来来往往的信徒们摸得溜光发亮，让人心动不已。我这个旅居异国他乡的人，也入乡随了俗，过上过下也要顺时针绕林根一圈，滑溜溜地摸上两把，仿佛也被赐予了生命的活力。

女人们照例会向林根献上盛开的花朵、甜蜜的糖果和发光的镍币银币金币，点燃树叶上的一根短蜡烛，祈求性爱的赐予与丰盈，多子多爱。而主要的祈祷仪式"普加（Puja）"则是在湿婆神与他的伴侣帕尔巴蒂女神前，献上刚摘下的花朵与清新的水果，椰子呀、石榴呀、木瓜呀，保佑自己的丈夫或未来的丈夫长寿、健康、快乐、性欲旺，再在神像前点燃一盏小小的油灯，让这盏油灯的光亮一直持续到傍晚持续到深夜，持续这长长的一辈子。

与其他衣着华贵的诸神在一起时，身着兽皮衣的湿婆神的打扮也显得格格不入。当我凝视湿婆像时，我想他的个性是高傲孤僻的，湿婆的第一任妻子是萨蒂（Sati），萨蒂与湿婆的生活本来是安稳无忧的，但后来，却发生了一件事打破了他们美好的生活。萨蒂的父亲达刹

（Daksa）有一次举行了一场盛大的筵席，差不多整个宇宙的神祇都被邀请过来了，但唯独不邀请浑身涂灰的湿婆，萨蒂对此很不满，她亲自到场与其父理论，可是却招来众神祇对湿婆的侮辱。萨蒂对此感到伤心欲绝，她十分自责，认为是自己令湿婆蒙羞，所以就刚烈地投入火堆中自焚了。湿婆得悉自己的妻子为了他而自杀，心如刀割，决定到喜马拉雅山中去隐修，与世隔绝。

时过一万年，死去的萨蒂转世成雪山神女帕尔巴蒂，由于上世姻缘，所以今世的雪山神女还依然深爱着湿婆，可是湿婆却已成为一个无欲无求的苦行者，对于雪山神女的爱无动于衷。雪山神女在无计可施之下只好向爱神伽摩求救。一天，深爱着湿婆的雪山神女依例到喜马拉雅山上礼敬他，这时爱神伽摩手持甘蔗、蜜蜂和蝴蝶做的弓，搭上用鲜花做簇的箭枝，向湿婆的心脏射出，中箭后的湿婆对于面前的雪山神女顿时心起爱慕之感，两人颠鸾倒凤、正当大功告成的时候，湿婆发现原来是爱神伽摩在从中作梗，想令他摆脱苦行，重堕爱欲之中，就大发雷霆，额头上第三只眼睛突然张开，发出可以毁灭宇宙间一切的神火，把爱神伽摩烧成了灰烬。可是爱神伽摩却未因此而死亡，只是他以后都要做一个无形无貌、无脸示人的神祇了，通常说爱神来无影去无踪，不知何时何因就降临了心田，大概正是此意。而死后转生成雪山神女的帕尔巴蒂，通过无数的努力，终于让因失去前妻萨蒂而心灰意冷的湿婆回心转意与她再婚，成为神庙中一对相亲相爱的性爱之神。

在抒写这段故事的时候，我突然明白为什么众多印度教女人会在提吉节上去湿婆庙祈祷了，天上的神都爱得如此一波三折、惊心动魄，那么凡间的人再辛酸、再含辛茹苦的爱最终也会化成雨露甘泉润湿心田的。

在神庙做完虔诚的普加祷告后，女人们开始狂放、变脸了，如同迷狂的火花，会聚集在神庙的广场上、开阔地上、一个个的庭院里，再次地晃动着手臂唱歌跳舞，跳完一曲又一曲，中间几乎没有丁点停息。我举着相机在人群中穿梭拍摄，她们哪容得我傻乎乎地工作嘛，一会儿这个女孩把我拉进去跳一曲，一会儿那个女孩又把我抓进去舞几把，最后我也搞忘了自己是来干吗的了，和她们一起忘乎所以，忘记时间，忘记烦恼，忘记这个世界的存在，跳到底。如此忘情地在阳光下晒了5个小时，结果回到旅馆就中暑了，一直头痛呕吐，躺了一个下午，鼻子也晒伤了。

　　尼泊尔至今还是一个不发达的传统国家，有一多半的女人是没有办法外出工作的，呵，我想持续3天的提吉节或许也是众多尼泊尔女人的"狂欢节"、"解放日"。她们的脸上布满了喜悦与欢欣，而飘散在空中的尼泊尔燃香的香味，会把她们的喜悦与欢欣送达天堂的神殿，再送达她们心爱男人的身边。

　　众多的女性组织也会在广场上设立歌舞台，用歌声、说唱、音乐的形式，告诉女人们对自己身体的爱护、对各种疾病的预防以及对妇科病、艾滋病的知晓等。

　　不可想象，在这些印度教女人长达24小时不吃不喝的禁食里，她们的肉体会经受着一种怎样的折磨，她们的身体会经历着一种怎样的蜕变，但我想天神会感知到她们至真至诚的心声，男人会触摸到她们赤热的胸膛和柔软的心房。我不知道这个女人节是否具有神性与人性，但如果有机会让我选择的话，我也宁愿像尼泊尔女人样穿着一生中最漂亮的红色纱丽，为心爱的男人晕倒，哪怕晕倒好多次！

斜倚在帕坦王宫

Reclining on Patan Royal Palace

一路向南，渐渐远离泰美尔的拥挤和喧嚣，心情放松的5公里路程，穿越林立着低矮红砖房的巴格马蒂河，就进入河流南岸的另一种味道的帕坦老城（Patan）。

从2007年第一次去尼泊尔，到2016年第四次去尼泊尔，前后9年间，我每一次都会独自跑去帕坦老城的王宫广场上，安安静静地喝上一杯起泡的手工咖啡。在我的心里，帕坦是黑白的、褐色的、中世纪的，贮藏着深色的记忆，或许我的前世也在那里。

在帕坦，国王虽不在，但王宫在、子民在、百姓在，它是活色生香的、有滋有味的一幅"中世纪市井"的生活画卷。也许世间找不到一处地方像这里一样，能够将这些古老建筑物如此集中起来，并使之成为人们尘世生活的一部分。

在尼泊尔诸多的马拉国王中，贾亚斯蒂提·马拉是最伟大的，他将14世纪晚期的尼泊尔变成了秩序井然的国家。但随后国家被马拉王族的三个兄弟分裂成了河谷的三个城镇：加德满都、帕坦与巴克塔普尔。三位统治者既爱领土、王权，也爱美人、文艺，他们统领下的这些城市国家、城市邻邦之间的相互竞争，导致了尼泊尔近3个世纪艺术上的竞争。马拉国王们彼此之间为了在寺庙与城镇的辉煌壮丽上胜过对方而展开了宗教、文化与建筑上的竞技，尤其是希达·马拉国王（1620—1660）与师利那瓦萨·马拉国王（1660—1684），父子俩都是极富才华的诗人、剧作家与艺术爱好者，因此帕坦在16、17、18世纪时，已经达到了空前的建筑高峰，成为加德满都谷地内的第二大城镇。在1970年谷地的三座古城被联合国教科文组织列入了世界文化遗产名录，而位于帕坦的杜巴广场，尼语中的"王宫广场"也成了世界上最好的城市街景画之一。

从马拉王朝时代开始，这里的人们就享受着高品质的艺术生活，要比世界上很多地方的人在精神上更富足。现在漫步在帕坦的杜巴广场上，到处都是古老的寺庙，而在四周纵横交错的后街小巷中，还有600多座佛塔和180多座庭院散落其间，有佛塔、有庭院，就会有鲜活的当下生活。当我将南边的曼果巴扎（Mangal Bazar）作为起点，一路弯弯曲曲地向北，我发现自己在一条令人着迷的步行线路上踽踽独行着，南北狭长约1公里长的杜巴广场，以一条舒缓的窄街为界，东侧是沐着朝阳的王宫庭院，西侧是洒满落日余晖的一系列神庙。

佛经里记载释迦牟尼佛曾在谷地帕坦的一座精舍里停留过2~3年，因此帕坦在古代是金刚乘佛教的中心，其城市本身就是按照坛城形状来规划的。城市东、西、南、北有四座城门，四个方位上各建有一座佛塔。中间隔道路而立的王宫建筑群与神庙建筑群既有建筑形制上的均衡对比，同时又有视觉上的色彩统一。杜巴广场上有7座尼泊尔传统的塔式神庙，3座印度锡克哈拉式神庙，稍微留意一下，咦，就会发现每一座神庙的主入口和台阶都正对着王宫的不同宫殿，这是因为每一座神庙都是由当时的国王捐建的，以纪念他们的先王。宫殿是水平线条的，神庙是垂直线条的，悠然地走在中间的石板步道上，视线两侧的宫殿与神庙就构成了宜人的空间尺度，使得眼前的杜巴广场更为优美和谐。而那些环绕在王宫与神庙周围的庭院、小巷、池塘、水井、刻有装饰图案的木窗、金门、动物石像、神龛、油迹斑斑的灯油、熏香、人群、乌鸦、猫狗，则组成了一个更为广大的轮回空间，光怪陆离地将延续了千年的艺术与人们的日常生活完美地结合在了一起。帕坦的另一梵语名字叫"拉丽特普尔（Lalitpur）"，或许这正是它"艺术之城"、"美丽之城"的深意吧。

每日清晨，在太阳刚刚从喜马拉雅山脉露脸的时候，住在帕坦老城里的人就开始苏醒了，他们苏醒的方式不是躺在床上喝奶茶用早餐看微信，或者在庭院里浇花浇水，侍弄猫狗鸡鸭，他们会捧着一片清新的树叶，上面放上米粒、花瓣、钱币、灯油，去到不同的寺庙里供奉。每念诵完一段曼陀罗经文，他们就会轻轻拉动一下风铃，仿佛在告诉空中的神灵，我们每一天的苏醒与愉悦的心情都是您给予我们的。轻柔的铃声会在整个寺庙的上空一遍一遍地响起，栖息在斜撑上、屋檐上的鸽群会一次一次地轰然起舞，和燃起的香烟一起飘飞得很远，一直飘飞到湛蓝的天空里，飘飞到天上的神殿。

当我步行15分钟来到杜巴广场的中央小憩时，略一抬头就看见了正对着塔勒珠女神庙的国王柱，身着金色库尔塔衣裳的纳伦德拉·马拉国王和王后双手合十、低眉敛目地跪坐在高耸的莲花座顶端，一只长颈的眼镜蛇在国王的头顶上做着美丽的华盖，眼镜蛇的头上还站着一只迷你小鸟。有谁见过跪着的国王吗？他们的眼里为什么弥漫着忧伤与期盼？久远的王宫广场里又会有什么样的秘密？在我远远凝视的目光里同样也充满了疑问与好奇。

在尼泊尔，国王柱上的国王们都是谦恭地屈膝跪着的，乍然之间让人很难于理解，难道国王犯了错？很内疚？通常在王权至上的国家里，无论是恺撒大帝、罗马君王还是中国皇帝都是高高在上、令人仰视的，而在尼泊尔，面对着塔式神庙中供奉的神祇，国王们的表情与姿态无疑都虔诚而谦卑，以此来表明祈求神灵庇护的心意真诚而持久。在印度教信仰中，塔勒珠是庇护家庭的女神，在古代，接受塔勒珠女神的密咒是获得王权的标志，而密咒通常是由长子获得。传说中纳伦德拉国王因儿子早夭而心力交瘁，在为自己和儿子各立一根祈请石柱后，国王便带着后妃们在乡间隐居，不幸却遭人毒杀。他临死前对大臣说："只要我雕像头上的那只小鸟不飞走，你们就相信我还活着。"臣民们坚信只要国王柱上的小鸟在，国王就能重回他的王宫，因此王宫的一扇窗户永远都是开着的，以时刻迎接着国王的归来，同时臣民们还为国王准备了一支氤氲的可以抽上两口的水烟袋。

遗憾的是，一个持续了300年的、蕴涵着无穷想象力的禅味心愿却在2015年的8.1级大地震中轰然倾覆了。国王柱倒塌了，变成了瓦砾和尘埃，那样的感觉就像美国的民歌之父皮特·西格尔（Pete Seeger）在纽约麦迪逊广场花园唱起的圣经歌曲《世上万物都有属于它的季节》："生有时、死有时，栽种有时、拔出所栽种的也有时，拆毁有时、建造有时，抛掷石头有时、堆聚石头有时……"然而会不会有一股超自然的力量以其顽强的生命力，见证着杜巴广场上每一季的繁衍与衰荣呢？对于一个经常饱受自然灾害的小山国来说，那个施与和感恩的姿态是永远都不会变的，王宫那扇三联金窗依然为国王敞开着……

无论是印度教还是佛教，水和清洁的环境都是供养法中很重要的部分，圣者是不会被尘垢染污的，而供养的真正目的依然在于怡情怡性、修心修德。在不经意间拐进桑德利庭院时，我就看见了谷地里最精美、最漂亮的王宫浴室。诗人国王希达是个浪漫主义分子，他命人在王宫广场上建造了一座供奉8位雨神，也即8位蛇神的八角形庭院，桑德利即为"壮丽的庭院"之意。庭院的中间是专供国王王后沐浴的椭圆形的露天石雕水池，来自巴格马蒂河的圣水从北面琉璃瓦的水口里流泻而出，池沿的两厢如同雨神那暖流的怀抱，分别竖立着11对花瓣形状、雕刻有不同神像的红砂石板，上面镶嵌着86块多头多手臂的石雕神像。希达国王从南端一个9层的台阶上一步步走向池底，他是牵着王后的手还是抱着王后的身没人知道，但他们沐浴净身之后，便在南墙下的一方白玉石榻上打坐静修，日出时沐浴着喜马拉雅的金色阳光，月落时肌肤上洒满了银色的光芒……

国王王后都不复存在了，岁月消蚀了所有的肉身，但那方供静坐的石榻依然故在，情调仍在。我性之由之地在上面斜躺了一会儿，打一次低眸颔首的至善坐。露天的感觉真好！没有浴帘，没有隔水玻璃门，自然的水色与天光流泻了一身的每个角落，那时的血脉开始通泰、呼吸开始舒畅，千年的雨露精华尽在尼泊尔中世纪的丝丝冥想里。

在帕坦的王宫里，宫殿的窗户是小的，好多房间的层高也不到2米。当生活在摩天高楼中的我们首次看到狭窄的楼梯、连着的5扇窗以及露天的浴池时，会惊讶地觉得这就是王室的生活吗？王室室内的家具与普通百姓也没有什么太大的区别呀，只不过他们的坐榻、靠垫、地毯、箱子、壁挂、神龛看起来要比贵族人家的稍微精致一点罢了。是的，尼泊尔国王的生活条件就像是欧洲中世纪时的国王一样简朴，但他们却创造出了许多精致的内心生活的奇迹，这样的内心生活是以神性的寺庙来体现的。

我发现在每一座神庙的底层都有很人情化的"帕提（Pathi）"，由成排成排高高挑空的廊柱组成，四面通透但又能遮风蔽雨遮阴的空间，是专门提供给朝圣者们小坐休息的，于是你会看见住在老城的人，喜欢无所事事地聚集在这里，闲聊、打望、下棋、买卖东西，把一排一排的石阶磨得溜光发亮。而对旅行者来说，和他们挤坐在一起躲避夏季突然降临的暴雨，或者把被阳光晒得发烫的脸庞躲避在阴凉处，实在是一件让人很放松很惬意的事。因为他们会一直看着你，率真地笑，你也不由看着他们，灿烂地笑。

我曾自诩为一个寺庙迷，但我混迹于一遍一遍的响铃声中走向王宫广场左边的神庙群时，我不由觉得一阵一阵地眩晕与迷糊。为什么有的庙宇是圆的，有的是方的？有的又是尖的？那么多的当地人无所事事地坐在神庙的底座帕提上晒太阳，他们梦游的又是怎样的一个世界？

欧洲人通常使用"庙宇（Temple）"这个词来统称尼泊尔的神庙建筑，但尼泊尔人则更多用"曼迪（Mandir）"或者"迪加（Dega）"，梵语意思为"神之家"，以此来敬奉他们的心意。在国王柱的南面，是克利须那黑天神神庙（Krishna Mandir），这座建于1637年的印度锡克哈拉式风格的神庙已经长满了厚厚的苔藓，梵语中"锡克哈拉"是指"山峰"，神庙底部用像山一样呈锥体的石头砌成，顶部塔尖是极具竖向感的曲拱形式，像四根长长的灯芯草类植物在顶部优雅地交汇在了一起，又像紧密闭合的莲花花瓣挺拔而含蓄。高耸的尖顶上时不时有悠扬的音乐声传出，那是因为黑天神克利须那不仅是英俊的牧童，金色的吹笛手，他还是印度教女人们心目中的情歌圣手，当丝滑的长笛声从竹笋样的古老尖顶传出时，就像涟漪不断在一个池塘中散播开来一样，浪漫极了。

再往北，则是与锡克哈拉式神庙截然不同的尼泊尔传统塔式神庙坎贝士瓦寺（Kumbeshwar Temple），它的五重屋顶在步道的尽头格外醒目，这座帕坦历史最悠久的湿婆寺庙建于1392年，塔式是尼泊尔特有的屋顶结构形式，由多级靠下部斜梁支撑的逐渐缩小的斜坡式屋顶组成。每一层屋顶由雕刻了众神图案的木头支柱支撑着，同时再用黏土烧制的花形瓦片来覆盖，而一个层次一个层次逐级减少的方形屋顶，让仰望的众生产生出一种高耸与庄严的感觉，而越往上屋顶越高越小，最终由金色攒顶于蓝色的苍穹化为无边无际，让崇敬的神情也越来越纯洁。

在每年7月或8月的月圆之时，成千上万的印度教成年男子会赶往坎贝士瓦寺，举行沐浴仪式庆祝他们的圣线节（Janai Purnima Festival）。祭司们缠着金黄色的头饰，穿着短裙，围着寺庙击着鼓、跳着舞，圣徒们则浸入凉凉的水中，朝拜耸立于两座水池中的金银林根，并更换他们佩戴在左胸或左手腕上的红色圣线。那样的场景既盛大又性感，并且只属于男性，人们好像又回到了古罗马时代，男人们裸露着的小麦色肌肤上闪着水珠与亮光，王宫广场上穿着艳色纱丽的女人们，哪怕远远地看上一眼，也觉得是一种身心俱美的享受呀。

穿过杜巴广场，就是一条一条的小巷、一座一座的庭院了，数百年来尼泊尔的原住民尼瓦尔人在喜马拉雅山区创造出了无与伦比的文明，同属于一个宗族或者一个大家族的人住在一起，围绕着一个"厝克（Chowk）"，即一个庭院或一个广场形成一个生动的矩形，一个一个的矩形，环绕着王宫，像一圈一圈的水波涟漪样向四周扩散开去。每一个厝克有自己的供水系统，装饰精巧的水槽、水渠（hiti），为人们提供了群聚的公共清洗区和流动水，而每一座庭院就是一个浓缩的社区网络，会有一座佛寺或神殿，它既是日常生活的中心，也是神与人共同生活在一起的空间，在这种不紧不慢、水乳相融的生活里，你是很难将王界、神界与世间区分开来的。

我在瓯伯尔（Omber）庭院看见两个小女孩在湿漉漉青苔的水井旁打水，她们是两姊妹，妹妹问我要一颗巧克力糖吃，我翻遍了背包口袋都没有找到，她小声说可不可以在旁边的杂货铺里买一颗糖给她，只要5卢比，我马上照办去买了40卢比的糖给她们。然后我试着去帮她们把那桶水拎起来，但我没有力气，太重了，最后我就只好跟在她们后面，看着她们俩抬着那桶井水回了家。

在她们将她们家门帘为我挑开的时候，我看见了一个非常狭小和局促的空间，我想王宫周围的上千个庭院都应该是这样的了。那个家只有不到10平方米的空间，一张大床，然后是神龛和柜子，女孩的妈妈在只够转身的地上马上为我烧了一杯甜热的姜茶，那杯茶特别的暖心，而那只燃着炭火的小炉子就是一个家的厨房了。我坐在她们的床边上，孩子们就只能站在快近到我鼻子的面前说话。这时的布帘不断被探头进来看稀奇的邻居拱开，于是我又跟着她们去挑开每一家的门帘。

这个院子共有5层，每一层有6家人，中间是一个公用的小天井，她们在这里用脚踩洗着衣服，楼道的栏杆上水嗒嗒地挂满了衣服。我听见顶楼有音乐声，女孩们就拉着我的手爬上去，我才发现，屋顶的露台才是他们的活动空间。女人们在这里晒衣服、煮饭、晒谷物、纺线，练手鼓、长笛和西塔尔琴的是一个三人乐队，他们晚上要去王宫广场上的咖啡吧或餐馆演出。当他们的乐声从雕饰着莲叶、花朵、鱼鳍和半莲图案的褪了色的蓝花窗中传出来时，它愉悦、优美得让你不会觉得这里其实是一个贫民窟。

女孩的父亲在外面的杜巴广场上卖充气塑料玩具，他回来吃午饭，我向他买了一个红色的美国蜘蛛侠送给了他最小的女儿。后来我一个人在挂着18、19世纪加德满都老照片的老屋咖啡屋顶上看风景，抽支烟小憩一会，那两个干完了活在广场上玩耍的女孩透过花窗发现了我，又跑到了屋顶上来找我玩，这时姐姐已经换上了漂亮的橘子色库尔塔裙装，妹妹轻粉色的T恤上印着"Happy，Beautiful（快乐，美丽）"的花体。我问她们想吃什么好吃的，她们点了一份中国的牛肉炒面，然后我又点了一块巧克力蛋糕、一大瓶矿泉水，和她们一起分享。她们很害羞又大口地吃着，那时我真的觉得，再富丽的王宫再奢华的生活，都没有这两个孩子开心吃着食物的笑容美丽。

她们最后离开的时候，问我可不可以用我的相机录像，我打开镜头的时候，那个上小学5年级的姐姐已经用非常流利的英语大大方方地说开了，她说她叫阿普沙那（Apsana），住在帕坦，今天有了一个新朋友叫Pearl——珍珠，她最喜欢语文，最害怕数学，她今天特别的开心……

"如果你希望知道神灵，就感受一下风吹在你的脸上，温暖的阳光握在你的手上（If you wish to know the divine，feel the wind on your face and the warm sun on your hand）。"这两个住在王宫脚下的女孩轻声哼唱了一首我不知道的但有花朵色彩的歌曲，犹如詹姆斯·艾许的《梦幻心莲》一样一下就留在了我的影像上，这时帕坦的寺庙、多重屋檐、王宫窗户都变成了黑白的、久远的背景，而她们的童声却成了一串串彩色的、跳动的音符。

青草屋之上巴克塔普尔
Green Grass House in Bhaktapur

有力量的人才会习惯宁静的生活。

薇薇安离开加德满都的最后一天，我让她和我去巴克塔普尔住两晚。

巴克塔普尔（Bhaktapur）又称巴德冈（Bhadgaon），在加德满都以东约16公里处，是尼泊尔三大古都之一，又有"露天博物院"之称，在尼语中它是"皈依者之城"、"稻米之城"的意思。这座古城在12世纪时由阿南达·马拉国王正式兴建，但是由于它处在通往中国西藏的商业要道上，因此它的历史还要上溯得更久远一些。在14～16世纪，巴克塔普尔成为加德满都谷地三个马拉王国中最强盛的一个，曾经有172座神庙和寺院，152口水井，77个水槽和172座朝圣者休息处；长达600多年历史的马拉王朝与沙阿王朝的王宫，蕴藏着许多各具艺术特色的宫殿、庭院、寺庙、雕像等，其中的金门和55扇窗宫，以其精美的铜铸和木雕艺术而闻名，是罕见的艺术珍品，被誉为"中世纪尼泊尔艺术的精华和宝库"，是尼泊尔中世纪建筑和艺术的发源地，也是现今尼泊尔保存最好的中世纪城镇。

1793年，英国旅行探险家科克·帕特里克历经艰险，走进了巴克塔普尔，他发现巴克塔普尔尽管是三座城市中最小的一个，仅有约12000座房屋，但是它的宫殿和建筑，却具有很大的视觉冲击力。后来西方的建筑学者将其比喻为"阿拉丁的洞穴"。我告诉和我一前一后挤在铃木小车子里的薇薇安说，我们有点像那个贫穷的阿拉伯年轻混混阿拉丁，要去一个未知的洞穴中探寻一只神奇的油灯，或许摩擦一下双手，还能在巴克塔普尔那座美轮美奂的宫殿里迸发出一个土陶的小精灵仆人来哟。

1个小时后，在我们的出租车快到的时候，我发现巴克塔普尔其实是一座有着弯弯曲曲小路的山城，古老的城市是一个双S形，犹如大神毗湿奴的海螺壳形状。我马上让司机把我们在路边抛了下来，对于两个来自重庆山城"走吧"的驴友来说，这是多么让人心动的甩手走路打望的徒步路径呀。

在公元637年的时候，去天竺印度取经的唐朝朝圣者玄奘发现尼泊尔的居民既含蓄、幽默又很有天赋。这些尼瓦尔人的"房子是用木头建造的，并且经过了粉刷与雕刻。人们喜欢游泳、戏剧表演、占星术与血祭，精心且娴熟应用的灌溉使得土地变得更加肥沃"。而在距离广场约70米处，你可以再次发现尼瓦尔人的这种冷幽默。这里有一座双重屋顶的塔式色情大象庙（Erotic Elephants Temple），寺庙的斜撑上大张旗鼓地雕刻着色情图案，不同的动物正在交配，尽享尘世间的肉欲欢乐，一对大象采用的却是人类惯用的男上女下式的体位交配，它们用四只粗壮的象腿像恋人一样面对面地搂抱在一起，长长的象鼻美丽又性感地缠绕了好几转，我拿起相机正要拍摄的时候，看见旁边一棵枝繁叶茂的菩提树上正站着一只亮眼睛的鸽子盯着它们，这一画面具有一种意想不到的戏剧效果，让我心领神会到神呀人呀万物呀都是需要"性福"与"快感"的生活的。

一走上巴克塔普尔用红砖砌成的小路，心情一下就变得悠然自得了，这里没有加德满都的嘈杂和拥挤，也没有帕坦的游人和背包客，这里凝聚的是尼瓦尔人的传统生活，流淌着的是尼瓦尔人的慵懒血液。老老少少的男人就那么安安静静地闲坐在寺庙的栏杆上、石阶上、回廊上，我不知道他们在冥想什么、思考什么，但他们坐的地方，他们的身旁、头顶上，可是已经经历了六七百年风吹雨打的精美木雕、石刻神像呀，对于爱收集古董的我来说，那些是不亚于元青花、清三代的无价之宝；女人在一扫把一扫把地清扫着尼亚塔波拉广场上的尘埃，一群要去上学的小女孩抓紧玩耍的时间，她们在早上的光阴中不是大声地读着课本或者英文，她们是坐在帕提上玩我们小时候玩的抓五粒石子的游戏；偶尔有个棕色皮肤的年轻男孩会来问你是否需要一个导游，我们笑意满面地摇头，他就很乖巧地走开了，一句怨言都没有。

我专心于在晨曦的光影中拍照，往后退着一不小心踩着了一只正在晒太阳的小狗，它嗷嗷嗷地惨叫着蜷着腿跑到一边去舔舐疼痛去了，而不是就势给我一口凶猛的狂咬，我想那时我就必须哭兮兮地四处去寻找诊所来打狂犬疫苗针了。我很感激地蹲下来对它说了一声，小乖，对不起，我不是故意的，然后给了它一块葡萄曲奇吃。巷道中无数的流浪狗就这么温文尔雅地躺在阳光下晒着太阳，没有人伤害它们，或者把它们弄来炖成狗肉煲吃，所以它们也对人没有任何的戒心。动物和人就这样慵懒地享受着清晨的阳光，享受着自由和贫穷。

事实上巴克塔普尔的杜巴广场比加都与帕坦的杜巴广场还要宽敞、

开阔，这里有4座锡克哈拉式神庙，7座传统塔式神庙，其中尼亚塔波拉庙是塔式神庙的完美代表，巴克塔普尔也是谷地中最平和也最可爱的城市，保持了最多古老城镇的氛围，在杜巴广场上最吸引眼球的是金门、55扇窗宫与孔雀窗。金门又叫太阳门（Sun Dhoka），是55扇窗宫的入口，上方雕刻有四头十臂的马拉王室的女神像，在众多砖红色的建筑中格外的醒目，是谷地内最重要的一件艺术品。穿过这道金光闪烁的18世纪铜门，就到了带有55个窗户的王宫宫殿，飞檐下那55扇一体相连的黑色紫檀香木雕花窗，其雕工精美绝伦，是尼泊尔窗棂木雕的代表作，故被称为"55扇窗宫"。天赋异禀的尼瓦尔人相信，5个开窗代表宗教仪式上必备的5种精细的基本材料，因此神庙或宫殿的排窗通常是3~5个窗扇，单窗上雕刻的是吉祥的孔雀、蛇神、莲花及金刚杵等图像，中间部位的窗扇还要比其他位置的窗户更精致，是两扇推拉窗，满工满刻着摩羯鱼、鳄鱼、乌龟等水中5种永生动物的形象，让人遐想是否有55位女神住在里面。

1697年，布帕亭德拉·马拉（Bhupatindra Malla）重新修建了已经相当华丽的"55扇窗宫"，目的是让每一个王室成员都有一扇窗户可以向外眺望，让来巴克塔普尔的外国旅行者发出惊叹，他还为这55扇窗户装上了从印度带回的玻璃。他的确做到了，无论是艳装盛服、轻启窗扉、羞怯怯窥视着尘世的深闺王妃，还是远远凝望着幽深光影里那隐隐约约倩影的探险家们，距离与空间都是能滋生曼妙美感的前奏。

哎哟，不仅仅是王宫的窗户才精美绝伦，在塔丘帕街旧城广场（Tachupal Tole）周围有10座建筑，它们最初都是印度教祭司的住宅（Math），最著名的就是建于15世纪初的普伽瑞（Pujari Math），它以美轮美奂的孔雀窗（Peacock Window）而著称。神庙的盲窗都是单

旅行者在光阴里相遇

泰美尔区是新一代游客集中的大本营

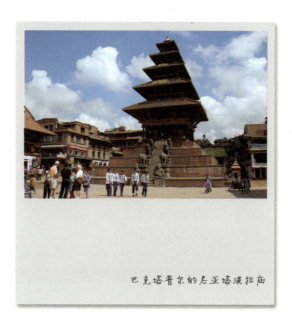

巴克塔普尔的尼亚塔波拉庙

杜巴广场是观赏尼泊尔经典寺庙建筑的好地方

提吉节是印度教最盛大的女人节

信奉涅婆猛曾化身的苦行僧

佛陀沉思之眼

画唐卡的洛巴牧羊女塔拉

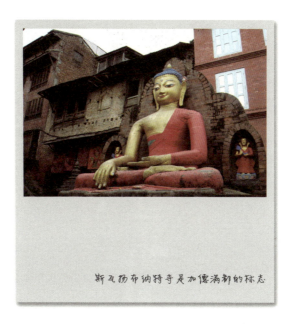

斯瓦扬布纳特寺是加德满都的标志

看榧木的白度母

画米提拉涂鸦的惹卡

俊朗宽和的克什米尔男孩托斯弗

泰美尔有上百家克什米尔羊绒披肩店

只有妇女才会画的米提拉涂鸦艺术

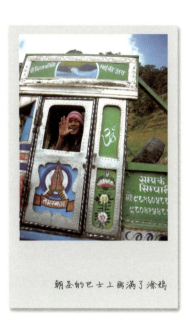

朝圣的巴士上画满了涂鸦

蓝毗尼冥想中心的朝圣者韦达

扇的凸窗，中间镶嵌着神像或透雕着动物图案。这扇15世纪的窗户，在一条不起眼的小巷子里，尽管它也像其他的雕花木窗那样红颜不再、尘迹斑斑，但的确是难掩它的风华与魅力，它是谷地内雕刻最精美的一扇孔雀开屏的窗户，也是无数风景明信片和画册影像集上的主角。如果力气大，可以买一件一扇iPad大小的孔雀窗木雕复制品带走。

　　进入巴克塔普尔的中心也就进入了尼亚塔波拉庙（Nyatapola Temple），即著名的五层塔庙。这座建于1702年、高30米的寺庙，不仅是尼泊尔最高的寺庙，而且也是精美传统的尼瓦尔塔式建筑的最佳典范。在2008年尼泊尔废黜王室前，曾规定所有建筑的高度都不能超过此庙，以至于在加德满都谷地很少见到超过7层的房子。它的美是实实在在的均衡，又巧妙地寻求着建筑上的层层变化，即使是1934年和2015年两次超过8级的大地震也没能够把它震垮，足见其巧夺天工的精湛工艺水平。它高耸的屋顶不仅在银光闪烁、白雪皑皑的喜马拉雅山映衬下显得格外的眩目，而且层层的斜坡屋顶上长满了青草，那在阳光下随风飘荡着的好闻的青草气息，意味着它是生生不息、代代相传的，意味着这是一座"活着"的古城。

　　尼亚塔波拉庙建在一个5层的正方形台基上，一级一级地爬上通往寺庙顶部的石阶，也就在一点一滴地体味着神授的尼泊尔文化。神庙主入口的台阶两侧分列着5对巨石的守护雕像，在每一级的塔基上"生活"着一对神物，从最底层塔基上的大力士加雅米与帕图，到第二层塔基上的大象，然后是第三层的狮子，第四层的鹰嘴狮身怪兽，到最后一层的巴格尼和香格尼两位女神像，传说每上一层神物的神力都会比下一层的力量大10倍，而掌管这一切的就是隐藏在寺庙内的印度教密宗女神拉克希米（Siddhi Lakshmi）。在印度教信仰中，女神的威力通常非常大，男神们通过与女神的交合，性力会更加增强。拉克希米是这座寺庙的主神，尼泊尔人最喜爱的"吉祥天女"。庙宇的5层檐柱上雕刻着拉克希米那108个千姿百态、千娇万媚的化身像，她变化万端的华丽转身、无所不在的魅力为夜色中的尼亚塔波拉庙笼罩上了一层神秘、诡异的色彩。

我忍受着口渴与乏力，希望爬到神力的顶端，然后我就不惧怕在尼泊尔的风雨、黑暗、孤独与漂泊的生活了，而我在顶层听见的却是一大群穿着英式校服的孩子们的笑声，他们在那写生、画画、嬉戏、打闹，看见我靠着神力最大的香格尼女神坐下，马上围了上来递了一份浅蓝色的问卷给我，上面有一长串印着尼语与英语的有趣问题，比如"为什么来尼泊尔？""最喜欢哪一位神祇？""有没有不愉快的遭遇？""最想在巴克塔普尔做什么？"我说我是来女神庙寻找一盏发光的神灯的，还想知道如果晚上从窗口望一眼那5对黑乎乎的神物，它们是不是悄悄在练中国功夫，他们一听就"咯咯咯"地笑了。这是他们祖先遗留下来的文化宝藏，他们也会在这里尽情地享用、快乐地传承下去的。

从尼亚塔波拉庙转而向东，就到了陶工广场（Potters' Square），当我乍然看到成片成片的神龛、水罐、烛台、油灯、瓦片、陶俑、小猫小狗，整整齐齐地排放在谷草地上晾晒的时候，我觉得时间在这儿好像突然停滞了，这里是从头到尾体验一件陶器成形的最好地方。那些沾满陶浆的粗糙的手在轻轻地拍打着橄榄色的陶胚，把它们像婴儿一样放在旋转的飞轮上抚摩、修胎，然后放在颜色桶里浸润两下，再在简易的稻草窑内烘烤片刻，漂漂亮亮地拎出来直接就摆放在了阳光下。

这里的制陶工叫"库马尔"，呵，男女老少都是巧手的"库马尔"，陶器的用途是多种多样的，几乎囊括了所有的生活用具与神器，运送酸奶的，在欢庆盛宴中装拉克西烈酒的，大大小小的犀牛、大象、河马形状的花盆，燃香的莲花香器，镇屋的鹰头狮身有翅怪兽。这些日常的生活器皿和献给神的器物不是塑料的，也不是机制的，更不是陶艺专家们用电炉来恒温操制的，它们来自尼瓦尔人脚下的泥土，太阳有多猛烈、紫外线有多猛烈，它们的颜色、硬度就会有多强烈。当一不小心碰坏了、打烂了的时候，它们又一点污染都没有地变成了可以长出稻米、向日葵、花朵的泥土。

一个穿着明红色纱丽的老妇人一直勾着腰在每一只软软的黑陶罐上划一个小口子，黑陶罐的顶上有个小小的尾巴但是四周都是密封的，我不知道那是拿来做什么用的，她举起一个告诉我是拿来存钱的，我觉得我真是傻得可爱，我已经习惯了宜家里那些欧洲设计师们精美、绚丽的生活器具，而这个质朴的老妇人让我一下呼吸到了和600年前一样的老城的空气，漫漫长夜里的古老夜晚，以及遥远通往中亚和中国商路上的马帮声、响铃声。

一个把头发绾在头顶上的库马尔问我："喜欢吗？"我爱怜地蹲了下来，选了一个土褐色的青鸟烛台，青鸟的背上开了一个小孔，刚好可以插上一支蜡烛，100卢比一个，可以在尼泊尔停电的夜晚放在床边读书时用。有一种一片花瓣样的小陶碟，小到可以放在掌心，上面有手拉坯的粗朴纹理，拿在手掌里盈盈一握，像握着一朵花一样舒服，只要10卢比，折合人民币才6毛钱。库马尔说在陶碟上面放几片新鲜的花瓣，可以放在壁龛上供奉神灵，我开心地选了三片陶花瓣让库马尔用绵纸包了，也一并放进了背包里。在回到中国的生活里，我清晨的书桌上也会有陶土花绽放的。

事实上,尼泊尔的民间艺术就是为了给神奉献赞美的,给日子奉献赞美的,是献给神与时光的赞美诗,艺术、宗教与日常生活在加德满都谷地、在巴克塔普尔随处可见地交织在了一起。在这里,负责主管水龙头吃水的神像与洗衣房洗衣的神像被摆放在宏伟的、有多层屋顶寺庙的多级台阶上晒干;小孩从有着浓密繁复雕刻过的窗户与飞檐中探出头来,本来以为又是什么重点保护的文物与建筑了,原来就只是一户普通人家的大杂院;他们在中世纪的露台上晾晒红彤彤的新鲜辣椒,击打金黄的谷物,在马拉国王使用过的龙头水池旁打水、沐浴,然后将棉线染成她们钟爱的7种颜色。以前国王本人也会到池子边打水,故水池边有一段铭文:不允许洗衣服、撒尿或者扔泥巴,如要修缮,应由国王负责实施。这里仅有7.8万居民,98%是尼瓦尔人,他们无视旅行者的存在,无视世界文化遗产的意义,该干吗就干吗,只倾心于自己的宗教和生活,而这种泰然自若的生活态度就是他们生活的本身。

我最初曾经这样设想着巴克塔普尔,既然是世界级的文化遗产古城,一定是蜂拥而至的游客"反客为主"成了古城里的"居民",挥霍、发泄着他们糜烂生活的情绪和情调,而大量的原住民却被排挤出了他们世代居住的家园。但当在清晨9点,在塔丘帕的大街小巷上看见无数的孩子,高年级的、低年级的,甚至是小到只有两三岁的幼儿,穿着他们的英式校服,打着领带或头上扎着蓝色的蝴蝶结,腰上扎着条纹皮带,脚下穿着短裤、短裙、长袜和圆头小皮鞋,成群结队地去到老城里的学校上学时,我莫名其妙地就被这些孩子的装扮感动了。当他们洗干净脏脏的小脸蛋、梳着细细的小辫，从那些缺电缺水的老屋里，从那些屋顶上长满了苔藓和青草的瓦屋里走出来的时候，他们看起来是那样的有涵养有教养有精神。

我在装饰有雕花木窗、烛台和陶制用具的拉克希米旅馆喝完我早上的第二杯咖啡后，紧随着这些小孩的脚步去了老城里的一所小学。小学的名字叫神耀学校（Siddhi Glorious Academy），在一个红砖砌成的小院里，每间教室只有十几平方米大，除了木桌木板凳和一个小木板做的黑板，就没有任何教学器具了，比我们的乡村小学条件还要简陋。穿鹅黄色纱丽的老师在用英文问昨天是星期几，今天又是星期几，当我把头伸进他们教室的窗户时，小孩子们双手合十在胸前，清脆地一起向我道了一声"那摩斯德"。

那个学校没有一台电脑、一把风扇，但孩子们的想象力却是超凡脱俗的，他们在教室的阳台上发挥出了他们的天性与爱美精神，在种满花儿、植物的每个陶盆上，用已经褪色的矿物质颜料写下了他们学校名字的每一个英文字母，然后再把这21个花盆按照单词的意思乖乖地排列在了一起。红砖墙上画着一只九色鸟和一朵杜鹃花，那是这个小山国的国鸟与国花，旁边写着一句简单又感人肺腑的校语：父母是第一位老师，老师是第二位父母（Parents are the first teacher and the teachers are the second parent）。在这里，学习如何"爱"，爱父母、爱学校、爱生活、爱自然、爱家园却是第一位的。在这个美丽神奇的小国旅行，只要不是蜻蜓点水、参团购物，那么所经历的一切一定震撼心灵。比如他们物质之贫穷与精神之富有的巨大反差，比如他们虔诚的信仰、他们坦然的生死观、他们洁净别致的校服等，总会让你唏嘘感慨一番。

夜晚降临的时候，我和薇薇安又爬到了尼亚塔波拉庙的顶层，坐在两位女神像的中间，听鸽群拍打羽翼的声音，猫猫狗狗吠叫的声音，听僧侣在寺庙前的步道上诵经的声音。天亮的时候，薇薇安就要飞回美国西海岸的洛杉矶了，这个远嫁异国、生活在好莱坞日落大道的女孩说，她之所以来到尼泊尔，是因为看了卡梅隆·迪亚兹演的片子《爱情甜不辣》，那个女主角说，"因为一个男人对我说去过尼泊尔，我就疯狂地爱上了他。"而那个嬉皮士男人说："如果有一天即使整个尼泊尔王国都不存在了，只要巴克塔普尔还存在，就值得你飞越万水千山去看望它。"慕名来尼泊尔的人，我想都会找到她们想要找寻的那种宁静、缓慢的生活，乡村、田园的感觉，以及由这种宁静生活所散发出来的朴素的美。

因为莫名其妙地爱上一个地方，就像莫名其妙地爱上一个人一样，是不需要问任何理由的。

在巴克塔普尔，青青草屋照亮着我们城市生活里那些孤独的房舍、隔绝的高楼，而我们不知不觉地爱上它，也永远不需要理由。

神
迹，

拥抱加德满都谷地世遗

Embracing Heritage in Kathmandu Valley

Chapter3   Miracle

「　　那些声音，是平静的，也是慈悲的，似天籁，它让我想起今生作为一个流浪者的旅途，每爬一级石梯、每走一步山路都要有耐心，对生活的耐心，对无常的耐心，对生死的耐心，对时光的耐心，对自己穿越恐惧和执着的耐心。

　　入夜之后，香客们点燃了盘旋在塔腹之外的千万盏佛灯，远远望去，恰似一条盘旋在神圣佛塔身上的醉人光径。那暗色里闪耀的光亮，让我想起听琼英·卓玛与女尼们一起唱诵时的感受，那样的声音不耀眼，但有光，让人静下来，接近了佛。　　」

大佛塔的另一种宁静

Another Serenity of Boudhanath

"你无法改变尼泊尔，"出发前一个比丘尼对我说，"但你的所有愿望都能如愿以偿。"

加德满都谷地只有570平方公里的面积，假如你想跟着朝圣者顺着谷地的转经路走一圈，也只需要一天的时间。但这世界上再没有第二个地方，能像加德满都这样，在它并不宽阔的土地上聚集了如此众多的宗教遗迹。在1979年联合国教科文组织确定的世界文化遗产名录中，弹丸之国尼泊尔共有8个，其中7个在加德满都谷地：加德满都杜巴广场、帕坦杜巴广场、巴克塔普尔杜巴广场、斯瓦扬布纳特寺、博达哈大佛塔、帕斯帕提那神庙、昌古纳拉扬神庙，第八处是远离加都的佛陀的诞生地蓝毗尼。1992年，联合国教科文组织又增加了木斯塘禁区的洛曼塘为世界文化遗产。尼泊尔的首都加德满都，与有7个文化遗产的西班牙巴塞罗那、意大利罗马、中国北京在同一条水平线上，其古老辉煌的文明程度让人惊叹咋舌。

尼泊尔位于喜马拉雅群峰南麓山脚下，我想其文化的独特性也主要依赖于地理位置上的对外隔绝。尼泊尔的心脏地带——加德满都谷地东西长32公里，南北宽25公里，海拔1200～1500米，其北面为喜马拉雅山脉，南侧为摩柯巴拉塔峰，圣河巴格马蒂河作为谷地的命脉穿城而过，滋养了这个宗教小王国无数个世纪的繁荣与文明。建于公元723年的城市加德满都（Kathmandu），即为"光明之城"之意，城内有大小寺庙2700多所，庙宇、佛堂、经塔250多座，其庙宇多如住宅、佛像多如居民的奇异景象，让它成为世界上罕见的"寺庙之城"。

也许正是地理上的隔绝，让这个深藏在亚洲大陆腹地的国家幸运地躲过了西方的殖民统治，也没有受到外界的持续干扰，产生了其悠久灿烂的谷地文明，让印度教与佛教的文化与修行传统得以完整保存，可以像圣洁的莲花那样以原生的状态生长，而在这朵圣洁莲花的曼陀罗之上，谷地逐渐形成了无数个朝圣中心，一直吸引着各种灵修之人前往。

夹在中国和印度两个巨人之间的尼泊尔如同一棵山药，但它总是很强烈地保护他们自己的独立性，因此他们从来都不欢迎陌生人的入侵，除非这些陌生人是来朝圣的。1951年，特里布文国王解除了拉纳首相的权力，恢复了皇家王权，那时外国人才被允许进入尼泊尔。在精神生活备受重视的今天，这里也无疑成为灵修者的天堂。在谷地那些狭窄、迷宫一般的街道和庭院，在意想不到的地方和角落居然都隐藏着寺庙、神殿和雕像，当你在路途中时不时地遇到一座有着上千年历史的神像时，你一定会深深地爱上加德满都这座博物馆一样的城市——如果是在欧洲，这样的神像一定是被珍藏在戒备森严的博物馆里的，而在这里，它就在广场之上、街巷之间，在你的身边。当你自由自在地信步在人群涌动的街头时，不由而然地会觉得整个身心正在经受着自然与神的洗礼。所以尼泊尔86岁的大诗人德库塔会这样赞美加德满都："你是我崇拜的一座寺庙。在这尘世之外，另一朵花却将盛开。"

每一个来尼泊尔的旅人，都如我心明媚的德库塔一样，总是被这些富有神秘气质而又接近灵性对话的地域所吸引。我去斯瓦扬布纳特寺（Swayambhunath）时，正好与一群来自阿尼度母学校（Arya Tara School）的比丘尼同行。尼泊尔有一位有着天籁之音的比丘尼阿·琼英·卓玛（Ani Choying Drolma），1971年生于尼泊尔的她，在13岁时进入了喜马拉雅山下的纳吉（Nagi）藏传佛教尼姑庵修行，并很快成为一位出色的佛乐唱咏者。那些流传了数百年的宗教歌曲因为远离物质社会，而丝毫未受外界影响，仍保持着最初的原始形态，平稳、纯净而又透露着某种终极的祥和的灵性光华。

在22岁之前，没人知道晨钟暮鼓中的女尼卓玛。1993年，一位美国吉他手斯蒂芬·泰伯特（Steve Tibbetts）来尼泊尔采风，他住在寺院里，或在庙宇的福舍歇息。当他来到法尔平（Pharping）寺院，遇见了来自纳吉寺院的卓玛和女尼们正在神殿做功课、唱吟，她们那神秘平和的咏唱声在雪山下如波纹一般泛开，斯蒂芬被深深迷住了。次年，40岁的斯蒂芬亲赴偏远的纳吉寺院录下了卓玛的声音，制作了第一张专辑《断法》（Cho）。卓玛的唱诵和知名度在西方和佛教国家越来越高，而她是个充满善心智慧的尼师，她用唱片版税和演唱收入，成立了尼泊尔尼众福利基金会（Nuns Welfare Foundation of Nepal），并在2000年开办了阿尼度母学校，教授11～20岁刚开始修行的女尼们诸如藏文、英文、数学、自然科学、艺术以及禅宗等课程，并帮助那些来自偏远地区的女尼们获得更多修行高层次佛法的机会。

我在路上偶遇的这群沙门女刚好完成了学校的3个月学习，正要去大佛塔礼佛供奉，然后回到她们各自在山区的寺院。她们坐在泰美尔十字路口喧嚣的台阶上小憩，神情怡然地沐浴着喜马拉雅南坡的和煦阳

Incense
For Buddha

光，我去她们身后的尼康相机店买32G的存储卡。比丘尼那跋涉了千山万水的赫红色僧袍布满了泥浆与尘土，背在身上的简单布包也是同一色系的，色泽黯淡不再鲜艳，但这种颜色却给了我流浪的步履一种庄严、神秘的特殊感觉。

　　我被她们俊秀的外表、干净的笑容，还有那内心深处散发出来的宁静气息所吸引，我们一路结伴向西走完了泰美尔杂乱的小巷，90分钟后就来到了毗湿奴马蒂河边，穿过柱檐上刻有鲜艳色情图案的小寺庙和许多火葬的石阶，来到了河的西岸。从这里沿着陡峭的山路上山，走过那些卖五色经幡、玫瑰念珠和纯色花环的小摊小店，就到了能够俯瞰整个加德满都山谷的斯瓦扬布纳特寺。

　　迄今已有2000多年历史的斯瓦扬布纳特寺是加德满都的标志，千百年来这里一直也是佛教徒的一个重要朝圣之地，同时也以加德满都河谷最古老的遗迹而引人注目，斯瓦扬布就是"从湖水中升起的一朵莲花"之意，它的名字与加德满都河谷形成的美好传说是紧密连在一起的。《斯瓦扬布往世书》中说，远古时代的尼泊尔谷地，原本是一个名叫"纳嘉哈达"即"蛇湖"的泽国，大蛇纳嘉栖居于湖中。原始佛陀受到大梵天启示来到这里，在湖中播种下一粒莲子。6个月的沐风沐雨之后，湖面上开出了一朵奇异的莲花，散发着令人敬畏的光华。前来膜拜这个圣迹的人愈来愈多，远在中国五台山修行的文殊菩萨也来到这里，他看到整个山谷很适合人们居住和朝拜，就用十万朵香花参拜了梵天，向梵天祈祷之后，他挥动手中利剑，劈开了湖泊南面的摩柯巴拉塔山峰，湖水顿时从山间的豁口向南奔流而去直到恒河平原，湖中大蛇也随水远去。经过四天四夜的流泻，露出了肥沃的土壤和田地。文殊菩萨便在这片宝剑形的谷地上建起了一座城，随后一位名叫尼·穆尼的圣人逐渐使谷地兴旺起来，取其名为"尼泊尔"，在土著尼瓦尔语中，"尼"是圣人的名字，"泊尔"的意思是养育，"尼泊尔"的国名意思就是"圣人养育的地方"。

当我写下这个如同《圣经》创世记中的传说故事时，我觉得加德满都谷地那美妙的由来也在我指尖流淌，而那株清静的莲花则变成了屹立于加德满都西面小山上的斯瓦扬布纳特佛塔，梵语中的"自在如来塔"，尼泊尔人又叫它"四眼天神庙"。佛教徒认为，加德满都城市的形状像文殊的宝剑，老城帕坦像是文殊的轮宝，再远一点的巴克塔普尔则是文殊的海螺。非常有意思的是，2002年，《加德满都邮报》刊登了一篇科考报告，认定加德满都原来的确是一个大湖，大约形成于200万年前，当时蔚蓝的湖水覆盖整个谷地，水平面的海拔在1450米左右，水深约150米，随后地壳的剧烈运动引起了5次下泄，河谷南面塌陷，湖水最后泄干了，形成了加德满都这个富饶的谷地。

住在泰美尔时，我每天都能从不同旅店和咖啡吧的楼顶看到远处山上的斯瓦扬布纳特寺，它如同自体放光、永恒存在的一枚火种在雪峰下熠熠闪耀。千百年来，不远万里的信徒每年到这里来朝拜这个著名的神迹，但在触摸到大佛塔之前，必须先攀登300级的陡峭台阶，才能到达窣堵坡的平台上。台阶的两边有巨大的石狮守卫着通道，石狮中间，是无数的铜质金刚杵面对着沿台阶向上攀爬的朝圣者。我不知道这些粗大的金刚杵放在这里是否是要棒打我们身体中的惰性？慵懒？在我走得疲累时，离我最近的一个女尼却笑着说，在这里，金刚杵是佛陀向印度教的雷雨之神因陀罗致意，他曾经用金刚杵搭救了被恶魔攻击的佛陀，而在佛教密宗中，金刚杵是能帮助人们击破各种物质，可以断除各种烦恼、摧毁形形色色障碍的修道法器，就像她们在《断法》中祈祷吟唱的一样。

我们没有停下脚步，越往上爬，看见的猴子也越来越多。当地人直接把斯瓦扬布纳特寺叫作"猴庙（Monkey Temple）"，因为一大群毛茸茸的猴子占据着这座葱绿的小山。这些被奉为神灵的山野猴子在雷雨之神的法器上做着各种可爱的小把戏，旁若无人地嬉戏玩耍，优雅地从通向寺庙主阶梯的栏杆上滑下来，寻找着食物，好奇地打望着周围爬得气喘吁吁的步行者，天真的孩子也将大佛塔的平台作为了他们游戏的场所，大佛塔四边的大眼睛，在山顶上默视着四方，我曾在大街小巷的无数T恤衫、纪念章上看到过这双被涂成红色、白色、蓝色的"佛陀沉思之眼（all seeing eyes）"。但当我随着清晨祈祷的人流爬上近300级的朝圣阶梯，真正仰视它的时候，整个身心却为之颤动，那是一双仿佛能看到你心里去的眼睛，清澈着、微笑着，无论在哪个角度都能与你对话，用一种空灵的梵音，吟诵着平和与包容。

女尼告诉我说，在加德满都谷地，每一座大型的窣堵坡佛塔都代表着天地间的土、水、火、气、天五大元素：首先是围绕塔基旋转的转经筒；其次是白色覆体形成的穹隆形塔基，象征佛陀母亲的子宫；第三是金黄色的四方形塔座，绘有两只眼睛，象征太阳和月亮，也是佛陀俯视众生的永恒之眼，眼睛之间带有问号的第三只眼，是佛陀知识的光芒，也像一个人在打坐静思时脊柱的形状，是一种神圣、清静的状态，象征觉悟；第四是塔锥，每一座窣堵坡都有一个达到净化的"13个阶段"，13层阶梯表示成佛的艰难历程；第五是浑圆的塔冠，代表着苦难的终结以及达到涅槃，是人一生追求的境界。五色的经旗向四方放射状展开，让人们从很远的地方就可以看到它在空中飞舞召唤。

在猴庙不仅能看到僧侣、佛教徒点燃酥油灯，一步一个磕头，同时也能看到印度教徒用树叶盛着大米、红粉、钱币和黄色的万寿菊花之类的贡品，把它们摆在神像面前祭献。尼泊尔的男子，会挑着两大笼待放生的虎皮鹦鹉、画眉鸟儿，期盼着游人、朝拜者花上100卢比，让一只鸟儿能够逃离樊笼，自由地飞上天空，而印度教的苦行僧，会坐在石阶上冥想，那如鸟巢般百结千绕的棕色发髻，不知经历了多少日晒雨淋。

在尼泊尔，印度教和佛教往往相互混合在一起，在佛教寺院里有印度教的神，在印度教的寺庙里也有佛教的菩萨，成为佛祖的信徒后，一个人还可以是印度教徒，这在其他国家和地区几乎是罕见和不可能的。两种宗教如此和谐地共存着，除了一个原因是和尼泊尔的地理环境相关，在谷地狭窄有限的疆域内，如居民拥有相互对立的信仰是不可想象的，故信徒们自然而然也期望他们之间能够和平共处；我想还有一个更重要的原因是，释迦牟尼佛出生在尼泊尔。他的诞生、涅槃与证悟的过程，让尼泊尔依然能保有它传统的文化和宗教的大度与宽容，而这正是佛陀依照宇宙的灵性价值来和谐生活的一个征相。

那十几个年轻的比丘尼开始在大佛塔下一边转动着经筒，一边像唱歌般咏唱着熟悉的颂词，清晨亮丽的白塔下到处飘散着柏枝的清香，饱满悠扬的诵经声此起彼伏。那些声音，是平静的，也是慈悲的，似天籁，它让我想起今生作为一个流浪者的旅途，每爬一级石梯、每走一步山路都要有耐心，对生活的耐心，对无常的耐心，对生死的耐心，对时光的耐心，对自己穿越恐惧和执着的耐心。

2小时后我们纡徐着下了山，折返向东，去了谷地东边约6公里处的另一处大佛塔博达哈（Boudhanath）。

　　博达哈是全球最大的窣堵坡佛塔，即覆钵体半圆形佛塔，在至今交通都不发达的谷地有如此壮丽的佛塔，很难想象当时建塔时的心力有多宏大，而博达哈的梵语意思就是"正觉之地"。相传该塔建于公元5世纪左右，塔中安放的是佛陀的大弟子摩诃迦叶的舍利。连研究者也搞不清楚千百年来为什么谷地佛塔的结构一直保持不变，布局形式至少也延续了2000年时间。公元1260年，元世祖忽必烈征召了17岁的尼泊尔尼瓦尔族工匠阿尼哥入北京，在中国劳作了40多年并在中国去世。阿尼哥平生所成，建"塔三"，除在西藏所建一座佛塔外，还有1267年建成的北京妙应寺白塔、1310年建成的五台山白塔，而其形制都与尼泊尔的窣堵坡佛塔相似。

　　博达哈大佛塔宛若如意宝般，屹立在加德满都之东。它不像猴庙那样雄踞于山巅，而是立于喧闹的民居之中，更显出其傲立于世之态。金色塔顶上飘动的亮丝布及猎猎作响的五色经幡，不断召唤着远方的虔诚香客前往。塔冠下雅致的慧眼凝望着四方：北望喜马拉雅北坡的遥远西藏；南向佛陀走过的塔拉平原和森林；西望斯瓦扬布山的佛塔和隐秘的河谷；东向冉冉升起的朝阳。

　　博达哈有一个美丽的尼瓦尔名字，叫作"露珠塔"。据说当年兴建此塔时，尼泊尔适逢干旱，无法取水，建塔者便采集树木上的露珠来和泥灰，露珠是收敛的，微弱的，却又有着晶莹动人的光辉。博达哈还是一条以拉萨为起点的重要商路的必经之路，成功翻越了喜马拉雅山脉的商人们、信徒们会在这里向神灵感恩，并祈求能够平安地返回；攀登喜马拉雅山的登山队员和夏尔巴人，也会在出发之前来到这里祈祷，披挂上洁白幸运的哈达。在大佛塔的白色圆形塔基外有环墙围绕，环墙外壁有147个凹进去的壁龛，每个壁龛内悬有四五个经轮，经轮里侧，绘有108尊结跏趺坐的佛像。每天从拂晓至深夜，都有来自尼泊尔各地，尤其是来自不丹、锡金、拉达克、中国西藏的朝圣者在这里转经。

漫步绕塔一周只需20分钟时间，但在这里却仿佛可以看见全世界：在石板上叩五体投地等身长头的老尼，帮孩子点灯烛的母亲，坐在雨水里撑伞诵经的僧侣，一贫如洗的苦行僧，富有的捐赠人，行囊简单的冒险家，饱尝世情和厌离世俗的人，所有肤色的人类脸孔都在祈祷中一同移动，他们随着自己的脚步与呼吸之声此来彼往，就好像一颗颗时间河流中的念珠。大大小小的转经筒，承载着千千万万善信的低念咒语，每转动一下，它们就会被"激活"一次。佛教徒们源源不断地涌来参加的转塔仪式，既是一种虔诚的宗教活动，也是一项给人力量的社会活动。

与斯瓦扬布纳特寺不同的是，博达哈大佛塔是可以登临的，循着一条直达塔腹的攀塔小径，可登塔祭祀和瞻礼。塔的最上层是一圈抹上朱砂的石雕空行母在小小的隔间中舞蹈，这里因香客常年点酥油灯供奉而被熏得一片烟黑。当我转塔时，看见一些年轻的僧侣正在用番红花水清洁佛塔。番红花生长于海拔4000米以上的喜马拉雅山高寒地带，直到今天，番红花在东方仍是大家想寻觅的最珍贵香料，那些摆放在佛塔前一大缸一大缸用番红花丝浸泡出来的金色之水，被一次一次地泼洒在塔身之上，这和古代尼瓦尔人的"露珠"润塔一样，是一种延续了无数个年代的神圣的洁净仪式。僧侣们把优美的大佛塔穹隆清洗、粉刷得白灿灿的，再妆点上番红花水画成的如意大莲瓣，而这样的一种水同样是能涤荡你的烦恼的。

在大佛塔的外圈，是藏人的居住地，他们的店铺、家庭和寺庙在鹅卵石铺就的石街上像波纹样辐射出去。这里除藏族人外，还有信奉佛教的夏尔巴人、塔芒人、尼瓦尔人，他们经营着各色专卖藏式宗教用品、手工艺品的店铺，度庙咖啡（Caff Du Temple）、露珠咖啡（Caff Dew Drops）、莲花旅店（Lotus Guest House），一间间藏式风格的咖啡吧与旅馆，让人享受到的是另一种安宁。我爬到了露珠咖啡的顶层，要了一杯蓝山，没想到推开窗，正好面对那双无所不在的"佛眼"。空气中弥漫着的酥油和杜松熏香的味道，好像正从微小的地方一点一滴地深入，远处"嗡嘛呢呗咪吽"的诵经声，正由远及近，丝丝缕缕浸润在了我每一寸的肌肤里。

入夜之后，香客们点燃了盘旋在塔腹之外的千万盏佛灯，远远望去，恰似一条盘旋在神圣佛塔身上的醉人光径。那暗色里闪耀的光亮，让我想起听女尼们唱诵时的感受，那样的声音不耀眼，但有光，让人静下来，接近了佛。

大佛塔好长一段时间来不断召唤着我，或许眼前的这一景象正是尼泊尔的本质：一片映射着佛陀光芒的妙土，一个日出而作日落而息、辛苦工作的农耕田园，一个修行漫漫、充满艰辛和无常的山地，一个具有亘古永存文化遗产的世界，以及一个爱出者爱返、福往者福来的乐园。大佛塔织起的喜马拉雅宁静月光，将我柔曼地引入了它的怀抱……

没有神庙就没有尘世

No Temple, No Mortality

    我披着白色的哈达离开了大佛塔，行囊中带着一袋芳香的番红花丝，佛陀的"第三只眼"望着我带着虔诚的笑容，沿着细碎石径走过加德满都的尘埃，最后一次朝邻近的帕斯帕提那神庙树木丛生的小径走去。秋日暖暖的阳光照耀着巴格马蒂河，也照耀着在河畔沐浴、焚烧的圣徒，那波光灵动如一条长丝带飘忽在远处的地方，就是尼泊尔印度教徒心目中最圣洁的生命流转的渡口。

    在全世界70亿的人口中，有约32亿的基督教徒，11亿的伊斯兰教徒，2亿的佛教徒和10亿的印度教徒。发源于南亚次大陆的印度教是世界上最古老的宗教，而印度教徒对待死亡的态度也极为奇特，全世界恐怕找不出第二例。

    建于公元8世纪的帕斯帕提那神庙也称为兽主庙，是尼泊尔最古老、最大的印度教湿婆神庙，也是南亚次大陆的四大湿婆神庙之一。以前国王在发布文告时，通常会用这样的话作为结束语："让帕斯帕提那赐予我们幸福。"印度教认为，湿婆既是毁灭之神，亦是毁灭过后的创造之神。就在毁灭和新生的神力之下，尼泊尔的印度教徒把他们在人世间的最后一站安排在了帕斯帕提那神庙前。按印度教的说法："一个灵魂有8400万次生命，每进行一次轮回，都会提升一个层次，因此死亡并不是一件令人悲痛的事。"印度教徒以最后魂归恒河为人生的最终目的，他们相信，在湿婆神的庇护下，死后燃烧躯体并将骨灰撒放在流往恒河的大小支流中，灵魂就可以脱离躯体而得到解脱、得以永生。

以神来接纳死者，无疑是文化上的另一种震荡，另一次休克。对大多数人来说，死亡总是恐怖的事情，死亡是忌讳，会带来内心的不舒适感和长久的疼痛。而在这里，死亡是如此司空见惯，这里的人拥有信仰，相信来生，相信轮回，死亡只不过是下一个生命旅程的开始，也就没有了恐惧。

兽主庙沿巴格马蒂河的两岸而建，一座座石板拱桥将几十座大小不一的印度锡克哈拉式神殿紧密相连起来。桥的上方像万国旗样挂满了圣徒们奉献的鲜花花环，与伸向天空的3层塔尖交相辉映。兽主庙的门票1000卢比，是尼泊尔世界遗产门票中最贵的，看"烧尸"还要买票，这就是神奇，故兽主庙又被直接叫作"烧尸庙"，它明白地告诉世界死亡在我们这里是不可怕的。

我去神庙的11月末正是一年一度的巴拉卡图达西节（Bala Chaturdashi），在神庙的入口处是各式各样的摊铺。女人们坐在鲜花铺就的摊位上出售着祭神的花束，男人则边吹着"佛路迪（Flute）"边兜售着像"朋克"发式的长笛，热闹而世俗的欢快音乐弥漫在空气中，熙熙攘攘像个乡村生活的大集市。

在湿婆神的主神殿里，让人惊奇的是看不到任何一尊湿婆的雕像，有的却是兽主湿婆的化身林根。通常尼泊尔神庙供奉的是4个面的湿婆林根，代表东西南北4个方向，这里供奉的是1米多高的5个面的林根，5面林根是不允许触摸的，它的顶端是湿婆主像，其余4个面则分别代表赐予生命的大梵、无谓、新生和月神。成千上万的信徒们会在节日的新月之夜进入神庙，唱完圣歌跳完旋舞后，会点燃油灯守夜，然后在黎明时分下到清凉的圣河里净身沐浴，再在初升的阳光里，穿行在庙内的各个林根与塔林之间，抛洒着糖果、花朵和七种谷物的种子，让死去的亲人的灵魂得以再生，那时整个圣河上随风漂浮着的都是相思想念与洁净美丽的花瓣。

巴格马蒂河发源于喜马拉雅山脉，往南流入印度的恒河。在长丝巾般的圣河下游的岸边，一字排开的有6座石造平台，那就是印度教徒举行火葬的地方。与恒河上最著名的火葬地瓦拉纳西一样，每天的清晨，人们都可在这里看见"烧尸"的场景。6座石台子中，人行桥以北神庙前面的两座是供王室或贵族专用的，位于下游的4座平台则是平民百姓的火葬台。即使到了现在，著名贵族大氏在死后依然要在兽主庙里火化，1955年特里布文国王在瑞士去世后，也将其遗体运回并在这里焚化；2001年震惊世界的"王宫惨案"发生后的10位王室成员也是在这里被火葬的。无论死者生前地位如何尊贵，对待死亡、通往来生的仪式都是一样的。

在印度教教义中，世间万物是由地、水、火、风、空五大元素组成的。人在生命终结时通过火能使灵魂得到净化，同时将肉身分解回归自然。尼泊尔的火葬仪式极其简单，尸体火化时，死者的长子会穿着白色的长袍，在河边将头发剃光，只在头后保留一缕头发，就像他3岁时父母为他行的剃发礼一样，随后走进河里净身。经过祭司的简短诵经仪式后，亲友们将全身盖满鲜花、用黄缎缠裹的尸体用一木担架抬着，放到紧靠河边的由四根原木搭起的平台架子上，专门在殡葬仪式上烧尸的烧尸工叫"普卢（Pulu）"，他双手捧着火把，绕行火化台3周并做祈祷，然后将火把放在尸体颈部焚烧，数小时后尸体变成一堆粉末和灰烬被推到河里，随圣水而漂逝。

印度教徒举行火葬仪式时，并不禁止外国人观看和拍照，一些游人会戴着一次性口罩站在桥上或是坐在对岸观看。我走进了一群当地悼亡的人群中，与他们坐在"烧尸台"旁边的长条木板凳上默默守望。我从未如此近距离地感受过生命终结时的这一神性仪式，当烧尸工用长木棍翻动着木柴，浓烈的火焰和焦臭的气味一冲云霄时，我有种被电击的震撼。我经受不住浓烟弥漫，猛烈地呕吐了两次，但我身边的尼泊尔男女的表情却是那么的平静、淡然，他们没有恸哭，没有呜咽，没有悲号，亲戚朋友们坐在一旁聊天，默默做着祈祷，好似正在进行一次野餐。

在印度教徒的心目中，有这样一种经典的教义："我们活着时担心两种情况：健康或者生病；健康不用担心，生病了担心两种情况：治愈或者死亡；治愈了不用担心，死了担心两种情况：天堂或者地狱；上了天堂不用担心，下了地狱担心下辈子投胎做什么；但不管投胎做了什么，还是回到了第一种状况；所以不要忧虑，快乐最重要。"在他们看来，生命的轮回就是这样的简单和平常，一如普通百姓之间的一次次聚合，一次次分离。

一头流浪的圣牛慢慢踱了过来，旁若无人地偷吃着摆放在石阶上的花果，金色万寿菊花环簇拥着的生命之力林根，静静地立在另一个轮回的岸边。圣河下游的河水浑浊，污物横流，小河这边在熊熊燃烧，小河那边在节日沐浴，这边是死亡的逝去与超脱，那边是结婚生子、生命兴旺的庆典，生与死因为他们的信仰就这样自然地汇聚到了一条平静的巴格马蒂河的河面上。当年特蕾莎修女正是对这种态度非常不满，才在印度加尔各答最大的印度教神庙"加里神庙"的旁边，专门为贫穷者、无家可归者开办了"垂死者收容所"，而披头士乐队则正相反，完全被印度人对待死亡的态度所迷住，不远万里去到印度瑜伽圣地瑞诗凯诗寻找灵感。

死亡无疑可以被用于更深层的静心，当我们在兽主庙观察一次人们死去的经验时，它也让我们更真实地感知到了另外一些人使用生命、使用死亡的方式。我想在这个世界上有10亿的印度教徒是没有墓碑、没有墓地的，无论他（她）的生前有多显赫或有多贫穷。他们相信身体化为尘埃，灵魂飞升来世，而生命终将重新以另外的物象繁衍生息。

在巴格马蒂河边，一个老者坐在廊柱的光影中默默地抽着烟，经师在岸边歌唱祈祷，双手合十；朝拜圣河的人们成群结队地在河边洗脸沐足，翻飞的鸽群从金光闪烁的塔顶上掠过；流浪的狗蜷伏在余温尚存的灰烬中取暖，轻灵的猴子在起伏的穹顶间跳跃；神庙里不断传来摇铃声及诵经声，蓬头散发的苦行僧照例招呼着游客付了小费再照相。在流水的岸边，来自尘土的终归还是要归于尘土，人生真的就像是一次有来有往的长途旅行，那些离开即为到来，而我是一个行者，我的宿命就在旅途。

艺僧的唐卡天堂
Thang-ka Paradise of Buddhist Monks

在尼泊尔、印度、中国西藏待了很久，我最痴迷的还是唐卡。展开唐卡，就可以礼佛，在我供奉的10幅唐卡里，每一幅都是一个天堂。

Incense
For Buddha

　　加德满都谷地的7处世界文化遗产中，昌古纳拉扬神庙（Changu Narayan Temple）是最远的一座神庙，也是尼泊尔最古老的印度教寺庙，在距加德满都城东22公里处的一座海拔1541米的山顶上，最早修建于公元4世纪的李察维时代。远远地就看见神庙的两重檐金顶，供奉的是大神毗湿奴及其化身大鹏金翅鸟。该寺是尼瓦尔艺术的露天博物馆，由于这里离加德满都比较远，游人稀少，使这座历史悠久的千年古寺显得更加清幽。那些斑驳的石刻、立柱、铜像、木雕、灯台，都属于时光的遗迹，裸露在蓝天下吹着风沐着雨，而最让我流连忘返的，是神庙周围一家一家的小型唐卡作坊。作为最生动的非物质文化遗产中的一部分，尼泊尔唐卡的历史可以追溯到公元5世纪。

　　在泰美尔、帕坦和博达哈，有无数的专卖尼泊尔唐卡的店铺，店铺内眼花缭乱，店铺外喧声如雷，很难让人安静地进入一张唐卡所营造的神韵氛围。而这里远离市区，沿着一级一级的石板路往上，大约1千米长的巷道两旁，都是老旧的两层雕花木楼，木楼外九重葛缠绕，大丽花盛开，踏着青石板入内，就是一家家正在画唐卡的工作坊或唐卡学校。每一级宽阔的石台深处，都有一家庭院作坊，层层叠叠，好像进入了一个天外的世界。这些唐卡作坊通常规模并不大，有六七人，由师傅在教导徒弟用线勾勒、填色、晕染、磨光，也有成熟的画师独自坐在画布前，一笔一笔地描上金线或金粉，四壁上挂着的诸佛菩萨像、坛城图、欢喜佛图，在幽暗的室内，闪闪发着光。

　　49岁的比夏尔喇嘛（Bishal Lama）出生于山脚下的昌古村庄，那里有一条玛鲁哈拉小河（Manohara），沿着河谷步行4公里就是有着千年历史的巴克塔普尔老城。在谷地几乎每所寺院都有艺僧，而每所寺院旁边，都居住着民间艺人，他们不断地绘制各种神佛唐卡，使珍贵的佛宝如慈悲的深海流传于世间。比夏尔家族4代人均画唐卡，他还获得了难得的艺术硕士学位。他画的药师佛在寂静里泛着琉璃色的蓝光，让我一眼看到就心生崇敬，再也不想离开。他家的南无佛作坊（Namo Buddha Thanka Centre）创立于1963年，在这简朴的画坊里弥漫着各种香气，那是供养墙上的诸佛菩萨和天神的精油食物。

比夏尔是尼瓦尔人，这个民族是加德满都谷地最早的居民，他们在种族上属于蒙古人种，又长期信奉佛教，生性爱好和平的他们，远没有一般山地民族所具有的剽悍气质。尼瓦尔人在制作有关宗教活动的手工艺品，诸如绘画佛像、建筑寺庙、雕刻铜像木器等方面极具天赋，成了尼泊尔文化、艺术和文明古迹的主要创造者之一。比夏尔说在唐卡出现之前，加德满都谷地的艺术家们已经开始了一种名为"博巴（Paubha）"的佛教艺术创作，而这个时间始于公元5世纪，比唐卡在藏地的诞生整整早了两百年。几乎所有的"博巴"作品均出自尼瓦尔族人之手，艺术史的研究学者便将"博巴"画作命名为尼瓦尔风格。

公元7世纪初，藏王松赞干布迎娶了尼泊尔尼瓦尔族的赤尊公主，联姻时赤尊公主除了带去一尊释迦牟尼8岁等身像供奉于西藏小昭寺之外，她还带去了大量尼瓦尔风格的"博巴"画作，这也是为何当我们现在前往尼泊尔禁区木斯塘和中国西藏阿里地区非常古老的古格王朝寺庙时，还能看到墙壁上与西藏风格唐卡完全不同的画作，那就是"博巴"。

随后，藏地的画师们先后经历了前弘期和后弘期的历史变革，在借鉴印度和尼泊尔绘画技法的基础上，创造性地开始绘制有别于印度、尼泊尔风格的唐卡，进而产生了本土第一个画派"齐吾岗巴"。之后随着"勉唐、钦则、噶赤"三大画派的出现，将西藏风格的唐卡艺术推向了巅峰。同时，陆陆续续从西藏来到尼泊尔的移民，又将唐卡传回影响到尼泊尔画师的创作，在尼泊尔有了类似西藏风格的唐卡。比夏尔说尼泊尔的唐卡和西藏的唐卡确实有所不同，第一眼望去会觉得尼泊尔唐卡色彩浓烈、冲击力强，就像喜马拉雅南坡沐浴着的印度洋暖流，而中国西藏唐卡用色则显得素雅静美，如同喜马拉雅北坡那厚重广袤的土地。尼泊尔唐卡除了主要表现佛教题材同时也表现印度教、密教题材及其与佛教题材的融合。但无论画哪种风格的唐卡，都是千余年来加德满都谷地和西藏的艺术家们孜孜以求的一种修行。

其实唐卡（Thang-ka）是一种佛画，画唐卡就是画佛。所以唐卡不单单是一种艺术，也是一种佛教的哲学。在藏语里"Thang"表示广袤无边的空间，"ka"是被填补的空白，合起来即指可携带的卷轴画。喜马拉雅山地的游牧式生活方式，山高地远，让信徒们无法常年到固定的寺院里进行佛事活动，画师绘制在唐卡上的佛像，代替了寺院里的塑像和墙壁上的壁画，唐卡成了人们随身便携的一座圣殿。对于佛教僧尼及信奉者来说，任何一座寺庙、佛堂、僧舍乃至信徒的家中、移动的帐篷里、马背上，都会供有唐卡，它是修行时必不可少的珍宝，礼拜唐卡可获功德，观看唐卡，可引发联想，同时绘制唐卡对佛教徒来说也是一种非常好的造像功德。一个画师开始画唐卡，是出于一种信仰、出于尊敬，绘制唐卡的过程，是他和佛教，和绘制的佛、菩萨合一的过程，是他修行的过程。

比夏尔很认真地说，他还是一个小孩刚学画唐卡时，被父亲要求画线3年，各种各样的线，从佛手、佛脚、慢慢到佛头再到整个佛身，最后是佛眼，其实是让他学会坐禅入定，没有杂念，作画时吟咏佛经，让内心祥和宁静。只有心定下来才能慢慢体会佛的境界，体会悲悯与仁爱，才能画出一种气场与感觉。

从学徒到自立为师，要10年时间，耗时很长。而唐卡类似于工笔画，故画师的年龄也很重要，一般一个画师的巅峰状态在35岁至50岁之间，35岁之前，画艺还不成熟，对佛经的理解也有限，而50岁后眼力衰退得厉害，能画出的精品也就相应减少。无论是自己画还是教自己的学生画，都是从慈悲心出发，是把自己作为一种奉献或供奉，比夏尔认为这才是真正意义上的唐卡的传承，唐卡传递的是一种信仰，有些人是一辈子都画不了唐卡的。而信徒们也相信，一个优秀的画师所绘画的唐卡让人临出门时还要多看几眼，是具有极大加持力的。

我看见比夏尔画得最多的是药师佛，药师佛降生的喜马拉雅山曾是一个壮丽的自然世界。原始森林的清新空气中弥漫着沉香、樟木、檀香、肉桂、柏树和松木的芳香，远山的空阔远僻，是成群的野生动物、牛羊马牲畜安心吃草的地方。药师佛以至善的金刚跏趺坐，坐在善性之爱的莲花月轮上。他的左手是善于平衡的姿态，搁在膝上结正定印，手持盛着甘露的朴素药钵；右手结施愿印，手持结果的诃梨勒枝丫，施与自然界的治疗和再生之礼，这是对众生有益的无上妙药。他琉璃蓝的身体是内外明澈的虚空，消解众生心中的三毒。他金色的法衣宛若亮丽的彩虹，发出清静美德的温暖光明，展现出无边的智慧和对众生无私的爱。他端坐在宫殿中央的宝座上，四周环绕着天神、仙人、信徒和外道弟子，他的舌面上发出千万道各色光芒，他说法的地方国土清静，遍布觉醒，令人心旷神怡。

比夏尔从画布上抬起了眼睛，从容不迫轻声对我说道："人奉献越多，心就越平静。你若一生奉献于此，就能在一切处看见药师佛。"

在我的头顶上，片片鱼鳞般的彩云正飘过靛蓝色的天空，一阵植物香气飘入鼻腔，进入我微妙的脑海深处。我在药师佛的这片净土里，看见了至今依然广布在南亚次大陆的庄严生态和慈悲，一种绵延千年的自然之美和力量的梦境。它让我情绪安宁，平静地穿过人世间的喜怒哀乐、悲欢离合，在这片古老土地的异国风情中找到了快乐。

神庙外还有一些作坊，不是世代居住于此的画师开设的，他们来自更遥远的村落，甚至是中尼边境上的禁区。为了写《徒步喜马拉雅极地与你相遇》那本书，我曾经和我的尼泊尔向导毗湿奴（Bishnu），徒步10天250公里，去到了上木斯塘的禁区洛曼塘（Lo Manthang），那是一片人烟稀少的原始地带，当地人称呼自己的地域为"洛王国（Lo）"，英国剑桥大学的学者则称它为"世界的尽头"，它作为禁止外国人入内的禁地持续了半个多世纪的时间，直到1992年联合国教科文组织认证洛曼塘为世界文化遗产，上木斯塘才对外限制性地开放，外国旅人需交纳500美元得到许可证方可进入那个隐秘之地。

洛曼塘是世界上藏族文明保留最完好的地区之一，就在那座建于公元13世纪的古老贡巴恩贡加（Ngonga Gonpa）外，我遇到了35岁的唐卡画师多玛·托林（Dolma Tsering）。多玛祖辈5代人都为当地贡巴作画，他9岁时进入贡巴成为一个小沙弥，经常在沙地或雪地上临摹贡巴墙上的壁画，或去河道里为师傅找天然的原料，很久才能找到几块石头。

画在墙上的壁画和画在布上的唐卡之所以能保存千年不变色，也正是这些天然矿物质颜料的功劳。画师先要用动物胶均匀地涂在画布上，再用贝壳、圆石等光滑的东西摩擦画布，一直到看不见画布的布纹为止。出于对宗教的虔诚，画师在材料上往往无所不用其极，不惜用供佛的七宝诸如金、银、珍珠、玛瑙、珊瑚、绿松石、砗磲等天然矿物颜料和番红花、大黄、郁金香等植物颜料。用珍珠研磨出白色，用珊瑚研磨出红色，用绿松石研磨出绿色，用金箔贴出金色等，使得唐卡的色彩浓烈厚重，永葆灿烂本色。

当外面的世界早已被现代工业文明侵袭时，喜马拉雅云影中的洛曼塘仍保留着最质朴的传统。很久之前多玛的祖先是贡巴的喇嘛，专为寺院画唐卡的艺僧，还俗结婚后，依然为贡巴画唐卡，但保留了一个传统，他们其中的一个儿子不仅传承技艺，还必须要进寺院修行出家。多玛在贡巴待了15年，24岁还俗与妻子塔拉结婚后，两人参加了联合国教科文组织修复贡巴壁画的工作，每天从中午到傍晚，和来自意大利的修复专家们站在搭起的脚手架上画画，一画就是6年。每天的清晨，多玛则在自己距离贡巴50米的简朴作坊里画唐卡，同时也出售给供奉唐卡的各种信众。当他向我这个远行而来的旅人展开他的一幅幅作品，用朱红色颜料画背景的朱唐《王与狮子》，用多种颜料画背景的彩唐《持莲菩萨》与《吹笛手》，用金色颜料画背景的金唐《欢喜佛》，那些来自于尼泊尔中世纪壁画上的"博巴"风格的画作，给我的震撼与触动无法用言语来形容。

他的妻子背着一筐刚捡拾回来的牛粪踏着阳光走了进来，头上扎着斑斓的围巾，初看起来塔拉就是一个平凡的洛巴牧羊女，可是当她盘膝坐在羊毛垫子上，用嘴轻抿了一下笔尖，边哼着歌边凑近画布开始用银线勾画佛母的衣饰时，我看见绿度母周围的光圈、云纹、草木、花朵都在射进窗户的光线下灵动了起来。塔拉的眼睛细长，像一枚含着光的果核，她望着我说，一幅优雅精致的唐卡，无论观众处于哪个角度，都能感觉到佛像的眼睛是看着自己的，每次看的感觉都不同，会让人百看不厌。他们夫妻二人画一幅唐卡通常要1～2个月的时间，从中央的本尊到上方的诸佛、菩萨所在的圣界，以及下方空行母、护法或僧侣所在的凡界，每一细处、每一部分都会是一种笔尖上的修行。

多玛说他还俗离开贡巴时，师傅传给他的就是一支笔，这就像是一件袈裟一样，是一个艺僧的衣钵传承。每年的11月大雪封路之前，他和妻子会骑着马，用牦牛驮着画稿、颜料、食物和简易的家当，离开故乡洛曼塘去到温暖的加德满都谷地，在昌古村的唐卡作坊里画3个月的画，待到来年冬雪慢慢消融时，他们又会回到那个神灵庇佑、佛光普照的地方，那片人们自由自在地劳作、爱恋、繁衍生息又复归自然的土地上，在荒原的美丽和庄严中过着唱诵、勾画、祈祷和孤寂的生活。

与其他艺术不同的是，唐卡上都没有画师的署名，但画布上的菩萨们有细腰、有瓜子脸、有安逸的神态、有柔媚的姿态，有诸佛慈悲的庄严，也有黛眉垂目、润口朱唇间轻抿的一缕笑意，诸佛无尽的圆润善相拉近了人与神的距离，带给了众生一种安乐吉祥的欢喜。

我手握多玛的唐卡离开了洛曼塘，一路颠簸回到了加德满都的尘埃与喧嚣里，我从凝望度母的轻灵笑容中，感染到了她的喜悦。

"她可以增加你的念力。"我记得多玛说完后的露齿一笑。我也把自己的祈祷加入数世纪的回响中，追寻着药师佛那片芳香质朴的土地，身体里自然而然地散发出了一种属于泥土的温暖气息。我在喜马拉雅的山地、森林、小镇和旅途里观想着七眼的佛母那高贵的风仪带来的美丽力量和神圣微笑，如开花的植物举着它们张开的唇，承接着一路的天堂般的祝福。度母一条伸出的腿，好像正准备随时向那些求救的人们奔去。

香榧木上的刻纹与供奉

Carving and Offerings on Torreya Grandis

邦哥马蒂（Bungmati）是加德满都谷地最不为人知的一个小村落，在所有的旅行书上都找不到它的踪迹，但那些世界文化遗迹上的传世木雕、神像，很多都出自于这个仅距加德满都城市10公里的小地方。

我和克罗地亚鼓手伊戈尔在泰美尔招了一辆铃木出租车，把地图上的地名指给司机看，他说800卢比的车费，没问题。但离开泰美尔往南过了巴格马蒂河和帕坦老城，他就在尘土弥漫的乡村小道上迷了路。伊戈尔跳下小黄车，那不足1.5米的车身让他1.95米的身躯蜷缩着很不舒服，他边走边笑说着"Bungmati"，拿着地名连续问了3个路人，感觉像一个来自外星球的掘宝人，司机这才右拐上了一条不起眼的小道。我起初以为是我们的发音不对，还有可能司机也并不识字，但我们无意间问"刻木头的村庄（woodcarving village）"，我们一下就被指到了正确的道路上。

邦哥马蒂其实就坐落在河的南岸，掩映在一大片翠竹和金黄色的芥子菜梯田地里，远远地就看见了红麦群卓拿寺（Rato Machhendranath Temple）的金色尖顶在湛蓝的天空下闪着光，周围依小山而建的红砖楼村落环绕着庙宇，恍若一个与世隔绝的中世纪古堡。我惊喜地对身旁的伊戈尔说，那一定就是我们要寻找的邦哥马蒂了，一座建于公元6世纪的古老村庄，谷地里最古老的木刻手艺人尼瓦尔人的聚集地。

尼泊尔的雕刻艺术在世界上享有盛名，最早的雕刻形式是出现在木料上的，多用于建造佛教建筑，木工、木料和雕刻技艺都已达到相当高的水平。时至今日，从边境小镇到首都加德满都，从富丽的古王宫广场到商贾云集的闹市街区，从宗教寺庙建筑到平民百姓家庭，尼泊尔木雕无处不在，凡是有木头的地方都会雕刻有各种图案，很难看见一块木头是光着的。加德满都谷地的众多古城和一些村镇仍然保留了大量几百年前的木雕工匠们留下的传世杰作，很多雕刻作品还是尼泊尔各个朝代的代表作，而很多建筑也只在尼泊尔才能看到，特别是一些木结构的宫殿、神庙、寺院与民居建筑，都是用纯手工工艺制作的。

在20世纪60年代末，8个年轻的丹麦建筑师组成了一个调查小组，曾在邦哥马蒂考察了近一年，几乎绘制了村落里的所有建筑与格局，邦哥马蒂才作为一个保存完好的典型尼瓦尔民居村落为研究者们所知晓。在此之前，由于缺乏文字资料，西方建筑师几乎没有关注过尼泊尔的木雕与民居建筑，可以想象得到的是，随着加德满都城市化进程的发展，或许有一天那些古老的尼瓦尔手工艺村落也会慢慢衰落。

我们沿着一级一级黑亮光滑的石头小路往上，穿过由两头石狮子把守的门柱就进入了村子的主集市广场。石头铺就的主广场比村子的其他街道要高出一些，三面被尼瓦尔人传统的房屋所环绕，广场的中心就是建于13世纪的精美绝伦的红麦群卓拿寺。

　　红麦群卓拿是雨水和丰产之神，有着各种各样的化身。对佛教徒来说，它是密宗的今世观音菩萨，对印度教徒来说，它是湿婆的一个化身。神像看上去就像一块刷着红漆、雕刻滑稽超萌的木头，但在每年的旱季结束雨季到来之前，红麦群卓拿节（Rato Machhendranath Festival）却是加德满都谷地最大的节日，谷地农业最为倚重的神祇。由于雨季将至，人们认为红麦群卓拿拥有掌控雨水的神奇伟大力量，每天要拖着载有这尊神像的宝塔型木制战车，围绕加德满都的大街小巷巡游，载着面具表演舞蹈，以祈求雨神带来供作物生长的雨水。这个求雨的节日要持续1个月的时间，由于宝塔型的主战车体积过大，巡游线路又长，尼泊尔军队经常会被应召来帮忙拉拽战车。当巡游结束时，这尊最珍贵的红麦群卓拿神像被轿子抬往它的故乡邦哥马蒂村，在余下的日子里，神像被供奉在香气氤氲的红麦群卓拿寺里，岁岁年年持续了无数个世代。

　　如果说画唐卡的昌古村相对于帕坦与巴克塔普尔来说要悠闲安静得多，那邦哥马蒂村更是静中之静。清晨的村子里几乎没有游人，我们在神庙边上的酸奶小店享受了两碗酸奶作为上午甜点，酸奶是村民自己制作的，味道清爽，盛在或大或小的赭红色土陶罐中，小的10卢比1个，吃完后还可以连陶罐一起带走作纪念。一个小男孩一路跟着我们，脸上挂着羞怯的笑容，眼睛里充满了好奇。由于邦哥马蒂离加都较远，手艺人无法每天通勤，故大都在自己的家里雕刻谋生。一家一家的房屋密集地排列在狭窄的街道两旁，3~4层的红砖楼房前面朝向街道，后面朝向庭院，庭院是家庭的户外起居室与工作间，庭院中间有一座小型的佛塔或神龛。房间内的天花板低矮，陡峭的木制楼梯连接着各个楼层，室内坐卧的家具就是草垫子。这里的每一寸空间都尽可能地被充分利用，店铺通常占据了民居的底层，但手艺人更喜欢将雕刻的木器都堆放到街上，好像一个露天的木雕博物馆。街道狭窄，仅够人们步行，我们就在各式各样的窗棂、门楣、廊柱、斜撑、神像、柜子中间穿行，工匠们都专注在自己手上正在刻的木头上，没人停下手中的活路来招呼我们，整个村子里静悄悄的，我们听见的就只有低沉的"笃笃笃"敲击木头的声音，空气里四散着各种木屑的香味。

邦哥马蒂的木刻艺人沿承着尼泊尔13、14世纪时期的传统技艺，木雕内容多为讲述佛教禅理、宗教故事和平常生活，依然还保存着原汁原味的古朴特色。现在一些收藏家都到他们那里买木雕了，精美、神秘、美丽的雕像，不过好多人还没看到尼泊尔艺术品的价值。尼玛的店铺也是他的家，他就坐在一堆木器里，额上点着红色的提卡，头发卷曲，个子瘦小，看见我们进去也只是抬头笑了一下，递了两张草垫让我们坐下，手上的刻刀却一刻也没停息。

尼玛旁边的两张木凳一高一低，放满了大小不一的刻刀、马牙、锉子、砂纸等各种工具。他正在一根核桃木上雕刻一种怪兽，上面已粗略可见眼睛、爪子、头颅等形状，木头的花纹也越来越清晰。我很好奇他正在刻的东西是何方神物，他指给我看高挂在门楣上方一左一右的两个怪兽，温和地说道是"角马（corner horse）"，在每个神庙的立柱或民居房屋的档头都可看到这种神兽，角马是立式的，紧握着双掌，像头小狮子一样神态萌翻了，公的阳具硕大，母的阴户优美。

我问可不可以只买一只母角马回去，屋子里的人都笑了。角马是尼瓦尔人的屋脊神，从来都是成对成对地出现、不可分离的，这样生命中阴与阳的性力才能平衡。尼玛沉浸在自己的世界里，棉麻的库尔塔衫上、头发上、指甲缝里满是深褐色的木屑，连手部皮肤仿佛都被木头染成了深褐色。只有坚硬的木质才能让刻像长久地保存，尼玛的木雕大都选用硬木为原材料，其中以核桃木、檀香木、香榧木雕刻的木器最为珍贵。在手工雕刻中最难的就是原木雕刻，需要艺人根据一根木材的整体形态、质地、纹路来即兴创作发挥，用刻刀由外向内，慢工出细活的将形状一点一点地挖掘显现出来，要在方寸之间挥刀如笔，刀到手到，心到眼到，否则上好的原木就会被报废掉。尼玛说手工雕刻与流水线生产出来的批量木器，其区别就在于雕花的方法复杂多样，更有灵气与心气，它不仅是艺人手上的技术活，更是艺人想象力的艺术活，每一件都是独一无二的作品。

尼玛工作间的搁架上有一尊香榧木的白度母（White Tara），捧在手里时木材淡淡的香气就进入了鼻腔，白度母安详的神情也让我的心跟着静了下来。香榧木生长于海拔2000~3000米的喜马拉雅高山森林中，大约要10年以上的时间香榧木才能长出漂亮的淡琥珀色木纹，香味才能厚积沉郁。"像这样一尊佛像，差不多要刻1个多月，要沉得下来，耐得住清静寂寞才行。"尼玛看着我抱在手中的度母说道。我想尼玛把他年轻的时光和对度母美的想象都刻在了木头里，数百年来这里的艺人只用香榧木来雕刻佛像，那其实是一种历久弥香的对神的供奉。

一个下午的时间不知不觉就过去了，伊戈尔要了一杯尼泊尔人最喜欢的加上奶与砂糖的红茶，我依然故我地要了一杯什么都不加的红茶，茶铺的小孩用草编制的篮子将热茶送到了尼玛店铺，我们背靠着木雕，坐在尼玛家铺着草垫子的门台上，一起享受着下午的阳光照射。尼玛对一群放学路过的孩子亲切地说着问候语"那摩斯德"，我没想到那个身穿大红色裙装、头上扎着大红色蝴蝶结的小女孩竟然是邦哥马蒂村的前活女神萨蕾提·瓦拉查娅（Smriti Bajracharya）。加德满都谷地的10位库玛丽女神中，有一位就在木刻村子里。2014年的春天，7岁的萨蕾提成为了除加德满都、帕坦、巴克塔普尔之外第4位重要的活女神，在大地震中她异常的镇静，像神龛上的塔勒珠女神一样无畏，和村民们一起住在临时搭起的帐篷里，用棒球帽滤着水，度过了最艰难的时光。在震后的第4天，她摔了一跤把上门牙磕掉了，她短暂的活女神生涯也因为出血而结束。萨蕾提现在是小学二年级的学生，没有了库玛丽的各种约束，她也笑着和我们互道着"你好"，我轻轻拥抱了一下她瘦弱的身子，她快乐得像一只青鸟一样从我们的身旁跑过。邦哥马蒂的手工木雕，是以家族为单位，世代相传的。我想有一天萨蕾提也会用她柔软灵巧的手刻出另一种莲花般洁净的时光。

从金色塔尖上散射的美丽光线跨过了黄绿色的田园，它宛若雨神眼里的一抹光，街道上那些手感柔和的木雕在斜阳里也变得温暖起来了，给人一种特别神圣的感觉。村子里的女人们将木材、小米、豌豆、玉米摊放在集市广场的垫子上、石头上晾晒，在雨神神庙对面的水池里洗衣，将衣服挂在雕花的柱子间吹干。艺人们将红砖木楼上的檐廊也建造得特别的宽大，那是遮阴处，也是雨棚，在雨季时谷地的气候像孩儿脸一样说变就变，刚才还是晴空万里，转眼就是倾盆大雨，街道一片汪洋，檐廊下镶嵌着云纹的美丽裙边保护着下面的雕花窗户和墙体少受雨水的侵蚀，也为突然遭遇季风雨的行人提供了遮挡。男孩子们手里拿着原木色的木器，盘腿在檐廊下坐成一排，有滋有味地做着他们的老本行，那些我们见过或没见过的精美的马拉王宫与神庙、沙阿时代的民居、拉纳家族的豪华官殿和花园，都是他们祖辈年复一年、日复一日的雕刻时光。在尼瓦尔人看来，神庙、神像、雕刻、节日庆典、活女神、房舍、街道、庭院、福舍及携带着动物的人们、手艺人、工具、做买卖的市场，都是他们的生活中不可缺少的部分。当你漫步在头顶只有一线天的迷宫般的狭窄小巷，在不经意间抬头欣赏街道两边装饰精美的原木建筑，或各式各样精雕细刻的神殿，分享这些依然被各个种族、各种信徒使用的活体雕刻艺术给我们带来的鲜活生命感受时，我们不只是对世代生活在谷地的尼瓦尔工匠的智慧与生存技艺泛起由衷的敬意，还有对南亚大陆早已消失的古老文明的回顾与记忆。

我们在傍晚日落时离开了村子，尼玛用绵纸将我买的一对角马、一尊香榧木白度母包了几层，小心翼翼像放孩子一样把它们放进了我的背包里。尼玛年轻的妻子披裹着赭红色的羊毛披肩，抱着2岁的儿子倚在角马门柱下和我们道别，她惜别的眼光和抱着孩子的姿势让我觉得她也像尼玛手中的雕像一样柔美。我看见我的钱夹里有几张没有兑换的1元人民币，就掏出来递给尼玛的妻子说，送给宝宝玩的，做个纪念。我没想到这个小小的善意举动引来了尼玛更大的举动，他挑了一尊手掌大小的佛陀的坐像递给我，说佛祖会庇佑我一路平安。

我将这尊芬香、安静的迷你坐佛带回了家，放在了每天写字的手提电脑旁。我和一起徒步走完了18天珠峰大本营旅程的伊戈尔回到加都后也分开了，他回克罗地亚，我要去佛陀的故乡蓝毗尼。我们为我们共同在邦哥马蒂这座古老的村庄里度过的最后一天感到特别开心。这里代表着最美好的尼泊尔檐廊生活，因为这里在高高的喜马拉雅山上，天天可以眺望山下的河谷和田野，寺院和森林，有用手艺刻花供奉神灵的人们。伊戈尔发邮件说，他一直将我送给他的那尊香榧木白度母放在鼓架上，那颗超凡脱俗的"佛头"在过海关时还被认为是文物拿上拿下地查了好多次，而白度母双目轻合，始终温静地对他微笑，芳香怡人的气味每天都飘散在他击打的每一个音符里。

　　妙事总会发生在那些心有如意宝的人身上，我珍视着在路上的每一种发现与相逢。伊戈尔说，有种地方只要你一涉足，即使全世界都很喧嚣浮躁，你内心也会无比安宁，我觉得我们很幸运的是找到了邦哥马蒂这个地方，它如沉静的夜色中的一座记忆之桥，指引我走向无数未知的前方。

妖
娆,

没有血拼就没有泰美尔

No Shopping ，No Thamel

Chapter4 Enchanting

「 　生命中总有一些征兆，引领人们相遇，上帝也会惊叹于它创造的各种美丽的细节。你可以从清晨任意一个梦幻般的入口闯入到一个你从未经历过的奇妙世界里，而旅行就是我们能够让自己停下来或放松自己，自助成长的一种方式，那时我们每个人都是我们自己的驿站。

　　有爱的人，是会把她们的微笑、愉悦、忧伤或思念，都放在微小的事物里的，哪怕岁月流逝，生活多变，也永远不会被剥夺、被毁灭。你的朋友和家人，你走过的旅途，你的记忆和天赋，以及你那会呼吸的从自然泥土中生长出来的涂鸦，你用手指或眼睛雕刻、记录下的时光，你，与你生活过的每一刻，都是属于那个美丽的你的。 」

克什米尔男孩的披肩

A Kashmiri Boy's Pashmina

生命中总有一些征兆，引领人们相遇，上帝也会惊叹于它创造的各种美丽的细节。在旅行中，我从不喜欢看微信，也不刷朋友圈，我喜欢在一个真实的世间猎奇，沉醉在一种陌生而新鲜的气味里；喜欢停下来，看看周遭，享受最美、最易被忽视的日常。那些轻省的、细小的，如同清晰光线的部分让我停留：一张纸，一座剧场，一段记忆，一种笑法，风中的淡云，水里的倒影……一个不断出现与发现的可能。你可以从清晨任意一个梦幻般的入口闯入一个你从未经历过的奇妙世界里，而旅行就是我们能够让自己停下来或放松自己，自助成长的一种方式，那时我们每个人都是我们自己的驿站。

我不知道我为什么走进了这家克什米尔披肩店，在我到达泰美尔的第二天早上，在阳光把纳森门路（Narsing Gate）狭窄街道上的店铺照射得色彩斑斓的时候。

克什米尔羊绒披肩帕西米娜（Pashmina）是所有女性旅行者来到尼泊尔后，会疯狂地大把大把花钱的东东。想想这样的一条披肩在北京国贸或者上海新天地会挥霍掉近两千到一万的人民币，而在加德满却可以用最接近产地的价格买到，女人怎么不会拼命"出血"呢？！

在泰美尔有上百家的克什米尔羊绒披肩店，全都写有100%
Pashmina真货的标签，而事实上，"Pashm"在波斯语里意为羊毛的意
思，是一种名字叫作"Capra-Hircus"的喜马拉雅山羊颈部和腹部的细
毛。高海拔的严寒让喜马拉雅山羊颈部及胸部的白色长毛可长至膝盖，
其柔滑细长如丝的羊毛是编织帕西米娜披肩（Pashmina）的最高档原材
料，故被称为"羊绒中的羊绒"。

在印度北部紧邻中国的克什米尔（Kashmir）高地的手工艺人，用
他们世代相传的原始手工编织与刺绣方法，制成了克什米尔羊绒披肩。
由于这种披肩又轻盈又保暖又有绚丽的图案，尤其适合晚上外出就餐或
派对时披戴，以及白领在上班时的空调房里随意使用，因而成为都市女
士手袋中的爱物。欧洲的淑女小姐很早就成了帕西米娜的消费者，法兰
西第一帝国的皇帝拿破仑东征时从中亚细亚带回给他心爱的妻子约瑟
芬的一份礼物，就是一条舒适、柔软、轻薄的帕西米娜，一时之间欧洲
的贵族名媛也争相仿效。在20世纪的90年代，美国*VOGUE*时尚杂志主
编从一名巴基斯坦义工那里借来了这一独特的披巾，让当红模特儿凯
特·摩斯（Kate Moss）披上，拍了一系列的时尚照片，从而掀起了世
界性的克什米尔羊绒披肩的时尚风潮。

克什米尔人（Kashmirian）属于南亚民族，世居于南亚次大陆的最
西北部。由于克什米尔的地理位置极为重要，自古以来就被称为"亚细
亚的心脏"。印度与巴基斯坦长期对克什米尔地区的战争与控制，让大
批的克什米尔手工艺人背井离乡，来到宁静的加德满都谷地开店谋生，
而他们主要经营的就是来自克什米尔的最传统与珍贵的帕西米娜披肩与
丝织地毯。

通常在泰美尔出售的帕西米娜分为两类，一类是真正来自克什米尔地区的、由家庭作坊与手工艺人手工制作的克什米尔羊绒披肩。一类是在尼泊尔的工厂由机器刺绣生产的羊毛披肩、羊绒披肩，但都被统称为帕西米娜披肩。

在花茎艺术品店（Artscape）的男孩托斯弗（Towsif）没有详尽地给我展示每一条帕西米娜的品质与异同之前，我只是一个痴迷、冒着傻乎乎热气的外行而已。而当他跪在地毯上，把一张张折叠得非常规矩的披肩像抖魔术布一样一一秀给我看时，我觉得那些图案，来自天空、湖泊、森林、新月、飞鸟、花朵、树叶的颜色，是只有生活在天堂般的克什米尔地区的编织者才能表达得出来的。而在泰美尔的披肩店里，有大量的克什米尔男孩从事着店员的工作，他们的年龄在18岁到28岁之间，因为至今克什米尔都属于印度军事控制区下的重地，而信奉伊斯兰教的克什米尔人又不甘于印度教徒的统治，时局非常动荡，于是这些年轻男孩们就远走他乡，来到泰美尔地区在他们家乡人的店铺里谋生。

22岁的托斯弗说，他是10岁时随同父母离开克什米尔的首府斯利那加（Srinagar）来到加都的，中途因为尼泊尔的政局不稳，他又返回斯利那加完成了高中学业，然后再回到加都来工作的。他父亲在加都开有一家手袋工厂，他现在在叔叔的店里学习做生意，希望几年后能够开一家自己的披肩店。

在泰美尔，克什米尔人的外貌特征非常突出，你很难把他们同"尼泊尔人"、"印度人"画上等号。当地的尼泊尔人通常皮肤黝黑、个子瘦小，但他们的皮肤呈古铜般的棕榈色，脸型瘦削、五官俊美、身材颀长，因为毛发茂盛，他们多数喜欢蓄着逊尼派智者帅气的络腮胡子。有的人眼珠是蓝色的，多是波斯人的后裔，他们的相貌和伊朗人、阿富汗人、塔吉克人相像，而他们笑起来的时候明眸皓齿，就像他们出售的披肩一样特别好看、特别具有诱惑力。

　　我本来以为一条披肩就是我们随意裹在身上挡风扮靓的一件装饰品而已，但托斯弗告诉我说，帕西米娜分为三种，斯图尔（Stole）、肖尔（Shawl）与沙图什（Shahtoosh）。斯图尔与肖尔中，又分为手工的和机织的。手工的披肩主要来自克什米尔地区的家庭作坊，而机织的主要产自尼泊尔。在加都，主要出售的是由豢养的喜马拉雅山羊绒制成的斯图尔与肖尔，通常需要等待4年的时间才能让一只Capra-Hircus羊成长足够的毛发来编织一条披肩。沙图什是帕西米娜中顶级的一种，也是最血腥的一种。它是用珍稀动物藏羚羊的绒毛织成的披肩，如果轻柔地把它攥在一起可以轻易地从一枚戒指中穿过，所以又叫"指环披肩"、"戒指披肩"，但出售沙图什是非法的。

　　托斯弗跪坐在柔软的地毯上，用他缓慢而清晰的声音告诉着我关于帕西米娜的秘密。我喜欢本白色的斯图尔，这是一种尺寸为28×80英寸的羊绒披肩，这也是最流行的尺寸，因为看起来长短适中，方便搭配服装，美丽又时尚。而一张满工刺绣图案的手工斯图尔，没有针脚的空间，华美异常，会让一个手艺娴熟的克什米尔人耗费掉3~4个月的时间才能织完，在加德满都的价格仅仅是1万5千卢比至2万卢比，折合人民币约1000元，但经过尼泊尔与印度的商人出售到欧洲，则价格就会翻到5至8倍了。而一张满工刺绣图案的机织斯图尔，仅需用3至5天的时间，价格是6千至8千卢比。

　　肖尔呢，是指尺寸为50×102英寸的羊绒披肩。这种长尺寸的大披肩几乎可以把整个身体包裹起来，无疑是保守、传统的中东女性的至爱。

托斯弗边说边向旁边的茶铺要了两杯马萨拉茶（masala）过来，这杯将茶叶、牛奶、糖与香料丁香、豆蔻、桂皮一起煮沸的真正的尼泊尔茶，暖得令人一身都熨帖。在茶气的舒畅里，我作为一个初入门的"披粉"，此时最想知道的是手工（handmade）与机织（machine-made）披肩的区别。人人都爱手工，那里渗透着工匠的审美和创造力，是一种延伸着爱与心血的艺术品，谁愿意买一条流水线上的机器产品呢？

托斯弗含着笑递给了我两种软软的披肩，让我用手来抚摸、感觉它们的不同。

他透亮的眼睛在问我，质感怎样？

手工的非常柔软，机织的比较硬。

那摸摸针脚？

手工的是艺人用小针和钩子一针一针地绣上去的，在披肩的反面有非常明显的线头及针脚的痕迹。机织的呢，在披肩的反面针脚显得非常平整，就像一块平板样整齐。

体会一下重量？

手工的非常轻盈，披上身的感觉尤其顺滑，有柔若无骨的感觉；机织的比较沉重、粗糙，显得不够飘逸；

最后再品品花色？

手工的哪怕是一朵花，都要用无数种颜色的丝线来完成，色彩如此绚丽、丰满，充满想象力与层次感；机织的图案通常一次性完成，色彩较单薄又简单、呆板。

哇，在与托斯弗一来一往的探秘里，我仿佛看见了一朵朵克什米尔金色的花瓣安静地在我的眼里打开的声音。我没想到一个仅仅只有22岁的男孩，却有着如静水般的品质与蕴藏。

　　一个进到披肩店里来买披肩的游客，常常是东披西披、东挑西挑要在身上比试几十条的披肩，最后才有可能买下一两条。看着堆得满地、扯得乱七八糟的帕西米娜，托斯弗总是耐心地把它们一一折叠还原，也没有一句对女客的抱怨，他的动作反反复复，眼神温温和和，像对待宠物和孩子一般的细腻，充满爱意，每当此时我都会有一种暴殄天物的愧疚感。在每一家披肩店里，通常只有两个店员。他们日常工作的时间是12个小时，从早上9点到晚上9点半，中途没有休息的时间，午餐就在店里吃。平时是没有任何周末与假期的，只有在他们穆斯林传统的大斋节中，有两天的假期；在雨季的游客淡季，会有半个月的假期，让他们可以回到克什米尔的家乡。而他们的薪水，仅仅是在8000至1万卢比之间，还不够买一条绣满花朵的帕西米娜送给女孩子。他们没有任何福利与医疗保障，生病了照常在店里上班。谁会关心他们呢？

　　托斯弗隔壁店22岁的男孩叫伊姆朗（Imran），他孤身一人从战火不断的克什米尔奔赴加都这个陌生的远方来谋生，而他的老板却是一个脾气极端暴戾的人，甚至不准伊姆朗与周围的店员说话。我看见他时，感觉他就像村上春树小说《海边的卡夫卡》中那个被母亲抛弃、又被父亲诅咒的少年田村卡夫卡君，他沉浸在深深的孤独中，默默地伺候着客人，早晨来上班之前穿过与他无关的繁华去健身房锻炼身体，梦想着攒够了钱能够返回日夜思念的克什米尔去娶他的初恋情人，我想这样的男孩子一定会成为世界上最顽强的男子汉的。

　　我问托斯弗，我可不可以请他们俩吃一顿晚餐？

　　穆斯林有着非常严格的清规戒律，他们只能去Halal（伊斯兰教律法的合法食物）餐厅就餐。那天晚上9:30，他们关好店门后，就来旅馆的楼下接我。我一个基督徒，裹着那条本白色的帕西米娜就跟他们步行去了泰美尔最好的安纳托利亚（Anatolia）餐馆。安纳托利亚是小亚细亚的旧称，这家餐馆无疑也是伊斯兰品质与美好时光的象征。它的墙是柔和的蔷薇色，墙上挂着美丽的拜占庭绘画，我们坐在《一千零一夜》中的华丽手工地毯上，用侍者端上来的铜壶中的净水洗了手，金色帷幔前的食物干净、细腻又精致，就像身边这两个克什米尔男孩的绅士与温情一样。他们说，希望我来年去克什米尔旅行，就睡在他们家的地毯上。而他们的家乡斯利那加是查谟和克什米尔邦夏季的首府，是印度皇冠上的一颗闪闪发光的宝石，是无数的画作、音乐和诗歌灵感的泉源，是蜜月旅行者的天堂，是爱好大自然的人的仙境。因喜马拉雅山的积雪融化而成的达尔湖，就像是克什米尔一滴美丽的眼泪，那里被称为"世界上最危险的天堂"，但却没有因战争而丝毫改变。人们每日清晨划着色彩斑斓的"施客啦（shikaras）"在莲花盛开的达尔湖上卖蔬菜、卖鲜花，一艘木制的尖头花船上大约有二三十种刚采摘下来的鲜花，湖面上一片静宁，只听得见木桨滑过水面的声音，留下的是满眼的惬意与安宁。

他们用手将银色锡纸包裹着的用小茴香、孜然粉、桂皮烤制的羊肋排分了一大块给我，伊姆朗说下午的时候他已悄悄发了电子邮件回去告诉他的家人，他结识了一个叫Pearl的中国记者，来年的雨季，他邀请我去达尔湖上看最新鲜的花，吃喜马拉雅最酥烂的羊排。伊姆朗眨着他灰蓝色的眼睛说，我们用山羊身上的细绒毛织披肩，绵羊没有羊绒，我们用木炭来烤绵羊。

我想到那能诗能画能乐、又曾经充满家国忧思的克什米尔，让伊姆朗的眼波不再忧伤、孤独，散发出了喜悦的光芒。Halal的餐厅都不提供酒水、饮料，也不能吸烟，晚上10点以后就要闭门。托斯弗起身帮我披好帕西米娜后，他们又步行送我回到旅馆。我从来没在晚上10:30的泰美尔街道上漫步过，对一个在异国他乡的旅居者来说，安全是最先需要考虑的。没有了白日嘈杂喧闹的泰美尔，灯影朦胧，有着戴望舒《雨巷》的婉约与凄美，我们被清幽的风携裹着前行，期望有一天这风也能带我们回到和平的克什米尔高地。而在这之前，我从来不知道泰美尔深夜的味道是怎样的，就像我从来都不知道一条克什米尔羊绒披肩的背后会有这么多的故事，会消耗掉那么多手工艺人的时间与生命一样。

我们在泰美尔的十字路口告别时恋恋不舍地拥抱了彼此，我的脑海里想起了清晨的阳光里托斯弗说的一句话，"A good quality pashmina is worth to your pay and will last you a lifetime（一条好的披肩是值得你拥有一辈子的）"。尽管我们来自不同的区域和国家，生活的现状、成长的背景和时代的氛围都很不一样，但在地位、职业、性别、性情等不同的背后，我们都渴望快乐、美好，不想遭受不平等、歧视、冷漠，都希望被人友好对待、温暖相与。真正的喜爱，就像一条帕西米娜，会除去所有不好的杂质，与你相伴的日子愈长久，愉悦的温情就愈深厚。

我将自己放在了托斯弗为我披上的披肩里，我亲密的朋友的眷顾中。

我想我回到中国的都市后，每次裹上帕西米娜在人群与高楼的拥挤中穿梭时，帕西米娜柔柔绵绵的滑润触感都会令我想起克什米尔，想起像托斯弗与伊姆朗这样俊朗宽和的克什米尔男孩，想起他们无语的乡恋与哀愁。

谁爱纱丽与库尔塔？

Who Loves Saree & Kurde?

纱丽（Saree）与库尔塔（Kurde）是尼泊尔女孩每天都穿在身上的两种传统的裙装。当她们成长到12岁时，色彩斑斓的纱丽与库尔塔就会一直陪伴着她们美丽的一生。

在阳光闪烁的寺庙、嘈杂拥挤的街头、各种工作的场所、僻静的小巷、绿色的村庄、金色的稻田、旅馆、餐吧，你都可以看见尼泊尔女孩那袅袅婷婷的身影，她们在蓝天白云的喜马拉雅阳光下，异常的醒目、耀眼，无论多远的距离，多暗的天色，你都可以看见那些娇俏的背影在你漆黑的瞳孔里变成一抹抹亮色。

如果要拍一部中古时期的影像，这儿的每一个女子的着装和神情都可以当群众演员。额间的红痣"提卡"，深邃的眼神，浅褐的肌肤，纱丽那半遮掩半敞露、影影绰绰的身姿，下摆那斜斜地留出的美丽层次，很容易让人中了邪似的疯狂按动快门，产生绮罗旖梦的遐想。

任何一个女人，到了尼泊尔都很难抵挡得住弄一身纱丽和库尔塔来裹在身上的诱惑，就好像在法国香榭丽舍的大道上，女人忍不住要穿香奈儿、伊夫·圣罗兰，爱臭美的女人尤其爱贪入乡随俗这一杯。经常看见牛高马大的洋妞也披挂一身纱丽走在泰美尔的街头，那味道和她们穿我们中国的旗袍一样，看起来总是怪怪的、肥嘟嘟的，但中国女孩用她们匀称修长的身材穿上纱丽，可谓就是完美的绝代佳人了。

托斯弗指给我看沿着泰美尔的纳森门路往前走100米，就是加都纱丽店最集中的因陀罗庭院（Indra Chowk），我挤在滴滴三轮车、各种商贩穿梭的人潮里，一下被那半城之多的纱丽店给震惊了。

因陀罗庭院属于老城区，已有数百年的历史，一家挨着一家的纱丽和库尔塔面料店、缝纫店，让你看得眼花缭乱。那些店铺的门被漆成砖红色、湖蓝色，门楣特别的低，如果是1.78米的个子要走进去，就要把脑袋低下了才不至于把自己弄个大青包。传统的纱丽店有点像老北方人的家，一进门只见左右两张"大炕"——榻榻米，榻榻米上铺着柔软、厚实的地毯。榻榻米的三边就是开敞式的壁橱，一层一层整齐地叠放着各类让人心跳的绫罗绸缎。脱了汗迹斑斑的沙滩鞋盘腿坐在榻榻米上，店员就开始跪坐在榻榻米上为你殷勤服务了。店员照例都是年轻、好看的男孩子，上穿尼泊尔传统的白色长袖衫古尔达，下穿宽松的托蒂裤，他会把你东指西指的每一块面料展示给你看，然后再帮你披在身上对着镜子看看效果。一对美丽的母女也在细心地挑选纱料，女孩十四五岁，穿着轻粉色的纱丽，鼻翼上戴着银色的鼻环，大大的眼睛汪着水，如清荷一般，她惊异、害羞地看着我这个黄皮肤的外国人试面料。

我对她们道了一声"那摩斯德"，早安，微笑着摆了摆手，眼光像她们一样欢喜，那个年轻的妈妈就在旁边帮我挑了一套金色的面料递给我。她说印度教的女子喜欢在婚礼上穿红色的纱丽，红色表示开创美好未来的勇气，也被认为是与情感、性爱和生育有关的颜色；白色、粉色、绿色呢，意味着最纯粹最纯真，适合在日常生活中穿着；而金黄色的纱丽被视为寓有宗教色彩，新妈妈会在孩子出生7天后给孩子穿上金黄色的纱丽，新婚夫妇的第一天也会在新房中挂上一块金黄色的纱丽，以祈求好运、幸福、美满。

金黄色在中国古代被视为皇家之色，我们的生活里很少会考虑选用金色，但当我把一堆柔美轻纱披在身上时，它让我的身心一下有了一种以前从未有过的高贵典雅的喜悦之气。纱丽是印度、尼泊尔、孟加拉国、斯里兰卡等南亚国家妇女的传统服饰，一块成幅的丝绸或棉布纱丽面料一般长5.5米，宽1.3米，两侧有绲边，上面有刺绣。在印度史诗《摩诃婆罗多》中，就曾写到一种绣有珍珠绲边的纱丽，如果从这个时间开始算，纱丽也有5000年历史了，和印度教的圣河恒河一样古老。公元前327年，马其顿国王亚历山大率军入侵印度西北部，一度萌发了强行改变妇女服饰的莫名想法，最终还是未能扳动纱丽的固有地位。如今在南亚处处能见英国人、法国人、葡萄牙人留下的欧式建筑，但当你凝望它们的时候，身边走过的依然是那些能裹出女性所有美态的纱丽女子。

　　能够历经千年的王朝更迭而依然活在民间、天天穿戴在女性身上的传统服装不多。中国的旗袍只局限在礼仪小姐的走秀上；日本的和服也更多地用于特定的正式场合，但在尼泊尔，放眼望去，满街尽是纱丽影，许多女子往往备有几十甚至上百套花样各异的纱丽用于不同场合，拥有纱丽的多少也是她们贫富等级的象征，是她们一生中的一大笔财富。

　　深富韵味的纱丽太美，美到让人无法割舍，如果泰戈尔的诗里有最高超的理想主义，那么纱丽里就有女人最美丽的情怀，以致国画大师张大千也曾感叹"纱丽是世界上最美的衣裳"。纱丽之所以具有如此旺盛的生命力，我想除了尼泊尔是个热带国家，一年四季的炎热气候使人们在衣着上多是薄衣轻纱之外，更重要的是它与印度教的信仰密不可分。自古以来在印度教中，修行者都要求尽可能少穿衣服，而大多数信奉印度教的男士则穿托蒂（Dhoti），这种没有针线接缝的、宽松地围裹在腰身的托蒂被认为是"净衣"，以体现印度教徒的修行是干干净净的。同样，印度教的妇女在穿着纱丽时，则大多会露出肚脐，因为在印度教徒的信仰中，维持宇宙秩序的保护之神毗湿奴的肚脐上长着一朵莲花，神妃吉祥天女拉克希米坐在其夫君的左腿上，创造之神梵天是从毗湿奴肚脐上长出的莲花中出生的，因此肚脐被认为是生命和创造力的来源，大多数穿纱丽的女子都裸露着腹部。

　　整整一个上午，光线特别美，店员不停地把各种五颜六色的纱料围在客人的腰上，披在每个人的肩上，估计是个女人都经不住这等绮罗炮弹的攻势。

　　纱丽的吸引力无疑是致命的，我仅花了8000卢比就搞定了那段金纱，还开心地选了一段宝石蓝的库尔塔纱料，花了5000卢比。不要以为兴奋地买块布就完事了，为纱丽献身所要经历的过程还长着呢。

　　纱丽店的楼下是面料店，楼上呢，就是缝纫店了，店员会陪着你把挑选好的一大堆面料抱到楼上去，裁缝马上就开始为你量体裁衣了。

　　在缝纫机的小作坊里多是男子在干活，那些年轻的学徒蹲在地上绣着缀有亮片的花边，也有老人、妇女坐成一排踩着"笃笃笃"的缝纫机，不到3小时就可以做好一套纱丽或库尔塔，手工时代的细致与节奏真是一道有趣的风景，更是一种迷人的享受，它好像让我回到了小时候妈妈为我们飞针走线的时光。

　　不过由于尼泊尔女孩的身材瘦小，骨骼与身架存在着差异。裁缝在给中国女孩做纱丽或库尔塔时，普遍掌握不好分寸，哪怕是要求做得宽松一点的，结果取货时小背心紧得让你无法呼吸。只好守在因陀罗庭院的裁缝店里，改了好多次才能把白白的肉身将就塞进去，白白将那些美丽的图案浪费掉，剪得凌乱不成型。

事实上纱丽是由三部分来配套穿戴的，那件穿在里面、露出肚脐的开襟短袖紧身胸衣，我们说的贴身小背心叫乔丽（Choli），长度到上腰部，袖口一般是到上臂部的二分之一。下身是一条长及足踝的长衬裙叫卡格拉（Ghagra），是围衬在纱丽里面的，衬裙绝不是可有可无的，而是承重的大将，衬裙的腰部全是系带的，而不能是松紧带。最外面裹上的才是那条5.5米长、绣着花、镶有金银绣边或嵌有发光亮片的纱丽巾。

一个尼泊尔女孩，爱用扎、绑、裹、缠、围、披等技巧，让纱丽在身上产生不同的变化，在2分钟里穿出千姿百态的效果。她们在乔丽和卡格拉外面将纱丽巾由右至左环绕下围，约三四圈，这要看个人的胖瘦；接着将纱丽巾在右前方折成4折，塞入腰间的卡格拉里固定，就好像在腰间打了一个性感的结一样；最后将剩余的纱丽巾，由左后背绕过右边腋下，披向左边肩膀上或披覆在头上。

那个殷勤的店员在我身上比画给我看纱丽的数十种穿法，但无论哪种穿法，他说纱丽都以"可露肩，可露背，可露腰，就是不可露腿"为原则，但又不能太长、也不能妨碍走路。也因如此，穿纱丽走路是十分妖娆婀娜的一件"销魂事"呀。

我很好奇为什么不能露腿呢？没人能看见尼泊尔女孩的大腿的。但我一直没有追索出其神秘的宗教含义。纱丽看起来的确很美，但穿戴起来是要有一定技巧的，比较累赘，故尼泊尔女人顺应需求简化出了另外一种风格的传统服装库尔塔（Kurde），也称简装。如果说纱丽是复杂、烦琐版的话，那么库尔塔就是简洁、清爽版了。

我戴着窄沿帽、眯着眼睛站在街边打望时，发现已婚女性，尤其是家居女性、年纪较大的女性是纱丽的最大拥趸者，年幼的、未婚的或年轻的上班族女性则更喜欢穿着轻便的库尔塔。虽然穿着、行动更简便，但库尔塔绝不是我们理解的休闲装。一套库尔塔同样由三块面料构成，这三块面料的色彩与图案，经过千百年来的搭配与穿戴，已经到了异常漂亮、匪夷所思的地步。雪纺塔夫绸的面料是一种颜色，通常拿来做穿在里面的灯笼型衬裤"朱利达尔"；主面料是一块绣有花边、金纹以及诸如吉祥花鸟、植物图形等传统花纹图案的绸缎或棉布，是用来做长及膝盖的紧身长衫"卡米子"；第三块面料就是长约3米左右的披巾"杜巴尔达"，色彩通常是衬裤与长衫的协调糅合，或者是强烈的反差。穿戴好衬裤与长衫后，轻柔薄爽的披巾随意往脖子后或肩膀上一搭，真是王子曹植的洛神，凌波仙子哟。

　　当然，西方的大牌也好异国情调，也要妥协配合，爱马仕就已推出以纱丽为创意灵感的时装系列，香奈儿用了纱丽和库尔塔的轮廓，精致的刺绣、边缘绣花和织金的面料，褶皱和飘逸感依然是纱丽最惯常使用的亮点。英迪拉·甘地夫人一生不管身处何地，始终是一袭银白纱丽。米歇尔·奥巴马呢，在接待印度总理辛格及夫人时，晚装依然不忘一套纱丽中有重要引领作用的飘带。彭丽媛访印时，一身粉红洋装，但也不忘加一条淡雅轻纱作为纱丽的风韵元素以示入乡随俗。

　　这让我想起印度诗人泰戈尔那句咏叹纱丽的诗："长发飘柔的妇人，把纱丽从屋顶栏杆上挂下来……"刚出机场到泰美尔的路上，我就曾经被尼泊尔女人晾晒在红砖阳台上的艳丽纱丽吸引走了目光，我幻想也能如泰翁诗中那长发飘柔的女子，从栏杆里，或褐色回廊里，轻轻地为喜爱的男子抖动一下那长长飘舞着的神秘纱巾。尼泊尔的女人，像风中飘动的花枝，像晴空里的一朵轻云，走过去了，仿佛还余香袅袅。

一头扎在纱丽店里神魂颠倒了一个上午后，我也终于穿着一身宝石蓝的细麻纱库尔塔走出了因陀罗庭院，正午的阳光透射出身上库尔塔的轻盈，我一下觉得走在回泰美尔的人群里飘逸得像个出逃的仙女。我的背包里潜伏着那套5.5米长的"女王金"纱丽，5.5米，可以把一个女人与一个男人多情地缠绕好多转、好多世了。

好吧，我就背着那一身的纱丽去转山转水转佛塔吧，只为贴着你的温暖，只为途中与你相见……

我们都为玛拉着盛装
We All Get Dressed for Malla

外国人穿纱丽实在是个技术活。

汉语角27岁的玛拉（Malla）在8月季风季结束时要大婚了，她是英语专业的女硕士，在泰美尔开了一家小型的语言培训中心，教尼泊尔人的英语。每周来汉语角练习中文，她还想做尼泊尔人的汉语培训。她晃动着一张甜美的脸庞，热情邀请我在明天的克利须那诞辰节（Krishna Jayanti）上参加她的"第二次"婚礼，还特别强调说与会女宾都要穿纱丽哟，如果我没有，她的闺蜜会借我一套。

爱血拼永远会让女人在异国活得又潇洒又从容，我身怀宝物特别淡定地说，为师刚刚拥有了一生中的第一套金纱，只是穿起来七长八短、拖拖拉拉的，有些怪异。玛拉银铃般地笑，说到时会有专门穿纱丽的师傅帮忙穿的，会很漂亮。

尼泊尔是印度雅利安人与喜马拉雅蒙古人会合的地方。玛拉是尼瓦尔族的女子，尼瓦尔族（Newars）的名称就是由尼泊尔（Nepal）演变而来的，在南亚地区的人通常将"瓦"（wa或va）与"泊"（pa或ba）两个音节混用，尼瓦尔人是尼泊尔世代定居在加德满都谷地的以艺术和经商才能著称的原住民，大约有168万，占全国2800万人口的6%。尼瓦尔族有一个全世界独特的婚俗，就是任何一个女子一生都不会成为"寡妇"。

人都会有生老病死、爱恨情仇、生离死别，难道尼瓦尔女子是仙人？！

绝大多数的尼瓦尔人信奉佛教和印度教，他们认为这两种宗教是相互兼容的。印度教规定女子一生只能结一次婚，任何情况都不能再嫁。为了女儿的一生幸福，智慧的尼瓦尔人想出了一个变通之法，即将自己的女儿出嫁给一个男子之前，象征性地嫁给一种称作贝儿的果实，贝儿果（Bel）又称木苹果、孟加拉苹果，其果实芳香、清凉可食而外壳坚硬无比，可以存放家中多年不烂，以此喻示着"永恒不变的婚姻"；女孩成年后与男人的结合，则是"第二次"婚姻。

与贝尔果的婚礼一般在7至9岁时举行，这一天小女孩们穿上艳丽的纱丽，脖子上挂满精致的首饰，额头上点着吉祥提卡，由母亲、外婆等长辈陪伴着，在祭司的主持下对着贝尔果行礼。由于尼瓦尔人相信，一生只能举行一次体面隆重的婚礼，所以特别看重贝尔果婚礼，认为这是女子一生中真正的婚礼，贝尔果是尼瓦尔女孩真正相伴一生的"丈夫"。反而将在成年后与丈夫举行的婚礼看作是第二位的，或者不甚紧要的。

其实和贝尔果举行婚礼的寓意也满深刻的，表示少女已在保护之神毗湿奴的面前完婚，她的婚礼得到了神的首肯和祝福，因此，即便她成人以后选择独身、不结婚，族人也不会对她有任何歧视。由于现实中的婚姻常会有各种挫折和不幸发生，后来的丈夫只是替身，替身是可以离婚、更换的。如一个尼瓦尔女子婚后感到不幸福，就可以把珍藏的贝尔果放在丈夫枕边，意思是"我要离开"；如丈夫去世，只要把贝尔果放在丈夫的遗体旁就可以再嫁，这种人性的方式使人们能更加宽容地对待那些婚姻不幸的尼瓦尔女人。

我本是一个来自异族的女子，未能看见玛拉神奇的贝尔果少女婚仪式，但一想到要盛装穿着纱丽出席她的"又一婚"，我这个成天穿T恤牛仔的女汉子情绪一下就紧张起来了。

我在扎西德勒旅馆的大床上打开了那套长得可以铺满我整个房间的金纱开始试穿，买的时候店伙计教了我两遍，自己笨手笨脚地试了半天，发现纱巾一大堆老是松松垮垮地往下滑，根本无法迈开步伐正常走路，只好急中生智将"纱丽新穿"，像在海滩上裹浴巾一样，把纱巾胡乱捆在腰间，抱着胸前多余出来的一大捧布下楼去找旅馆的女主人依藤。她利索地把我身上那一堆臃肿的金纱解开，一边说一边帮我一层层裹上，然后折叠，打结，斜披。在庭院里围观的好几个房客与侍者，拿着手机、iPad、相机对着我乱拍。一阵开心的演练后，我感觉比之前轻松、好看多了，但纱丽一上身我就失去了自由走路的姿态，迈着的小花碎步如日剧中的妈妈桑，汗水渗透在我的脸颊上，那时我的脸羞得比岩虾还红，我只能提着裙摆、露着脚趾走走停停，又引来无数人围观嬉笑。

玛拉婚礼举行的当天清晨，天空清丽如洗，我背着一大包纱丽，穿着T恤、牛仔裤，戴着墨镜、帽子，坐了一辆三轮车像女侠客风二娘一样直赴玛拉家。新娘家专门给女宾穿纱丽的师傅有50来岁，他温和地看着我，油棕色的双手布满粗糙的斑纹，但一拿起纱丽他的手就变得像橄榄枝般柔软，他像画蛋、做青铜马的大师达·芬奇那样，拿着那块长纱巾一寸地折叠，好像要把我身体上的每一块肌肉、每一根纤维都算精确。穿乔丽胸衣的底部要完全与胸际尺寸相等，多一分少一分露出赘肉来的话都会很尴尬，要不多不少地露出那一截柔软的腰肢；腰前四褶的宽度要特别整齐地和我的身长搭配，腰部向卡格拉衬裙内折的时候一定要光滑平整，不能胡乱一团揉在一起了事；肩膀的褶呢，则像风琴状叠在一起，为了不让这些美丽的褶因走动而散掉，师傅边叠边在暗处熟练地别了几个小别针，剩下的纱巾斜过肩头，拖曳在背后自然、优美地下垂，最后他用一只蝴蝶状的装饰胸针煽情地将目光锁定在了我的锁骨处。

纱丽会让小胸的女孩挺直腰板，少了一次伤自尊的机会，会让腰间有富余脂肪的女人留有空间半遮半掩。等穿戴完毕，我才知道之前在旅馆只算写意的业余穿法，专业的师傅如同服装设计师，能够再创意出纱丽的各种美感与美态。英国超级名模娜奥米·坎贝尔在印度孟买为紧急医疗服务基金筹款走秀时，那流光溢彩的范儿真真写尽了纱丽的妩媚典雅。

一场尼瓦尔族的传统婚礼，其场面是我从未见识过的极度温馨，举行过门仪式时尤其动人，由新郎的弟弟和朋友带上的迎亲队伍，清晨已在玛拉父母家的门前鼓乐齐鸣迎接新娘。新娘被迎接来到婆家门前时，婆婆已在大门口恭候欢迎，并用巴格马蒂河的圣水替新娘洗了脚，表示嫁过来的女人开始了新的人生旅程。同时婆婆还赠送给新娘玛拉一对银脚环，并亲手为她戴上，以示婆家对新妇的喜爱。然后，身着杏黄色纱丽的婆婆交给玛拉一把铜钥匙，表示接纳新妇之意，这时新娘玛拉才算正式踏入了婆家的大门。

　　在挂满彩饰的室内，一个家庭祭司代奥婆罗门为一对新人举行了一系列仪式并向各种神灵献祭。那一刻，新郎君什雷斯塔（Shrestha），上穿尼瓦尔男子传统的服装兜拉（daura），一种长至膝盖、双排扣的白色镶边衬衫，下穿苏鲁瓦尔（surwal），一种肥裆、腿瘦、包着脚腕的马裤，头戴豆皮（topi）小花帽；新娘玛拉，身穿绚丽悦目的红色纱丽，她的头额、颈肩、耳朵、手腕、手指、足踝乃至鼻翼，镶挂着闪烁着耀目光芒的金银首饰，他们的两双手紧紧合十在了一起——Namaste! 吉祥幸福，双双向深藏在身体里的爱的神灵深深致意。

　　我们盼着当晚在花香四溢的什雷斯塔家花园里举行的款待亲友的盛大跳舞喜宴，尼瓦尔人家中热闹的婚礼场面也常常吸引来邻里成群的好奇观众。这时婆婆把酒，新郎敬甜食，兄弟负责敬凝乳，都是和欢乐、甜蜜生活有关的容易让人沉醉、发愁的好东西。那些摇曳生姿、行走在暗香涌动的私家花园里的纱丽女宾，带着迷人的馨香，轻松自在如花般自然绽放。而我在整个婚礼现场，我都担心被纱丽突然绊倒，真心觉得穿着纱丽好难行走啊。

我在花园的喜宴上端着酒杯一边踢一边走，战战兢兢，如履薄冰，连厕所也不敢上，怕那些风琴状、蝴蝶态的披挂掉下来，纱丽师傅也回家了，我索性为"爱"禁食，尽量少吃少喝。但一个外国女子穿着金色纱丽，无论走在花园的哪个角落都是令人瞩目的焦点。不停有来宾热情地走过来，跟我道那摩斯德，握手，问好，微笑，合影，邀请我跳舞，让我强烈地感觉到了超模坎贝尔般的明星待遇。黑天神克利须那是保护神毗湿奴的化身，他年轻英俊，脸孔常常是黑色的，这意味着他像深蓝色的天空一样，无所不在，有着令人销魂夺魄的魅力。他既是爱情的浪漫之神，又是圣牛的保护之神；是神圣的舞蹈家，也是魔笛的吹奏者，在印度教的万神殿中，克利须那恐怕是最受年轻女孩子们倾慕和爱戴的神灵了。女宾们在婚宴鼓乐的伴奏下，拉着手、围着黑天神的神像边跳边发出深情呼唤克利须那的喝彩声。在一个印度教情圣的朗月之夜，我尽管不敢像女宾那样乱动乱蹦去放肆地跳舞，去相遇有着黑夜面孔的活生生的尼泊尔男子，但我的心里已感觉到有一粒纳悦的种子在划破黑暗，它安静地躺在花瓣的下面，有一天它会像花儿、像玛拉、像纱丽那样盛放。

　　星夜回泰美尔的路上，好多店铺的小孩在巷道里嬉戏、乘凉，很快我的屁股后跟了一串看稀奇的小孩，他们边追着我看、边惊奇地说，"哇，Pearl穿纱丽了，你喜欢上谁了吗？你要在这儿结婚了吗？"

　　看着那些在老旧花窗下、大理石台阶上随地坐卧的纱丽女子，或者在圣河边捧着灯烛祈祷的妇人，我以前总担心她们那长长的、拖拖沓沓的纱丽，会踩在地上成为抹桌布，或拖到水里成为洗脸帕，但她们每一个看起来都处理得很好，运用自如，不愧是自己天天穿着的民族服装，此时我虽然不能告诉那些小男孩我为什么会穿纱丽的秘密，但我觉得穿在我身上的金纱也有了如尼泊尔女人一般的、一种发自内心的妥帖感与依附感。

"你必须了解生命的全部，而不只是一小部分，这就是你为什么必须读书，为什么必须观赏蓝天，必须唱歌、跳舞、写诗、受苦、学习及了解的原因，因为这一切都是生命。"在8月的季风季就要结束时，我想起了这段刻在泰姬陵白色大理石上的灵性大师克里希那穆提的话。纱丽是尼泊尔女性心中舍弃不了的一种情结，伴随一生的爱恋与情怀，我想我的纱丽奇遇记也会让我的内心慢慢锻炼出一种属于我自己生命的旅行气质的。

泰美尔的夜空偶尔又洒了点小雨下来，我没觉得有多压抑或麻烦，我从长长飘过的纱巾上闻到了青草和泥土的那种自由的气息。

你生活过的每一刻都是你的
Every Moment You Lived is Yours

在加德满都我住的旅馆外不足20米的地方，是一家叫"米提拉女人涂鸦"的店（Mithila Women Handicraft），我每天出去找地方吃饭的时候，就看见一个叫惹卡（Rekha）的女人坐在低矮的小凳上，安安静静地在瑞香纸做的各种装饰品上画画，她画镜子、画盘子、画首饰盒、画杯垫鼠标垫，一个1尺见方的镜框，全手绘满工画下来，大约需要1小时的时间，但仅仅能卖10元钱。因此无论是身旁车来车往的喧嚣还是阵阵拍打起来的尘埃，好像都没有办法惊扰到惹卡的眼神，让她抬头起来张望一眼这个匆忙的世间，而她的丈夫则一直坐在店里和朋友一起喝着尼泊尔红茶，悠闲地聊天。

有天我蹲下来看惹卡为一个"美金老外"画一幅粉色的大象，缓慢骑行着的丛林大象是尼泊尔的国宝，她的眼神是那样的温柔和满足，当时我就忍不住为她打抱不平了。我笑着说，惹卡你成天没命地工作，画画，像个女仆，而你丈夫竟然在那里瞎聊，太不公平了。惹卡的丈夫马上申辩道，米提拉涂鸦是只有妇女才会画的，是妈妈传给女儿的技艺和嫁妆，男的怎么能干这活呢！我又转过头开玩笑地问惹卡，你很爱这个不劳而获的男人吗？29岁的惹卡露出成排像石榴籽样洁白的牙齿笑，她说他们已有4个小孩了。

天哪，这就是可爱又发憨的米提拉女人，她们和她们画的涂鸦一样，原始、质朴又天真。

有一天我沿着特赖平原（Terai）东部的马亨德拉公路（Mahendra Hwy），向尼印边境上的卡卡比塔（Kakarbhitta）旅行，这是一条人们前往锡金和印度大吉岭的古老朝圣通路。夹在锡金和西孟加拉之间的特赖平原东部，受到干燥的玛哈布拉特山脉（Mahabharat）和喜马拉雅山脉的挤压，形成了一个有着数千年历史的古国米提拉（Mithila），米提拉国王珍那克（Janak）统治着一大片富庶的平原地区，在公元3世纪被来自印度北部的巴特那（Patna）吞并之前，米提拉一直很繁荣，而它的都城珍那普（Janakpur），就是米提拉艺术的发源地。

尼泊尔在印度教的发展历史上也曾起到关键性的作用，从公元前4

世纪，一部抒写罗摩及妻子、米提拉国王珍那克之女悉多故事的《罗摩衍那》（Ramayana）写成开始，珍那普就成了印度教朝圣者聚集的地方。对所有的印度教徒来说，人人都知晓阿逾陀国王子罗摩（Rama）和珍那普公主悉多（Sita）悲欢离合的故事。罗摩是《罗摩衍那》史诗中的男主角，这部史诗也是亚洲最伟大的史诗之一。故事中，罗摩为使父王十车王不失信义，甘愿流放。悉多为了夫妻之情，小王子罗什曼那为了与罗摩的兄弟之谊，都甘愿随同流放。罗摩是个完美的人，勇敢高贵又有高超的品格，他美丽的妻子悉多则是个忠贞又诚挚的完美妻子。但在一次森林突袭中，悉多被罗刹魔王罗波那（Ravana）掠走。罗摩在猴神哈努曼的帮助下救回了悉多并诛灭了罗波那。

世俗中的罗摩曾怀疑悉多的贞操，让她投火自明。火神从熊熊烈火中托出悉多，证明了她的贞洁。夫妻团圆后，罗摩流放14年的期满。罗摩回到了阿逾陀国登基为王，但波折又起，国人亦怀疑悉多在被掳后失去了贞节。悉多无奈，复入森林，向大地母亲呼救，请求天神解除她生命的负担。说如果自己贞洁无瑕，请大地收容她。顿时大地裂开，悉多纵身投入了大地的怀抱。最后，悉多化身成拉克希米女神（Lakshmi），罗摩化身为毗湿奴大神，他们全家终于在天堂重聚。

2500年后，当我像一个自我放逐的流浪者一样背着背包走进珍那普时，我想我更像一部史诗中的心灵的追寻者一样。古国米提拉的领土现已分别属于印度与尼泊尔，但依然有约200万的人说着神秘的米提拉母语，而位于尼泊尔的珍那普更像一个富于真实的平原生活气息的印度小镇而非尼泊尔式的山地寂静小镇。繁忙热闹的集市小镇上，布满了印度朝圣者的旅店。曲曲弯弯的狭窄街道上，人力车和自行车比汽车还多，好多人来到此地的珍那基寺敬拜完公主悉多后，便心满意足地乘坐着拥挤不堪的老式火车绕道向南前往尼印边境的珍那嘎（Jaynagar）。

这里供奉着悉多的珍那基寺（Janaki Mandir），有着古老的拱顶长廊、穹顶、塔楼和屏风，看起来有点像为公主悉多准备的巨型华丽的结婚蛋糕，信徒们相信极度奢华的巴洛克风格的珍那基寺就建在珍那国王找到躺在犁沟里的婴儿悉多的地方。故来此的朝圣者们静默地排着长队鱼贯而入，向悉多的神像致敬并祈福，好多女性还穿着最美的节日盛装，但与朝拜湿婆神寺庙中那种令人热血沸腾、歌舞不断的景象不同，这里的朝拜过程相当安静，寺庙前的广场上有小贩出售着花坏、胭脂水粉、彩线和祈祷用的宗教用品，许多到这儿来的人只是坐在葱绿的树荫下、冰凉的回廊上，沐浴着吹过平原的季风，好像在静思着《罗摩衍那》的寓意与爱意。而在每年的12月满月后的第15天，成千上万的朝圣者下山来到平原小镇珍那普庆祝悉多婚礼节（Sita Bibaha Panchami），人们在街道上会重新上演悉多与罗摩结合的婚礼，用大象驮着罗摩的肖像抵达悉多的神庙。

出发前我曾经问过惹卡，悉多的命运如此多舛，为什么米提拉女人还那么喜爱悉多与罗摩呢？惹卡用她的亮眼睛很神往地回答说，在印度教世界里，他们被认为是最美好的一对夫妻，当然也是一切良好德行、幸福婚姻的化身啦。

在我走过珍那普周围茂密的甘蔗田，进入惹卡曾经生活过的村庄库瓦（Kuwa）时，我突然理解到为什么只有米提拉女人才会画这种独特的图画了。与印度的比哈尔（Bihar）艺术有关联的米提拉涂鸦，实际上一部分是用于装饰，一部分是用于生活的，在古代直到今天，在一个只有高种姓的男人才有读写权利的社会里，米提拉乡村的妇女们用原始、稚朴图画的方式记录下了特赖平原上女性的生活，她们劳动、出嫁、生育、狩猎、耕作、装扮、跳舞等，无数的场景，每一个瞬间。在每年的提哈节（Tihar）上，她们还要重新粉刷自己家的土墙，在土色墙上绘上白色和赭红色的描绘乡村生活、动物的彩色画。而公主悉多那一悲伤而凄美的故事也赋予了珍那普地区的女人们浓烈而充满爱意的创作激情与想象，她们在房间中的墙上、纸上、衣服上、陶器上、木器上画下了她们对天神悉多的诸多赞美与喜爱。

　　米提拉涂鸦中以天马行空的色彩运用而闻名，在珍那普，许多村落都延续了传统的米提拉风格，我悠然地行走其中时，就好像置身在一幅翠绿田野构成的富有魔幻色彩的镶嵌图案里一样，这里面有属于时间的记忆，属于大地的境遇，属于神灵的秉异。

　　在惹卡童年时代、少女时代生活过的库瓦村，我看见大约有50名米提拉妇女聚集在土屋作坊里，这是一个保护古代米提拉绘画艺术的妇女发展中心，老老少少的女人们快乐地聚在一起手绘陶瓷、镜子、丝网印刷的纺织品，一边还随意地哼着《罗摩衍那》中的"输洛迦"，那是一种舒缓好听的"颂"，她们的涂鸦有时是轻松惬意的，有时是剑拔弩张的，有的抽象，有的具体，而传承于古代的米提拉涂鸦作为一种不可替代的艺术形式，也为生活在赤贫乡村地区的妇女们带来了可持续谋生与挣钱的机会。

　　尼泊尔是全世界最贫穷的国家之一，但对于尼泊尔男人来说，如果他们能娶到一个珍那普女人，也就意味着他们得到了一笔终身享用不尽的宝藏，因为只有那些来自珍那普地区的女人才会米提拉涂鸦这一古老而美丽的技艺，它通常是母亲传给女儿，女儿再传给她的女儿。

4年后我重返尼泊尔徒步喜马拉雅，当我再走进惹卡的店时，我发现惹卡不在了，我急切地问惹卡呢，我想把我在书中写的惹卡涂鸦米提拉的故事秀给惹卡看。惹卡的丈夫慢悠悠地给惹卡打了一个电话，大约1刻钟后，我从泰美尔窄巷的倾斜影子里，看见了惹卡和紧跟着她的4个孩子，她那公主般苗条的身材已经变得如同水桶般粗壮了，而只有33岁的惹卡看起来苍老得如同50岁的女人一样。现代城市中的女人都是很善于保养的，哪怕相隔5年、10年，你都很难看出她姿色的变化，但对于生活在手工社会中的女工匠来说，生活的重压很容易就压弯了她们的脊梁，击退了她们的容颜。但惹卡一点也不显悲伤，她欣喜地拥抱了我，窸窸窣窣地拿出了两页已经破旧的书纸来，上面还用透明胶带黏合着薄薄的纸页。那一刻我的眼睛一下潮湿了，那是一位中国旅行者离开惹卡的店时，撕下了我书中有关惹卡故事的那两页，专门留下给她的，而她整整保留了1000多个时日。在那两页纸上，惹卡正微倾着光洁的头颅在专注地涂鸦，永远地保留住了她那青春美丽的时光。

惹卡又坐到了街边的小板凳上，像我第一次看见她时那样旁若无人地画画，这次她画了一个梳着长辫子的黄皮肤女子，正手握一把粉色的梳子，很像我每日刚刚苏醒过来的时刻，她露着皓齿把这个小巧的咖啡杯垫送给了我。

有爱的人，是会把她们的微笑、愉悦、忧伤或思念，都放在微小的事物里的，哪怕岁月流逝，生活多变，也永远不会被剥夺、被毁灭。我想此时如果要问大神毗湿奴或者王子罗摩，他们喜爱的米提拉女人拥有着什么样的东西或什么样的特质？保护神一定会很惬意地说，你的朋友和家人，你走过的旅途，你的记忆和天赋，以及你那会呼吸的从自然泥土中生长出来的涂鸦，你用手指或眼睛雕刻、记录下的时光，你，与你生活过的每一刻，都是属于那个美丽的你的。

夜晚照亮瑞香纸灯笼
Lokta Paper Lanterns were Lit at Night

在尼泊尔，最有文艺范儿消磨时间的地方，就是去纸草店选瑞香纸。

瑞香纸（Lokta）是以生长在海拔1000米以上的植物瑞香（Daphne），我们中国把它称为月桂树的树皮为原浆制成的特种纸，由于瑞香对生长环境要求严格，需要具备海拔高与雨水充沛、阳光充足两个条件，因此常年沐浴着印度洋暖流的高山王国尼泊尔就成了瑞香植物的聚居地。

在尼泊尔这个佛祖的故乡，僧侣们每日诵读的佛经就是用绵实的瑞香纸写成的。尼泊尔人不断地延续、丰富着这个拥有上千年历史的独特造纸术，让瑞香纸成了世界上韧性最好、抗腐蚀力最强、防虫蛀能力最佳的手工纸之一。留在瑞香纸上的字迹可以清晰地保存数百年不被磨灭，寺庙的经文就是书写在瑞香纸上，在香烟袅袅、乐声绵绵的梵音里，被一代一代的僧侣们传诵下去的。

一张原色的瑞香纸是月白色的，就像数朵绢毛茸茸簇拥着、集生于枝顶的瑞香花一样，素净、清雅，很容易想到那些深居在喜马拉雅山麓里偶遇的女尼的脸庞，所以尼泊尔人很形象地称瑞香为雪花皮、一朵云、空花构。

除了月白色的经书，在尼泊尔这个缺少大工业化生产的国度里，工匠们还制作出了45种色彩的瑞香纸，用于各式各样的生活所需。在造纸的木板上有动物、花朵、宗教符号等图案，沐浴在鸟语花香中的尼泊尔人还爱在制造瑞香纸的工艺中添加一些花瓣和树叶，以这种天然纸来制成灯笼、墙纸、日历、相册、镜框、笔记本、信签、书简、问候卡等日常生活用品。

甚至画的神像、各路神灵、仙人，装葡萄酒的纸袋、装茶的茶叶袋、有头有脸的名片，它们都不是玻璃的、塑料的、金属的，或透明薄膜的、喷绘印刷的，它们都是用一张张原生、环保的瑞香纸来完成的。

至今，尼泊尔的一些酒店、旅馆和餐厅，依然选用瑞香纸制成的灯笼、餐巾作为照明、装饰品与消费品来使用。

我让尼瓦手工纸店（Newa Paper Craft）的老板沙西（Shashi）带我去他们的作坊，看看是怎样用瑞香纸来制作一盏灯笼或画一本日历的，他把摩托头盔套在头上，颠颠簸簸地带着我往他在那亚巴扎（Naya Bazar）的家奔去。

沙西的家庭作坊雇用了4个做灯笼的女工，一个画师卡比（Kabi），一盏灯笼光是裱糊就要花2个小时的时间，还不用说画图案，而售价仅为100至200卢比左右，约6至12元人民币；一张大尺幅的神像20元，一本有当地人有趣生活的日历6元，一只特别精致的葡萄酒袋5元，一盒25只的茶叶袋8元。尼泊尔的大街小巷到处都是懒洋洋的与人为善的流浪狗，没想到沙西的狗却是一只守护灯笼的狗，它把我当成了入室的贼，蹦上蹦下地老是想扑过来咬我，好在作坊里的灯笼是圆的，一大堆，它怎么也够不着我的身子，成天坐在地板上做灯笼的女孩们都哈哈哈地大笑了起来。

手工艺人卡比卷曲着一头棕发，一直埋头在一段段的榉木板上，用小刀雕刻喜马拉雅四季的日历，然后再把这些图画拓印在一张张的瑞香纸上。我看着那些让我怦然心动的山峰对卡比说，我会去徒步这些雪山的，没想到3个月后，卡比用粗糙、不光滑但散发着天然木质味道的瑞香纸，印刻下了新一年的日历和岁月，在平安夜的夜晚，送达了我的手里。

那里有天空、草地、牛羊、阳光、夏尔巴人、孩子、经幡、寺庙……卡比说尼泊尔人都爱圣山，希望圣山庇佑每一个远行者与朝拜者。我翻开了卡比手绘的日历，它让我每两个月都能在心中看见一座美丽的神山：

1月~2月，7060米的鱼尾峰，喜马拉雅峰群中并不高大的一座，但却是尼泊尔国家的标志，至今仍是禁止攀登的"处女峰"；

3月~4月，绵延巨大的干城章嘉峰，高出了海平面8598米，是世界的第三高峰，我曾坐空客飞越它；

5月~6月，哇，8844.43米，世界的最高峰珠穆朗玛，尼泊尔语中的"天空女神"，我和背夫帕桑沿着驮马小道走了20天才走到了5340米的珠峰大本营；

7月~8月，8167米的道拉吉里峰是8000米的世界高峰中最后被登上的一座，故它被称为"魔鬼峰"，沿着世界最深的峡谷我与向导毗湿奴有了一次10天的朝圣之旅；

9月～10月，安纳普尔纳峰是世界上第一座被登顶的8094米的山峰，有雪人出没啦，我在那儿失温、失去了知觉，是向导比格姆为我洗了脚；

11月～12月，象神甘纳什雪峰7425米，尼泊尔的财富和智慧之神，好多牦牛哟，它们是世界上能负重爬到6000多米高地的唯一的一种动物。

卡比的雪山日记，让我像耳聋的贝多芬一样，在内心深处听见了喜马拉雅的所有旋律；让我抬头时，我的目光能越过钢筋水泥的城市，一直抵达山峰的洁白与静谧，尽享一种天赐的安宁与幸福。纸是与人最亲密、最贴近也最轻便的一种生活物质，就像构木筑起的巢、钻木取出的火、削石制造的器一样古老而美好。而无论你在何时走进泰美尔的任何一家瑞香纸品店，触摸到那些天然纸品的纤维与脉络的时候，你都会在心里漫升起一种触摸到大自然的光阴与月华的感觉。它不是在机器的轰鸣中产生的，不是在化学的药品中染成的，它是在阳光的曝晒下自然而然地成就的。很多瑞香纸作坊还利用小孩柔软、细小的手将树叶小草、小昆虫按进正在成形的纸浆中，让瑞香纸品的质感与图案又特别又纯真。

每年七八月的雨季，洪水都会冲毁尼泊尔的山体、电站、道路、房屋，甚至在首都加德满都，每天晚上都会有2至3小时的停电。在没有电的漫漫长夜中，高高挂在每一个旅馆、餐厅、酒吧、店铺里的各种形状的瑞香纸灯笼，就成了一种美丽的照明工具。它是安静的、温暖的、迷人的，虽然那个时候没有电扇可吹风、没有电脑可上网、没有电视可消遣，但各式各样的灯笼弥漫出来的微弱光亮会让你想起小时候的伙伴、童年的游戏、妈妈的摇篮曲、笑靥丛生的女灯笼工，想起在万暗中光华射的平安夜里的圣母、圣婴与圣歌，在另一个二维空间里的所有漫漫旅程，想起那个在遥远他乡的神秘爱人。

月色，

蓝毗尼的莲花坐

A Lotus Path in Lumbini

Chapter5 Moonlight

「　　那些歌声是快乐的、亲切的，没有悲伤的，就像我此时走近佛祖的心情，是明丽的、干净的、平和的，朝圣的路清洗掉了我眼睛中积蓄了多年的灰尘！

　　海德格尔诗云："只要良善和纯真尚与人心相伴，人们就会欣喜地拿神性来度测自己。"朝圣、出离、爱恋、修行、解脱、自由、证悟、涅槃、天堂，这些美丽的字眼，许多人都喜欢，许多人都迷恋，但很少有人花时间去检视、去体悟、去践行。在蓝毗尼，佛祖的杰作是我们看得到的莲花里的宝石，是每一朵花里蕴含着的神的笑声。　　」

一路哭着去朝圣

Going on a Pilgrimage in Tears

那一天的夜晚是因陀罗节（Indra Jatra）的最后一天。这个神和人、死者和生者、国王和平民共同欢庆的热烈节日一共在加德满都持续了8天。

因陀罗是古代雅利安人的雨神，曾到人间为其母德吉丽（Dagini）盗取一种驻颜的仙花，当时没人认出他的身份，结果因陀罗在加德满都山谷像小毛贼一样被俘了，被囚禁在一个隐秘的地方，他的那匹神象坐骑不分昼夜地在加德满都的街道上寻找着主人。因陀罗的母亲亦忧心如焚，及时从天国下来，公开了因陀罗的身份。于是加都的捕获者高兴地将他释放，作为释放因陀罗的回报，德吉丽女神承诺在未来的几个月里向这里的庄稼尽施雨露，并把在上一年中所有死去的人都带回到天国。于是因陀罗节就成了人们向因陀罗和其母祈求丰收，及纪念刚刚故去的死者的节日！

人们在节日的第一天，要在加德满都杜巴广场的哈努曼多卡老王宫外竖起10米旗杆，戴着面具上演一场因陀罗被俘的华丽古典舞，并在现场宰杀山羊和公鸡作为祭品献给因陀罗雨神，多谢他为丰收的庄稼带来充足的雨水。同时人间的活女神库玛丽会乘坐战车进行环城游行，只有在因陀罗节时才打开的巴伊拉布神（Seto Bhairab）那血盆大口开始向外喷射出啤酒，当然带着麦芽味的清冽啤酒是人们事先灌入的。尼泊尔人相信，喝一口经过神祝福的啤酒，一定能得到好运，人们还在啤酒中放了小鱼，得到鱼的人是最幸运的，因为它会为这个人带来一整年的好运。

在第八天夜晚会举行放倒因陀罗旗杆的宗教仪式，众人将因陀罗旗杆抬到圣河边焚成灰烬，因陀罗节随即宣告结束，这一节日也意味着季风季的结束。

我从来没有经历过一个持续这么长时间的狂欢节，看热闹跟在载歌载舞的人群里巡游时，突然被一辆人力车（rickshaw）撞到了小腿，我猝不及防倒在地上时天旋地转，我看不见夜空中的月亮、星星和雨神，我只听见杜巴广场上那不绝于耳的鼓乐声、欢呼声，眩晕的头顶上人来人往、灯红酒绿，但却没有可供呼吸的新鲜空气和氧气。一切都像尼泊尔的本土导演次仁热达（Tsering Rhitar）拍的那部片子《欲望的面具》（Mask of Desire），一群加德满都的文艺青年在狂乱的因陀罗节上跳舞，内心充满着不可遏制的需求与欲望，但他们并没有在现实里找到一种质朴的快乐，黑暗中不可逆转的命运与渴望依然缠绕在他们的眉宇间。

在那一瞬间，我决定离开生活了1个月的泰美尔，远离加德满都这座充满欲望与诱惑的城市，我想去一个特别安静的地方，安静地听因陀罗雨神沐浴的花瓣悄悄打开的声音。

在打包整理背包的时候，我一直犹豫要不要去坐金色旅行（Golden

Travels）的旅游车，那是专门服务于旅行者的空调车，有舒服的靠椅，8个小时就可顺利地到达佛祖的故乡蓝毗尼（Lumbini），尤其是在我腿部擦伤一瘸一拐的时候。垂死挣扎了半个小时，最后我还是决定去坐本地长途公共汽车（Local Bus）。因为不和当地人待在一起，就不会有真正的尼泊尔生活。

我把手机闹铃设置到凌晨5:40，我需要先乘150卢比的出租车到岗布长途汽车站（Gongbu Bus Station），然后再买7:00的早班车票去蓝毗尼。克什米尔男孩托斯弗听说我被撞伤了，执意坚持早上要到旅馆的门口来接我，帮我背那个硕大沉重的背包，然后把我送到汽车站去。

我告诉他无论是在美国还是尼泊尔，我都一个人走天下，我希望简简单单、不带一丝牵挂地远行，而不愿承受太多的离别与伤感。而到了那个闹嚷嚷不知东西南北又没有英文标识的岗布车站才发现，有朋友殷切相送还是不错的，至少在我无法抬腿迈上高得要死的车门台阶时，这个有着橄榄色眼睛的男孩在后面默默地关注着我，然后伸出手扶了我一把。

尼泊尔的长途汽车装饰得花花绿绿的，司机的胳膊上文着浓烈的怪兽文身，但却在引擎上燃着佛香，供着佛像。他们的长途汽车也和我们20世纪90年代的一样，要四处兜着圈拉客，在雨里慢悠悠地折腾了一个多小时后，车子终于有点速度地往城外开了，但没一会儿，车子在一堆尘土的一个郊外小站停了下来，我看见车上的乘客全都拎着包在往外走了。

除了泰美尔、加都中心区域、博卡拉等旅游区的尼泊尔人能说不错的英语外，当地人尤其是乡村地区的人，英语就很糟糕了。我背着我随身的相机包和手提电脑一头雾水地跟着下了车，发现每个人都转移到了另外一辆挤满了人的大巴上，我当时人就懵了，我的大背包还在车顶上，我惊恐不安地大叫"What's wrong（发生了什么事）？"眼泪一下就出来了。有个尼泊尔男孩赶紧爬到车顶上把我的背包拖了下来，放到了另外一辆车的车顶上，我看见有一对年轻的金发情侣也不知所措地站在路边，我就像找到了一根救命的稻草一样，说我买了去蓝毗尼的票，问他们是否也是去蓝毗尼的？他们说他们这辆车是去尼印边境口岸苏诺里（Sunauli）的，我一下就哭出了声。那个金发男孩马上安慰我说，"Don't worry，Don't worry，we are always with you（不要担心，不要担心，我们会和你在一起的）。"我这时的哭声已经变成号啕大哭了。

那辆车的售票员赶紧把我抓上了车，两辆车的人合并在一起，已没有任何空位了，有个当地人马上站了起来，把驾驶员后面那个视线极好的位子让给了我，我坐下的时候泪如雨下，汗水和泪水像因陀罗赐予的雨季一样狂泻，一直抽噎着根本说不出话来。那个金发男孩再次从车子后面的座位上走到了前面来，轻轻地拍着我的肩膀说，"Don't worry，everything would be OK（不要担心，一切会好起来的）。"

他那温柔的话语一下让我平静了下来。一车的当地人没有开口说一句话，他们搞不清楚我为什么会当众哭泣，欢快的雨神节才刚刚结束呢？！他们就是那么默默地看着我，任我的泪水长流，但他们的眼睛告诉我，他们是很同情我的。车子终于开出了尾气浓烈的加德满都，我透过车子的前玻璃窗一下就看见了喜马拉雅的雪山，那时我的心情突然就豁然开朗起来。我想管它这辆车去哪儿呢，它开到哪儿，我就到哪儿去旅行，无所谓非要到一个具体的目的地了。

这种走到哪儿就歇到哪儿、死猪不怕开水烫的心态，坐亦禅、立亦禅、行亦禅、睡亦禅，心中有禅、时时处处莫非禅的自由喜悦之心境，独自一人背包走天下的胆气，一下让我非常享受我的朝圣旅程了。

尼泊尔的长途汽车都不是快速直达的，沿途都在停留、沿途都在上下客，售票员就一直在敞开的车门口吊着，大半个身子都在外面吹着凉风，打望着、招呼着路上是否有任何一个要坐车的人。而相信到过尼泊尔的人，如果坐过本地巴士，一定会惊叹这一惊世骇俗的汽车文化，他们好像"骑"在汽车背上的民族，说有多疯狂就有多疯狂。

先是汽车的喇叭声和汽车的脸谱，一路上各种车都在用十几种变换着声调、长短的刺耳声音在鸣着笛，听觉上的震撼让人心惊得还没缓过劲来，接着就是视觉的。尼泊尔人好像个个都是天生的艺术家，不管好破好烂的货车、大巴、小巴，车身上几乎没有一块空白之处，画满了花里胡哨的汽车脸谱和文身，那些手绘的涂鸦和文字无疑也没有相同的，好像在比热情、疯狂与吸人眼球。各种主义和流派，野兽的、后印象的、未来的、新达达的、抽象的、波普的，各种幽默感爆棚的文字，"苦于无时间恋爱"、"慢是幸福，快是地狱"，一起混杂、蜿蜒在狭窄的山路上如同一道奇异的汽车艺术长龙。而最令人叹为观止的是车顶上都坐满了人，背包、牛羊、爱冒险爱省钱的年轻人，都属于顶上一族，售票员可以从侧面爬梯轻松上到车顶，逐个售票，当然车顶是半价；公路警察也要爬上车顶检查牛羊是否捆牢靠了，而不是检查超员超载。车顶上的乘客呢，让头发在风中飞扬，风里来雨里去，沐着阳光，全景360度视野，真是拉风、刺激呀，不过他们时不时还要避开树枝、避开电线，一旦出了发夹和电线缠绕到一起的事儿，可就要命了，这让我们这些坐车的外国人不由为他们捏了一把汗。

那些黝黑着脸庞的尼泊尔司机，开车的风格也极度彪悍，一面是泥泞山壁，一面是悬崖深渊，坐车人看着都心惊肉跳，但他们个个见惯不惊、胆大心细、车技一流，我们一车人简直就像是骑着扫把的女巫，"骑着"一辆公共汽车在山间小路上左摇右晃地驰骋。

尽管车子如此破烂、简陋，却也充满了无穷的乐趣，一会儿是卖唱的艺人上来了，他们坐在背包上，或挤坐在人堆里，把琴体放在左膝上，竖持着琴，用短的马尾弓欢快地演奏起了他们的民间歌曲。这种小巧的、木制的"萨伦吉琴（Sarangi）"又叫印度小提琴，原本为13世纪末期印度西北部的民间乐器。它的音色特别柔和，还能发出模拟人声的音色，卖唱的艺人一站一站地上来，唱完后他们也不会伸手要钱，而是愿意给多少小费都随意，我给了他们20卢比，相当于1.2元人民币，说唱《木棉花开飞漓漓》（Resham Firiri）给我们听吧，司机重复着我的话说唱"Firiri"，这是每一个尼泊尔人都会唱的最流行的情歌，我们一车的人全都开始跟着萨伦吉琴的旋律唱起了花儿开——

> 木棉花开了，你是何时开的花呢？
> 花落似白鸟飞下，白色的鸟一直在飞；
> 你可能很累很累了，是否想停下来休息，
> 还是你喜欢飞去，很远很远的地方？

我那1/4的蒙古族血统让我听见音乐的时候，就会手舞足蹈的，人声是最原生态的，让人心里熨帖舒服又真情毕露，我也不管是否刚才的泪痕还挂在我的脸上，就开始晃动着手臂在前排摇来摇去了，那些当地人看见我开心地笑了，也和我一起大笑着、反反复复唱着衬词

"resham, firiri"，飞漓漓呀飞漓漓！

唱到"白色鸟儿很累很累"时，我的眼眶又润湿了。叫人如何不感动呢，这些"骑"在老旧车子上的山国小民，可以惊心动魄，可以风雨兼程，可以同舟共济，汽车生活的乐趣与幸福感，其实与物质的贫富都没有多大关系。一车满满当当的人，敲着鼓，弹着琴，唱着歌，我们仿佛在叽咕：我贫穷，我惬意，我也快乐！

当你置身于世界上最多山的国家时，乍然出现的平原一定会让你大吃一惊，继而又觉得舒坦踏实无比。我们的车子经过玛格林（Mugling）、纳拉扬格尔（Narayangarh）的翻山越岭后，随后的一路就一直沿着特赖平原（Terai）往西开了，追逐着太阳西去的轨迹和光线，车子突突突地沿着马亨德拉公路（Mahendra Hwy）向平原的中部巴特瓦尔（Butwal）开去。

尼泊尔是个多山的国家，但特赖平原却是个有着金色稻田与鱼米之乡的迷人地方，它夹在尼印边境和玛哈布拉特山脉（Mahabharat Range）之间，形成了一条充满着绿色与金色风光的狭长地带。同时特赖平原还是世界上最大的平原——恒河平原（又称印度大平原）的一部分，面积约75万平方公里的恒河平原既是印度河流域文明的孕育地和发源地，也是古印度的诞生地，其平坦和肥沃的地理条件演绎了无数个帝国的兴衰，包括迦毗罗卫国、孔雀王朝、笈多王朝、莫卧儿帝国等。因此特赖平原的沿途除了平原和丛林，还有一个个村庄、城堡、寺庙，水源充足的蜿蜒河流与灌溉，古迹斑驳的古代建筑以及野生动物出没的皇家奇特旺国家公园（Royal Chitwan National Park）和皇家巴尔迪亚国家公园（Royal Bardia National Park）。如果你以为特赖平原像我们平时煎螃蟹蛋的平底锅一样平坦无奇，那就大错特错了。

　　枢纽小镇巴特瓦尔是个典型的特赖小镇，炎热、平坦、尘土飞扬、拥挤不堪，我们到了日头很毒的巴特瓦尔后，车子开始倒向，沿着风景秀丽的悉达多公路（Siddhartha Hwy）往南开了。在下一个的巴勒瓦（Bhairawa）中转站，公路又开始分道，一直往南4公里是去到尼印之间最繁忙的边境口岸苏诺里（Sunauli），而我需要在巴勒瓦换车，坐往西南方向约22公里、约1小时车程的当地小巴去到蓝毗尼。

　　那对金发情侣来自德国，是学人类学的大学生。我们在路上的鸡毛小店吃午餐时，他们俩很友好地邀请我坐到一张餐桌上，善解人意地宽慰我说一个人旅行是很不容易的，并且像当地人一样，用自来水龙头的水冲干净双手，直接用右手在盘子里抓吃着尼泊尔人每天必吃的咖喱鸡饭菜，说这样才能真正体会到食物的细腻和美妙。我红肿着哭肿的眼睛，告诉金发女孩斯蒂芬（Stephenie）说，"你知道你的男朋友贾斯特斯（Justus）有多棒吗？当他拍着我的肩膀让我不要担心时，那是我听到的天底下最动听的声音。"这对小情侣很羞涩地凝望着彼此。他们要过边境苏诺里，径直向南去印度的圣城瓦拉纳西（Varanasi），那是每一个印度教徒向往的去天堂的最后一站。我们轻轻拥抱了一下，在巴勒瓦的尘土里就此别过。我知道连一个在旅途中的陌生人都会投去关爱目光的人，他们俩一定也会关爱彼此那漫长的一生。

　　在巴勒瓦倒车时，我一点也不惊慌失措了，自然有当地人会把我的背包转移到新的车顶上。再拥挤的本地车，都会有人主动让座给你。而当另一个金发老外站起来让座给一个抱小孩的本地妇女时，好多个当地人都用简单的英语单词说："来这儿坐。"大家就热烘烘地挤坐在了一起，我都能够闻到我身上那已经发酵的汗味和酸臭味了。

蓝毗尼是佛祖释迦牟尼的诞生地，距加德满都360公里，距印度只有26公里，它如同圣城麦加、耶路撒冷的地位，2500多年来朝拜者从未中断，它的诱惑当然让我也难以拒绝，而我只能像晋代法师法显、唐代僧侣玄奘一样孤身前往，不同的是我坐的是本地巴士。

那么通往佛祖的路到底有多漫长呢？我整整倒了3次车，在路上晃悠晃悠了15个小时。

蓝毗尼在梵语里意即森林、花果等胜妙事具足、乐胜圆光、解脱处、可爱、花香、断、灭、盐，而这一路上我一点也没有觉得有多疲惫或者折腾，总是有人告诉我路边的厕所在哪里，帮我把车顶上的背包罩上雨布，帮我去路旁的水井打清凉的山泉水，互相把窄小的座位让来让去，或者不分肤色、国籍、男女全都贴坐在一起。哪怕中转站没有英文标识，司机、售票员或当地人都会热情地帮助你，让你没有觉得有任何障碍和麻烦。而我所能做的，就像巴伊拉布神吐出的幸运啤酒与小鱼那样，只要遇到有上车来卖唱的艺人，就不断地点歌给大家听。那些歌声是快乐的、亲切的、没有悲伤的，就像我此时走近佛祖的心情，是明丽的、干净的、平和的，朝圣的路清洗掉了我眼睛中积蓄了多年的灰尘！

每天神灵都在空中飞扬

Jinn are Flying in the Sky Every day

从加德满都一到达蓝毗尼，一下就会明白为什么佛祖会诞生在尼印边境的蓝毗尼了！因为至今蓝毗尼都还是一个寂静无比、缺少现代化设施的乡村。蓝毗尼的人们相信佛祖的母亲之所以选择了蓝毗尼也是因为这里的环境祥和宁静。

蓝毗尼的主要街道大约只有150米长，这是我见到的最小的城镇，散布着几家为旅行者服务的小家庭旅馆、餐吧，然后就是当地人的餐馆、茶室、缝纫店、蔬菜店、理发店、农具店、兽医诊所。低矮、简陋的路边小店让人想起释迦王子降生时的中古世纪，费里尼黑白电影里的《道路》时代。街道上总是散布着做各种活计的人，可以说这里居民的日常生活是在街道上进行的。如果有什么不寻常的事情发生，数不清的孩子的小脑袋就会好奇地从破旧的棚屋里一下子冒出来。

再往里走几步，就是当地塔鲁人的村庄了。塔鲁人（the Tharu）说着他们特有的塔鲁语，有约180万人，约占全国人口的6.75%。他们是释迦族，即佛祖所属部族的后裔，皮肤黝黑，体形瘦小，身上的体发稀少而竖直，鼻子中等大小，眼睛呈杏仁形，属于喜马拉雅蒙古人种，但也多少吸收了印度雅利安人种的特征。他们是特赖平原早期的原住民，2000多年来一直定居在这个地区。看着他们清癯、瘦削的面孔，我第一直觉那才是作为森林王子时的乔达摩·悉达多的真实样子，而以后我们在佛像中看到的丰肌圆润、慈眉善目的佛祖，或许已被世人、信徒美化成了神仙圣人。

由于这里森林密布，多沼泽水道，天气炎热，空气潮湿，疟疾十分猖獗。在过去，人们一般不愿进入这个地区，万一要进入，也不敢在这里过夜，因为那意味着死亡。对于一个山地人来说，王室若强迫他去蚊虫肆虐、疟疾猖獗的特赖沼泽地区居住1年，无异于是对他判处了死刑。

长期以来，只有塔鲁人在这片旷无人烟的地带繁衍生息。由于塔鲁人一生下来就处于这样一个恶劣的环境中，久而久之他们就对疟疾等疾病产生了一种很强的免疫力，可以成功抵御它们的侵袭。不了解塔鲁族的人，便对他们产生了一种神秘感，认为他们是靠古老的巫术做到这点的。

塔鲁人的村庄大都坐落在莽莽原始森林的边缘地带，那里野兽经常出没，常常可以遇到大象、犀牛、老虎、豹子、狗熊和毒蛇等，人们普遍认为他们原始落后，离群索居，没有文化技能，靠狩猎、捕鱼和采集薯根、野果维持生活。14世纪开始，特赖的人口急剧减少，原因是信奉伊斯兰教的莫卧儿王朝的王公贵族在印度北部的平原上大肆屠杀，成千上万的印度教徒和佛教徒难民躲进了喜马拉雅山里，其中一些在后来成为沙阿王朝都城的加德满都谷地定居。19世纪拉纳家族专政时颁布的民法大典《穆鲁克艾恩》里将他们列入"可奴役的种姓"，即4个种姓等级中的最低等的民族，西方人则称他们为"野蛮的森林居民"。20世纪50年代之前，特赖平原依然淹没在一片丛林之中，原住民塔鲁人一直还生活在石器时代。这种情况一直到1954年滴滴涕被用来消除在平原上肆虐的虫害与疟疾后，才有所好转。

今天的塔鲁人仍是尼泊尔最弱势的群体之一，这是很不公平的，其实塔鲁人不仅勤劳勇敢、平和智慧，而且以淳朴、腼腆和好客著称，他们一步步在土地肥沃、水源充足的特赖平原将莽莽的原始森林开垦出大片大片的耕地，种上了金色的水稻、小麦、玉米，还有青翠的甘蔗和白色的棉花。他们住着用黏土和粗木棍砌就的低矮的圆形小屋，屋顶上铺着历经风吹雨打的芦苇草。这种外表看起来相当原始的建筑，其内部却相当宽敞、干净和通透。他们在公用的水井旁沐浴、洗衣、打水，将刚洗过的纱丽、衣裤、鞋子直接晾晒在屋顶上、稻田的篱笆上。

特赖的气候与印度北部的恒河平原相似，5月至10月是高温季节，最高气温可达50摄氏度左右。其中6月至9月的季风季节暴雨连绵，11月至次年2月的旱季天气最好，天空晴朗，温度适宜。蓝毗尼在9月的高温季节，白天气温亦高达39度以上，晚上至少也有三十几度，我住在蓝毗尼乡村客栈（Lumbini Village Lodge），这家家庭客栈已有21年的历史了，是朱皮特（Jupiter）的父亲开的，现在是说一口流利的英语、体形已发胖的朱皮特在打理。客栈的房间有老式的风扇和纱窗，但却根本无法享用。在蓝毗尼，除了傍晚会有两三个小时的供电外，整个白天和夜间都是没有电的。好多个晚上，我就赤身裸体地躺在竹床上遐想，或者坐在我阳台的地上练瑜伽，隔个把小时，就必须去院子里用冰凉的井水冲一次凉降温。那时的蚊子、飞蚁会像无人敌机样袭击你，让你的全身被蚊虫叮咬得体无完肤。被咬后的皮肤，难受地红肿着，摸上去硬硬的一小块，一抓挠就会留下难看的印迹，而我事先又没打防疟疾的针，只好自我宽慰道咬多了就会自带抗体了，佛祖也被相同的蚊虫侵扰过。

随后我就想，或许这也是最接近佛心的一种方式，什么都不穿，什么都不怕，赤条条来正好赤条条地去。但朱皮特却笑着对我说，其实这儿什么都好，除了热。而塔鲁人能够在溽热低地生存的主要原因也是因为在尼泊尔所有的种族中，他们对疟疾有着神秘的免疫力。而热，也正好是对身心的一种历练，大汗淋漓地洗心革面呀。

　　傍晚的时候，是蓝毗尼最具乡村特色的繁忙时间。特赖平原让蓝毗尼主要以种植水稻为主，绵延不尽的稻田就围绕在塔鲁人的房前屋后，他们每天都能闻到稻子在阳光和雨水中一点一点地成熟起来的味道；他们饲养的山羊很少，所以也很珍贵，总是用细小的绳索拴着它们，像我们牵着宠物狗一样，牵着它们去吃草、放风、娱乐；有一只黑白花的山羊无疑是主人的爱宠，因为它就那么肆无忌惮地站在客人用的餐桌上，土墙上的红色可口可乐招贴看起来特别地与它相配，不知道可乐公司的顶级创意师是否知道这个典故，下次应该是这只受神庇护的蓝毗尼山羊而不是F1的"王牌"舒马赫来成为他们的广告主角了；孩子们照例是要写作业读书的，他们就在路边的茅草房家门口，在地上铺上一张草席，借着落日的最后余晖，像我们唐代前往西天取经的僧侣玄奘那样席地而坐，连一张桌子板凳都没有，将书本直接放在瘦小的膝盖上，就咿咿呀呀地完成着他们的学业了。

　　在蓝毗尼的旷野里，矗立着几家像金色王宫般的花园水晶宫酒店，在夕阳西下时远远看去就像是一座天外的华丽城堡，或许以前的释迦王子就是在这样的环境里享受着帝王般的服务和生活，最后才离家出走的。它的房间又大又奢华，有自己的供电系统，其目标客户主要是那些富有的朝圣者，但我却和几个从印度过境来的欧洲背包客住在一起，很知足地享受着我们在小客栈里的生活。客栈的周围有几丛不起眼的紫丁香树，在淡雅中透出一种高贵的香味，每次经过都会在不经意间喜欢上它的寂静、纯洁与羞怯。庭院中间是一棵巨大的杧果树，高及3层楼的露台。如果是五六月份住在这里，成熟杧果甜蜜的气息会让你忍不住从自己房间的阳台上伸出手来采摘金黄色的杬果。庭院里的那口手压式水井旁呢，堆满了要清洗的各种果蔬、碗碟和床单。我也在水井旁像塔鲁人一样把衣服放在干净的石板地上用脚踩着洗，实在是一种很美妙的足部运动，而非我们惯常的手工劳动哟。

　　与加德满都那些慵懒、慢条斯理的城市男孩的旅馆服务相比起来，客栈里3个乡村小男孩的服务显得特别的亲切、质朴。只要电一来，他们就会兴奋地跑上楼来告诉我，"夫人，你可以用电脑了。"然后是一脸的灿烂笑意。这些来自贫困乡村的男孩在旅馆里干所有的杂活都是没有薪水的，旅馆只提供解决温饱的吃住。所以在你离开时，记得给他们一点小费作为对他们可爱劳动的奖励，无论是50卢比还是100卢比，对于他们来说都会是一笔开心的收入。他们会交给老板朱皮特把钱存起来，然后带回去给远在小村庄的妈妈。

　　在蓝毗尼，每家旅馆都提供简餐，但价格却比去外面餐馆吃要贵1/3，而且味道、分量也只是将就。我喜欢将从鸟儿啼鸣声中醒来的早餐放在客栈里享受，咖啡是照得见人影的井水蒸馏的，现烤的土司上涂着一层厚厚的、迷人的杬果酱，在自己房间的露台上享用完早餐后，几只贼溜溜的乌鸦就从杬果树的枝丫间或者屋顶上俯冲下来，迅速把盘子中的面包屑一扫而光。晚上我则一定要带上相机，选家餐馆的屋顶，边享受传统的尼泊尔套餐，边拍日落的特赖平原景致，实在是一举两得的美事。小镇上人气最旺、味道最好的是三狐狸餐馆（The 3 Fox Restaurant），旅行者都喜欢聚集在这里。它不仅不收小费，而且分量大得会觉得太浪费特赖平原来之不易的食物了。这里的达尔巴套餐配有白米饭、木豆汤、咖喱鸡、干炒蔬菜、辣腌咸菜、生黄瓜、生胡萝卜沙拉，多少钱呢？260卢比，约16元人民币。其实旅行就是去看不同的世界，这样的晚餐也让我自己懂得了珍惜，学会了满足。

丁香色的夜色完全上来的时候，孩子们就成群结队地在路边玩起了类似于我们"强盗捉官兵"的游戏，跳房子打石头的游戏，他们稚嫩的笑声传得很远。那时收割的田地就是他们的游戏场，麦秆、玉米秆是他们的零食，初上的月色是他们的伙伴，而地摊上落了尘土的食物也是美味的。

街边的小摊上卖着当地最传统的小吃蒸馍馍（Momo），就是一种用蔬菜和少许的肉末做的迷你饺子，只有鹌鹑蛋那么大小，热气腾腾地蒸好后，浇上一点黄灿灿的蒜茸辣椒酱，再配一小碗酸辣汤，20卢比6个，行人都在点着煤气灯的摊边站着吃，吃得又开心又开胃。可能是天生生活在不是很好的环境中吧，塔鲁人大多生性乐观，随遇而安，而这种善良开朗的民风也更体现出了蓝毗尼的灵气。我举着相机拍照时，一个头上扎着迷彩头巾的年轻人递了一碗给我，让我吃，然后说"money"。我拿出了20卢比给摊主，摊主不收，那个年轻人继续用手指比画着"钱"，我当时以为是我拍了他吃馍馍的照片，他要向我索要小费、索要钱，顿时心里就不悦了，就扭过头去吃我的那碗馍馍，懒得搭理他。当他比手画脚用简单的英语单词说，他是过路的司机，他请我吃馍馍，不要再付钱了，我当时觉得我的想法真是恶俗极了。我去买橘子时，递了两个给他吃，想回报他，但他坚决不要，又把橘子放回了我的手上。

他让我再次觉得惭愧，这里就是佛祖的故乡呀，一个民风淳朴的地方。每天神灵都在空中飞扬着，而这里也是离神灵最近的天堂……

他是释迦王子悉达多

He was the Prince of Siddhattha

天色拂晓、启明星升起时，从小镇的一头传来了几声清越的响板之音，我在我住的蓝毗尼乡村客栈租了一辆单车，准备骑着这辆中国产的英雄牌旧单车去朝拜佛祖的圣园。一个年轻的日本和尚穿着本色的麻质僧衣，拿着一面薄羊皮做的圆手鼓、一个小巧的竹子响板，正挨家挨户地向街上的每一个小孩子送去清晨的祝福。孩子用竹板敲响手鼓，他用柔和的手触摸着孩子的额头，念上一段美丽的祝福经文，然后孩子再敲击一下手鼓。

每天早上6点，这个头上有两个浅色香疤的和尚都会沿着蓝毗尼小镇巡游一圈，听见竹帛绵长的乐响声，孩子们都会自动地跑出来，或者由大人抱出来，敲击一下佛鼓，那情形很像我们看《聪明的一休》那部人情动画片。孩子们在"清心"、"乐福"的祝福声中长大，他们自然而然地就好像有了乐天知命的柔软心地和善待他人的柔和心性。

在公元前563年5月，一个荷花刚刚才露尖尖角的月夜，迦毗罗卫王国的摩诃摩耶王后在回娘家天臂国待产的途中，路过蓝毗尼避暑地，银辉似的月光洒满了美丽的花园，王后沉浸于这良辰美景之中，毫无痛苦地扶着园中的一棵娑罗双树，生下了王子乔达摩·悉达多（Gotama Siddhattha）。

悉达多王子出生时，天空仙乐鸣响、花雨缤纷，夜空直泻下两条银链似的净水，一条温暖，一条清凉，这就是我们今天称之为的"佛诞节"或"浴佛节"。王子每走一步,他的脚下就会涌现出一朵莲花。把自己称为"纯净稻米"之意的迦毗罗卫国国王净饭王,对新生的太子喜爱有加,他将王子命名为悉达多,意思是"梦想成真"或"达成目标"。净饭王期望王子有朝一日能继承他的王位,他把王子娇宠地养育在固若金汤的王宫高墙之内,这里看不到病人、老人,甚至连一粒尘土、一片枯叶都没有。王子少年时代即接受婆罗门教的传统教育,在游泳、赛跑、箭术、剑道方面技压群雄,也长于谋略,富于沉默思考。他赢得了当时最美的少女、觉善王的女儿耶输陀罗(Yashodhara,意即"光彩耀眼的人")的青睐,娶得如花美眷并育有一爱子罗睺罗(Rahula)。

29岁之前,悉达多王子在皇宫里过着受到保护的奢侈生活;29岁时,他在马车夫迦那的陪伴下,第一次步行穿过高大的城门并遇到了一个垂暮的老人,一个饱受苦痛的病人,一具腐败的尸体,和一个披着一条如阳光般澄黄色布的神秘苦行僧,人生的生老病死使王子感到异常震惊,过叫花子般的生活与过高贵王子的生活在本质上都是一样的,最终都会化作一抔尘土、变成一粒尘埃。尘世的欢愉不过如此!出离的警示多么明显!他将所有的饰物首饰、脚镯及太子华服、骏马都交给了车夫迦那,一手将代表显赫、阶级与王室的最后一个象征——那一头美丽的长发剪下,看了沉睡中挚爱的妻儿最后一眼,便独自离家出走了,步向了探索无常的旅程。

他不停地思考着生命的本质,成了一个云游的苦行者,他穿鹿皮、树皮,睡在鹿粪、牛粪上,有时卧于草莽的荆棘上。6年里他身体消瘦,形同枯木,几乎死于所见到的为苦难寻求解决办法的自我折磨中。这是一条印度教苦行僧的极端道路,这只是另一个如同华服、宫女、孔雀和珠饰汤匙一样的陷阱。悉达多认识到苦行并不能获得解脱，于是他从苦行的状态中起身，前往附近的尼连禅河沐浴，他甚至接受了牧羊女苏佳达所供养的鲜奶。他独自坐在菩提伽耶（Bodhgaya）附近的一棵菩提树下，经过七天七夜的苦思冥想，对所有的打扰与诱惑丝毫没有察觉，终于在黎明时睹启明星而豁然开朗，彻悟了人生无尽苦恼的根源和解脱轮回的方法，达到了立地成佛的觉悟境界，改变了往后几千年来的宗教世界。

从此，他的追随者和信徒都尊称他为"释迦牟尼（Shakyamuni）"，意为"释迦族的圣人"，释尊，世尊；或佛陀、佛祖，意即觉者、觉悟者，或简称"佛"，而这一年他35岁。约与出生于公元前551年的孔子同时。

我一路骑车沿着颠簸不平的小路去佛祖的诞生地摩耶夫人祠（Maya Devi Temple），即信徒们不远千里去朝圣的圣园，只用了10分钟的时间。圣园外有一长溜在等客的三轮车夫，他们也不吆喝，没人来的时候就趴在车棚上酣睡。脱掉沙滩凉鞋，光着脚沿着一条古迹斑驳的小径，就可以走近朝圣者最看重的那块雕刻着佛祖诞生场景的暗红色砂石。数世纪的风吹雨淋使这块14世纪时的砂石几乎被磨平了，但还是能依稀辨出摩耶夫人在天神的注视下，紧紧抓住娑罗双树枝，在初夏的淡白色花瓣丛里生下佛祖的情景。当信徒们把他们疲惫的头、枯萎的手和干涸的身心紧紧地贴在地面上的时候，我为自己也有这样一个颠簸5000公里路程而抵达的瞬间潸然泪下、心生纳悦。

在圣园周围，是许多石砌佛塔和庙宇的废墟，它们的历史可以追溯到公元前2世纪至公元9世纪。在摩耶夫人祠西侧，耸立着半截、有一道裂纹的著名阿育王石柱。公元前249年，信奉佛教的印度孔雀王朝国君阿育王来到蓝毗尼朝圣，并建造了阿育王石柱和毕波罗瓦塔。石柱离地3米处刻有用巴利文写的祷词和日期："无忧王于灌顶之第二十年来此朝拜，此处乃释迦牟尼佛诞生之地。兹在此造马像、立石柱以纪念佛祖在此诞生。并特谕蓝毗尼村减免赋税，仅交纳收入的八分之一。"

不久之后，一场未知的灾难洗劫了蓝毗尼。公元403年，中国高僧法显到蓝毗尼朝圣，他发现这里的寺院一片荒芜，迦毗罗卫国只余废墟累累，他在圣园曾见过佛陀诞生处的娑罗双树和摩耶夫人沐浴过的水池，但他没有提及阿育王石柱。200多年后，即公元636年，中国高僧玄奘法师去印度取经来到蓝毗尼，他看见1000多座荒弃的寺庙，更重要的是他还见过阿育王石柱以及石柱上所刻文字，只是石柱的顶部断了一部分，那一马头雕像，被雷电劈倒在地，佛的诞生地在1000多年前已遭受到了破坏。

至此，蓝毗尼就好像从文献记载中消失了。然而，这里并没有被世人完全遗忘。1312年，尼泊尔国王里普·马拉（Ripu Malla）到此朝圣。今天摩耶夫人祠中受人供奉的佛祖诞生砂石像可能就是他留下的。

14世纪末，印度莫卧儿帝国的侵略者北上特赖平原，毁掉了迦毗罗卫国和蓝毗尼仅存的所谓"异教徒"纪念碑，整个特赖地区变成了荒芜的原野。

直到19世纪末西方考古学家才发现了阿育王石柱，证实了蓝毗尼的地点。1898年还在毕波罗瓦塔中发现一些真正的佛舍利。在后来的勘查发掘中，又发现了不少孔雀王朝、贵霜王朝、笈多王朝时期的遗物。尼泊尔考古局亦根据玄奘《大唐西域记》的记载，于1967年至1972年间，在蓝毗尼附近的提捞拉科特村（Tilaurakot）发掘出古代释迦时期的废墟，发现了陶制头像、佛像、石雕、钱币等一批珍贵文物，另外还发掘出神龛、佛院遗址及残砖断瓦等，考古学家们确认了古代迦毗罗卫王国的所在地。这些遗物、遗址如同镶嵌在人类时间上的刻度，不仅使印度的一段古代历史有了准确年代，同时也对佛教徒有特别重大的意义，证明了阿育王朝拜佛教圣地的真实性，也让人知道佛陀是历史上有血有肉的真实人物。

　　如今在莲花盛开的9月，我独自走进的圣园里，没有修建任何人为的标志性地标或者铭刻任何伟人大师的题词，它就这么安安静静地裸露在特赖平原的旷野中，任凭着无数个世纪的狂风暴雨、日晒雨淋。四周的青草和一棵棵的娑罗双树生长得特别的茂密，树上挂满了曼陀罗祈祷文（Mantra），以帮助人们沉思冥想。飞舞的祈祷旗为风送去了思维，五种颜色的祈祷旗和经幡的每一次摆动都会释放出一种神圣的祈祷力量。眼睛黑亮亮的塔鲁情侣们就坐在面对佛祖的娑罗双树下谈恋爱，这些像孩子样纯真的人拥有着安宁生活的入场券；我就坐在摩耶王后诞生佛祖前沐浴的池塘边打坐，将背包里背了1万里的相机、书本、水壶和万宝路香烟掏出来，放在青草上晾晒，如同"人充满劳绩，但还诗意地栖居在这片大地上"的哲学家海德格尔。

　　一只流浪的母狗睡意酣然地栖息在圣园的小径上，带着3只黑白花的奶狗儿，没有人想到要去把它驱赶出圣园或者捕杀掉。当初佛祖为了救一只饥饿的老虎和它的幼崽而奉献了自己的肉身，它时刻提醒着人们要施与同情并无私地给予，而在佛祖的面前，时间已经失去它任何的意义，所有卵生的、胎生的、湿生的、化生的，所有像我们一样有形有色的以及无形无色的，众生万物在这里都是平等的、自由的、相爱的、和睦共处的……

在最大的一片娑罗双树下，我看见几个身穿僧服的僧尼正沿着顺时针方向念念有词地转树，我也起身加入进去，默默地跟着他们转树。娑罗（Shorea）在梵语中意为"高远"，在古老的寺院里，娑罗树往往是成双成对的，它和梵语中"大彻大悟"的菩提树（Bodhi）一并被称为佛教的两大"圣树"。佛祖降生在5月花开的娑罗双树下，醍醐灌顶得道于"觉树"菩提树下，最后圆寂于果实累累的娑罗双树下。菩提树意味着向善而得道，而娑罗双树呢，则意味着守信而圆满。

我看见好多树下散落着一地的树叶，就开始弯腰一片片捡拾，想带回去珍藏。这时我的身后传来了一个浑厚圆润的男声，他用英语说，"那不是娑罗树叶啰。"说话间，他温和地把手上的一片娑罗树叶递给了我，继续轻手轻脚地转树，他赤裸着的左肩上系着最简单的黄色托蒂布，光着一双毛乎乎的大脚，却有着一双蓝灰色的明净眼目，我心领神会地收下，继续跟着他们一起转树。

娑罗双树的粗干鳞片斑斑，其叶片看起来要比别的树种明显鲜绿一些，它的掌状复叶，由7枚可爱的小叶组成，细看起来如张开的人手掌般神奇，生长在特赖平原上的娑罗双树亦如同佛祖的足迹那样古老。每到夏初花开之时，它如手掌般的叶子便托起白中泛紫的花串，像供奉着的宝塔，又像是微光中的烛台，满树洁白，分外美丽。而在冬季落尽叶子时，又可采集气味芳香的龙脑香油，还可在宗教仪式中燃烧娑罗树脂作为香薰之用。娑罗双树，东西南北，有荣也有枯，故佛经中常言：东方双树意为"常与无常"，南方双树意为"乐与无乐"，西方双树意为"我与无我"，北方双树意为"净与无净"。茂盛荣华之树意示涅槃本相：常、乐、我、净；枯萎凋残之树显示世相：无常、无乐、无我、无净。世尊释迦牟尼在这八境界之间入灭，有了非枯非荣，非假非空，不落二边的中道，证得正觉。

或许看尽世间的树，也没有哪种树比得上它们的神圣吧。2500年后的今天，无论黑眼睛还是蓝眼睛，平民或是考古学者，穷人或是富人，抑或是从阿育王、马拉王到诗人艾伦·金斯堡、达摩作家凯鲁亚克，从忽必烈大帝到圣雄甘地，无数的众生亦受到佛陀的启发，历经了种种形式的淬炼，繁盛也罢，荣枯也罢，有了不同的觉悟之旅。而来自世界各地的信徒们来到这里，亦是接受一种洗礼，以释迦王子为榜样，观望自己的内心，重新审视自己的信仰之路，也许转树也是如此吧。

我想当我不远千里抵达蓝毗尼时，不仅仅是拍几张照片，发几通微信朋友圈，我要记得、要感怀的是，这里既是释迦王子悉达多诞生之地，也是他发现自己被生、老、病、死这些极为痛苦的现实所围困纠结之处。作为一个随时能享受到舒适、便利生活的都市人，到蓝毗尼朝圣，你还要有心理准备，表面上，我们仍深受尼泊尔这个第三世界国家、贫困国家的各种症状袭击，既热又缺电，道路坎坷还有疟疾。但从心灵层面上来说，灵性的道路它本身就是一个漫长的过程，需要有相当的忍性与耐心，很多时候还要历经好多个世代的修行。就好像佛祖曾经在多生当中投生为各种不同的有情众生，像鸟、龟、鱼、猴子、大象、国王、王后等，而且有许多世还身为菩萨。而在这些转世轮回的过程中，他亦承受了与我们相同的所有世间的烦恼和问题，其中包括几乎无法想象的精神与肉体的煎熬，而最终，在他生为释迦太子悉达多的这一世，终于在菩提树下击败了魔王与诱惑，抵达彼岸，轮回的对岸，证得涅槃。

任何一个追寻灵性道路的行路人，要能佩服佛祖那真正超凡的勇气，而他的那种无畏、那种义无反顾与出离心，正是在蓝毗尼此处诞生的。在蓝毗尼，在梵文中，"佛（Buddha）"这个词意味着觉者、觉醒；佛不单是指人名、神像，而是指心的一种状态，一种智慧的累积。不管你对自己的宗教感到自豪，或对自己不信仰宗教感到自豪，信仰从今之后都会在你的生活中扮演一个重要的角色，甚至不信也需要信仰。就像灵性大师宗萨蒋扬钦哲仁波切所说："假若不去朝圣，也许就经验不到那个内在的旅程，也许就不会有任何的了悟。"

我想我们每个人的内心，都是深具佛性的，只是你要用什么方式来减少你的染污，增加你的福德与智慧的累积。在一望无际的特赖平原上，至今几乎没有什么宏伟高大的建筑，可以想象，佛祖当年生长的地方，2500年前如此，2500年后亦如此。

2500年，无数的王朝更迭，无数的悲欢离合，对于尘世间的人类来说，是如此漫长的时间，但对于地球，对于星辰，对于宇宙来说，是很短的时间，弹指一挥间，如同英仙座的流星雨在夏季的夜空高速地划过天幕。2500多年前的王宫寺院、佛塔遗址，风吹着经幡，风吹着娑罗树叶，在蓝毗尼的夜空下静穆地闪烁着它的从容、明灭，无欲则刚、不增不减……

佛陀80岁时也有生老病死

The Buddha also Experienced Illness and Death at the Age of 80

人类有些品质是超越文化、宗教差异的，是全世界所有人都尊崇的美德，比如智慧、自省、坚毅、和谐、自控、幽默感、热忱、社交、感恩、乐观和好奇等。

以摩耶夫人祠北侧的蔚蓝色长明火（Eternal Flame）为起点，从1978年开始，全世界有佛教的国家陆陆续续都在蓝毗尼的旷野中，沿着圣河两岸建起了一座座独具特色的佛教寺院，每一个国家按照他们对佛祖教义的理解，组成了全世界各种佛教流派的大荟萃。西寺院区是大乘佛教的寺庙群，有中华佛寺、韩国佛寺、印度寺、德国莲花寺、日本巢居寺、法国灵山寺等；东寺院区是小乘佛教的寺庙群，虽不如西寺院区豪华，但多是木质风格的，有泰国皇家佛寺、缅甸金佛寺、斯里兰卡佛寺等。不远千里来到蓝毗尼的僧侣尼姑们会住在自己国家的寺庙里静修，日本的佛教徒还耗资100万美元在湿地上修建了一座白色的世界和平塔（World Peace Pagoda），塔基的附近有一个日本和尚的墓，他是在修建和平塔时被反佛教的极端分子杀害的。寺庙群同样电力不足，但有古佛青灯相伴，一座座的寺庙静美无比，美得让人想出家、想出离。寺庙的周围，是成片成片的芦苇地，珍稀的灰仙鹤在水草中优美地行走，粉色的莲花在蓝色的水潭中无穷无尽地恣意盛开……

我想去感受一下不同的寺庙，就带了一壶清水，在荒无人烟的芦苇小径上大约骑了两三个小时的单车。偶尔遇见个苦行僧，他也骑辆旧单车，与我在加德满都遇到的托钵僧不一样，一块白布裹头，一块灰布包身。他的发髻千结百绕，长胡须也打着卷，历经风吹日晒的眼光透着说不出的内敛和坚毅，我对他道了一个"那摩斯德"，把车停了下来，他也很愿意地拿掉了包头布让我在热辣辣的阳光下拍照，给我看了他那一头可以拖到地上的、从未洗剪过的头发。苦行僧一生只洗两次澡，在出生时和死亡后，佛祖也曾苦行了6年，我想这位苦行僧正在经历他自己这一生的修炼吧。看完后，他又在树荫下慢慢把头发盘起来包好，再把胡子卷成了卷儿，特别淡然地整理好自己的衣装，我给了他50卢比，多给他吃的也不要，是真正严格苦修的行脚僧。他站在路边对我安静地回了一个道别的合手礼，骑着车一颠一颠走了。那时我觉得周围只有风、阳光、鸟鸣声，感觉整个世界都是恬静的、祥和的。

沿着池塘西岸的一条蜿蜒土路，我越骑越快乐，一直将那辆"英雄"牌旧单车骑到了国际禅修冥想中心（Panditarama International Vipassana）。

与其他著名的朝拜者圣地哈里德瓦尔（Haridwar）、麦加（Mecca）、拉萨（Lhasa）截然不同的是，在蓝毗尼，这里的朝拜者并非蜂拥而至，熙熙攘攘，但经年不断，来到这里的人主要是住在圣地周围的各个寺院、禅舍中静修。

冥想中心的木门外爬满了青色藤蔓，我停了单车推门走进，是因为它出奇的安静与隐秘的气息吸引了我。门旁放着几把雨伞，一块小黑板上用白粉笔写着静修者（retreatant）的作息，这里的静修者来自世界各地，有出家的僧侣，也有未出家的来自社会各个阶层的人。除了他们眼睛的颜色大约知道他们曾经的国度外，他们在蓝毗尼共同的身份都是朝圣者。冥想安排从最低的7天起，可在一年里的任何时间加入或退出，有上午的静坐冥想和正式的行走冥想，而禅修的目的是为了内观、自省、觉性、疗愈或放松。一间间的小门紧闭着，庭院的菩提树下有人盘腿打坐，有猫咪安睡在木条椅上，光线洒满了庭院，但就是没有声音。

我无意间看见上午在圣园送我娑罗树叶的那个光头僧侣正从一扇小门走出，倍感惊异，他只是轻微一笑，目光沉静，自然而然，没有寒暄。韦达（Veda）只是一个佛教徒，一个学者，并不是僧侣，他暑期从伦敦大学出发，要沿着佛祖的足迹做一次修行参悟之旅，而他行走的第一站，即是蓝毗尼。

他在一个瑞香纸本子上画了一条简洁的路线给我看，那些神奇的地名在我的眼前跳动起来，我突然明白那并不是一条简单、庸常之路，那是一条佛祖一生的证悟之路。

> 蓝毗尼：释迦王子悉达多以凡人之身诞生之处；
>
> 菩提伽耶：悉达多证得正觉、成佛之处；
>
> 瓦拉纳西（鹿野苑）：佛陀传法迈向证悟之道之处；
>
> 拘尸那迦：佛陀证入究竟涅槃之处。

释迦王子29岁从出生地蓝毗尼离家，一路苦行经过苏诺里、印度的巴特那（Patna），往东南方向走了610公里，在菩提伽耶（Bodhgaya）的一棵菩提树下到成佛。在公元前3世纪，释迦成佛后200年，巴特那为孔雀王朝阿育王的首府，推崇佛教，后被称为印度的圣人之邦。崇尚佛教的阿育王在菩提伽耶修建了摩诃菩提寺以纪念释迦牟尼在此得道。如今，寺里的那棵大菩提树的树枝多次被折下来，作为释尊的化身被送往世界各地的佛寺供养、衍生。寺院里随处可见单人床大小的木板，那是信徒们静思打坐时用的。菩提树有一种神奇的功能，在夏天的树荫下会感觉凉爽，而在冬天的树荫下会感觉温暖。修行的人要在寺庙的范围内至少种有一棵菩提树。而信徒们还会将心形的、上面布满了薄如轻纱网的"菩提纱"、称为"滴水叶尖"的菩提树叶，作为珍爱的信物带回家。

佛祖35岁西去244公里的瓦拉纳西（Varanasi），在距瓦拉纳西10公里处的郊外鹿野苑（Sarnath）第一次讲法。在3500年前瓦拉纳西已成城市，意为"神光照耀的地方"，由印度教三大主神之一的湿婆神所建，是古代迦尸国的首都。早在公元前6至4世纪，这里已是印度的宗教中心，印度教徒人生的四大乐趣——"住瓦拉纳西、结交圣人、饮恒河水、敬湿婆神"，有3个要在瓦拉纳西实现。玄奘当年历经千辛万苦，最终要到的极乐西天指的就是瓦拉纳西。佛祖在鹿野苑这个"仙人住处"初转法轮是有道理的，他结跏趺坐，向他的5个随从讲解了佛法的"四谛"，即四个真理：苦谛、集谛、灭谛、道谛。

"苦谛"是说人的一生随处都是苦，生老病死、喜怒哀乐其实都是苦；"集谛"是指人受苦的原因，因为人有各种各样的欲望、需求、野心与抱负；"灭谛"是说如何消灭致苦的原因，要摆脱苦就要消灭渴爱之欲、贪嗔痴；"道谛"是说如何消灭苦因，消灭苦因就得修行、修道。释尊娓娓道来了人生轮回、苦海无边、善恶因果、修行超脱之道，5人顿悟后，立即披上了袈裟，成为世界上最早的佛教僧侣"五比丘"，并分赴各方传教。至此，佛教最终具备了佛、法、僧三宝，成为真正意义上的宗教。

释尊住世说法45年，一直在印度北部、中部、恒河流域传教并组成僧团，讲经300余会，化度弟子数千人，并在灵鹫山对数百位比丘、阿罗汉与菩萨们，开示了非常重要的"三界及六道轮回"的教法。

佛祖80岁时来到北面286公里的拘尸那伽（Kushinagar），在当时的印度，80岁已经是很高的年龄了，希拉尼耶底河的岸边长着一片十分高大茂盛的娑罗双树，一天，释尊走进河里洗了个澡，然后上岸走到娑罗双树林中。他在林间铺了草和树叶，并将僧伽铺在上面，在释尊即将灭入究竟涅槃之前，大地一片寂然，听不到一点声音，只听见释尊平静的声音在讲说《涅槃经》。亲近的弟子问他："作为佛弟子，我们应如何向世人描述您呢？"释尊给了四宣说，即四句忠告："诸位要告诉世人，有位凡人悉达多，来到这个世界上，他证得正觉，教导了证悟之道，最后灭入究竟涅槃，而非成为不死之身。"

释尊清楚地表明他不曾是、也不会变成本初完美的上帝或者全能的造物者，或者不老不死的众神之王。成就佛果是指每一个有情众生都是本具佛性的，具有像佛祖一样的证悟功德，但都要历经种种形式的磨砺与淬炼，才能去除染污，达到正觉。就好比是芝麻籽，就有芝麻油，但你得费力去运用萃取之道的理由；灭入无余涅槃是指灭度、圆寂，安乐离去，解脱生死轮回，超越时间、空间以及所有的一切，包括超越"佛陀"这个概念，最终达到没有烦恼，超脱生死的境界。达到证悟后，并非因此会成为不死的救世主，以真实存在的神身份永远活着，一旦释尊灭入无余涅槃，他就超越了性别、身份、时间、空间、来去、死生、轮回等一切概念，而成为"究竟的佛陀"，不生不灭，不再会受限于任何二元世界。

释尊说完这话，已到中夜时分了，他就安卧在僧伽上，右胁朝下，头枕北方，脚指南方，面西背东，带着恬静的微笑在娑罗双树林下悠然地进入涅槃之境中。那时的娑罗双树同时开花，林中一时变白，如同轻纱弥漫，如同白鹤降落，因此又称为鹤林、鹄林。

佛祖圆寂后，僧众用白布缠其身，涂上末香，并在身上浇灌酥油，然后用有香味的柴火火化。火灭后，骨灰结成许多五光十色的颗粒，佛教把这种颗粒叫作"舍利"。后来，有8个国王分取舍利，把它珍藏在特地建造起来的高塔中供奉，以示对佛祖的景仰。

而佛祖涅槃之地拘尸那伽，至今还是一个寂静的小镇，那是一个在印度地图上找不到的小镇。在佛祖入灭之处的白色涅寺里，有一尊两米多长的卧佛像，他的全身被虔诚的信徒们贴满了金箔并覆盖上了红黄二色的绸缎，只露出安详的头和赤裸的双脚。来自世界各地的信众们，以花撒着佛陀的金脚，从凝望它的安谧笑容里，感染它的淡定与喜悦。

佛祖最后一次说法的地方圣者殿亦是一座很不起眼的平房，风吹日晒的白色外墙上，布满了斑驳岁月的痕迹，仿佛留下了尘世间太多的思考。参拜者或跪、或坐、或立在娑罗双树下静思，在佛陀所有的教法中，对朝拜者内心冲击最大的，是佛陀也不能完美地存在，也会有生老病死，也会经历衰亡与腐朽，人的生命，只在一个呼吸之间，最重要的是如何在这一生一世中修心、修为、修行、修道呢？！

若顺着历史线走，此条佛文化线1140公里，蓝毗尼——菩提伽耶——鹿野苑——拘尸那伽，在2500年前那也是一条蛮长、蛮艰难的路呀。

若顺着由近到远的地理线走，是854公里，蓝毗尼——拘尸那伽——菩提伽耶——鹿野苑，在交通发达的今天亦是一条颠簸、炎热、布满尘埃的路。

　　韦达画完他的线路后起身，又进入他在庭院、在旷野的行走冥想中。他说一个人生活的环境会影响他的思考方式，也会影响他对周遭的看法。而一个能够帮助他达到佛教修持的方法，就是走上朝圣之路。听完后我也如他般起身，仿佛从庭院四周完美的莲花中醒来，仿佛也看到了一条深奥、安详、非极端、平和、清晰、满愿，有如甘露一般的道路。

　　7天后，我要离开蓝毗尼，结束探寻了。离开前，我请了本地的塔鲁男子莱恩（Rain）开着一辆小面包车带我去了道拉赫瓦（Taulihawa）。在蓝毗尼以东27公里的道拉赫瓦，是另外一个特赖平原风格的宁静小镇，在其郊外约3公里处的提捞拉科特村（Tilaurakot），即是古代迦毗罗卫国的所在地，在那里释迦王子悉达多度过了他生命中的前29年岁月。

　　我读研究生时的梦想是成为一个走遍世界上历史古迹的考古学家，所以特意去了迦毗罗卫国的遗址。在班甘嘎河岸（Banganga）两侧寂静的草地上，羊安静地吃着草，那些曾经有人居住过的社区地基、赭红色的护城河、城墙已经变成了废墟，一片片的残垣断瓦，唯有一棵棵像巨兽样盘根错节的娑罗双树、生命力旺盛的菩提树、芳香葱翠的木苹果树和柠檬树，能够让你想象得到当时的繁花茂景，一窥当年净饭王国的奢华程度，而那种奢华迫使王子离开，去考虑生存的本质。你很容易想象得到悉达多第一次步行穿过高大的城门并遇到一个老人、一个病人、一个隐士和一具尸体的场面。而在这片森林中独自一人溜达了两个小时，只感觉时光在视线中流转。或许有人会说废墟有什么好看的，而废墟其实就是拿来供人们想象与思考的。在这里，我再次想起"释迦"的意思，要能仁、能忍、能寂、能容、度沃焦、寂默、修心、静心。

回程的时候，我们一路慢慢地晒车，边走边看边拍照片，司机莱恩在任何一个景色好的地方就会主动停下来休息，让我把沿途特赖平原的风光一网打尽。蓝毗尼周围的现代农庄看上去与释迦王子悉达多时代的农庄并无不同，道路两旁有着农舍、棚屋、院墙、树木、田野，以及蓝天白云，给人一种朴实而鲜活的美感。每隔数公里就有村庄，而且车辆相对稀少，乍一看，特赖平原非常适合骑自行车，土地像台球桌一样平坦，但坎坷的道路条件却远不如人意，超出了你我的想象。我看见有本地人累得骑不动了，就把单车放在小巴的车顶上。莱恩带我在一家乡村小店吃了一餐咖喱鸡饭，味道非常猛烈，比平时在餐馆中吃的地道好多，那种差别就像我们在南山上吃乡村火锅与在城市的自助餐厅中吃火锅的区别一样。或许是漫游太消耗人的体力，我在当地人的注视下把那盘咖喱鸡饭吃得一干二净，一连说了三遍"delicious（好吃呆了）"，一只羊趁我不注意，把我还未吃的酸奶瓶子舔得干干净净。

在蓝毗尼小镇不远处的韩国寺庙，俨然成了全世界背包客的天堂。我听说那里提供免费的住宿，男生是10人间，女生有双人间，大家去公用浴室洗澡。每天早上6:30，中午12点，晚上6点，向任何一个人，包括苦行僧、周围的村民，布施免费的三餐，这让我特别好奇、特别激动。于是我把我的行李搬到了韩国寺庙，去度过我在佛祖故乡的最后一晚。

寺庙义工安排我与一个印度来朝圣的女孩迦利（Kali）住一个房

间。我进屋时，屋里没有人，蚊子飞来飞去的，有一只超级大的绿头斑纹青蛙趴在室内的地上，我已经习惯蓝毗尼的生态了，故也没有尖叫或赶这只青蛙王子出去。

入夜，我与迦利在黑暗的静寂中，仰望星空，沉思默想，能看见彼此的双眼在夜色中如星星般熠熠闪烁。狐狸每天晚上都会光顾韩国寺庙来寻找吃的，它们呼朋唤友的叫声让人遐想到蒲松龄的《聊斋志异》，想到佛经里的转世轮回、前世今生，想到美丽的狐仙小倩、爱笑的婴宁……那一刻不由心生起更多的慈悲、更多的虔诚。

韩国寺庙不要求朝拜者、背包客们交住宿费、饭钱，但每个人在离开时，可以根据自己的经济实力与意愿，向寺庙自愿地布施一点钱，可以是10卢比，也可以是100卢比、200卢比，即使是一分钱也不捐赠，背上背包拍拍屁股就走，也没有任何人会责怪你的。这种实实在在为世界各地朝圣者行善行道的行为，把修行融入生活、从小善根修起、一点一滴做小事汇聚涓涓细流的行为，而不是好大喜功、表面布道信佛的行为，让我再一次感悟，佛，它就是在我们日常的衣食住行中的，就是在我们享受到的每一缕阳光、每一颗粮食、每一句话语、每一次善举中的。

海德格尔诗云："只要良善和纯真尚与人心相伴，人们就会欣喜地拿神性来度测自己。" 朝圣、出离、爱恋、修行、解脱、自由、证悟、涅槃、天堂，这些美丽的字眼，许多人都喜欢，许多人都迷恋，但很少有人花时间去检视、去体悟、去践行。在蓝毗尼，佛祖的杰作是我们看得到的莲花里的宝石，是每一朵花里蕴含着的神的笑声。

星空，

蔚蓝之水博卡拉

Pokhara with Blue Water

Chapter6 Starry Sky

「　　我依然喜欢独自一人在异国他乡行走，一路交各色各路朋友，年轻的、年长的，漂亮英俊的男孩子，普通平凡的老年人。最能打动我的美色，是从不同人内心中发散出的那份美德，内心的那份宽容、善良与淡定，能点燃他人希望的那种精神特质，以及对其他生命自然生起的那份亲切感与喜悦感。

　　我的101天，101夜，都是在暖黄色的日光里、纷扬弥漫的梵香中度过的，博卡拉的每一家旅馆，每一处餐吧，每一个书店，每一家咖啡馆，每一个码头，每一座寺庙，每一个集市，都有我所熟悉的一切气味，看得见的星空和看不见的回忆。　　」

美色的诱惑

The Seduction of Handsome Boys

喜欢放下一切，忘掉曾经生活过的城市与人群，没有包袱，轻松一人，去远方。

在时间中流浪，在自由中奔跑，在旅行中成长。我去远方，是因为我喜欢远方，远方的差异，远方的陌生，远方的惊喜，在我心里，远方总有无限的可能。

蓝毗尼的汽车站距离街上的旅馆只有几十米的距离，每天晚上一群一群的陌生朝圣者到来，每天早上7点，又会有小巴车嘟嘟嘟地带着朝圣者离开。跳上去花40卢比就可坐车到巴勒瓦（Bhairawa）的悉达多汽车总站（Siddhartha Bus Park），然后在那里买去到尼泊尔任何一个远方，博卡拉或者加德满都的车票。

蓝毗尼乡村客栈提供出租车送到巴勒瓦的悉达多汽车总站，但费用是600卢比，而坐小巴只要40卢比，事实上自己背上包去坐车简直是小菜一碟，容易得很。还可在悉达多汽车总站的售票窗口前，当面砍价要买的长途车票的价格。你只需要学会一句英语，"Could you give me a little discount（能给我打一点折吗）？"经常就可以获得至少是50卢比以上的折扣，百试不爽，那时你只需要学会一脸灿烂地开口说话就行了。

背包客就是驴友，要能在路上吃苦耐劳，同时节约兜里的每一分钱。

北上去博卡拉（Pokhara）的车票400卢比，有两条路到达。一条称为平原路（Plain Way），一条称为山峰路（Mountain Way）。平原路是直接北上的悉达多公路（Siddhartha Hwy），用佛祖的名字来命名的，只需花费7个小时的车程，但道路常因季风季节的山体滑坡和洪水泛滥而无法通行。山路是先沿着马亨德拉公路向东到达纳拉扬嘉，然后再折而向北，沿着著名的普里特维公路（Prithvi Hwy），经过玛格林（Mugling）至博卡拉。该山路蜿蜒曲折，像在坐过山车一样惊险，两条河流玛尔斯扬迪河（Marsyangdi）与色悌河（Seti）将喜马拉雅山的雪山、蓝天、白云倒映其中，景色壮丽极了，但整个车程约11个小时。

我选的是快捷一点的"佛祖公路"，想去一个有蓝色湖泊、有充足电力、有冰啤酒有烤湖鱼的人间仙境好好享受，就像佛祖也喜欢牧羊女的鲜奶一样。呵，哪怕是平原路也不是坦途，也是七上八下的破碎不堪的公路，长途司机的右手臂上刺着一行可爱的文身："和平、爱情、慎重。"当他把左手臂上的脏袖子卷起来时，又显出一行幽默的字："刺青有误——右手臂不算。"司机在经过路旁的几个寺庙时，会从车窗里扔出一两枚派沙硬币，祈求一路平安。每当看到他这个又潇洒又虔诚的动作，我都会莞尔一笑，也像他一样抛出去几枚散碎银子，希冀一路好运连连。颠了9个小时后，我在仁慈佛陀吹来的旋风中，掠过田野，吹到了250公里以外的博卡拉。

傍晚我在预订的曼达普家庭旅馆（Hotel Mandap）安顿下来，立马上街去寻找徒步公司，我希望能够找到一个可靠的徒步向导，1周后能够走进真正的喜马拉雅雪山。

人是因为上天注定的缘分才聚集在一起的，在赖特兄弟网吧感觉特别放松，像家一样，旅行者都爱泡在这里，上网聊天，打国际长途回家，或者等候爱人的回呼。因为赖特哥哥见人就是一个温柔的微笑，露出白净净的牙齿，脾气温和得出奇，上完网回复完邮件，还可以在这里享受一杯赖特哥哥提供的免费红茶，加了糖的，有一股甘甜的尼泊尔药草味。告诉他博卡拉的网吧都没有中文输入法，对中国人来说特别不公平、不方便嘛，第二天他就把8台电脑全部装上了中文输入法，还请教要简体的还是繁体的。他在印度的网络公司打了5年的工，回到博卡拉后开了这家网吧与旅行公司。手提电脑有故障了，或需要清洁手提电脑，都可以带到网吧来，赖特哥哥会耐心帮你搞定一切。遇到英文不好的中国人，赖特哥哥会开着他的摩托大清早地把他们送到汽车站去，他还梦想着能够和一个中国女孩结婚。赖特弟弟有着丰富的10年徒步向导经验，是博卡拉为数不多的获得旅游局A级证书的向导，不仅年轻，态度也好，但不要与他乱开玩笑，他会很羞涩、紧张地看着你。

博卡拉是登山、徒步的大本营，也是自由、沉沦的天堂。在我坐下喝杯红茶小憩时，在徒步公司玩的徒步向导苏里尔就给我上了人生满有趣的一堂"调情课"。"你这么特别，英语又说得很溜，你应该有一个男朋友。"我大笑反驳道："你说的第一条没错，我能说一点英语，但第二条却很夸张！"他那么肯定地说："单身的女孩在博卡拉都会有一个男朋友，你很快就会有这种际遇的。"但我同样很肯定地告诉他："我的确需要和当地人交朋友，但我并不需要一个男朋友。"

如果一个男孩子每天用尽天下的甜言蜜语来赞美你，每天给你一个甜蜜芬芳的Morning Call（起床电话），殷切绅士地在你孤寂而漫长的旅途中呵护你，用咖啡色的眼睛含情脉脉地凝望着你、帅气逼人地追求你，而他们的眼睛似清澈的山泉，启动的双唇如天堂鸟的羽翼，灿烂的笑容始终像雪山般明亮，小麦色的皮肤和健壮的体格犹如金色的阳光一样天然、性感又迷人，你会不会就此坠入情网，来一段短暂而甜蜜的异国风情之恋呢？！

每一个孤身来尼泊尔旅行的女人，每一天都会遭遇到如此的美男诱惑；如果不感同身受，又怎能够分辨得出哪些是真诚的友情，哪些又是甜蜜的陷阱呢！

西方人尤其是欧洲人，西班牙的、法国的、英国的、荷兰的、德国的，他们热衷于穿过欧亚大陆的分界线——伊斯坦布尔，一路向东，经过土耳其、叙利亚、印度，一直到达喜马拉雅山麓的尼泊尔。东方人，日本的、韩国的，中国大陆及台湾、香港地区的，反向向西行进，翻过白雪覆盖的喜马拉雅，一直到达加德满都、博卡拉。在20世纪的70年代，最早到达博卡拉的嬉皮士们，沉醉于这里的湖泊、雪山，无与伦比的壮丽景色、缓慢慵懒的生活节奏，很快博卡拉就成了一个世界各地旅行者、背包客云集的地方，水边的"阿狄丽娜"，最后的一个"后花园"，他们要在这里腐败、享受、放纵，为自己的南亚陆路旅行画上一个完美的句号。

尼泊尔的女人受教育的机会相对男性来说较少，能够外出工作的机会也较小，她们大都待在家里，成为家庭主妇，成为好多个孩子的母亲，成为家里、田间、地里的主要劳动力，繁重家务劳动的主力军。因此，在旅馆、餐厅、酒吧、书店、网吧、机场、银行、警察局、旅行社、徒步公司，很少见着女性工作者，大都是年轻的男孩子在为旅行者服务。

在加都的时候，我爱去"北地"咖啡吧吃晚餐，因为那儿的户外花园很大、尼式风味的食物味道很好，有现场的尼瓦尔传统音乐伴奏，可以享受一个轻松愉快的夜晚。大约第四天的晚上，我回到扎西德勒旅馆，就收到了为我调"特浓曼特宁"的咖啡师道恩的私信，"Night is a good time to remember all the sweet things and all the sweet persons in your life so sleep well with your sweet memories（夜色是用来回忆你生活中所有甜蜜事情、甜蜜人儿的一段美好时光，带着你的甜蜜回忆好好入睡吧）。"在商务场所的尼泊尔人能娴熟地使用两种社交聊天软件，中国人爱用的微信WeChat，西方人爱用的Skype。当时我刚回到旅馆沐浴完，在没电的夜晚、在烛光下读到如此诗意的句子，不管是谁写的，或是抄送来的，都是一种美好的心情。我轻抿了一下嘴唇上的笑意，就心安理得地安然入睡了。我的习惯是在每天晚上外出吃饭时在咖啡吧、餐吧和来自不同国家的人聊天，或约当地人见面，做采访，当我第二天晚上再收到这样的微信，"Rose born for beauty. Jasmine born for smell. You born for me. I born for you . But we too born for friendship（玫瑰为美丽而生，茉莉为芬芳而生，我为你而生，你为我而生，我们都为友情而生）"，我尽管觉得这些男孩子天生就是诗人、艺术家，天生就懂得如何和女孩子调情，如何博得女孩子的欢心，但我的确是无法消受和承受这样的温情与浪漫。第三天我就当面感谢了道恩的咖啡和最美的话语，但我也告诉了他，我是一位已婚的女士。

很多的外国人在加德满都的酒吧、夜色中寻找着短暂而快乐的一夜情、异国恋情。经常见着这样的情形，一个金发美女，或者一个亚洲女孩，由一个尼泊尔的男孩陪同着，在巴克塔普尔古城、在加德满都谷地、在喜马拉雅山的徒步路径上，共享着甜蜜芬芳的二人美景。只要你愿意或者安心想艳遇，很容易就会有一个"贴身保镖"或"护花使者"，这样的一见钟情与罗曼史立马唾手可得，但我却在心里告诉我自己，我虽然在无数个没有电的夜晚都感到异常的孤独，都很想念我的家人和朋友，在背包去到每一个陌生的远方时都很想有一个爱侣在身边陪着我、照顾我，但我不是来尼泊尔寻欢作乐的。

个子娇小的香港女孩豌豆去布恩山小环线徒步了4天，走之前我开玩笑地对徒步公司的老板巴桑达说，给她一个靓仔，然后慢慢陪着她走。没想到豌豆回来敲开我的房门后，说的第一句话就是"我坠入情网了"。她的徒步向导长得像南美的长发帅哥班德拉斯，一路上帮她背着20公斤重的背包，为她缝走坏掉了的凉鞋，拉着她的手淌过山间的溪流，在没电的夜晚唱"飞漓漓"情歌给她听。我能做的就是请他们俩吃饭，分享他们的甜蜜时刻，然后祝福这两个单身的年轻男女爱情地久天长。"人们相遇，爱情发生（People meet，love happens）"是尼泊尔年轻人中最流行的一部片子《情祸》（Kagbeni）中的一句潜台词。但住在我旅馆的英国女子苏珊有天告诉我的却是她的悲情故事，她已经和一个尼泊尔男子结婚1年了，现在她需要回到英国去工作，但她的丈夫却始终无法拿到去英国的签证。她用尽了所有的办法，往来了英国和尼泊尔三趟，我眼看着她站在面对费瓦湖的露台上伤心、落泪、消瘦、痛苦，经历着生离死别，但签证官会轻易地相信这是一段有着真正爱情的婚姻吗？！

一天清晨，我在曼达普旅馆的宽大露台上看见一个嬉皮士在用针缝背包，他的耳朵上挂了好几个耳钉，连鼻子上也钉了两个鼻环，但他飞针引线的动作很娴熟，神情很专注，像在对待他的宝贝一样，酷极了。我忍不住就问他："可以拍张照片吗？"他快乐地抬头，说"好"。我举起相机时，UV镜突然掉在了地上，摔得粉碎。这下乐极生悲，该轮到我心疼我的宝贝了，再过几天我就要出发去徒步了，心里特别着急，就从北湖滨区一路走到了中湖滨区，边走边问哪儿有相机店。问了好多当地人都不知道，我更加一脸着急，看见一个瘦高个的男孩子穿着一身黑色的绸衬衣站在一棵大榕树下，我又继续开口问，他肯定地说东湖滨区才有，还要再往前走1刻钟。看见我又怀疑又焦虑，他就走到路边耐心地指给我看了具体的方位，然后折了回去。

在相机店花了3600卢比买到一个新的UV镜后，虽然觉得好贵，但心情一下放松了。回路上又看见了刚才那个指路的男孩子，他站在他的店门口，有一头齐肩的长发，脸庞瘦削，他笑着问："买到了？"我点头，并谢谢了他的帮助。他让我进他的CD店里看看，我那时才发现这个叫阿迪尔的男孩子真是英气逼人，站在那条街上特别突出，像《夜访吸血鬼》年轻时的阿汤哥那样冷、酷、帅。但我还是摇头拒绝了，我说我的早晨是拿来工作的。他突然掏出了他的手机给我看，并说："早上我摔坏了手机，你摔坏了镜头盖，我们俩今天早晨的运气都不太好。"我一听就扑哧一声笑出了声，跟着他进到店里喝了一杯红茶。他的店里除了音乐碟，还有各式尼泊尔的乐器、印度的水烟具。我问他是尼泊尔人还是克什米尔人，他也不回答，掏出一枚派沙抛在空中，用双掌心快速接住，说正面的沙阿国王是尼泊尔人，背面的花环是克什米尔人。他狡黠地眨着眼睛摊开手掌给我看，呵，是花环。

在博卡拉一整条湖滨区的街上，克什米尔人几乎垄断了1/4的生意，除了中餐馆之外。他们忌烟、忌酒、忌浓烈的饮料，但对客人殷勤周到，对女孩子极具诱惑力。他们每天做5次祷告，每周五集体关门，去恢宏华美的清真寺集体做礼拜，兄弟姊妹大家庭式地住在一起，有一大片专属的墓地，死了也隆重地葬在一起。对于懒散、不擅经营的尼泊尔人来说，他们如同一股汹涌的暗流，也很少有尼泊尔人愿意和克什米尔人交朋友的。

慢慢地，我在博卡拉有了各式各样的朋友，我每天骑单车出去采访，有时要骑几个小时去到僻静的村落，但骑回湖滨区时总可以在朋友们的店铺里小憩片刻，喝杯红茶解渴，放松，哪怕只待几分钟，无论多晚，都是特别愉悦的时光。他们或温和，或幽默，或阳光，或忧郁，或倒霉，或幸运，或朝三暮四，或爱得很深，人们都渴望爱与被爱，感染与被感染，很多时候我们也并不缺少各种花样繁多的爱，但缺少的是应对爱与被爱的各种能力，是接纳、欣赏、体谅、善待，还是狭隘、虚荣、占有、骄奢？我最喜欢的是能够和他们一同存在，一起呼吸，一并分享。我发现自己深深爱上的，其实是在旅行中的停留，浸润，与相互影响。如同此时博卡拉的秋，那是真宁静，真疏朗，不是表面看起来的像春天那样的风花雪月动人，但那是季候转变——自然的与人生命的融在一起的幽妙美好气息。

从安纳普尔纳峰徒步10天回来后，我的脚趾走烂了，膝盖也肿大疼痛，我请阿迪尔骑摩托送我去瑜伽师纳拉扬那儿做了2小时的治疗。他晚上9点30分来接我回去和他的家人一起聚餐时，我们的摩托却在大坝区的十字路口被警察拦下了，接受安全检查。这是一个联合检查站，由4个军人、4个警察组成的小队，布着路障与迷彩网，也远离着游人众多的湖滨区。那个警察头目显然喝醉了，带着一脸的酒气和凶气。受检查的尼泊尔人下车，很容易就放行了，但他们一看阿迪尔是克什米尔人，只有印度摩托执照，没有尼泊尔摩托执照，马上扣留了他的摩托、印度驾照与印度护照，并让他第二天早晨带着1.5万卢比去警察局交罚款。1.5万卢比相当于一个普通尼泊尔人3个月的薪水，无照驾驶属于违法还可能被收监，再扩大一点，说不定还会挑起尼泊尔人与克什米尔人之间积怨已久的矛盾与冲突，演变成集体示威、驱逐事件或者流血事件。但当时我并没意识到这些，他们让我这个外国旅行者离开，阿迪尔也让我快点离去，我只好独自一人背着包站在路边等待，一只流浪狗围着我不停打转，我只能用包挡开它，那时无边无际的夜色和孤独无依包围了我。

远远地看见阿迪尔一味低声下气地请求，不停地说着："Sir, sorry！"我的心开始疼痛，但那群军警铁面无私，像空气样无视于他，不再理睬他。他转身往回走时，那个曾经在清晨的阳光里一脸笑意为我指路的英俊少年消失了，我看见的是一个一脸沮丧与悲哀的异乡人，好像伊朗阿巴斯导演的《樱桃的滋味》在我眼前重现一样。阿迪尔看见我站在黑暗里并没有离去，马上像有了一根救命的稻草一样，轻声说："Pearl，我明天不想去警察局，请帮我一下。"

怜爱、同情、关爱而滋生的勇气、侠义让我本能地走上前，我并不知道一个小女子该如何面对一群凶巴巴的异国军警。耍泼？打架？哭闹？装可怜？献媚？我先走向了那个警察头目，我都能闻到他的酒气在我面前飘散，我诚恳地说："这个克什米尔男孩子无照驾驶，肯定错了，我愿意明天陪他去警局交罚款，今晚可不可以把护照还给他？"没有护照等于是黑人，是无名氏，是偷渡者，我只想帮阿迪尔要回他的合法身份证。那个头目很无赖地问："你是谁？你是他什么人？女朋友？情人？"我摇头回答："都不是，他是我朋友，也是我兄弟，他为我指过路。"

那个头目睁着一双茫然的眼睛，也把我当成了不存在的空气，也拒绝了我的请求。我站在路障的中间，难过地不知所措，那几个持枪的军人中有一个看起来年纪稍长，结实敦厚比较面善，像个军官，我对直走向了他，请他听我解释一下我的经历。

我说2007年我和先生一路开车翻过了喜马拉雅山的北坡，来到了喜马拉雅山的南坡尼泊尔做采访，在阿尼哥公路（Arniko Hwy）遭遇尼泊尔的卡车司机罢工，用卡车堵塞了中尼枢纽通道2天。我们都以为无法通行准备倒回樟木边境去了，一位热心的尼泊尔人带我走了一段长路，去见了罢工现场的一位上尉，上尉让我再耐心等待30分钟，说政府与示威者的和解一定会达成的。果然如他所说，道路很快就疏通了。

我说我喜欢尼泊尔这个国家，也喜欢那些真诚的尼泊尔人。这是我第二次来到这个国家，我的朋友和他的家人还在等着我们回去吃晚饭，但今晚的遭遇却是我从未有过的经历，他可不可以也给我行一个方便，帮我解决一下我的困境。

尼泊尔的教育实行的是双语制，尼语与英语，受过中高等教育的人都能说不错的英语。我不知道为什么在那一刻我向他讲起了我在尼泊尔的故事，像遇到了一个老熟人或者知己那样，在僻静的夜色里说着英语、像个女巫样絮絮叨叨。说完后我如释重负，不怀希望地准备转身离开，没想到他走向了那个警察头目，并开口对我说："让你朋友过来拿摩托和护照嘛。"还把罚单也揉成了一团，不用了。我欣喜地冲上去给他壮实的身体一个大大的拥抱，为了一种善良，为了一种信任，也为了一种和解。

我们平安地在夜幕里飞奔离去，在和阿迪尔的兄弟姊妹聚会、吃味道浓烈的柠檬咖喱羊肉时，我给了阿迪尔一个小小的提议，请他花钱去办一张尼泊尔驾照，那会是一种真正本地人安稳生活的美好开端。

我依然喜欢独自一人在异国他乡行走，一路交各色各路朋友，年轻的、年长的，漂亮英俊的男孩子，普通平凡的老年人。我想人与人之间的真正区别并不在于体型、容貌、年龄或种族，而在于那颗深邃的大脑。最能打动我的美色，是从不同人内心中发散出的那份美德，内心的那份宽容、善良与淡定，能点燃他人希望的那种精神特质，以及对其他生命自然生起的那份亲切感与喜悦感。

阿迪尔依然是一个年轻帅气的男子，我和他一起经历着他的24岁，25岁……28岁，29岁。有时他会在半夜发一份激情四射的E-mail给我，让我在清晨一打开电脑写作时，就可以看到他的邮件，读到他的心情。"I'm with you, I'll always be there in any time, I'll be the warm wind between shadow and stone（我会和你在一起的，无论何时我都在这儿，我会是云影和石头间的那缕暖风）。"

这样的年轻、旖旎情怀让我想起远方，远方的不期而遇与等待，远方美景中的美人儿与美色，在仰望薄雾黎明的天空时，我能带着沉醉的微笑和无与伦比的诗意，开始着我新一天的生活。

带着一点轻享受与轻享乐，慢行

Walking Slowly with Enjoyment and Indulgence

想象一下伟大的喜马拉雅山脉绵延起伏在你的眼前，高耸入云的鱼尾峰呈完美的金字塔形倒映在蓝色的湖泊中，费瓦湖（Phewa Tal）和比格纳斯湖（Begnas Tal），它们一左一右如蓝色的眼睛映射着青翠的博卡拉；想象一下沿费瓦湖而建的宁静的湖边村庄，每天打开窗户，躺在床上就可以欣赏到安纳普尔纳群峰的日出和日落，站在阳台上就可以尽享湖上的湛蓝天空和变化无穷的云卷云舒；想象一下数以百计的咖啡吧、酒吧、CD店、网吧、家庭旅馆、酒店、飞行吧和数不尽的背包客，在《尼泊尔印象》和《尼泊尔节日》的乐曲声中醒来或者睡去；再想象一下坐着蓝色、黄色或者红色的尖头小船（doongas）漂浮在桨声欸乃的水声中，与世隔绝地晒太阳、发呆；或者纵身跃入被阳光晒暖的湖水中游一把泳，再像美人鱼一样欢快地跃出波光粼粼的水面；或者带本好书，斜倚在费瓦湖畔面朝雪山的咖啡馆里什么也不干，只是默默地静读几天……

很难用言语来表达究竟什么才是博卡拉！这里同样是世界著名的安纳普尔纳峰徒步环游线路（Annapurna Circuit Trek）的起点和终点。对大多数的旅行者来说，这里还是出发踏上探险之路之前最后一个能够享受到冰啤酒和烤湖鱼的舒适地方，是能够让甜蜜的爱情像空中的滑翔伞、像美丽的水鸟、俊逸的山鹰一样自由翱翔的地方……

大多数的旅行者都是冲着喜马拉雅山而来的，而博卡拉是能够清晰地欣赏到6座山巅的最佳地点。赫育楚里峰（Hiunchuli，6441米）、安纳普尔纳1号峰（AnnapurnaI，8091米）、鱼尾峰（Fish Tail，6997米）、安纳普尔纳3号峰（AnnapurnaIII，7555米）、安纳普尔纳4号峰（AnnapurnaIV，7525米）和安纳普尔纳2号峰（AnnapurnaII，7937米），壮丽的安纳普尔纳群峰从西向东雄踞在城市和湖泊的上方，只要你轻微地抬一下头，城里几乎每一个地方、每一处角落都能看到蔚蓝的天空下一两座白雪皑皑的山峰，而每座山峰都有两个清晰的影像：一个在天上、一个在水里。

喜爱静态旅行的人会把博卡拉当成最完美的发呆地方。在加德满都的杜巴广场、帕坦王宫、巴克塔普尔享受完马拉王国古老文化、千年世界文化遗迹的密集冲击后，风尘仆仆来到博卡拉，心情与心境自然而然地就变得像费瓦湖水一样波光粼粼、微波荡漾了。

在尼泊尔生活越久，越喜欢它的与世无争、淡泊宁静。所谓世界上最适合人居住的地方，蔚蓝大西洋海岸的美国旧金山，世界上最干净的城市加拿大温哥华，多瑙河畔的音乐之都奥地利维也纳，薰衣草盛开的法国普罗旺斯，阳光明媚的意大利托斯卡纳，它必须满足众多特定的指数，而博卡拉无疑也是当之无愧的类似地方之一。我曾经幽默地戏称尼泊尔有三种宗教：印度教（Hinduism）、佛教（Buddhism）和旅游教（Tourism）。博卡拉是因水因山而闻名的城市，被称为"东方的瑞士"、"喜马拉雅山中的威尼斯"，在这座水边的众神花园与国度里，慢旅行这种像鸦片大麻样让人迷醉的"宗教"，也让博卡拉成为幸福指数最高的乐土之一。

天空瓦蓝的10月，一个落日的傍晚，我把单车靠在长满水草的游船码头，在一棵十几米高的无忧树下打坐，金色的无忧花在我还未到来的

3月已经开过，无忧树下不时有成熟的棕色果实落下。码头斜对面的佛陀坐像微笑着和我一起面对湖岸，似乎要和我说些什么，关于我正生活其中的博卡拉，而在梵语里，博卡拉的意思就是"山谷里的蓝色静水"。

　　适宜的温度，水，空气，此刻是多么均匀地围绕着我呀，这里空气的比例一直保持在让人体感到最舒服的程度，洁净的空气不仅给人们提供了最舒服的空间，而且对那些与人类共享一片天空和土地的动植物来说，也是最舒服和适宜的乐土，它们生机盎然的存在，也给人类带来了和谐与舒适。博卡拉的海拔高度为884米，属于热带海洋性季风气候，温暖湿润，降水丰沛，每年有明显的旱季和雨季。在旱季的旅游旺季，从9月到来年的5月，整整9个月的时间，白天穿一件简单的T恤、短裤或者牛仔裤就行了。即使在1月至2月的凉季，在清晨和晚上只需要套一件外衣、穿一件套头衫或者披一条克什米尔羊绒披肩就OK了。充足的阳光、宜人的气候，也意味着舒适、轻松的日子天天如此。

　　博卡拉的面积为123平方公里，而人口只有21万。在1952年瑞士的探险家托尼·哈根（Toni Hagen）最先来到博卡拉时，这里还只是一个尼瓦尔人与古荣人居住的乡村小镇，只有慢腾腾的水牛车和布满尼瓦尔式红砖房的街道，没有公路，以前的人们从加德满都出发，要骑马10天才能到达这里，这条持续了千年的驮马之路直到1970年修通了以国王普里特维的名字命名的公路时才宣告结束，如今在马亨度普尔集市（Mahenldra Pul Bazaar）北侧的博卡拉老城区依然能看到那个时代的印迹。当地人在海拔2000米以下以种植水稻为主，在海拔2000米以上种植玉米、扁豆、小麦、荞麦、芥菜子和马铃薯，稀少的人口与自给自足的小农经济，让博卡拉的乡村弥漫着一派田园牧歌的景象。人们日出而作，日落而息，炊烟在山间袅袅，牧童踏着暮色晚归；没有大工业也就没有废气与雾霾的污染，大地如此平稳、有序，而且一切如此协调，它使白昼舒缓地侵入黑夜，使黑夜舒缓地侵入白昼。

如果要在世界上发现一处地方，囊括了多种层次的自然景观，那一定是博卡拉了。世界上最高的喜马拉雅山像王冠一样高高环绕在博卡拉的周围，尼泊尔的两大湖泊费瓦湖与比格纳斯湖一左一右静谧地依傍在博卡拉的裙边，奔腾的色悌河像中国青花瓷器上的鱼鳞香草龙一样横穿博卡拉的南北，村庄与小镇依山而建、傍水而设。抬头看天，白日里是蔚蓝色的天顶，夜间是神秘的繁星伴月，无须徒步去到珠峰大本营，在博卡拉的任何一个地方，都能坐拥蔚蓝晴空下6座世界级的白雪皑皑的山峰。

在令人惊叹的独有自然景观里，还伴随着美丽祥和的生态。水草葱郁的湖岸边、茂密的森林中栖息着可爱的白鹭，美洲水牛在街上的中心地带慢慢地散步，一只一只的狗会跟着你的脚步漫无目的地走上好长一段路程，就好像是你自家的宠物狗一样；乌鸦会栖息在屋顶的露台上，当你吃完早餐时，它们会直接飞到你的盘子边，把你剩下的面包屑啄食干净；家家户户的小院、窗台、屋顶，甚至露天的厕所旁、厕所里都开放着花儿，爬满了藤蔓植物和有着琥珀花纹的巨大花螺蛳；而当你在蓝天白云之上玩滑翔伞飞行时，山鹰会陪伴着你的三色降落伞沿着风吹动的方向盘旋，那时你会觉得自己也有了一双像鸟一样自由飞翔的翅膀。这里没有一个狂热的动物保护主义者或者声嘶力竭的环境卫士，人、动物、鸟儿、花草，一切都是上帝挪亚方舟中的子民，一切都是造物主的智慧与恩赐。

在一个飞速发展的全球一体化的社会里，繁荣极易满足、极易实现，但传统人文、宗教习俗的护持却不能缺少，礼拜、祈祷和宗教仪式是贯穿在博卡拉人生活中的日常养料，就像我们生活中的食盐、米饭、蔬菜、阳光与清水一样必不可少。这里的神灵并不是高高在上或者遥不可及的一种神秘、抽象的概念，它蕴含在草丛、树木、湖水、山峰、日出与日落之中，它存在于人们的日常生活中，伴随着人们的思考、行为与行动。世界上每个地方的国民收入虽和幸福生活有密切关联，但心理、社交与信仰需要是否得到满足才是衡量人们幸福指数的关键，当清晨、正午或者傍晚，博卡拉人在路上双手合十向你道一声"那摩斯卡（嗨）"或"那摩斯德（你好）"时，其实也是在向你身体里蕴藏着的神灵致以微笑与温馨的致意。

作为一个大都市容器中的盒子人，我们多久没有慢跑、骑单车、划船、徒步了呢？在这里，美妙的户外运动每日都在敲醒你沉睡的身体。带上iPhone耳塞，换上轻跑鞋，每天早上6点，从旅馆的院门中溜出去，不花钱，靠自己的双脚，Jogging，Jogging（慢跑）。不要以为只有你一个在慢跑，当地人，大人带着小孩，还有酷爱运动的金发老外，都会沿着湖边慢跑着向费瓦湖道一声早安。卖菜的古荣妇女会将刚从地里摘下的新鲜蔬菜用背篓装上，再用羊毛编织的彩色头带勒在头上，与你擦肩而过，去到湖滨中心区卖菜；村民燃烧玉米秆、小麦秆烹煮清晨的第一杯奶茶的香味会让你一天的味蕾就此放开；而餐馆、旅馆的老板，会在湖边卖鱼的妇女那里，把你中餐、晚餐花好多银子点的那些烤鱼呀、番茄柠檬汁鱼呀，花很少的钱就买齐了。

沿湖慢跑40分钟，细汗淋漓了，回来再冲一个有阳光味道的太阳能热水澡，让旅馆的侍者把每天相同的早餐送到露台上，开始一天的写作、读书。

一对一对的老外，会花上大半天的时间，从清晨出发，骑单车来一次环湖小旅行，这实在是一种快乐又痛快的短途拉练。湖滨的小道高高低低的，穿过稻田、穿过村庄、穿过牛群，一群一群本地的小孩在用两根长长的竹竿做成的秋千架上荡来荡去，笑声不断。那是我第一次看见竹竿做的秋千，而不是木板、铁架做的秋千，简单、轻灵得可以把人的心都抛到天上去。而当你骑车从他们的身旁飞逝而过时，你会觉得自己也像秋千似的，可以远走高飞了。

花上600卢比，还可租一艘小船，带上一壶热茶，一包Lays薯片，一整天待在船上，看湖面上的小船来来往往，再无声无息地在船上的木板上睡去。费瓦湖心的水质清澈见底，但也很清凉，想游泳吗？等到下午3、4点的时候，喜马拉雅的阳光把水温变成了暖流，再在船上换上你的比基尼泳装，从船舷上做一个漂亮的腾跃，拥抱一湖没有漂白粉、氯气的净水吧。划船的少年比木尔（Bimoul）是个16岁的英俊少年，我说你是游泳高手吗？如果我不行了，你要救我哟。他索性船也不划了，让小船自由地飘荡，像一条小鱼尾随着一条大鱼那样，随我一起在湖中漫游。游累了就回到小船上晒太阳，休息，吃薯片，喝清水，然后再跳回水里去享受一把仰泳，看蓝得没有杂质的天，看白云像轻柔的棉絮样随意地飘动。如果你不在湖里游一次泳的话，永远不会知道游泳池的水有多脏，永远不会知道大自然中的水有多清凉、干净，它让你全身的肌肤清爽、透凉，让你的身心顷刻放松、解放。

费瓦湖的湖心，是一座建于18世纪的印度教寺庙瓦雷寺（Varahi Mandir），这座佛塔式的寺庙，供奉的是化身为野猪相的毗湿奴保护大神。从湖滨区的游船码头租一艘小船，慢慢划向小岛样的寺庙，很有一种与世隔绝的脱离感与神秘感。当地人花20卢比，每天坐着穿梭在湖面上的彩色木船，去到野猪神像面前许愿、祷告、点燃油灯、喂食鸽子，然后再绕庙一周，摇响风铃，再坐着小船回到岸边。神、人紧密相连的宗教社交网络，是让国民常感幸福与满足的凡尘生活之一。他们看见在湖水中像鱼儿一样漫游的你，总会很惊异地赞美一句，"You are a good swimmer（你是一个很棒的游泳健将哟）。"他们坐在小船上回家的影子倒映在碧波里，你在水里轻轻一滑，就漂远了。

除了像当地人一样流连在寺院的梵音之间，在拂晓或黎明时分，花800卢比乘半小时的出租车到萨朗科（Sarangkot），再沿着古代山中要塞的遗址步行20分钟上山，就到达了俯瞰博卡拉的山顶。距博卡拉约9公里的萨朗科是观赏安纳普尔纳群峰日出的绝佳地点，在这里，你可以享受到喜马拉雅山脉的全景，从东边的安纳普尔纳2号峰（7937米）到眩目的金字塔形鱼尾峰（6997米）到西边的道拉吉里峰（Dhulagiri，8167米），波澜壮阔、连绵起伏的山峰，让萨朗科的日出蒙上了一层梦幻、惊心的色彩。

日出之后，还有下山时的魔鬼瀑布（Devi's Falls）之行。清澈的帕第科那河（Pardi Khola）奔流着，在魔鬼瀑布深不可测的洞穴中突然就消失不见了，只能听见瀑布冲下时的轰鸣声。要想知道魔鬼瀑布有多可怕吗？当地人说一位瑞士游客一滑跤掉入深潭，临死时还紧紧拉住女友的手不松手，结果一起葬身深渊，魔鬼瀑布就此臭名远扬。所以要想欣赏瀑布的美景，而不湿身，最好还是站远一点看的好。

在魔鬼瀑布的对面，是一个印度教的洞穴马亨德维洞（Mahadev），好多印度教徒长途步行来到这里朝圣。洞里有一尊天生的巨大的湿婆生殖器石笋，头上是湿漉漉的水滴声，耳中听见的是魔鬼瀑布沉闷的咆哮声，瞄了一眼后就赶紧跑出洞来呼吸新鲜的空气吧，再大的林根与性力，都没有自由自在走在阳光下来得性感。

如果喜欢骑单车或骑摩托，去到博卡拉老城区溜达一番也是一种不错的小旅行，这里有众多的印度教经文店，卖陶器、铜器、香熏、篮子、背篓、花环的店铺，买各种东西的老百姓在这里挤来挤去，尼瓦尔人的花砖和雕花窗随处可见，而小小的比木森庙（Bhimsen），供奉的是尼瓦尔人的商业之神，廊柱上有好多色情装饰的图案，苦行的巴巴们沿着石阶高高低低地或躺或坐，丰富着人们的想象与日常生活。

由日本佛教徒组织修建的世界和平塔（World Peace Pagoda）矗立在费瓦湖的南岸，花200卢比乘船到费瓦度假村（Fawa Resort），在村口的餐吧小憩片刻，喝支冰可乐，然后就沿着石头铺成的小路徒步上山吧。松鼠、长尾猴在沿途的森林枝叶间嬉戏，随着脚步的攀越，你的视线也在一点一点地上升，安纳普尔纳群峰令人窒息的日落与博卡拉的湖光山色此时尽收在眼底。

一个人的一生会有各式各样的幸福指数评估，"生活如意者"、"处身逆境者"及"饱受折磨者"。在尼泊尔这个世界上经济最不发达的农业国家里，人们或许是世上最穷，但却也是"每日体验"幸福指数最高的国家之一。在博卡拉，神庙、佛寺高踞在悬崖边上，或渗入在集市、街巷里，或隐藏在水中小岛上；尼泊尔男人们上身是宽衣肥袖的白色古尔达，下穿宽松的托蒂裤，这是他们的传统国服。在这样一个天性愉悦的众神的国度里，在霞光映射、白得耀眼的佛塔前，我与几个当地人一起悠悠然地转塔，尽享风吹拂过发际间的安宁。一株一株的无忧树在山顶环绕着白塔，向导毗湿奴弯身，捡拾一枚枚无忧花的种子。佛陀跏趺禅坐的塑像前，搁在膝上结正定印的手上落满了人们敬献的无忧花果实。无忧树是博卡拉最普遍的一种树，也是最优美的一种树，毗湿奴问我可曾看见过无忧树开花的样子？很奇异的一种花哟！尼泊尔人点头表示不知道、不同意、不理会，摇头表示知道、同意、高兴和赞赏，别样的文化背景很不一样。我诚实地点头。

毗湿奴说无忧树开花的时候，是像炸弹爆炸一样猛地一下炸开的，金黄色的花絮，状如火炬，远看仿佛一座金色的宝塔，美极了。但无忧花的花期特别短，开了就要谢，早上开花，午间即落，所以才是无忧无虑的无忧花。在我读过的《过去现在因果经》里，说只要坐在无忧花树下，任何人都会忘记所有的烦恼，无忧无愁。此时面对我第一次在真实世界里相遇的无忧树，我想佛陀在这样的树下讲经，一定也是有因缘、有道理的，释尊希望一切众生脱离苦海，解脱生死轮回之苦。佛法在尼泊尔灯灯相续了2500多年，一如佛陀涅槃后无忧花树的佛性与悲愿。

毗湿奴问："Pearl，明年无忧树花开时，你会再来吗？"

我含着笑摇头。

无忧树下再见，如天国之花花飞漫天。翩然归来，在博卡拉重赴一场如雨繁花，与喜爱的人转山转塔、浪迹天涯。为什么不呢？

抽完一支"爱喜"薄荷烟，我和毗湿奴再步行1个小时，踩着轻柔的晚霞下了山。

蓝毗尼严格苦修的苦行僧

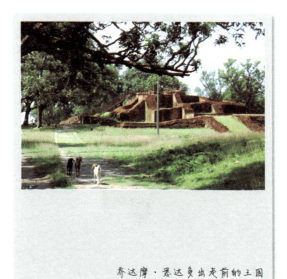

乔达摩·悉达多出走前的王国

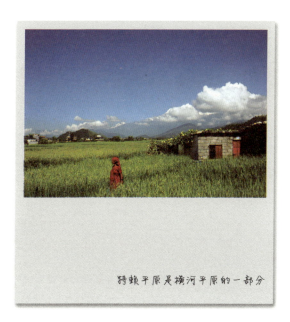

特赖平原是横河平原的一部分

蓝毗尼，佛祖的诞生地

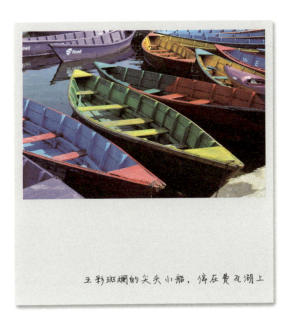

五彩斑斓的尖头小船，停在费瓦湖上

清晨出发，骑单车来一次环湖旅行

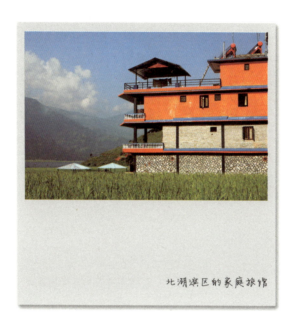

北湖滨区的家庭旅馆

光影斑驳的柠檬树餐吧

在嘎措克村庄和狗狗一起过徒哈节

亚当与妻子简、儿子扎克

打着火把来沙滩跳舞的小女孩

过"最后的激流"

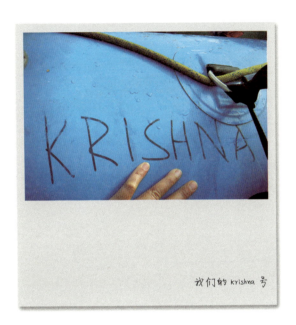

我们的 krishna 号

索拉哈小镇上极富原始风情的餐吧

象工们闲散地骑着工作象

坐独木舟顺河而下

梵香里的食谱与账单

Recipes and Bills of Incense for Buddha

9年的时间里，我4次重返尼泊尔，每一次不一定去相同的地方，但每一次必定去博卡拉。有时待半个月、一个月，最长的一次待了3个月，那是旅行签证允许停留的时间。最后毗湿奴和我一人骑了一辆新的山地车去移民局延期了10天。恋爱了的人才会在一个异国他乡乐不思蜀那么久，朋友们以为我在博卡拉谈情说爱了，而我谈的却是一场与天地、与星月、与花草，与我自身精神的一次恋爱。我的101天，101夜，如同《香料共和国》电影里的少年凡尼斯，几乎每一天、每一刻，都是在暖黄色的日光里、纷扬弥漫的梵香中度过的，博卡拉的每一家旅馆，每一处餐吧，每一个书店，每一家咖啡馆，每一个码头，每一座寺庙，每一个集市，都有我所熟悉的一切气味，看得见的星空和看不见的回忆。

打开我的瑞香纸日记本，夹在里面的是一大沓账单，三种颜色，轻粉色、浅黄色、淡蓝色，那是我住过的旅馆、吃过的饭菜、喝过的酒水茶饮，每天消费支付给店家的凭据，有的店已经消失了，有的人已经离去，但他们手写下的字迹、数字，连同他们递账单时的微笑表情，在我指尖敲击电脑写下这些文字时，都一一地回到了我的眼前。

没人告诉我为什么博卡拉的旅馆用的是轻粉色账单，和好的睡眠有关？和温情有关？和梦境有关？还是和乌托邦的生活有关？

2007年第一次驾车从西藏樟木口岸（Zhangmu）出境，从尼泊尔柯达里口岸（Kodari）入境，改变十几年右行驶的开车习惯，一路惊风火扯地左行驶到达博卡拉，在3000公里奔袭后的7月雨季，我与一群自驾的朋友住进了东湖区的米拉酒店（Hotel Meera），一间40美元带阳台看湖景的房间里。这是一幢新英格兰风格的度假酒店，床单、被套、家具、餐吧都是典雅的灰绿色英式情调，还奢侈到用热带植物、花卉来装饰着大门、步道，园林味道十足。主人一家爱在花园里享用早餐，在草地上野餐、喝下午茶，好像一天到晚都在享受着美景美食一样，站在房间阳台上就可以闻到食物的香味。院子里停满了我们自驾而来的各种越野车，那是我第一次来尼泊尔时最奢侈停留的地方。

尼泊尔的6、7、8月是最糟糕的雨季，也是旅游的淡季，每天一场的热带暴雨不仅冲毁了道路、电站，洪水泛滥，而且溽热难当，草地、树丛、小道时不时有吸血的旱蚂蟥跳上身，几乎所有的户外运动都不能进行。我每天打着一把在当地人那里买的彩虹色大雨伞，踩着滴滴答答的泥水路，不断地帮朋友们去寻找着中餐馆、肯德基快餐店，大多数的人都吃不惯尼泊尔人的传统食物达尔巴或辛辣味十足的咖喱鸡、咖喱羊肉，每天都要去极不容易发现的在一个转角楼上的兰花饭店（Lan Hua Chinese Restaurant）或更远路边的中国花园（Chinese Garden Restaurant）吃中餐。有中式的杯碟碗筷、中国的流行音乐、穿中式唐装的尼泊尔侍者说着简单的中文，主人的一对白色蝴蝶犬也很中国，会向客人拱手作揖汪汪"你好"。我们甚至征用了酒店的厨房，豪迈地面对雪山，在草地上的遮阳伞下，做了一顿麻辣火锅大餐。就像我们在国内的呼朋唤友、集体腐败生活一样，我们延续着以前的生活方式、生活态度，并未能体会真正的博卡拉生活，也未能与任何一个当地人交上朋友，我们只是一群匆忙的游客，购物、拍照，或抱怨天气、抱怨食物，如热带风暴席卷而过，不留痕迹。

2008年8月底，在季风季的雨季快结束时，我重返尼泊尔，独自一人背包走遍了尼泊尔的乡村、城镇、古迹、寺庙和喜马拉雅山区，在任何一个可以停留的地方停留，住600～1000卢比，约36～60元人民币一晚的家庭旅馆，在沙阿国王王宫广场的拐角处"汉语角"当免费的志愿者，教授当地人说中文。晚上就在雪山下的石头小屋里，像耗子一样疯狂地写作，伴随着英国民谣歌手凯特·斯蒂文斯的《破晓》（*Morning Has Broken*）歌声，"天已破晓，如同第一个清晨；黑鸟鸣唱，如同第一只鸣禽；赞美这歌唱，赞美这早晨，赞美它们使这世界充满了清新"，坐在博卡拉人的圣河色悌河边上，感受空气里的温馨和爱意，感受当地人的虔诚和善良，感受人和自然共存的和谐和美好，让自己的整个身体、心绪都放松下来，变成了流水声、变成了莲花盛开的声音。这样的慢生活让我第一次写下的《尼泊尔的香气》一书，散发着迷人的气息，那是尼泊尔宁静到骨髓的喜马拉雅的山地文明。

那时我才知道，沿费瓦湖东岸而建的湖滨区（Lakeside）是由三个区域来衔接的，东湖滨区（Lakeside East）、中湖滨区（Central Lakeside）和北湖滨区（Lakeside North）。匆匆一游的游客会集中在中湖滨区和东湖滨区消费，店铺林立，方便出行；但越来越多的自助旅行者、背包客却热衷于住在北湖滨区，不仅因为这里的家庭旅馆安静、游人较少，最主要的是住宿费会相对于中心区便宜1/3，所有旅馆的房费都是可以讲价的，大力砍价可以达到8折的折扣，你只需要牢记一句：人民币在这里是很坚挺很吃皮的，更不用说美元了。

在世界上的哪个地方生活可以像博卡拉这样，仅仅花30、40元人民币就可以住在一间面对雪山、面对湖泊、面对蓝色星空的房间里呢?
一家一家的家庭旅馆相隔较远又独门独院,要么是在山路的小径上,要
么是在稻田里,要么是在湖边、在山腰,并且旅馆主人一家就住在旅馆
里,每天你都可以享受和他们一样的日常的田园乡间生活,可以非常安
静、不受旅行团打扰地一个人晃来晃去。

　　我独自一人住在曼达普旅馆(Hotel Mandap),一间湖景房带阳
台,10美元;我节约,住的是一间山景房带阳台,600卢比,约36元
人民币。主人叫比尔(Bir),大儿子在澳大利亚留学,小儿子卡比尔
(Kabir)和叔叔炯(Jung)在庭院里服务,曼达普意即信奉印度教的
人祈福的地方。长住这家旅馆是因为它每一层的露台足有80平方米大,
一半是裸露在阳光下的,一半是可以遮阴的,室外活动的空间特别大,
是其他旅馆所不具有的。在露台上写作、会友、看书、聊天特别舒服,
湖光山色尽收眼底。即使下雨的时候,也可待在露台上面对雾气蒙蒙的
湖面写作。叔叔炯的服务也很细腻,下雨或晚上时,会将你晾晒在屋顶
的衣服、鞋子收好放在房间的门口,床单、被子又新又干净,有暖暖的
阳光的味道。

　　曼达普旅馆的邻居,是顶点旅馆(Apex Guest House),湖景房双
人间无阳台才400卢比,而普通双人间带卫生间仅250卢比。屋顶上一直
挂着一张红、白、蓝三色的扑梦网,当地人叫Wind Sock,风向袋。每
天屋顶的螺旋梯上都栖息着一大群呱呱叫的乌鸦,不知道是不是扑梦网
的原因,俄罗斯退役军人、以色列休假男兵女兵、爱喝酒的房客、嬉皮
士都爱住在这里。每天他们梳着金色的发髻,裸露着上身晒太阳,在螺
旋梯上练臂力,晚上一起弹吉他。最酷的是屋顶露台有个小厨房,可以
自己一人面对星月发挥厨艺。房间价格超级便宜且干净,备受各国长住

的背包客喜爱。

沿着湖边小道慢跑8分钟的距离，是著名的沙提姐妹旅馆（Chhetri Sisters Guest House），湖景房带阳台22美元，普通单人间17美元，均含早餐。这家姐妹经营的旅馆，房间里的家具布置很有情调，还有竹制的书架、储物架、摇椅。起居室里有一张巨大的花布沙发床，面对绿色的稻田。观湖景的露台和餐吧都很漂亮，透出一种慵懒的女人味。沙提姐妹著名，是因为她们同时经营着徒步公司，专门向女性徒步者提供职业的女向导和女背夫。

走下去是哈姆雷特旅馆（Hamlet Lodge），湖景房带阳台500卢比，普通单人间300卢比。这家新旅馆的外观是黑色和橘红色镶嵌的砖墙，建在绿色的稻田里，异常的醒目，有白鹭在稻田中飞来飞去，远远地看见就会觉得很浪漫了，主人和3个孩子就住在旅馆里，可以看见他们每天快乐地在院子里洗菜、做饭、洗衣服、打井水、玩耍。

紧紧挨着哈姆雷特旅馆的，是菩提树客栈（Banyan Tree Accommodation），湖景房带阳台仅400卢比，但房间很少，只有4间，院子里种着竹子和菩提树，用翠竹做的院门让你觉得很环保又别致。最酷的是房间外面的小阳台上有吊床，但我很担心一不小心就荡到湖里去了，女主人的小孩和狗都在翠绿的院子里玩。

北湖滨区最远处即是观景客栈（View Point Lodge），湖景房双人间带卫生间400卢比，单人间无卫生间300卢比。这家传说中的神奇客栈建在突出于湖水上方的一个峭壁上，房间很迷你，只有三间，经常没有空房，必须打电话预约，免得跑空路。之所以背包客都很想住在这里，是因为房间离水面仅几尺，景色超好，可以跳下水游泳，不过湖水是很凉的。但房间设施相当简陋、空间狭小，其实长住并不舒适，满足愿望住一晚即可。楼上的餐吧观景尤其好，但是由于离客人住的房间太近，客人一点没有隐私感，感觉房间放的东西也不安全。我每天慢跑25分钟到高处的观景客栈即打转，一路顺着下坡路跑回曼达普，去不同的餐吧享用不同风格的三餐。

沿湖有无数家庭的小咖啡吧，在那里喝杯咖啡、吃一块刚烘烤出来的面包，再在面包上抹一层博卡拉自产的莎提雅蜂蜜（Satya Honey），哪怕没有做爱、没有情人，同样也是一种很腐败很腐败的清晨呀。有的时候，我们需要远离朋友、远离亲人、远离家庭，也远离各种琐碎的油盐柴米、庸常生活，一个人独处，一个人独行，那是身体与精神最自由最独立的时刻。

然后我餐桌的咖啡杯子下就压着了一张张浅黄色的账单。自己买单的感觉特别酷。

曼达普旅馆的右手边是湿婆餐馆（Shiva Restaurant），餐馆临湖边而建，用植物、花草和修竹来把每一张餐桌隔离开来，就有了一个个独立、隐秘的用餐空间。餐桌旁边停泊着小船，如果愿意，可以将点的餐放在船上来吃，不过要付租船费哟，每小时100卢比。当地的年轻人爱来这个地方谈情说爱，因为私密、因为浪漫、因为煽情。"湿婆"的特色是家制的各种东西，Homemade tahini, peanuts butter, coffee, mustard（家制芝麻酱，花生酱，咖啡，芥末），看着餐单上写着的食谱都觉得新鲜、香醇感顿生。下午在这儿看落日、喝咖啡，没事做的年轻服务生会跳到湖里去游泳，看见他们湿淋淋从水里冒出来，真是觉得所谓天堂的日子不过就是如此了。

出旅馆的左手边是甜蜜回忆餐馆（Sweet Memories Restaurant），招牌上写着：Fish Nepali Style，Rs245；Homemade Nepali wine，Rs35（尼式咖喱鱼，245卢比；家酿尼泊尔红酒，35卢比一杯）。阿吉（Arjun）既是老板又是侍者，见人就是一个憨憨的笑，说我记得你的哟，你来过我的餐馆，去年夏天。好半天才反应过来，好像是真的呀，2007年的夏天。不过后来发现老板会向好多客人说这个话，因为这家餐馆的名字就叫"甜蜜的回忆"。外国人爱待在这里，因为临街的一排竹篱矮墙，坐在餐桌旁正好打望，在街上来来往往的当地人、各种人也可以打望到你。早餐的法式新鲜烘烤面包配上蜂蜜，吃起来特别绵实又松软；家酿的尼泊尔红酒是一定要尽情享受的，味道像日本的清酒，好多杯都不会醉，正好和街边逐渐上来的夜色相配。

住在蔚蓝费瓦湖边，如果不天天吃鱼，怎么会体会到大自然赋予的鲜美、天然的滋味是什么呢？看看鱼尾菊粉丝餐吧（Zinnia Fans Restaurant）的菜谱：Fried Fish，Rs185；Nepali Ice，Rs150（铁板烧烤鱼，Rs185；尼泊尔产冰啤，Rs180）。尼泊尔产的冰啤味道狠劲，多泡，到一个国家，如果不喝几支这个国家自产的啤酒，等于是没有到过这个国家一样。不过在尼泊尔与饭菜相比，啤酒是最昂贵的东西了，每支啤酒至少是180卢比一支，约11元人民币，进口啤酒280卢比，约18元人民币一支，而180卢比可以吃一份丰盛的尼泊尔传统套餐或者一份美味的烤鱼了。似乎是工业化生产的东西都比农业化生产的东西贵，这更让我们可以抛弃添加剂、调味素，尽情享用自然状态中的食材。这家厨师做的铁板烧烤鱼像铁板烧牛肉一样，又嫩又脆，分量大大的足，点一份烤鱼就可以吃得心满意足了，算是湖滨区这条街上厨艺功夫顶好的，其广告语也很另类，People love zinnia，a lovely plant &

kid（人们喜爱鱼尾菊，因为可爱的植物还有可爱的孩子）。吃鱼和花、和孩子有什么关系呢？没搞懂，像谜语。

餐吧的狗叫Tiger（老虎），给它来一声"Namskar（那摩斯卡，嗨）"，它就会伸出它那友好的爪子来与你相握。喔，环绕在藤椅、藤沙发、藤餐桌周围的紫红色、金黄色花花，层层叠叠的就是鱼尾菊吗？还叫百日草，它的叶片真像鱼尾形，花一开就是一百日，长久，很容易种活，是特别适合儿童们种植的入门园艺植物。西餐里做鱼的配菜常有罗勒、迷迭香、鼠尾草等，那家伙会不会悄悄用鱼尾菊的叶子配菜了呢？好吧，回到中国的家里我也要种入门级别的植物，还要研究一下是否可以用孩子喜欢的植物入菜。

人不要图偷懒、图方便老是固定在一家餐吧吃饭，吃货是嘴巴勤快、手脚也勤快的人。吃了一圈，才发现笑佛餐吧（Laughing Buddha Restaurant）菜品的价格是最便宜的。知道使用过滤水烧开了后放凉，再加一片青柠檬，而不是直接用生水加冰块给客人喝，所有做沙拉的蔬菜都会在碘盐水中浸泡3分钟。这里的5张桌子全部被金发老外占据了，是有一定道理的。"笑佛"尤其会做中国简餐，馍馍即中国的饺子，花样也多，还会在炒面中放点醋，这是我吃遍尼泊尔后第一家知道要在面条里放一点醋的餐馆。口水出来了吧，翻翻菜单吧，Buff chowmein, Rs70；Mixed fried rice, Rs90；Chicken momo, Rs100；Veg momo, Rs70；Fish momo, Rs90；Potato Cheese momo Rs80（牛肉炒面，70卢比；混合炒饭，90卢比；鸡肉馍馍，100卢比；蔬菜馍馍，70卢比；鱼肉馍馍，90卢比；土豆芝士馍馍，80卢比）。价格呢，比隔壁紧邻的"四季餐吧"和"甜蜜回忆餐馆"便宜1/3，是家家庭餐馆，哥哥普雷卡（Prakash）和妹妹蕾卡（Rakha）十五六岁的样子，长得特别清秀，见着你就开心地笑，也没有10%的服务费，等于是每天为自己"赚钱"呀。

　　怀揣几张灰蓝的沙阿国王纸币，每日不用下厨操心一日三餐，只需要步出旅馆院门，是向左呢还是向右。

　　向左步行1刻钟，就到了中湖滨区，也到了世界各国的美女帅哥、各色人种、各国餐馆、各类酒吧聚集的地方，西式的、尼式的、中式的、藏式的，各种香味在空气中飘。

　　博卡拉似乎一直有一种魔力，在东方的、西方的、中亚的、南亚的几股文明势力中交合，以一种包容、宽和、优美的姿态兼收并蓄，让生活其中的人自由自在、如鱼得水。在这儿，你不会意识到自己是一个"外国人"，没人会因为你的不同而盯着你看——太多不同国籍、不同肤色、不同语言、不同装扮的人在此长住或短住，一如当年的嬉皮花童岁月。印度教的、佛教的、藏传佛教的、耆那教的、基督教的、伊斯兰教的、犹太教的，有信仰与无信仰的，每个人看起来如此不同，保持着自己的独有特色，但又有一个相似的身份——旅行者。在各种时光机器中漫步的旅行者。

　　在中心区域的临街显著位置，一座砖红色小屋在蓝天的映衬下温馨阳光，那儿的人气超旺，竹篱下的光影或明或暗，柠檬树餐吧像彼得、保罗和玛丽3人唱的那首英文老歌《柠檬树》（Lemon Tree）一样，让你想起过去的清纯与童真，纯净的歌声和典雅的和声飘入了风中。特色供应有家制意大利通心粉、面条、特制意式佩索咖啡。下午骑累了单车，在这儿小憩一会喝杯冰镇可乐感觉超爽，顺便再打望一下街上来自

世界各国的美女、帅哥。The Lemon Tree Special Fish, garlic sauce
served with chips and vegetable，Rs295（柠檬树特制鱼，蒜泥配炸薯
条，蔬菜沙拉，295卢比），这份菜单显然是地道西式的，歌词中的父
亲告诉那个十几岁的小男孩说柠檬树很漂亮，柠檬花很香，但不要轻易
相信像漂亮的柠檬树一般的爱情，可对于走在旅途中的年轻生命来说，
就是要去经历各种不同的爱，晚餐我就点柠檬树特制鱼了。

　　紧邻王宫的是飞去来餐馆和德国面包房（Boomerang Restaurant&
German Bakery），中湖滨区最大的户外花园餐吧，欧洲人爱在这里面
向湖水用餐，听音乐，躺在沙滩椅上看书，光着膀子晒太阳，看着湖对
面山顶上的白色和平塔发呆。这里的情调、氛围无人能及，菜单用卡通
图案画着蹦跳的袋鼠、飞翔的山鹰，刚研磨的肉桂咖啡和新鲜出炉的肉
桂烤面包香喷喷的，Avocado milk shake, Rs150；Avocado salad,
Rs250；Chocolate Brownie with ice cream, Rs300；Lemon meringue
pie, Rs200（鳄梨奶昔，150卢比；鳄梨沙拉，250卢比；核仁巧克力
饼带冰激凌，300卢比；柠檬甜派，200卢比），好的音乐、好的食物、
好的氛围，每日推出特色特价餐，当地的小学生由老师带领着成群地坐
在这里享受着一客奶油冰激凌。不过每晚佐餐演出的却是传统的尼泊尔
音乐秀。

　　其他国家的人，通常分辨不出亚洲人之间的区别，他们会依次猜测
为：韩国人？日本人？中国人？不过看看他们走进的一两家餐馆，就知
道差异是何其的大了。

　　紧靠游船码头的中心路口，是在路上折腾了一周之后特别想去搓一
顿中餐的地方。唐人饭店（China Town Restaurant）提供中式家常菜

看，老板侯先生是在印度出生的华侨，娶了一个漂亮的尼泊尔妻子，这位尼泊尔妻子会说一些中文，每天在餐馆里晃来晃去地招待客人。餐馆挂着中国味道的红灯笼和中国结，老板亲自掌勺，但华侨做的中国菜与地道的、没有联姻过的中国菜还是有区别的。有时对着餐馆窗户外面飘扬着的五星红旗吃一碗牛肉面，还是满感动的。

最拥挤的中餐馆就是龙脉餐厅（Dragon Restaurant）了，一个中国导游姚先生看准商机率先留在了博卡拉，让不断涌入的中国游客可以吃到正宗川菜和麻辣火锅。这家餐馆几乎没有什么装饰与情调，也不讲究，但生意却出奇地好得不得了，清一色的中国人和旅行团都聚集在这里胡吃海喝，相当于他们的饭窝子、伙食团。强烈建议喜欢尼泊尔的人赶紧来博卡拉开家靠谱有味道的中餐馆吧，轻轻松松地赚钱哟。

米碗藏餐馆（Rice Bowl Tibetan Restaurant），一如它的名字，正对费瓦湖公园，室内有足够接待50人的超大藏式榻榻米，Himalayan yak steak，Rs995；Himalayan lamb roast，Rs595（喜马拉雅牦牛牛排，995卢比；喜马拉雅烤羊羔，595卢比）。不过早上要很晚才开门，主人自己先要把酥油早茶喝够了才开始懒洋洋地营业，充分的藏族特色呀。

桑妈奴韩国餐馆（Sammaru Korean Restaurant），韩国菜品的特色就是精致，和韩国人一样。杯碟小巧好看，环境也简洁、干净、高雅。每一样泡菜、咸干菜都只有一点点，但种类繁多，可以吃到好多个口味，每个人都安安静静吃饭，完全与大声武气、闹麻麻的中餐馆不一样。Bi Bim Rice, Korean rice served with vege, beef meat, top of fried egg, Rs200（石锅拌饭，200卢比），最初我不知道这个"Bi Bim"是韩语的什么意思，但菜品的图片很漂亮，让人增加食欲，新鲜蔬菜的分量特别足，搭配的花色也有美感，但牛肉就只有很少一点，吃下来好像整个一个素食主义者一样了。

　　尼泊尔的宗教、文化和习俗与邻国印度有着太多的牵连，就像这两国的国民相互过境不用签证一样。下一个旁遮普餐馆（Punjabi Restaurant）有的是正宗的南印度食物，而咖喱与都沙饼的特殊香味，哪怕是在你匆匆路过时，也会感到异香扑鼻。

　　咖喱（Curry）呢，就是"把许多的香料加在一起煮"的意思，它用姜黄为主料，另加多种香辛料，如芫荽籽、桂皮、辣椒、白胡椒、孜然、小茴香、芥末等配制而成，是多种香料的结晶。咖喱菜成功的秘诀在于香料的组合与烹煮次序，而不在于炫丽复杂的烹调技巧，也没有任何专门的咖喱食谱，这让咖喱在本质上赋予了下厨者的个人风格与无穷的创造性。

　　南亚地区终年炎热、潮湿，除了令人食欲大减之外，也令食物极易变坏且滋生细菌。在食物中配入香辛料，除了能增加食物的色香味之外，也能令人胃口大增，同时能令食物保存更久。气候、地理是产生某一类美食的根本原因，咖喱对于印度人、尼泊尔人，就像辣椒对于四川人、南方人，咖喱中含的姜黄素与辣椒中含有的辣椒素一样，抗氧化剂，刺激食欲，也刺激性欲，让人强壮，情绪快乐，还燃烧脂肪，瘦身。一个要让自己融入当地人的生活，像当地人一样活得健康的方式，就是吃当地人的食物。每天我会让自己来一餐浓烈的咖喱，咖喱卷饼、咖喱鸡饭、咖喱羊肉、咖喱烧鱼、什锦咖喱鲜蔬，做个地道的"香料使女"，钻入不再是传说的神秘咖喱的外壳里。

　　一张都沙（Dosa），咖喱卷饼，薄薄的面皮是用米浆或扁豆浆调配的米糊，放置在大铁板上滋滋煎烤，之后再放入各种蔬菜和咖喱馅料并将饼皮对折起锅。煎过的饼皮酥脆，尝起来有点类似法式薄饼，是印度人、尼泊尔人非常著名的早餐，就像中国人早上要吃豆浆、油条或来一碗小面一样，那是一个相当满足的早餐。

很多印度教徒都是素食主义者，什锦咖喱鲜蔬就是将花菜、土豆、豆角、胡萝卜等蔬菜切成各种大小不等的块，放在一起清炒，最后放入咖喱进行调味。咖喱菜的神奇，最神奇就在于它的调料，几乎达到了世界之最的地步，每道菜的调料都不下10种，他们在日复一日的烹饪中熟练使用着各种繁杂的调料，这也造就了各种咖喱菜神秘而丰富的味道。在旁遮普餐馆用餐是不用餐具的，用右手搅拌米饭和咖喱鸡肉、羊肉等，把它们揉成团状，再用右手指尖抓起食物来吃，还不能把食物拿到第二指关节以上，那是不礼貌的。呵呵，举世无双的咖喱，浓香、辛辣又带点甜，具有一种特别的香气，用自己独一无二的右手来操盘才够味！

据说厨师在制作全球最辣咖喱时，需要带上护目镜和面罩。吃过度辣的咖喱，会辣出幻觉，有旅行者跑到街上，以为攀登上了6997米的金字塔形鱼尾峰呢。

要不要挑战一下呢？！

在博卡拉老城区的马亨度普尔集市（Mahenldra Pul Bazaar）里，是真正的香料共和国，身着各色纱丽的尼瓦尔妇女，坐在各式如金字塔般的魔法粉末前，不同的色彩迷乱你的双眼，不同气质的味道与身旁走过的圣牛、圣狗的味道混杂在阳光里，潮水般涌入你的鼻腔。在舌尖上念叨着小茴香、小豆蔻、紫丁香、绿薄荷、白胡椒、红辣椒、褐肉桂……所有你认识和不认识的魔法粉末的美丽名字，是不是在一个异国他乡特别迷幻特别过瘾的时刻呢！

穿越十分之一的地球来看你
Through 1/10 of the Earth to See You

食物和生活一样，都要加上香料、香草、美酒、果汁，烹饪的人和享用的人，才够精彩。

每一种食物都拥有着它自己的灵魂，如同神奇的魔法粉末，可以将平淡无奇的生活变得活色生香。

"小茴香味道强烈，能让人变得内敛；肉桂能让人两情相悦，若你想说我愿意，那就加肉桂吧。"

2012年，吃着一餐餐辛辣的达尔巴，喝着一杯杯愉悦的肉桂咖啡，我与不同的向导，古荣人比格姆（Bikram）、尼瓦尔人毗湿奴（Bishnu）、夏尔巴人帕桑（Pasang），徒步90天走完了安纳普尔纳大本营ABC、佐姆森环线和珠峰大本营EBC，1000公里的喜马拉雅朝圣之旅，穿越尼泊尔的十万雪山，穿越月光，穿越情人的胴体，只为身体与灵魂抵达喜马拉雅。

博卡拉是安纳普尔纳与佐姆森徒步线路的起点与终点，我激情出发或平安回来时，都住在中湖滨区背后的第三极旅馆（Hotel Third Pole），我开始着手酝酿《徒步喜马拉雅极地与你相遇》一书的框架。那是一个徒步者、登山者聚集的旅馆，背靠山看不见湖，但热带植物和十几米高的紫色九重葛爬满了白色的阳台和房间，在蓝天白云下面看起来又清新又干净，还可在阳台上面对日出练瑜伽。老板巴巴朗（Baburam）温文尔雅，有两个小孩和一只狗，经常在楼下的花园里玩。他们一家住在二楼的房间里，与我的房间相邻。他亲切地说，"Pearl，你是基督徒呀，那我们就像家庭成员一样哟。" 而我的心境与状态也是一种历经磨难后的平静与恬美。如果一生有很多次旅行，那么，有一次是用于独自穷游的，把旅行当成态度，当成生活，说走就走，去发现美好，去享受旅行的美感，就如同2008年我第二次去到博卡拉一样。

那么，还有一次呢，是用于背包探险的，把旅行当成梦想，当成追求，挑战极限与极地，去发现真我，探寻大自然的奥秘和生命的价值，探索一个未知和无限的世界，就如同2012年我身处的博卡拉一样，充满了未知和不停的变化。大量的外国人，尤其是中国游客和商家涌入了加德满都和博卡拉，在东湖滨区有了二十几家中国人开的酒店、旅馆、餐馆、超市、酒吧、旅游公司，走在其中，俨然进入了又一个China Town（中国城），那感觉如同又一个商业化的中国丽江，有了长城饭店，有了燕巢旅馆，有了等风来酒吧……

博卡拉无疑成了新一轮冒险家与梦想家的乐园。

要想疯狂吗？就要去中湖滨区的阿姆斯特丹夜总会（Club Amsterdam），异国情调的鸡尾酒，嘎嘣响的小吃，周一至周六6个晚上都有乐队的现场演出，气氛活跃，音乐劲力，喧闹无比。还好花园里的篝火可以让你远离一下那份过度的激烈与吵闹。

极乐吧（Club Paradiso）从下午开始，摇滚音乐就砰砰啪啪地响起来了，大白天的，当地年轻人站在酒吧门口就跳起来了，酒吧内有台球桌，想和当地人混，就去体验这个酒吧的生活吧。

闹蜜蜂吧（Busy Bee Cafe）无疑是博卡拉人气最旺的酒吧了，每天晚上4个尼泊尔靓仔组成的乐队疯狂地在狭窄的舞台上摇滚，甩头甩脑，西方游客、中国文艺青年、本地的旅馆老板、公司老板、向导等都爱聚集在这里。吧客们围坐着在院子里一棵棵椰子树旁喝酒、大笑、吵吵闹闹，当地年轻人在桌球台上赛赌，吧员用木棒敲碎冰块的噼啪声音和音乐一样很刺激。Cocktail，Mountain lady，Rs195；Wild sex，Rs285（鸡尾酒，山地夫人，195卢比；野性，285卢比），一杯杯调制的花式鸡尾酒很壮，先喝了山地夫人，再喝野性时，眼睛就开始打转转了，把手中握着的酒吧的淡蓝色账单也变成了那张胡写乱画给远方某人的诗笺。

接下来就是一个法国女人克莉斯廷（Christine）与一个尼泊尔女孩Rama（拉玛）千丝万缕的联系。

2003年，33岁的克莉斯廷第一次出国来到尼泊尔，在上木斯塘禁区做了1个月的国际志愿者，她对尼泊尔的爱恋就像她对禁区里11岁的孤儿Vajra（巴杰拉），供养并资助那个孩子每年3个月去到法国读书，直到那个孩子20岁成人。克莉斯廷是南法普罗旺斯的一名高级厨师和瑜伽师，专门为瑜伽理疗者提供有机食物。在博卡拉她看见那些法国旅行者打开菜单后，直叹气，就想是否可以做一些两个国家之间的文化连接，比如开一家法式餐馆。她3次往返于尼泊尔，筹备了6个月，终于在2008年开设了尼泊尔的第一家法国餐馆，Delices de France（德莱丝餐馆），在一幢尼瓦尔式的红砖房里。

克莉斯廷就像一粒觉悟了的菩提树种子，落地了就要开花，无论怎样的风吹雨打。

一个18岁的尼泊尔女孩拉玛来餐馆帮佣，做最底层的洗碗工。当克莉斯廷煮菜的时候，她就在旁边偷偷地看，一连看了2个月，有一天她终于鼓足了勇气，小声地向克莉斯廷请求道："夫人，请教我做菜。"

外柔内刚的克莉斯廷好像法式菜的小茴香，她对于来自悉度普尔（Shindhupal）村庄的拉玛来说，如同难近母女神杜尔迦（Durga），如同再生的母亲。

在这之前，拉玛活得很痛苦，不知道自己的日子怎么过。5岁时她被送到印度孟买的一户人家做保姆，当小女佣，一直到11岁，她没有受过任何教育。她不知道自己的父亲是谁，只有一点点关于家乡、村庄的记忆。那户人家的儿子25岁，是位老师，对她非常友善，有时教她识字，告诉了她，她的父亲是谁，并在她11岁时送她回到了尼泊尔老家，她哭了。她不想和继母待在一起，继母经常像对待小女佣一样打她。上完小学4年级，她让阿姨带她走出了村庄，被介绍到德莱丝餐馆来帮佣。

一个小学文化的乡村女子能学会做世界上最艺术的法国菜吗？克莉斯廷没有犹豫，一如她对尼泊尔的感情，耐心又持久，每天花3个小时教拉玛做菜，拉玛开心极了，白天她去公立学校上学，下午放学后直到晚上就在餐馆帮厨，"德莱丝"成了她的新家，新生活的起点，3年里她没有回过村庄。拉玛成为"德莱丝"的正式厨师后，仍坚持每天晚上去Humanities College（人文学院）上夜校，直到拿到旅游职高的毕业证。

我在佐姆森徒步认识法国义工托马斯后，托马斯告诉我应该去见见传奇女人克莉斯廷。在德莱丝餐馆与克莉斯廷相见时，我没想到餐单竟然有中文，除了法语和英语菜单外。

Snacks, Goat cheese balls, Rs320（小吃，山羊奶酪丸，320卢比）；

Main course, Plotter of Mediterranean delights, Rs850；Beef with Provencal style, Rs680；（主菜，地中海杂拌儿，850卢比；普罗旺斯风味红葡萄酒牛肉，680卢比）；

Salad, Chicken liver with brandy terrine, Rs240（沙拉，法国白兰地鸡肝黑橄榄，240卢比）；

Deserts, whirl of delights, Rs330（甜点，甜点杂拌儿，330卢比）。

吃一餐法国菜可谓是一场五官并用的深情享受。精致餐具的华美摆设和色彩如画的菜肴是满足视觉感受的；法国盛产酒类，法式菜喜欢用酒调味，做什么菜用什么酒是很讲究的，香槟酒、红白葡萄酒、雪利酒、朗姆酒、白兰地等，用量也大，以至很多的法式菜都带有酒香气，扑鼻的酒香是满足嗅觉的；除了酒类，法国菜里还要加入各种新鲜的植物香草，如欧芹、迷迭香、鼠尾草、罗勒、百里香、莳萝等，与加入植物中比较硬的一部分，比如肉桂、豆蔻等香料的咖喱菜不同，各种香草有独特的香味，放入不同的菜肴中，就有了不同的风味与入口的浓郁味觉感受；而用餐的酒杯和刀叉在博卡拉宁静安详的日落空间下交错，则又是触觉和味觉的最高享受。

我想连外星人都知道法国人的不好相处与傲娇，但克莉斯廷却如一个尼泊尔佛教徒般随性、谦逊，她饶有风趣地告诉我各种法国菜的菜名，比如里昂土豆、马赛鱼汤、普罗旺斯牛肉等，她说，有趣的菜名往往能吸引食客，容易给人留下印象，而当你坐下准备就餐时，点菜就成了一件令人有个美好心情的开始。

最后，克莉斯廷请出了那天做菜品的主厨拉玛，那是一个个子特别娇小、有着一头深棕色长发的尼瓦尔女子，很难想象她曾经有过如此艰辛的童年。她双手交叉安静地站在红砖房的繁复菱形花窗前，如射进房间里的一道落日的光线。对我来说，任何一道闻之香味浓郁、食之醇香沁人的法式菜，都比不上一个真正的尼泊尔人她自己的提升与改变那样来得动人与迷人。

每一道菜无疑都在诉说着自己的前世今生、酸甜苦辣。那么，在博卡拉，好多像拉玛一样曾经贫困的尼泊尔人，会做中餐了，会做西餐了，会做法餐了，他们在一个国际化的熔炉里，不断感化、不断学习、不断发展，改变着自己的生活与命运，也丰富了一座城市的文化与积淀。在这个城市后街中、花草庭院里、湖畔旁，日常生活中的每一细小事物，每一餐、每一宿、每一次相遇、每一种变化，才是最值得我们尊敬与赞赏的，那里既有对过往悠久传统的延续，也有现代人对美好人性和价值的探求。

在《香料共和国》那部电影里，当船长的舅舅说，世界上只有两种人：看地图的人和看镜子的人，看地图的人将要远行，而看镜子的人准备回家。那么在2015年突如其来的尼泊尔8.1级大地震时，我的世界也随之在摇晃、崩塌，2万多人遇难、受伤，800多万人受灾，12座世界文化遗迹遭毁灭。众多尼泊尔的城镇、山村处于断水、断电、断食物的可怕灾难中，每3个小孩子一起每天只能领到1瓶援助的矿泉水喝，而那个在地震中只有4岁的小男孩紧紧环抱护住的却是他只有2岁的妹妹。

在那个佛祖的故乡，离我们最近的境外天堂，尘世间的最后一个世外桃源里，每年曾有约100万个外国旅行者去到尼泊尔徒步、登山、旅行，它是全世界自然风景最美、世界文化遗迹与宗教氛围最浓郁的国家之一，但它也是全世界最贫穷的国家之一。当地的山民、向导和背夫为众多的旅行者们背负着装备、背包、行囊，让旅行者们完成了他们一生中伟大的喜马拉雅之旅。如果没有尼泊尔，没有善良友爱的尼泊尔人，就没人能走到喜马拉雅，没人能爬上世界的一座座雪山……

那时的我既是那个看着地图无法远行的伤心人，也是那个看着镜子准备回家，回尼泊尔这个第二故乡的痴心人，在尼泊尔这面镜子里我看到这个世界也看到自己。我在中国十分焦急，联系不上任何一个在徒步中帮助我、与我有生死之交的向导。我能为那个山中天堂所做的，就是奉献一点点爱的心意。我与中译出版社发起了在当当网购书《徒步喜马拉雅极地与你相遇》的捐款活动，我与读友一起将约5000元的售书款通过当当网和腾讯地震援助项目予以了捐赠。那是为雪山圣地一瓶水的援手，为尼泊尔母亲一滴水的恩情。我相信世界的改变不因少数人的很大努力，而因大多数人的一点点。

2016年，我终于能够再度带着远行的地图，穿越1/10的地球，重返博卡拉。灾后的湖滨区，充满着破碎与心酸，也充满着新生与机遇。而最令我宽慰的是，博卡拉的朋友们都安在。向导毗湿奴说孩子们安好、牛羊安好，只是嘎措克老家粉色的房子裂开了大缝、大坑，需要重建，而我们曾经走过的很多上千年的村落、宿营地已经夷为平地，不复存在。

在2008年10月，我第一次遇见毗湿奴时，他29岁，1.85米，如豹子般健美、敏捷，曾两次作为我的徒步向导，陪伴我走完了约500公里的布恩山与佐姆森之旅。当我在2016年10月，想从博卡拉起步，进入上木斯塘禁区完成我的未尽之旅时，他已经37岁，有了很大的变化，有了两个孩子，并在中湖滨区有了一家叫Danfe Hotel，尼泊尔人叫虹雉、中国人叫九色鸟的酒店，那是他卖了家里的稻田和牛群在博卡拉和朋友一起刚刚建起的一家漂亮酒店，用尼泊尔的国鸟"九色鸟"来命的名，正处于刚开业一个半月的压力期，也是最需要人手的旅游旺季。当他知道没有向导愿意和我一起进入上木斯塘禁区时，他犹豫、纠结了3天，最后还是放下了酒店的一切事务，重新为我背上了15公斤重的背包。而那时，他已经有4年时间没有背包当过向导了，他做过滑翔伞飞行员、酒店经理，已经变成了一个不折不扣的"中产阶级"，体重从以前的140斤发福到180斤，在重新背包徒步的第一天气喘吁吁，和我这个弱女子一样艰难；但在一次雪崩的意外中，他救了我的命，在那场灾难中，有数十个徒步者、登山者失踪。

问他为什么会重新为我背包、起步？他说："Pearl，我害怕你永远都回不来了。"

在地震、雪崩这些大自然不可预料的灾难里，人很容易就失去了性命，但在人与人之间，有一种情怀，它叫"生死相依，侠肝义胆"；世间还有一种美丽，它叫"不离不弃，永远"。

灾难离去后，我怀里拥着的是喜马拉雅最纯净的空气，天空透明清澄……

除了独自穷游、极地探险，我的人生还多了另一次旅行，把旅行当成信仰，当成修行，当成奉献与回报，带着真与善启程，来一场有责任感、有爱心、有感恩的旅行，为自己的目的地带去不一样的风景。

从禁区徒步结束回到博卡拉后，我有20天的时间住在"九色鸟"里，那里的房间靠近中湖滨区的主公路，白天车来车往的，很是吵闹，但这些外在的干扰和不适已很难影响我的生活，我开始去做义工，做一些力所能及的事情，尽力去帮助我认识或不认识的博卡拉人。我呢，就把"九色鸟"的酒店名、名片、房间住宿、餐单等翻译成了中文，设计成小手册和海报，还带着毗湿奴去印制中英文的招牌。博卡拉大多数的旅馆、餐吧只有英文服务，没有中文，而中国人已成了外国旅行者中重要的一部分，他们无法很贴心地接待中国人，而很多中国人也无法看懂那些奇怪的餐单、食谱。在为"九色鸟"用粉笔在小黑板上画一盘达尔巴卡通食谱的时候，旁边一个旅馆的老板跑来问我，可不可以也帮他们翻译成中文，怎样收费？我开心地说，"free（免费）。"

有一些徒步公司的老板、向导、餐吧侍者很想学简单的中文，每天晚餐后，我的夜生活不再是写作，而是"坐台"，呵呵，一小群人坐在"九色鸟"的回廊下，愿意来的都可以来，面对博卡拉沉静的夜空，学中文，从最简单的数字1到10开始，从他们很想去的中国城市广州，还有四川美食开始。在北湖滨区和中湖滨区，有了诸多美丽的中文招牌，"尼泊尔印象"、"我爱博卡拉"、"费瓦天堂"、"等一个人咖啡"……它们让以前聚集在东湖滨区的中国游客，也可以在这些区域感受到自由自在，没有障碍了。

有的旅行是物质享受的旅行，而我的义工旅行则是一次精神享受之旅。有很多来尼泊尔旅行过的人心系灾难后的这个小小山国，把自己的假期都用来做了义工旅行，他们来自各个领域，有着一技之长，自费在一个生活环境较差的地方，用自己的长处为当地人带去帮助与关爱。一两个星期甚至一个月，哪怕只是打了一口井，画了一张中文海报，参加劳动搭了一间小屋，也是一种责任与奉献。有两个国际志愿者设计了一个100美元的简易、卫生、实用的小屋，可帮助一个6口之家的博卡拉家庭度过灾后风雨飘摇的雨季。他们希望迷你小屋可以成为灾民最温暖的庇护所，抵御地震后可怕的次生灾害——悲伤、失望、一蹶不振，或传染病、洪水的侵袭……

去尼泊尔已不仅仅是享受它独一无二的美景和独特的宗教文化了，同时我们还应看到它的落后，它的苦难，它的教育的匮乏。那些很细小的东西，像你去志愿者安装的简易小屋停留1个小时，和那些失去了家的小朋友们玩一玩，你带去的一支铅笔，一本书，这些都是有担当有意义的旅行，是一种心灵的召唤和感恩，这时的旅行就像另一场教育，亲身经历后，你的生活、体验，乃至人生方向都会发生变化。

在中湖滨区的街口，有一家唱响果汁店（Tutti Frutti Juice Centre），是3个小男孩在灾后重建的简易木屋里帮助父母卖果汁。在博卡拉的大街小巷，每隔一定距离，就会有一家鲜榨果汁店，他们把阳光催熟的各种水果，绿色的香蕉、黄色的菠萝、火红的石榴、金色的杧果，还有木瓜、甘蔗、椰子，一串一串地高高挂在店子前面，然后摆上粉色、白色的沙滩椅。

Big pot, mixed fruit juice, Rs165; apple fruit juice, Rs145; mango fruit juice, Rs160; pineapple fruit juice, Rs140; water melon fruit juice, Rs140; coconut fruit juice,

Rs160；Small pot, half price（一大盅，混合果汁，165卢比；苹
果汁，145卢比；杧果汁，160卢比；菠萝汁，140卢比；西瓜汁，
140卢比；椰子汁，160卢比；一小盅，价格减半）。

在一个热带国家，天天阳光明媚，气温溽热，如果不享受一杯杯饱
含水分与维他命的鲜榨果汁，不会体会到什么是植物生命给予你的芳香
与活力。挑选你喜欢的水果，孩子马上用半自动的榨汁机把它们榨成带
白色泡沫的果汁水，再放进一大把的碎冰，哇，吮吸吧，透彻肺腑，酣
畅淋漓。

晚上3个小男孩在门前的地上画上格子，用小石头来玩跳房子的游
戏，我和他们玩了很久，然后我晚上结束义工的工作后，会走6分钟路
去到唱响果汁店，换来换去喝各种果汁，最主要是我也喜欢跳房子。孩
子们每小盅只收我60卢比，非要给我10卢比的折扣。他们笑着说，因为
你是我们的翻译，你是我们的玩伴。

真与善是会相互影响的，你停留过的地方，你教授的语言，你善
待过的那些孩子，人们发自内心的喜爱和热情也会感染到你以后对生活
的态度与方式，将生命里的享受、真善、穷困、磨难、悲悯、帮助、思
考、智慧以及无处不在的爱的光芒，灌注于笔尖，写成为文字，那又是
我的一次心灵行走的美好旅行。

我对博卡拉的感情，就像食物中的香料，天空里的星辰，如电影里
的外祖父对少年凡尼斯所说：

Pepper...is hot and scorches, just like the sun;

Cinnamon... is bitter and sweet, just like a woman;

Salt... is used as needed to spice up one's life.

回想起来，在我们生活里吃过的辣椒就好像是太阳，热情带点火爆，但可与任何食物相配，让人爱得发晕；肉桂呢，就像女人，甜蜜带点苦涩，既有心酸也有浪漫；而盐就像地球，是我们生活的根本，一切拜盐所赐，让食物变成美味，是我们生命的必需品。

每当我一次次置身于博卡拉这块土地，就像步入了《一千零一夜》的故事里，回到了月光和星光织成的时空穿梭机中。Pokhara，这7个高低错落的字母组合在一起，如同安纳普尔纳群峰那绝美天际线与雪线的极简剪影。无论世事、风云如何震荡着博卡拉这座喜马拉雅山谷里的家园，赭红色寺院里氤氲缭绕的梵香总会使我沉浸于它安详、安谧的氛围里。

那是尼泊尔式的生活智慧，也是博卡拉这片乐土无与伦比的宁静。

那是神灵在尘世凡间的寓所，也是凡人的理想与梦想之地。

来跳舞，请为动物戴上花环

Come to Dance, please Put on a Wreath for the Animals

尼泊尔最血腥的节日就是宰牲节（Dasain Festival）。

这个国家并不富裕，但幸福指数却很高。一年大小节日300多个，国家法定的节假日超过50个，一个个的节日接踵而至，连续不断，让人感到好像全国上下整年都生活在节日的喜庆氛围里一样。在10月至11月旅行的旺季，有两个全国性的印度教大节，宰牲节与神牲节。我希望你有幸错过血腥的宰牲节，欢快拥有性灵的神牲节（Tihar Festival）。

为什么呢？

宰牲节是尼泊尔一年一度最大、最长的节日。这个节日从新月开始到满月结束，共持续15天，时间在每年的9月末10月初。宰牲节又叫祭祀节、丰收节、家庭团聚节，相当于西方的圣诞节和中国的春节。随着季风季雨季的结束，天空晴朗，稻米成熟，牛肥羊壮，远离家乡的人一般都要赶回家与亲人团聚，这时的机票、车票会销售一空，长途汽车、本地公共汽车拥挤不堪，就好像我们的"春运"一样。很多城镇的店铺、餐馆等会关门停业，几乎什么都做不成，除了过节。

在宰牲节首先要举行安放圣罐的仪式。人们在第一天晨星未落之时，到圣河或离家较近的河里沐浴，并带回一罐子圣水，置于神龛旁，以示圣洁的供奉，并在一个瓦盆里撒上大麦种子。

在整个节日的前9天时间里，人们每天都要披星戴月在圣河里沐浴，拜谒难近母女神杜尔迦，并用圣水浇大麦种子。人们认为这9天是难近母女神在1年里最肯满足人们愿望的日子，所以天天要向女神祈祷，这一仪式称为纳瓦拉特里（Nava Ratri），意为"9个神圣之夜"。到第九天时，祭司才能将长出的青苗拔出，供奉在难近母女神像前，大麦晶莹的绿苗象征着女神的特性，具有旺盛的生命力。对尼泊尔人来说，过宰牲节如果没有青葱的禾苗，就像西方人没有常绿的圣诞树一样，在博卡拉的老集市上，我看见当地男子头点红色提卡，耳后还别着一缕青苗或青色植物叶，面带笑容从我面前走过，我那时并不知道其含义，只是奇怪这个国家的男子还要"穿红戴绿"，真妖呀！

还有更奇怪的是杜尔迦血祭（Durga Puja）。

人们除了打扫房子，把家里褪色的房子、门窗重新涂成干净、明亮的颜色，清洗棉被、衣物，将用竹子做的背篓、手工制作的刀子、头带等拿到市场上出售之外，在第七日的圣花日（Fulpati），人们会把一个盛满花朵的巨大罐子用轿子运到各个寺庙或带着鲜花织成的花环去寺庙献祭。

从第八日午夜开始直到第九日中午，节日进入高潮，进行杀牲仪式。"伟大的第八天（Maha Astami）"，也称作"黑色的夜晚（Kala Ratri）"，标志着向杜尔迦献祭的开始。家家户户都要宰杀牲畜，庆祝杜尔迦女神骑着狮子战胜了邪魔化身的牛头魔王马希沙修罗（Mahisasura）。杜尔迦即难近母，是尼泊尔人最受崇拜的女神。由于杜尔迦喜爱鲜血，所以这一节日会有大规模的放血仪式，成为尼泊尔一年里最大的动物献祭活动，约有20万头牲畜被宰杀。有钱的人家多宰杀一头水牛或山羊向女神奉献祭品，贫穷的人家至少也要宰杀一只鸡或鸭。在宰牲节时，仅王宫就要宰杀2000多头牛羊，供宰杀用的房间、地板上的淤血往往有几寸厚；尼泊尔的皇家军队，会在加德满都杜巴广场的科特庭院伴着军乐挥舞刀剑，举行杀牲祭祀活动，每杀一只只需一刀或一剑，游客得早点来抢占位置，才能看到那血淋淋的献祭场面。其他地方的军队士兵、警察，也会抬着献给女神的牛羊，紧握着手中的库卡里弯刀，去寺庙祈祷并献祭，并将祭物的鲜血涂抹在男人们的额头，意即神授的强大的力量与权力；女人们则带着一颗椰子，让祭司在尖石上"嗙"地敲碎后，马上把新鲜的椰子果汁浇在头上，预示着清新的生活、崭新的未来。

我本以为，人们只是在寺庙血祭而已，可走在城市的大街小巷，每一个角落，家门口，几乎都能看到这种毫无遮拦的宰杀，你不得不一遍遍地观看那个血腥、惨壮的过程。人们会把宰杀牲畜的鲜血洒在汽车的引擎盖上，或其他机动车的轮子上，车子的前方摆满了各种供品，地上则满是鲜血，以确保来年行车平安，免除行车事故；在飞机场，尼泊尔皇家航空公司的每架飞机都会有一头山羊作为祭品。事实上，他们用鲜血祭奠所有的东西，包括士兵的枪，自己的家门，四处都可看到一只只睁着眼睛的完整的牛头、羊头。

作为一个外国人，我觉得满眼血光，胃部发紧，太过血腥了，对这种风习非常不理解。但作为印度教徒的毗湿奴却告诉我，印度教认为这是合乎它的思维逻辑的。因为印度教义认为，人的最高目标是求得解脱，而达到解脱的道路有许多条，如达摩正法（Dharma）、阿尔塔利益（Artha）、卡马爱欲（Kama）等，其核心就是通过牺牲达到这个目标。牺牲有多种多样的形式与内容，向穷人施舍是一种牺牲，为苦行而绝食是一种牺牲，向寺庙捐献粮食和花朵也是一种牺牲。在宰牲节宰杀的5种动物，在印度教徒看来都有特定的含义，水牛代表愤怒，山羊代表贪婪，绵羊代表愚蠢，鸡代表胆怯，鸭代表冷漠，这象征着人们要摆脱和克服这种种人性的弱点和缺陷，才能使自己的操行达到完美的境界。

不过在宰牲节的第十天称为"胜利的第十日（Vijaya Dashami）"，也是一个家庭聚会的节日。这一天终于没有血腥了，家中的父母、兄长或者丈夫要给孩子们、姊妹们或妻子买新的鼻环、耳环，新的纱丽，一切都是新的；早上10:30，全国的印度教徒认为这是最适合给家庭成员在头上点红色提卡的时间，家庭成员聚在一起，由家中的长者给幼者在头上点一大块红色的"提卡"，并发给一点欢喜钱，晚上人们会用游行和面具舞来庆祝《罗摩衍那》中罗摩有了难近母的法力，战胜了魔王罗波那。人们通宵达旦地喝酒、吃肉、唱歌、跳舞。

而在这一天，我所住的曼达普旅馆的卡比尔让我下楼去到庭院，他的祖母在我额头上点上了红红的提卡，那是我第一次在尼泊尔点上好运的吉祥痣。在尼泊尔，如果没有得到"圣人"赐予的提卡，你的旅行就不能圆满。人们将酸乳酪、米粒和红色粉末混合在一起涂在额头上，作为神灵祝福的符号。提卡可以是一个小圆点，也可以画满整个额头，是全能、全知的第三只眼和一个重要的能量点，接受提卡的人将受到神灵的保佑。那天每去一个地方，都有一个年长的人善意地在我的额头上点上提卡，一连叠了好多个，厚厚的一大团，我的头从来没有觉得美得如此笨重过，一低头吃饭或写字，红色粉粒就掉到了餐盘里或键盘上，又一种"血祭"吗？！

满月（Kartika Purnima）的那一天，意味着宰牲节进入尾声，许多家庭聚在一起小赌怡情，你会看到即使是小孩也会拿上几枚派沙，满怀希望地参与到快乐的赌博游戏里。

从上木斯塘回来没几天，毗湿奴特别开心地对我说，"Pearl，提哈节来到了，我们回家吧。"

提哈节（Tihar Festival）是尼泊尔人的第二大节日，意即神牲节、燃灯节，也是跳舞节，开始于10月末或11月初，庆典共持续5天。就像我国的元宵灯节是在最大的传统节日春节后15天一样，尼泊尔的提哈节也在其最大的传统节日宰牲节后15天，这是一个在尼泊尔人看来最充满温情和趣味的家庭节日，因此我去给毗湿奴的两个孩子买了书包、文具盒、足球还有两双球鞋，心情激动地和毗湿奴一起回他的老家嘎措克村庄（Ghachok）。

没有爬过山，不算到过尼泊尔。即使你没有长时间的远足计划，也可以在博卡拉周围做短途的徒步游，这既不需要爬过高的海拔，也不需要良好的体力、充足的准备，哪怕是舒适、安静、风景宜人的两日徒步，同样也能让你享受到安纳普尔纳群峰那迷人的日出和日落。

离开博卡拉后，我们坐了40分钟的乡村巴士，向北到达藏族村落哈加（Hyangja），从这里徒步穿过清澈的玛尔迪河（Mardi Khola），到达拉措克（Lhachok），随后山势逐渐升高，在层层叠叠的稻田和蜿蜒的山径中爬行了3个小时，到达了雪山下的石头墙村庄嘎措克。

嘎措克有30户古荣人和尼瓦尔人家，这里是观鱼尾峰与安纳普尔纳南峰的安静之地，周围还有一个山间温泉。法国人托马斯（Thomas）2007年来到博卡拉为NGO做义工，工作了4年，最后他留在了嘎措克，在这里用石头建起了第一家乡村客栈，安纳普尔纳田园之家（Annapurna Mon Village），这也是外国义工在安纳普尔纳地区建起的第一家度假客栈，四周是金色的稻田，雪山就在窗户外。

我太喜欢提哈节了，因为这是一个用唱歌、跳舞、尊崇动物的方式来感谢上天赐予众生动物、牲口、食物以及好运的节日。第一天是乌鸦日，村庄里的人早早地就起来了，踩着露水，在晨曦里喂食米饭给空中飞翔着的乌鸦，以向阎罗王雅马神（Yama）派出的死亡信使乌鸦献上稻米作为开端。据说雅马神坐在死亡之门上，决定着世上所有人从始至终的幸福和灾祸的轮回。他把每个人的幸福和灾祸都写在他的一本天书里，不能撤销，也不能更改，但他总是能非常英明地想方设法来保持好的一面。因此，人们也就特别敬拜他，要向死亡之神雅马献祭和表示谢意。

第二天是敬狗日，给狗狗米饭与肉，给狗狗的额头上点上提卡，并在狗狗的脖子上戴上各种鲜花串成的花环。在阴间，正是这些狗狗带领亡灵穿越死亡之河。那天在村庄里，每一只戴上花环的狗狗看起来都特别帅气，真的好像通灵者。一只叫"提卡"的土黄色卷尾巴大狗一直跟着我，那是托马斯在徒步时相遇的一只流浪狗，它跟着托马斯来到了安纳普尔纳田园之家，成了客栈的守护神。它戴着花环和我一起在村庄四处溜达，还和村民的狗打架，为我开路，叫它回客栈去不要打架了，它又远远地跟着我，像我的保护神一样，勇敢极了。在博卡拉的一家警察学院里，警官还为他们的警犬戴上了花环，头上抹上彩色粉末。在这个世界上，可能只有尼泊尔才有这么神圣的狗节，每次在梦里想起尼泊尔，就会想起这些动物花童。当大人和孩子们一起喂食米粒、采摘花朵、准备花环的时候，他们的心也会变得特别的善、特别的柔美。

第三天是敬牛日，人们要给牛喂食盐巴、牛奶，把牛角涂成金色和银色，在牛身体上涂上彩色的颜色，在牛脖子上戴上花环，并用清水洒在牛的额头上，再浇在自己的额头上。在这个视牛为圣物的印度教王国里，牛肉是不准吃的，每一只牛都可以在大街小巷里自由行走。

第四天是尼瓦尔人的新年（Newari New Year），是尼泊尔最早的原住民尼瓦尔人的喜庆日；第五天是姐弟点红日，也称姐弟节（Bhai Tika），是兄弟姐妹相聚并互相点提卡的节日。姐妹会赠予兄弟糖果之类的礼物，而兄弟则会回赠钱财、纱丽等，那时市场和商店可热闹了。不过这次提卡的图案不是鲜红的一大团了，而是在额头上竖着点上五种颜色，好像家里的同胞之情一样。

从神牲节的第三天起，又被称作财神节（Lakshmi Puja）或燃灯节（Deepawali），财富女神拉克希米是印度教三大主神之保护神毗湿奴的妻子，主管兴盛和好运，她会降临人间，光顾那些点着灯欢迎她的人家。没有人会拒绝财富女神的，所以整个尼泊尔在黄昏时都被人们用蜡烛和灯盏照亮，烟火充满了天空。

我们在燃灯节回到博卡拉，湖滨区的每一家门前和建筑物上都挂起了各式各样的彩灯，人们把家点缀得非常亮堂；他们用橘黄色的金盏花或紫红色的千日红穿成的花环或花带装饰门楣和窗头，入夜时分在当街的地面上或店铺门口，用各种鲜花的花瓣或者彩色粉末簇成吉祥的图案，再在中间点上一支蜡烛，照亮女神的巡游之路。走在烛光、灯盏荧荧的湖畔，头上有新月辉映，此景天上人间共有，我想拉克希米一定满心欢悦，她的如莲花般的纤足好像正步波光而来。

而在神牲节的每一天，一个个民间的舞蹈团会在每一家的店铺、公司门前，唱歌、跳舞、祈福好运，这些店铺和公司会给予他们少许的欢喜钱，50卢比或者100卢比，一个大街上全是各式各样的跳舞团。孩子们则成群结队，在每一家店铺、公司门前唱着歌，嘴里不断地喊着"buy，no"的调子，就像美国人的"万圣节"，孩子会挨家挨户唱"不给糖就捣蛋"一样。如果店家不给钱的话，这些孩子们则会"buy，no，buy，no"一直在店铺门前唱上一个小时的"给还是不给"，给他们少许的欢喜钱，5卢比或者10卢比，他们就会欢天喜地地离开，去到下一家继续喊叫着"buy，no"！所以在神牲节，满大街都是狂放的人群、狂欢的音乐声、狂放的舞姿以及孩子们欢快的"buy， no"声。我的身体稍微随着音乐的节奏动了两下，马上就被舞蹈团的人抓到跳舞的中心地，拉着手一圈一圈地围着我狂花乱舞，人人都跳得开心死了。

我遇到一个跳舞团就加入进去跳一会儿，一天里也不知道去跳了好多场，毗湿奴内敛，总是站在人堆里眼含柔情地看着我跳，后来博卡拉的人，认识的不认识的，看见我就会赞美一句："Good dancer（跳得好）。"跳舞是在对自己的身体说话，用自己的身体和周围的人说话，我特别喜欢神牲节里，一群一群的陌生人全都混在一起在大街上没有约束地欢跳，愉悦着众神，也愉悦着自己。那时人们挣脱了自己的躯体，也逃离了乏味无趣的生活，不管舞姿是否优美，那时跳的就是激情，就是氛围，就是喜爱。我那时都不知道自己是在倾听音乐还是在呼吸芳香，只觉得自己在那里轻如空气，好像悬浮在宇宙中的舞者，迷醉的眼里有湿婆王在转世。

人人都在为你疯狂，
我也为你疯狂，
我们什么都不在乎，
福当伯！福当伯！

音乐声一直持续到深夜，一直跳到新月当空，一直到我带着这些甜蜜的声音、动人的心跳入睡。

药师佛和瑜伽师，约吗？

Medicine Buddha and Yogi, Ask for an Appointment?

尼泊尔的森林、谷地、山脉和湖泊，至少有7000种开花的植物。

当你在安纳普尔纳山中徒步了10天、半月之后，肌肉酸痛、腿脚肿胀、体力透支，这时最适合去做一次传统的尼泊尔草药按摩。

2500年前，佛陀和僧团弟子在古印度的摩揭陀国传法讲经。

当一段行程的说法结束时，王舍城的大长者耆婆医生就请佛陀率众弟子一起去做温水SPA，以缓解长途跋涉的疲劳。

佛陀对弟子说，SPA要准备七种物品，以消除七种隐患，还可获得七种福报。

那七种物品是燃火、净水、澡豆、酥膏、淳灰、杨枝、内衣。即适当的火候和水温，洁净的好水，用各种豆类磨成的粉去垢，让皮肤光洁，再用精油膏滋润涂身，还要用山桑的切木烧制而成的淳灰敷身，活化机能。

受之发肤的身体照顾齐全了，得用杨枝，即芳香的齿木美白牙齿，清除口内的臭气。待全身打理完毕，最后换上洁净的棉布内衣，才能神清气爽。

药草洗沐可祛除七病，也就是身体的七种不舒服。风湿、体内寒气、上火、肢体疼痛等；洗除污垢，身体轻便；温水泡过后，身体安适、明目。这样的侍奉，让身体常洁净，散发出香气，便可获得七种福报。

这不是手冢治虫的动漫电影《佛陀》的情节，这是《佛说温室洗浴众僧经》里的记载。

带着佛陀告医王耆婆的善哉妙意，我一身疲惫地走入了费瓦湖畔的安纳普尔纳瑜伽精舍（Annapurna Yoga Ashram），请纳拉扬先生的弟子为我做了一次阿育吠陀按摩（Ayurvedic Massage）。

　　按摩师先为我斟上了一杯芥子茶，随后让我褪去衣衫，只剩胸衣和底裤，在我身上盖了一块柔软的棉布，让我背躺在了窄小的按摩床上。他先用天然的芥子油涂抹我的全身，告诉我说，在尼泊尔传统中，芥子油有其特殊的文化意义，比如当家主妇会为首次拜访的重要来客捧上一杯芥子茶，婚礼前一夜的巴特那仪式上要为新娘涂上自制的芥子油护肤品，在迎接财富女神拉克希米的燃灯节时用作灯油等。通过研磨芥子种子、蒸馏萃取得到的这种植物精油，在按摩时亦具有凉血消肿与活血化瘀的特殊功效。

　　说完，他让我闭上了眼睛。

　　按摩师此时要做的就是打开我的经络，他用逆向与顺向指压的方式，沿着我身体的经络，释放着肌肉与关节的疲劳，给我来了一次彻底的松解。我觉得肿胀的皮肤被绵延起伏的指力像划带皮的水果一样被划开了，新鲜、活跃的能量又重新回到了我的身体内，不知不觉地就睡去了。

　　1个小时后，我醒来了，我闻到在这简朴的精舍里，散发出的一种属于泥土的温暖气味。小坐休息半个小时后，按摩师再让我做了20分钟的药草蒸气浴。空气中弥漫着来自喜马拉雅山区和树林、尼泊尔山坡地的植物气味，还有挥发在我身体周围的芥子精油那秘而不宣的药效。

　　做完徒步者特殊治疗后，我一下觉得身轻如燕、容光焕发。喝茶小憩时，坐在我对面草垫上的纳拉扬先生（Narayan），第一次向我说起了阿育吠陀（Ayurveda）。

他说阿育吠陀是世界上最古老的医学体系，也代表着一种健康的生活方式。"Ayur"指的是生命，"Veda"指的则是知识、科学或者智慧。根据阿育吠陀的观点，人类应该和自然界和谐共存，而疾病的产生则是由于这种和谐被打破了。阿育吠陀的先知们利用自然界及其产物来恢复这种基本平衡，达到治疗病痛与预防疾病的目的。他们以宗教和神话语言来形容各种物种，来引导民众认识植物，并把这份维生的礼物带在身边。在这古老的文化里，植物被认为是天界的圣物，是诸神放在人间的礼品，许多植物都来自诸神的甘露。而针对药草的各种故事，也有助于人们理解它们的价值，获得自然界生命力的精髓。比如阿育吠陀的女体按摩，纯净肉体的接触，即使是一次简单的按摩，当受过训练的按摩师将植物精油融入你身体的每一个毛孔里时，你就可以彻底放空自己的大脑，放松肌肉，柔软肌肤，直至进入禅定的境地。

正值壮年的纳拉扬先生身披明黄色的短袍，光着头，在后脑勺梳着一条小辫，形如一个得道的印度高僧，他的声音中回荡着他一生的沉静。自幼尊崇瑜伽大师斯瓦米·悉瓦南达（Swami Sivananda）的纳拉扬先生，在印度瑜伽圣地瑞诗凯诗的悉瓦南达精舍（Sivananda Ashram）修行瑜伽26年，在博卡拉开设这间瑜伽精舍已15年，还是尼泊尔防艾滋组织的药草治疗导师。我告诉纳拉扬先生我在海拔4130米的安纳普尔纳大本营有高原反应，失温，一直剧烈咳嗽，已有10天无法入睡，他起身走进院子里，在一丛茂密的树下轻轻一跃，采摘了几片树叶，然后从房间里的木格子盒里，取出一些花、皮、根交给按摩师，让他为我熬了一锅热气腾腾的药汤。

庭院内的药草味缭绕，散发着一股安神的香气，我好像觉得纳拉扬先生正走过安纳普尔纳沾满露珠的杜鹃花林和山谷，把明黄色的布袋里装满新摘的植物。在他的心眼里，那是大医王药师佛遍在的一片土地，东西南北四方的香山上，既生长着蕴含太阳威力的热性植物姜花、胡椒、肉桂、豆蔻等，也生长着具有月亮魅力的凉性植物檀香、樟脑、龙胆草、甘草等。尼泊尔的崇山峻岭里蕴藏着一部神奇而迷人的药草植物史，而药师佛就长驻在这个国度的中央，他遍知的心流过生命的无穷智慧和对众生仁慈无私的爱。数世纪以来，珂梨勒、沉香、檀香、番红花、广木香、纳奇木等一直备受阿育吠陀药师们的推崇，就像摩揭陀国的耆婆发现只要用得适当，每一种草木都可以作为药一样，只是我们从未知晓罢了。

"喝下它，明天来和我一起修习瑜伽。瑜伽行者的锻炼既简单又省力，但它的功效和药草一样，能深入你的器官、你的心智。"他用指尖啜了一点棕色的粉末撒在铜色的香熏炉上，沉香的悦人香气便弥散在了射入窗户的阳光里，那是献给天空和诸神的如意宝香。

我捧着纳拉扬先生递给我的那罐盛在铜水壶里的绿色药汤，如同药师佛也手托着的一碗朴素的甘露，心情开朗地走回了旅馆。

在加德满都、蓝毗尼和博卡拉的旅馆，我经常看见一队一队来自世界各地的瑜伽修行者，他们像中国古代的道家或墨家人士，背着一张薄薄的毯子，每天清晨5、6点就会在露台、屋顶或庭院，迎着初升的朝霞，口中吟诵着"Om shanti, shanti, shantihi（和平归于矿物界、和平归于植物界、和平归于动物界）"，开始他们一天的晨练，而我通常是在这样的祈祷声中懵懵懂懂地醒来。这样的小分队居住5、6天后，又会随着季节流动的方向，卷上毯子，仙人般地云游到下一个修习瑜伽的目的地。我没想到我一生里的瑜伽修习即从一次阿育吠陀的按摩开始，从尼泊尔的药草森林里开始，瑜伽就像一份不期而至的生命礼物，像花儿一样开在了我的心里。

在梵文里，瑜伽（Yoga）的本意就是"合一"、"连接"、"和谐"、"与宇宙和至尊联系在一起"，古印度人修炼瑜伽术就是为了追求天人合一的至高境界。它包括纯洁的操守、身体姿态、呼吸的控制、集中意念、冥想、至善境界等几个部分，传统的瑜伽是灵魂层面的，它意味着人们可以通过修习瑜伽，解决内心的冲突，达到个体自我与自然、宇宙的结合。20世纪最伟大的瑜伽导师和瑜伽传播者之一斯瓦米·悉瓦南达，将阿育吠陀与瑜伽更好地予以结合，作为一个医生，悉瓦南达认为用阿育吠陀为人们服务是有必要的。他不但从稀有的喜马拉雅草药里提炼出药物，还于1936年在瑞诗凯诗一个废弃倒塌的牛棚上建立了悉瓦南达精舍，向来自世界各地的修习者传播瑜伽的崇高神性信念：Serve, Love, Purify, Meditate, Realize（奉献、爱心、净化、冥想和觉醒）。

第二天的晨光里，听着纳拉扬先生节奏舒缓的开示声音，我和一群本地人，还有几个刚从大环线徒步回来的捷克运动员、美国女学生，盘膝坐在了安纳普尔纳瑜伽精舍里，与纳拉扬先生一起面对鱼尾峰的雪山和费瓦湖水，唱诵起了献给大自然的咒文：

May all be happy, may all be free from diseases, may all see things auspicious, may none be subjected to misery, Om peace, peace, peace.

愿一切都是快乐的，愿一切都免于疾病的困扰，愿众生都是吉祥幸运的，愿众生远离悲苦的烦扰，和平，和平，和平。

那是我们每日练习瑜伽时的祈祷文，那样的唱词我们一连吟诵了三遍，那祝祷声是我们内心深处的愿望，在持续的祝祷声里我们回到了地界、空界与天界生命的根源。那时阳光与微风轻轻抚摸过了我干净的面庞和皮肤，我与自然万物在一起生长和呼吸，宇宙万物此时此刻全都在呼吸。

Seek, find, enter, rest in god.
寻找、发现、进入，在神灵中静心。

时而唱诵着安宁、时而起身指导着我们呼吸与姿势的纳拉扬先生全身散发着温暖，他全身上下流露出的那股安适的气质与力量也流向了我们的身体，修习接近尾声时，风吹过了精舍，飘来了药师佛像前的一缕淡淡的花香。

瑜伽引领我呼吸着季节的香气，进入了一种更自然的生活状态，每次做完90分钟的修习，在日光里离开精舍时，我的心里都会升起一份感激之情。阳光晒暖了我打坐的庭院，湖面一片柔顺，露水聚集在植物的叶片，林虫、飞鸟开始唱起歌来，风中回荡着各种声音的回音，如同佛陀的各种妙意与福报。

我身背毯子吸吮着纯净的空气，离开了博卡拉，我的身影也深映在了平静的湖里，与林木丛生的树影合在了一起……

追风，

极盗者的山峰与天空

Point Breakers' Peaks and the Sky

Chapter7　Chasing the Wind

「 从24岁到43岁，亚当借着爱一个女人来学习了如何去爱，就像根植于他们心里的没有边界、没有尽头的一种信念。世间能爱的方式有千万种，而他们用飞行的方式，不单让自己，而且让每一个普通的人都能插上一双自由飞翔的翅膀，能看到外面的天空，能仰望星辰，达到脚步不能到达的地方，达到眼光不能到达的地方。

我能想象那是一种交替在紧张艰险而又温柔静谧环境中的探险家的独特生活。宁静的夜色勾起卡罗尔多少童年的诗意，一队登山者在喜马拉雅山峰的云翳下露营，化雪煮饭、烧茶，雪地上留下了他们深深浅浅的脚印，他们已成为清冷空气中的一部分。 」

飞行邮差亚当

Flying Postman Adam

You know some birds are not meant to be caged, their feathers are just too bright.

你知道有些鸟儿是注定不会被永远关在笼子里的，它们的每一片羽毛都闪烁着自由的光辉。

在身背橙色滑翔伞包、飞散着一头金发的亚当（Adam）向我走来的第一瞬间，我的脑海里马上闪过了《肖申克的救赎》里那一句最动人的话。

西方人最热衷于户外运动，而尼泊尔或许就是世界上最好的户外运动到达地之一。举世闻名的喜马拉雅山脉产生了伟大的雪山登顶运动和徒步山径，挑战自我的山地自行车线路与绝壁攀岩；沿高山、峡谷奔流的无数条河流，同样也成为理想的激流漂流与皮划艇之地；想想从160米高的悬崖顶端玩蹦极，舍生但要命地跳入喜马拉雅的山谷就会让人神经错乱了，而更不要说无动力飞越蓝天、飞越积雪覆盖的安纳普尔纳群山，博卡拉已成为世界三大滑翔伞圣地之一；而在尼泊尔玩所有极限运动的费用，无论是登顶、徒步、骑行、漂流还是飞行、蹦极，仅仅是美国、新西兰、澳大利亚和阿根廷等国家同类项目费用的一半左右。怎么样，要不要像亚当一样来尼泊尔做一个蓝色天空里的翼装侠呢？！

19年前，24岁的英国男孩亚当在伦敦的爱普生学院获得了他的人类学硕士学位，他与23的美国女友简（Jane）一起来到了尼泊尔旅行。第一次在喜马拉雅山中徒步，让两个在城市中长大的西方青年激动不已。次年，他们又再次来到尼泊尔，简在博卡拉的唐庭（Tang Ting）古荣族村庄做国际志愿者，教授孩子们学习英语；亚当则开始为安纳普尔纳峰保护区项目办公室（ACAP）工作，在玛迪科那（Madi Khola）河谷地带做森林勘察工作。有时候爱和幸福都极其简单，并不复杂，那就是和喜欢的人在一个喜欢的地方，一起做着一些喜欢的事情，在简25岁生日那天，披着金色长发、穿着一身轻便登山装的亚当走路去到了唐庭村庄，在一群孩子好奇的眼睛注视下，向简求了婚，他们也决定从此就在尼泊尔开始他们与众不同的人生。

简一直住在唐庭一户叫布帕尔（Bhupal）的古荣族人家里，做了18个月的志愿者，同时开始她的博士论文《古荣族社会与文化的实地调查》课题。每次当亚当来唐庭山村看望简，或者穿过色卡尔斯（Sikles）丛林去到ACAP的工作营地时，都要在路途上跋涉四五个小时，还要顺带把村民们的邮件或信物带到博卡拉去投递。那时的徒步山径还没有像现在这样完善，沿途的行走是非常辛苦的，除了人烟稀少、荒草丛生，还有山洪暴发、林虫出没，亚当就萌生了一个念头：是否可以用滑翔伞飞行着去看望简，也飞行着穿越这些寂静的山脉和峡谷，为村民们传递着信件。而以前需要用脚走上四五个小时的路程，20公里的盘山山路，通过滑翔伞飞行，只需要20几分钟的时间。当这个念头像空中的秃鹫、山鹰一样飞过亚当的脑海时，他决定回到英国的飞行俱乐部去学习专业的滑翔伞飞行。

其实滑翔伞（paragliding）一开始也是源于一名法国登山家贝登（Vedeng）的突发奇想。在20世纪70年代末80年代初，阿尔卑斯山区的一些登山者厌倦了登山后再疲惫不堪地下山，开始试图寻找一种快速下山的方式。1978年，住在阿尔卑斯山脚下沙木尼小镇的贝登，用一顶方形降落伞从山腰起飞，并成功飞到山下，一项新奇的运动从此诞生。登山家们纷纷效仿，并对降落伞进行了改进，将降落伞与滑翔翼的特点相结合，制造出了利用山坡地形起飞，利用气流在空中自由翱翔的无动力滑翔伞。1984年，法国登山家罗特·菲隆（Roter Fillon）从阿尔卑斯山有着"欧洲屋脊"之称的勃朗峰上成功地飞出，使滑翔伞一夕之间名声大噪，并迅速在世界各地风行起来。

亚当从滑翔伞最初级的A级，100米以下的掠地飞行开始，到B级的300米以上高度滑翔，到C级的1000米以上动力上升气流翱翔，到D级的3000米以上热力上升气流翱翔，一直到最高的E级，超过50公里的长途飞行，起飞、落地，不下数百次。那时整个人与大自然融为了一体，头顶便是触手可及的蓝天，那真是一种身处世界之巅的奇妙感觉呀，而安纳普尔纳的群峰就在脚下，森林、河谷、田野、农舍、村庄就在眼前。

1997年的春天，亚当与简结婚，他们的新婚礼物，就是创立了尼泊尔第一家滑翔伞飞行公司——"日出飞行（Sunrise Paragliding）"。这时不仅亚当做一个飞行邮差的梦想成真，而更多渴望在蓝天中像鸟一样飞行的人，也可以在滑翔伞飞行员的陪伴下，享受在喜马拉雅上空的双人空中飞行的乐趣了。

2005年，亚当与朋友合作又开设了另外一家滑翔伞飞行公司——

"喜马拉雅边界飞行（Himalayan Frontiers Paragliding）"，至此，亚当成为尼泊尔空中飞行的"先驱者"和"王牌"，世界有了三大滑翔伞圣地之一的博卡拉，漫天飞舞的各种滑翔伞也成了博卡拉天空里一道最亮丽的风景线。

亚当问我知不知道他带客人飞行时的伞翼为什么一直是橙色的？我笑着回答说，当我第一眼看到他时，我想到了一种鸟，宇宙保护神毗湿奴的坐骑大鹏金翅鸟在飞行，那是闪烁着自由光芒的羽翼，那也是飞掠喜马拉雅山脉最漂亮的一种颜色。

事实上，在博卡拉的山峰飞行，与在另外两大滑翔伞圣地，墨西哥阿卡普尔科的海滨飞行、阿尔卑斯山勃朗峰的山峰飞行非常不同，那无疑是人生中最惊心动魄的一个瞬间。滑翔并不是尼泊尔才独有的，但在世界上最高的山峰之间、七色彩云之巅的飞行，想一想都会觉得酷极了。博卡拉的美，是自然的美，美得摄人心弦，美得远离尘嚣，静静流淌的费瓦湖边，喜马拉雅山拔地而起，构成了一幅时而静谧、时而动感十足的壮丽画面，这里历来以"尼泊尔的历险中心"而闻名，也是接触大自然的理想之地，天空、天气、地形、美景，风、云、阳光应有尽有，因此吸引了大批的探险爱好者来此一探究竟。当然，这里还是全球玩滑翔伞最便宜的地方，90美元，或600元人民币，你就能从萨朗科（Sarangkot）腾空而起徜徉在费瓦湖之上，那时你就会知道，为什么那么多飞行员和亚当一样，会每天带着客人乐此不疲地飞翔，甚至一飞就飞了十几年。人只有在空中俯瞰大地的时候，才会释放出隐藏在内心深处很多意想不到的念头和情绪，而飞翔或许就是人与生俱来最原始的一个梦想。

随后，亚当在距离博卡拉3公里处的卡普迪（Kapaudi）村庄买了一处荒地，把它建成了古荣族传统的圆顶泥屋村落，同时还在卡普迪紧靠着费瓦湖边的草地上，建成了滑翔伞飞行的着陆营地。简在这里生下了他们的儿子扎克和女儿汉娜，同时把夫妻俩视为亲密兄弟的布帕尔一家，妻子、儿子和女儿，邀请来与他们共同生活在了泥屋里。他们将灵性大师奥修的那句话，手写在了嵌有透亮玻璃的泥墙上：爱是敞开进入一个没有边境、没有尽头的世界；爱只有开始，没有结束。

每天的清晨和正午，从萨朗科山顶的悬崖上乘滑翔伞俯冲而下，绝对是喜马拉雅山区最刺激的运动之一。起飞的飞行员们，会带着玩滑翔伞的客人飞行30分钟或1个小时到卡普迪着陆，在简的花园中享受一会冰可乐和热红茶后，再带着客人坐着吉普返回博卡拉。而简的花园里，种满了各种植物和花草，红色木棉、阿拉伯橡胶、荷兰海芋、哥伦比亚咖啡树、中国凤尾竹、尼泊尔万寿菊和血葡萄。相伴飞行员飞行的山鹰，也栖息在这座花园里。

从24岁到43岁，亚当借着爱一个女人来学习了如何去爱，就像根植于他们心里的没有边界、没有尽头的一种信念。世间能爱的方式有千万种，而他们用飞行的方式，不单让自己，而且让每一个普通的人都能插上一双自由飞翔的翅膀，能看到外面的天空，能仰望星辰，达到脚步不能到达的地方，达到眼光不能到达的地方。

我问亚当，最高能飞到多高？他普鲁士蓝的眼光，投向了6441米的赫育楚里峰（Hiunchuli）、6997米的鱼尾峰（Fish Tail）。

那带过的年纪最大的一位玩滑翔伞的游客有多大？"那是个80岁的英国老太太，她生猛极了。"

那年纪最小的呢？"当然是我儿子扎克，他1岁时。"亚当折叠着他的双人飞行座袋，开怀大笑。

带着对自然的体悟和一颗追求自由的心，亚当用飞翔的方式去爱一片天空，去爱一个整体，去爱梦想本身，而唯有到了这一天，我们才算是真正回到了蓝天之家。

在简的花园里，我坐在光影里和简一起看了一部班夫山地电影节的纪录片《暴风雨中的奇迹》（*Miracle in the Storm*），那是德国女滑翔伞飞行员伊娃（Ewa Wisnierska）的真实经历。伊娃在2007年春天向她的世界滑翔伞冠军之旅挑战时，遭遇了一场惊心动魄的滑翔。她在飞行中突然遇到了狂风暴雨，被卷入巨大的雷暴中心，在比8848米的珠峰还高出1000多米的高空中被冻昏迷了过去，在缺氧的虚空里像一条冰棍一样悬挂在橙色的伞翼下，飘浮了整整40多分钟。那时，她离死亡仅一线之隔，但令人难以想象的是，她以她强大的意志找到了脱离风暴的出口并得以生还。重回人间坠地的一刹那，伊娃就像做了一场梦，难以想象居然遭遇了这么惊险的大气环境，并在最后关头成功脱险。

简动情地对我说，那是整个世界滑翔史上，滑翔伞曾经飘浮到的最高高度，也是人类在无动力的自然环境里抵达的最高高度。很多时候大自然的狂风暴雨让人敬畏，而在其中成功脱离危险的生命更是让人惊叹。当我看到劫后余生的伊娃一周后再次打开她的橙色伞翼在空中飞翔的身影时，我觉得那些身怀梦想之心的鸟儿真是关不住的，而滑翔伞让没有羽翼的人类成了蓝色天空里最奇幻的一道丽影。

我问简，在尼泊尔语中如何说"蓝色天堂"，她笑着发出了一串特别舒缓的声音，"尼诺阿卡什（Nilo Akass）。"在我离开尼泊尔回到城市里生活时，在我感到困难、压力和忧郁时，我总会想起那一串掠过热气流的美妙声音。我想热爱就是一场又一场对美好事物的追逐和体验，热爱有多远，你就能飞多远。每个人对幸福、对情爱、对天堂的理解是不一样的，而亚当和简说，尼泊尔就是他们的"尼诺阿卡什"天堂。

这辈子，你总要在蓝色天堂里飞一次吧。我也要飞，明天。

"鸟人" 斯科特
Bird Guy Scott

"住在须弥山上的鸟儿，都披上了金色的外衣。"

我随手翻开泥屋的起居室里一本英文版小书《萨迦格言》，一眼就看见了斯科特·梅森（Scott Mason）在这一页上的三角折痕。在卡普迪着陆营地里与一群山鹰住在一起的斯科特，笑着说他迷恋佛国净土的这一深情寓言，而他自己好像也已一半是人、一半是鸟。

39岁的斯科特长得像好莱坞的俊朗明星，他的猎鹰滑翔（Parahawking）也让他成为尼泊尔的"头号"明星。

在伦敦泰晤士河边长大的斯科特，从11岁起就开始在泰晤士河上养信鸽、放飞信鸽。那是伦敦郊外的男孩子们渴望高飞、远离雾气蒙蒙的"雾都"的一种生活方式。当2001年亚当邀请儿时的玩伴斯科特来尼泊尔做一名滑翔伞飞行员时，斯科特发现在喜马拉雅的天空中飞行，就像他小时候在泰晤士河边放飞鸽群样，太让人心旷神怡了。

只是儿时他是仰望着天空看着鸟飞，而在尼泊尔，滑翔伞让他也可以在温暖的阳光里、在和煦的风中像小鸟般"裸飞"了。

玛迪科那丛林的山民们在砍伐树木时，让两只住在树上的幼小黑鸢（Black Kite）坠地受伤。失去了父母照料的黑鸢，很快就会在野外失去性命。当山民们带着这两只不到一周大、还没法站立的幼鸟来请求驯鸟专家斯科特医治时，斯科特收留了这两只幼鸟，并给它们取了两个特别漂亮的名字：沙帕娜（Sapana）和色多科（Shidoko），尼泊尔语中"梦想"与"路上"之意。

训练猎鹰相伴王公贵族打猎，一直是中国古代人的一项古老技艺，也是生存在一望无际沙漠中的阿拉伯贝都因人的狩猎方式，至今阿拉伯人还将用猎鹰进行狩猎以及驯服猎鹰当作一种时尚运动，将其视为权力、财富和地位的一种象征。现代的国际机场已把鸟击升级为"A"类航空灾难，并使用经过训练的猎鹰对机场上空的鸟类进行有效的驱赶。斯科特在遍读中国及阿拉伯的古书时，突然产生了一个惊人的念头：训练黑鸢与滑翔伞飞行员一起飞行。

陆陆续续总有山民将捡到的受伤或生病的幼鹰带来让斯科特救治，斯科特俨然成了一个鸟医生，他共收养了8只猎鹰，包括黑鸢和埃及秃鹫（Egyptian Vulture）。这些空中之王的羽翼长达1米以上，像头裸出无羽、通体银白色的埃及秃鹫，中国人俗称的座山雕、狗头雕，张开两只翅膀后的翼展有2米多长，它们主要以猎食小型动物、腐尸和飞鸟为主，在野外的寿命可达12年之久，斯科特像对待自己的宝贝心肝一样开始了漫长的训练工作。

猎鹰是一种猛禽，是很难被人驯服的。一头好的猎鹰，需要驯鹰人投入全部的心血，用极大的耐心，去精心地喂养和悉心地照料，毕竟驯鹰是一个相当漫长的过程，也是一件十分不容易的事情，甚至对于很多人来说也是极度枯燥的。有记载说鹰如果一睡觉就会想家，刚开始驯鹰时，斯科特也不知道和沙帕娜与色多科一起，度过了多少个黑白颠倒的日子，驯鹰用的皮制眼罩与半臂长的皮手套，都是斯科特一钉一卯亲手磨制的，要打掉鹰的威风，消除它的野性，还要让鹰把他当成最亲近的"婴儿保姆"。

　　斯科特说，这样的训练都是在营地的鹰棚室内完成的，作为一个驯鹰人，他要不断对着两个深褐色的小家伙说话，让自己的声音印在它们幼小的脑袋瓜里，就像父母每天要给心爱的宝宝读临睡前的童话书、探险记一样，等它们长大之后，猎鹰就能识别出并只听主人的指令了，那是让它们自幼就感受到的最熟悉、最温暖的一种声音。

　　大约50天沙帕娜与色多科的羽翼长丰满了，更重要的训练就移到了户外，第一步是呼叫猎鹰，将它们放置于距离斯科特约200米的山坡上，然后呼唤那两个"童子军"重新回到他的手臂上站立，这样的动作一天里不知要重复多少次，直到声乏了，人累了，鹰困了；随后的第二步，是将猎鹰从一座座不同的高山上放飞，让它们在天空盘旋片刻后能跟着他的声音和滑翔伞一起飞行，一起着陆，回家。

　　凶猛而灵敏的猎鹰，它所向无敌的猎杀能力与高空迅疾的飞行能力曾是阿拉伯人崇拜的图腾，一只训练有素的猎鹰放飞一次，其盘旋的半径可达到数百米之远，它还可以像歼击机一样在空中对飞行的山雀、百灵等小鸟进行袭击，追上猎物。而桀骜不驯的猎鹰一旦被人驯服，成为人类的挚友后，它便会绝对效忠于主人，很少有逃离、背叛主人的现象发生，那时天空中上演的便是速度与激情、柔情与忠诚，绝对最新的一出《极盗者》（*Point Break*）惊悚冒险片了。

就像住在须弥山上的鸟儿，四周是大海，日月绕须弥山而行，它们于无尽的虚空之中飞翔是一种无畏，是一种信仰，大约1年后，沙帕娜就像它的名字一样，实现了斯科特的梦想，成为第一只"喜马拉雅猛禽救助项目"中成活下来的鸟儿，同时也成为世界上第一只成功地伴随滑翔伞飞行员飞行的猎鹰。随后，另外两只叫"曲头钉（Brad）"和"凯文（Kevin）"，获救时仅4周大的雌性埃及秃鹫，经过18个月的训练后，也成为优秀的飞行鹰，又一空中女神，斯科特也成为世界上第一个"猎鹰滑翔（Parahawking）"的创立人。

Parahawking是斯科特创设的英语中的新名词，意即滑翔（Para）与猎鹰（Hawking）的天然结合，即飞行员带着玩飞行的客人一起进行滑翔伞飞行，训练有素的猎鹰在空中盘旋相伴，带领滑翔者在空中找到最佳的热气流处，让滑翔的人可以飞得更高、看得更远；同时客人还可以在空中喂食猎鹰，让猎鹰停息在客人的肩膀上、手臂上或头顶上，体验这种人与动物、与自然奇妙结合的愉悦时刻。

斯科特说他所见过的喜马拉雅黑鸢和埃及秃鹫，大多在人迹罕至的悬崖峭壁的缝隙中营巢，或营巢于高大的树冠，从出生到飞翔，都迎风坐着，对准风口的地方，那是成为一只雄鹰的天性！安纳普尔纳数座世界级雪峰的环绕，让沐浴着印度洋暖流的博卡拉，有了稳定的上升气流，可供滑翔伞飞行员和雄鹰一起搏击长空的空域有数百公里宽，飞行的视野辽阔，而飞行的高度可达2000米以上。他特别骄傲地说，在世界上只有少数几个地方能有猎鹰滑翔，比如美国的旧金山海岸，但在博卡拉8000多米的雪山映射下的翱翔，绝对是这个星球上最耸人听闻的飞行经历之一，而他就是一个超现实的"鸟人（Bird Guy）"。

"鸟人"斯科特没想到在泰国阳光炙热的海滩休假，玩极速冲浪时，邂逅了他今生的又一女神，金发的瑞典女子海伦娜，她在海浪上迎风而立，一身都洋溢着一种让他无法抵抗的温暖元素和极速魅力。斯科特无不惬意地说，世界上最刺激和最浪漫的事情，就是能够带着海伦娜，还有喜欢迎风"裸飞"的客人，和那些空中之王一起自由地翱翔在蓝天白云和雪山之间，那是天地间爱与恋、力与美的一种最完美结合。

在博卡拉的四大滑翔伞飞行公司里，有亚当的"日出飞行"、斯科特的"边界飞行"，以及瑞士人的"蓝天飞行（Blue Sky Paragliding）"、德国人的"爱维亚飞行（Avia Club Nepal）"。不管你在哪一家旅行社、酒店、旅馆或旅行网站预订双人滑翔伞飞行，最后都会把你送到这几家公司来，和各式各样的飞行员一起上天，但如想飞一次"猎鹰滑翔"，就只能等斯科特这只身经百战的"老鸟"才行。

当然，还要等风来。

像鸟一样裸飞
Flying like a Bird

帅气的斯科特说，每个人都有三个世俗的理想：飞翔、永生和预知未来。后两者或将永不可能实现，只有飞翔，蛰伏在每个有梦想的人心里，人类所有的梦想似乎都与飞行有关。

在斯科特的飞行墙上列了一张清单：

双人滑翔伞飞行（Tandem Flights）：费瓦湖泊上空飞行，US$90/30min；费瓦湖泊上空和穿越平原景色飞行，US$122/60min；均含拍照与拍视频。

猎鹰滑翔飞行（Parahawking）：US$170/30min，配备3个飞行员、2个驯鹰员和5台无线电通讯机；含拍照与拍视频。10月中旬至来年4月中旬可飞行。猎鹰交配与换毛季节不能飞行。每一次飞行，将捐赠其中的10.50美元给"尼泊尔秃鹰保护项目"。

徒步滑翔（Paratreks）：US$300/2days，在安纳普尔纳山中徒步1天，搭帐篷露营，第2天滑翔伞飞越山峰。

滑翔伞课程（Courses）：US$1200，为热爱飞行的人单独提供为期10天的滑翔伞飞行培训课程，学业结束后可获得飞行员执照，可独立操作，在喜马拉雅上空自由飞行。

我毫无犹豫，勾了第二项。

我们坐空客、直升机时，都可以享受从高空俯瞰大地和云层的视野，但始终不及小鸟直接在天空里"裸飞"那样惬意。双人滑翔伞是和滑翔伞飞行员绑在一起飞，起飞和降落时的感受如同上下楼梯一样轻松简单，它是慢速的，安静的，利用热气流盘升至几千米的高空，轻柔、优雅地飘浮于空中，像鸟一样翱翔着俯瞰大地，追逐云彩，那时你会不自觉地浮想联翩，感觉梦想成真。而比双人滑翔伞更惊心、美妙的飞行，就是猎鹰滑翔，是和真正的鸟一起飞。

连鸟儿都驻足于眼前这醉心的美景，更何况我这个凡人呢。

我站在萨朗科向风的山坡上，初升的太阳直射到地面，暖风拂面，天空一片湛蓝。斯科特把半臂长的棕色皮手套递给了我，套在了我的左手臂上，"飞十几分钟后，凯文会在半空中停在你的手臂上，那时你一定会尖叫了。"

飞了13年的斯科特边说边开始细心地检查、准备一切，他先为我穿好背带，扣好腰带、腿带，戴好头盔，而后自己戴上Gin头盔，接着迎着风把彩虹色的10米伞翼从草地上拉了起来，那是我们的翅膀，那双翅膀真大呀，然后让我坐在了他身前的飞行座袋里，我闻到了一个很男人的飞行员那淡淡的、让人觉得特别亲切、放松的CK one气味。

"你只需要看着远方。和我一起跑，跑！"

听着斯科特对我说的话，还没有开始飞，我的心就狂跳起来了。

"One…Two…Jump！" 也就跑了10米左右，我们一下冲出了山坡，纵身一跃……

我陡然被一股无形的力量猛提起来，双脚挨不着地了，我尖叫着"I can fly"，脱离了地心的引力，飞起来了！

我搭上了斯科特的"魔法航班"，融入蓝天的美妙迅速把我淹没，原来人真的能够乘风扶摇而上，淡坐云端，享受风满山谷，享受脱离地球引力的快感与宁静。人类总幻想像鸟一样飞——看着自己悬浮在空中，看着雪山倒映的费瓦湖就在脚下，我想和我一样能飞到这种高度的鸟，眼前看见的应该就是这飘飘欲仙的情景了。

斯科特紧攥着"Y"字形的伞绳，在我的后脑勺方向控制着滑翔伞的飞行，他开始用绑在一个自拍杆上的GoPro摄像，然后把自拍杆交给我，让我随意拍。天空中出现了数十顶七彩的滑翔伞，阳光从云里透出来，看着那些滑翔伞在天空里自由自在地飘浮，我都不敢相信我也是其中的一顶。

斯科特问我要不要体验刺激的，在空中"玩花儿"炫技。他时而转弯，时而升降，开始在风中swing，还哼起了那首古老的英国民歌《斯卡堡集市》，"你去过斯卡堡吗？那里有芜荽、鼠尾草、迷迭香和百里香，代我向那儿的一位姑娘问好，她曾经是我的爱人。"他在风中像秋千一样摇摆，陶醉极了，还突然来了个空中翻飞，我吓得尖叫了出来。而这种变成鸟在空中晃荡的感觉，我只在梦中才体验过。

除了斯科特这个"鸟人"飞行员，那只埃及秃鹫凯文，也凌空飞来了。它像个银发的青年，两翅不时抖动着，在我们的上方边飞边鸣，扬起它那黑白的铁十字军的羽翼披风，熟练地引导着我们顺着温暖的气流一起盘旋、上升。风吹过我的身体，就好像凯文微具银色光泽的羽毛在高空中被吹得微微抖动、闪闪发光一样。跟着猎鹰一起翱翔的快感如梦境一般太令我着迷了，我们拽着伞绳跟着凯文"鹰式盘旋"了数百米，一直上升到云彩上，一直上升到众神的天堂里。

或许滑翔伞的魅力在于，最美的地方也在于，你不需要任何机械的帮助，你只要背上你的伞包，向上跑，你就能获得你想要的自由。当我开始飞翔时，我真的不知道生活里还有什么比这更美好。

"给你！"斯科特在半空中递了一大块厚厚的生牛肉给我，让我紧握在戴着皮手套的拳头里，那是给引导我们飞行的猎鹰凯文的奖励。

"真的可以吗？"我的肾上腺素在急剧增高。

斯科特发出了一声温柔又神秘的呼唤，似吹哨一样，优美极了。在高空中盘旋的凯文只扇动了几下，就在空中滑行了很远的距离……就是这么丝滑，落在了我的手臂上。它像美国漫威漫画旗下的超级反派人物，顶着一个可爱的带刺的发型，用锐利的眼睛盯着我，话不多，但英俊极了。

我忍住了我的兴奋尖叫，我只想随心所欲像鸟儿一样在空中自由飞行，再和一只埃及秃鹫凯文一起来个小小的发呆，为它预备一顿小小的空中午餐。在我们穿的橙色T恤的背上，印着"Share a Sky（共享蓝色天空）"，那一定是斯科特最喜欢和猎鹰、和他人一起分享的一种境界。

我想起为了今天的飞行，我半夜里恶补的一部片子《触不可及》（Intouchables），那是巴黎白人富翁菲利普的真实故事。菲利普在一次跳伞运动事故后下肢瘫痪，只能坐在轮椅上，生活无法自理，刚从监狱中出来的黑人青年德希斯来应聘做了"保姆"，他幽默、直率、搞怪，于是一段不可思议的、奇妙的友情诞生了。身份、地位、财富、年龄、性格、爱好、教养各方面皆如此悬殊的两人，磁场却契合完美。他们在再次乘滑翔伞飞行时，让彼此的心都远走高飞了一次。我开怀大笑了一整场，最后看见菲利普重新上天时却蓦然飙泪。在逆转的人生、在困难时，我们要有勇气像菲利普那样飞行，要仰望星辰，而不是始终盯着自己的脚。

我问斯科特，他可有何奇葩的飞行经历，他笑着说，在空中喂食猎鹰时，最幽默的一次是一个客人没有手臂，猎鹰在空中没地方站立、刹车；一个严格的女素食主义者更搞笑，当斯科特掏出一大块生牛肉让她

犒劳凯文时，她坚决地拒绝触摸那块肉食诱饵；而一个13岁的少年看见
猎鹰向他飞来时，他的眼里瞬时噙满了泪水。

此时，我的脑海里飞过了斯科特喜欢的萨迦寓言，他迷恋的陆地、
海洋、山峰、湖泊，四大部洲曾是我们凡人住的地方，而当我们打开伞
翼滑向天空时，我们就和世界中心——须弥山上居住着的各种神族、仙
族和飞鸟们飞翔在了一起。

很久以前，人类为寻找一双翅膀作过无数次的思考和探索，最早设
计了飞行器的一个天才在他的手稿上写道：

When once you tasted flight, you will forever walk the
earth with your eyes turned skyward for there you have been,
and there you will always long to return.

——Leonardo da Vinci

一旦你尝试过飞行，在地上走的时候你的眼睛将永远向着天空
的方向，因为那里你曾经去过，并且你将永远希望回到那里。

——达·芬奇

我想，达·芬奇的翅膀几个世纪以来一直启发着文学、艺术、电影
的创造，而人们来到这里——天空，都是来追求一种梦想和自由的。

你知道我飞的感觉了吧！

隔壁住着个登山女孩

Mountaineering Girl Next Door

"你最高爬到了多高？"

"8300米的珠峰3号营地，遗憾的是我不能取下氧气面罩拍照。"

每年去攀登一次非洲的最高山乞力马扎罗山、南美洲的最高山阿空加瓜山和世界的最高山喜马拉雅山，这是法国女孩卡罗尔（Carol）最热衷干的事情。

卡罗尔住在我旅馆的隔壁，她的全名很长，叫Caroline Letrange，这位身材颀长、年轻俊美的欧洲女子，更喜欢我们简单地叫她卡罗尔。每天早上她在屋顶上很有规律地暴练器械、喝牛奶，以保持她运动型的身材，然后晚上就活力四射地去登山俱乐部，与那些热爱登山的客人交流，成为登山者的一名职业高山向导。

在10年前，卡罗尔是法国巴黎的一名时尚摄影师，在世界各地为模特儿拍摄广告肖像、走秀照，过着炫目、耀眼的生活，但她始终觉得自己仅仅是五光十色的时尚潮流中的一名"走卒"而已。2004年，她背着她的一大包尼康镜头，带着一两件换洗的衣服，来了次没有准备、没有终点的徒步旅行。她从尼泊尔穿过边界，徒步到西藏定日，一直走到了5200米的珠峰北坡大本营。一路走来，一路不停地结识新的朋友，真实地融入当地人的生活之中，尤其是那些远离人烟的河流山川，更是有一种摄人心魄的灵气和气势，带给了她无穷的乐趣，那些充满着洒脱、壮丽和个性的照片也鼓舞了沿途不少的人和她一起勇气十足地走下去。天地万物皆有灵性，山川河流亦是如此，她发现成为一个山峰摄影师才是她真正的梦想。旅行、摄影，不一定非要在世界著名的景区、奢华酒店和花样繁多的人气场所，带上相机，和几个趣味相投的登山者在一起，连续几十天在高山、雪原、森林和峡谷中行走，哪怕只是睡在冰冷的木屋，或潮湿的睡袋里，也是一种满足、历练和幸福，不是吗？

至此，卡罗尔放下了一切，离开浮华的巴黎，开始了她在五大洲的登山摄影之旅。

卡罗尔说，每天在一个陌生的地方醒来，在一个晴朗的清晨出发，在一种隐秘混杂着的激情、冲动与感激中，她用她的镜头捕捉下山峰的每一条褶皱、云彩的每一次飘移、雪山的每一次崩塌、星光的每一瞬闪烁，她觉得她自己已融化成了自然中的一个部分。没有汽车、没有电话、没有家和房间，只需要用双手、双脚和双眼，就可以像超人样飞翔着回到宇宙的中心。在登上非洲5895米的乞力马扎罗峰时，日出的霞光从紫色变成橙色，然后变成红色，最后是金黄色，她屏住呼吸，在心里叫道"停住、停住"，但霞光永远不会停住。这让她一次一次不断去登山，不断梦想着去抓住大自然变化的每一瞬间，一次一次面对着日出和日落的山峰落泪。

"山峰摄影从来都是男性的疆域，Man's territory。"卡罗尔眨着她幽蓝的眼睛，笑着说她在不同的场合，很多次从不同的男人和女人的嘴里听到同样的这句话。以前女人少有机会像男人那样去跋山涉水，体验崇高的风景给她们的视野和生活所带来的冲击及意义。当她亲身前往，置身于徒步旅行和登山活动时，山峰就不再是一种男性身份的附属物，或是一种性别化了的风景象征。那些从风景中获得的细腻感受与灵感，长时间对山地和极地地区的探索，观察那些一直存在于路途上但并不引起人们关注的日常景观的多样性，让卡罗尔打破了崇高风景的"男性神话"，让山峰成为她的情人、孩子和伙伴，也让她的名字在众多登山探险家和山峰摄影家的行列中独放异彩。

两年的极限登山之旅，让卡罗尔成为一个极富经验的登山者。卡罗尔就想，她是否可以协助更多的人来一起登山，与她一起来分享登顶的刺激与快乐，同时为这些登山者拍摄下他们梦想之旅的每一个难忘又精彩的瞬间，让更多的人可以带着他们珍贵的旅程记录回家。这样匪夷所思的想法，让卡罗尔成了英国"登顶探险（Reach Summit）"公司最特别的一位女雇员。她的职业成了登山领队兼摄影师，每年的9月至12月，她在喜马拉雅山带团队登山；1月至2月，她在乞力马扎罗山；3月至5月，她在阿空加瓜山；6月至8月，她在阿努撒山。

天下还有比这样的职业更精彩的吗？卡罗尔说绝无仅有。作为团队的领袖、领头羊，她要非常熟悉这几座高峰的气候、冷暖、气流、里程、高度，沿途的每一块石头、每一处悬崖、每一个宿营地，团队中的每一个医生、翻译、向导、厨师和脚夫，团队中的每一样装备、器具与医疗设施，所服务的登山客人的喜好、身体状况与精神状况，等等。没有好的厨师与食物的保障，登顶会非常困难，所以当遇到彻底的素食主义者时，卡罗尔还要为这些特别的登山者在荒野里提供干干净净的素餐。而运用手中的专业相机，为客人拍下永生难忘的精彩瞬间，也是卡罗尔在整个登山旅程中最擅长做的一件事。很多次她扛着近1米长的照片放大照，辗转在不同的国家，要带给客人一个巨大的惊喜。这时的客人不可想象他们曾经也有这么辉煌的时刻，这时客人欣喜与激动的泪水会让卡罗尔一次一次地换上登山服、穿上登山鞋、背上长镜头，再一次地出发，出发！

    英国首位探险女作家玛丽·金斯利（Mary Kingsley）是卡罗尔童年时的偶像，这位出生于剑桥、父亲是人类学家但30岁以前一直是一个家庭主妇的女士，在30岁时出发去了非洲，成为首位深入非洲腹地的欧洲女人。在1894～1895年，玛丽身穿白衬衣、黑长裙，裙子上的几个大口袋里装着指南针、表和笔记本，乘独木舟沿刚果河上行，沿一条前人没有走过的路线攀登上4470米高的喀麦隆火山，在她37岁前往南非去护理布尔人战俘时，不幸得了热症病故，而她7年在非洲的旅程，让她颇有争议的《西非游记》与《西非研究》成为改变欧洲人观念的两部重要作品。玛丽是一位非凡的探险家，不仅因为她是一个女子，更主要的是她对所遇到的所有人都表示出友好和理解的态度，她以自己的亲身经验来证明她的信念：如果欧洲人对非洲人友好，他们就不必害怕非洲人。

    自小在父亲的藏书房中阅读了许多游记的卡罗尔说，是非凡的玛丽让她从小怀有了远游四方的梦想。当时的人们按照玛丽生前的愿望，将她的遗体用一艘船运到海里进行了海葬，玛丽在给友人的一封信中写道："我的同伴是红树、沼泽、河流、海洋等——我们相互了解。"

    卡罗尔说正是玛丽这位维多利亚时代的女探险家，对她童年的记忆和一生的生活都产生了深刻的影响。每当她在登山时，遇到真正的迫在眉睫的危险时，她需要做的就是鼓起全部勇气来勇敢向前；每当她在没有尽头的山峰拍摄时，她也一直试着用影像来构建出那些带有她童年记忆和隐喻的图像，她喜欢拍行进中的人，牛羊，帐篷，一棵树，草地，湖泊，没有这些生动的人和物的存在和参与，没有草地、湖泊的参照和点缀，山峦将视之无味。她一直寻找着用谷歌地图找不到的东西，在大自然中的人性的力量与美，就像玛丽在100多年前探寻的不同人种之间的和谐与友爱一样，而那些与她一起体验着登山这一独特兴趣的人，她个人经历与他人经历的相似点，他们在路途上的刚柔相应、相互影响、相互感染，如同峰峦在光线中的阳面与阴面，也让她的山峰摄影生活更加立体丰富、更加意味深长。

我问卡罗尔下一步是否要出版一本登山影像集，搞一次登山影展，卡罗尔闪着幽幽蓝光的眼睛回答了我，"Sure（肯定的）！"

但卡罗尔接着向我强调了山峰摄影并不是她的全部。每个人对待摄影的态度是不一样的，有的摄影师会将摄影看作是生活的全部，而35岁正年轻的卡罗尔说，登山与摄影，用脚去登山，用眼睛去拍照，那些真实又直入人心的时光，才是她的生活。

"Pearl，你也来和我们一起登山，拍照，去卡拉帕塔。"

卡罗尔写下了她即将带队走的旅程，向我这个隔壁的邻居发出了极具诱惑力的邀请。

加德满都Kathmandu（海拔1300m）→湿瓦拉雅Shivalaya（1767m）→法克定Phakding（2800m）→南池集市Namche Bazaar（3480m）→郭克优Gokyo（4750m）→卓拉山口Cho La（5420m）→哥拉雪Gorak Shep（5160m）→珠峰大本营EBC（5340m）→卡拉帕塔Kala Pattar（5545m）

里程：230km；耗时：20days

我能想象那是一种交替在紧张艰险而又温柔静谧环境中的探险家的

独特生活。宁静的夜色勾起卡罗尔多少童年的诗意，一队登山者在喜马拉雅山峰的云翳下露营，化雪煮饭、烧茶，雪地上留下了他们深深浅浅的脚印，他们已成为清冷空气中的一部分。

"Deep experience is never peaceful（一个人永远都不会在安稳的环境中获得深刻的经验）。"这句出自美国小说家亨利·詹姆斯（Henry James）的箴言在指引着卡罗尔，也像头灯的光亮在指引和她一样有着共同趣味追求的人。

放逐

色悌河漂流历险

Adventurous Rafting on Seti River

Chapter8　On Exile

「　　他舒缓拨弹着吉他的旋律，优美、简约得让人仿佛身处一个世外桃源。当我在满天星光的夜色里打开iPhone重新聆听这首70年代的老歌时，我想凯特一定是献给这样的四海为家的沙滩之夜的，献给那些以河流为生的年轻的舵手们的……

　　很多人都会很向往漂流、冒险、浪迹天涯。毕竟旅行和冒险，本是人生中最快乐的事。而冒险也定义了我们生活方式的类型，它让我们从循规蹈矩的日常生活中彻底地逃离出来，灿烂地释放着骨子里狂野又疯狂的天性，以一种全新的方式去看待我们周围的世界。」

舵手的茶叶

Tea of the Tillerman

　　人从一个地方到达另外一个地方，方式有好多种，走路、坐车、骑车、飞行，但有一天你想过漂流（Rafting）去你想去的一个远方吗？

　　佛祖诞生的地方，世界最高的山峰，世界最深的峡谷，世界最好的激流，尼泊尔有着全球颇负盛名的激流漂流胜地的美誉。发源于喜马拉雅山的冰河落差极大，给漂流带来了非同一般的惊险和刺激。在喜马拉雅数十条河流中追逐着激流远行，让我知道了什么才是人生的又一次冒险与超越。

　　我渴望深入喜马拉雅的河流里，从博卡拉沿着色悌河（Seti）流动的方向，一直漂流到奇特旺国家公园（Chitwan National Park），而不是简单地在陆地上坐180公里的旅行车或本地长途汽车观一下光。"划桨尼泊尔（Paddle Nepal）"的舵手莫亨（Mohen）在早上7:30准时来旅馆门前接上了我，看见整个大巴车的车顶上花花绿绿码上的剑鱼形皮划艇，我知道我们的又一次惊艳之旅开场了。

　　从博卡拉乘车90分钟，就到了下色悌河漂流的起点达茅利（Damauli）。从达茅利到河滩还有好长一段蜿蜒下坡的距离，于是全体人员都志愿地加入搬运装备的队伍中。我们的橡皮艇是一个主舵手，再加两个十八九岁的年轻男孩，他们的职责是划着皮划艇紧紧跟随在我们的橡皮艇周围，探测水路，同时随时准备救生。漂流队员共有8人，我，4个印度男人，一对法国夫妇和他们的8岁女儿尼娜。大家来自不同国家，真正的一个多国部队，再陌生的人在一条船上了，很快大家就变成了患难与共的国际难友。莫亨和助手开始给橡皮艇充气，把饮用水、食物、野餐桌椅、锅碗瓢盆等捆绑上船后，就让大家把所有背包装进防水袋中，再把贵重物品，诸如相机、手机、首饰、护照等装入一个黑色的防水箱中。我们的身家性命此时就和一只气鼓鼓的橡皮艇绑在了一起。

4个身壮如牛的印度男人，本来已经黑得不像话了，根本无须防晒的，但他们却开始往脸上、手臂上狂抹防晒霜，看着他们脸上花一块白一块的，又大把大把地把挂满了一身的项链、戒指、手链哗啦啦地抛入黑匣子中；佛说修五百年才能同舟，想着竟然要和这群又黑又俗的男人共度两天水上生活，我就忍不住想笑我五百年的修行竟是这样。戴上蓝色的头盔、穿上橘黄色的救生衣，每人手上拿着一把黄色的划桨后，舵手莫亨就很严肃地站在沙滩上给我们这些临时纠集起来的"乌合之众"交代了规则：

不能随意取下头盔和救生衣，每个划桨手必须听从他的口令齐心合力地划桨。Full work，意思是大家一起全力往前划；Left back，意思是这时需要坐在左舷的划桨手们反手往后划；Right forward，意思是这时需要坐在右舷的划桨手们正手往前划；Hold on，就是停住划桨，休息一下。如果意外落水了，两只皮划艇上的划桨手会马上进行施救的，然后示范了正确的施救方式。

说完后他用鹰样的眼睛很老到地瞟了大家一眼，就把我们这些菜鸟按照身型、体力的大小分成了左4与右4，当然我和法国小女孩尼娜肯定是在最后面一排的桨手了。莫亨则坐在船尾，他的主要任务就是把握好船的方向和平衡，遇到急流险滩和礁石时能妥善处理。他大喊了一声"出发（Let's go）"，我们的"克利须那（Krishna）"号一下就滑入了清澈见底的色悌河水中。

　　尼泊尔的河流大部分发源于喜马拉雅山以北很远的地方，大大小小有100多条，它们穿越高大的喜马拉雅山脉，越过崎岖的丘陵地带，奔流在热带丛林之间，蜿蜒流过塔拉平原，最后流入印度神圣的恒河和印度洋。喜马拉雅的河流被尼泊尔人视为神圣的河流，火化的骨灰被撒到河里最终被带到恒河，两条河流的汇合处通常被尊为举行宗教沐浴的地方。1976年美国人阿尔·雷德（Al Read）开始在色悌河上漂流并绘制了激流图，从此尼泊尔有了世界最佳漂流和皮划艇运动圣地之一的美誉，陡峭山间奔流不息的溪流，大面积的原始荒野，令人神往的巨大白沙滩，因季风的原因而变得刺激无比的巨浪，沿河行走或漂流成了游览尼泊尔最受欢迎和最激动人心的方式之一。尼泊尔人给蛇神纳嘉（Naga）守护着的每一条河流都赋予了一个美丽的名字，发源于安纳普尔纳雪峰南坡的色悌河（Seti Khola），其上游河道流经了石灰岩地区，河水呈浣纱状的乳白色，故取名为"色悌"，尼语"白色河流"之意。

　　我本以为漂流就是躺在船上懒洋洋地晒晒太阳、发发呆的，结果发现我们无疑是一队分分秒秒必须劳动划桨的苦力。既然尼泊尔的漂流是因老毛子们的热衷而兴起的，所以很迎合西方人酷爱运动的口味——舵手在船尾控制方向和发口令，其他8个桨手强调的是团队合作（team work）和那份参与感!

本来就是个手无缚鸡之力的娇小姐，还要被硬逼着拼命甩膀子，没在河上划两桨，我就痛苦万分了。不到半小时，我的全身都已经湿透，连底裤都开始滴水了；又正逢例假的第二天，一双脚完全浸泡在漫进皮艇的冷水里，整个人像被无情地抛入了冰窟窿一样，完全麻木没有了知觉。想到要这样在河上漂两天，我就抛下了桨，"嚯"地站了起来，泪水不停地在眼睛里打转转。莫亨黑起一张脸，一点都没有怜悯之心，好像我是他的"囚犯冉·阿让"样。我这样难受地反反复复折腾了两小时后，莫亨看见我真的是在肚子痛，龇牙咧嘴人都变形了，终于动了怜香惜玉之情，让我放下了手中的桨，与他一起坐到了船尾。

漂流有个很感性的专业名词叫"白水漂流或激浪漂流（Whitewater Rafting）"，白水是指流水和岩石碰撞后发生的浪花、浪端的白色泡沫，人在其上宛若银色梭鱼漂于粼粼波光之中。当然这样的快感与美感要等到几小时之后完全适应了"铁掌水上漂"的生活才能体会得到的。

尼泊尔政府已经开放了10条河流的许多河段供商业漂流，并按照漂流探险的难度划分为6个级别：第一级是水流平缓的河区，而第六级则河道狭窄，漂流者的生命可能会受到障碍物的威胁。2~3级适合于初级新手，5~5⁺级河流只面向职业探险者开放，并将备受人欢迎的3⁺~5级漂流路线做了标注：

翠苏里河漂流（Trisuli，3⁺级）：尼泊尔最受欢迎但并非最佳的漂流之地。比邻加德满都，交通便利，给初次漂流者带来极大的乐趣。顺翠苏里河而下，可直接漂到奇特旺国家公园或博卡拉。不过路程的后半段河面宽阔，缺乏惊险刺激。还是选择漂流1日较为恰当。

桑科西河漂流（Sun Koshi，4~5级）：尼泊尔第二大漂流之地。入口距加德满都仅需3小时车程。全程270公里，漂流需8—10天，而且只有出发地和终点处才有出路。自漂流的第三天开始，你能感受4级以上的大浪，接下来的旅程也将激流不断，惊险不断，适合发烧级漂友。

色悌河漂流（Seti River，3~4级）：以博卡拉为起点，分为上色悌河（Upper Seti）与下色悌河（Lower Seti）漂流。上色悌河的漂流为半天但精彩，适合时间不充足但想过把瘾就死的初级漂流者；下色悌河的漂流为两天，可以一直漂流到奇特旺国家公园，是一条体验激流冲击的不短不长的经典路线。

我上了黑乎乎的漂流船才知道漂流是划分了等级的，没想到我们的下色悌河漂流，一下水就是3⁺级。

第一天要穿过卡特雷激流（Khotre Rapid）、克里激流（Kelly Rapid）这两个著名的激流区，当然中间那些小激流、小风小浪就不计其数了。过第一个大激流时，大家都很紧张，莫亨大声喊着"全力向前（forward on）"，我们就迎着浪冲了上去，当橡皮艇从浪尖一下跌到浪底时，大家尖叫着全被大浪打成了"落汤鸡"，本来8人很齐的划桨节奏就全乱套了，不断听到前后人的桨啪啪"打架"的声音，不过那种感觉爽呆了！超级刺激！每冲过了一个激浪（rapid），划桨手们就会高举起短桨，像碰杯一样把桨全部碰到一起，狂野地大叫一声

"yeah"以示庆贺。

沿河总会看见当地的孩子赤身裸体地在阳光照射的水面上嬉戏，女人们则牵着耕牛饮水，在河滩上晾晒着五彩斑斓的纱丽、库尔塔。漂流不仅让你感受到世界上最具有刺激性的激流，还可以欣赏变化无穷的风景、奇异壮丽的地貌、稠密的森林、金色的田野、古老的民风，看到许多野生动物和大大小小的鱼儿，你会发现色悌河的沿岸风光是如此的原汁原味，丝毫不受人类的干扰。当漂流者穿梭于迷宫一般的峡谷巨石之间时，十几公里的连续不断的激流迎面而来，让人兴奋不已，漂流还可以在碧波大浪之上起到欢欣鼓舞的励志作用。

经过中间"短暂的甜蜜（Short & Sweet）"河段时，莫亨把船靠了岸，让大家上岸野餐吃中午饭，也可在这段水势舒缓、波光粼粼的暖水中尽情游泳。

显然，漂流时最好的装扮是短袖T恤、及膝短裤、沙滩凉鞋，在河上一会打湿一会又被太阳晒干，短装扮易于脱换。同时还要再多准备一套短衣裤在船上替换，要知道，湿着屁股坐在橡皮艇上一划就是几个小时，极不舒服，还很快地就会捂出湿疹来。要戴一顶棒球帽在头盔里，帽檐可以有效地遮挡阳光对面部的灼伤。切忌穿牛仔裤和旅游鞋、登山鞋，打湿了又厚又笨重，裹在腿脚上极不舒服。在冬季和春季漂流时，还应套一件防水雨衣在衣裤外面，这样可以有效地减少打湿衣服的面积。但无论穿什么衣服，都会弄得一身湿漉漉的，而内穿泳装是最方便的。不怕打湿，看见碧波荡漾的暖水了，还可以直接跳下河去随着皮划艇游几把泳。我们船上的几个老外体力好，又不怕冷，多数做如此装扮。我没有经验，没带替换的衣衫，此时我要做的就是赶紧把湿漉漉的T恤、内衣裤全部脱下来，放到大块的鹅卵石上曝晒，然后裹着一条浴巾，几乎赤裸着吃了阳光野餐。

下午开船时，印度男人开始和我"过不去了"，叫嚷着应该让我去船头划桨、冲浪。那对法国夫妇很有献身精神，女儿也不管了，穿着泳装就去当了一左一右的前桨手。我在船尾不划桨、不出力，但我也不好意思当只漂亮的"寄生虫"，然后我就亮开嗓子，在一河的水光映射里开始唱"川江号子"娱乐大家，也不管那些蓝眼睛、黄眼睛的毛子是否听得懂。"等到满山红叶时，哥是川江水上流，妹是川江水上波"，情歌的调调总是最易打动人的，不仅一船的人开始唱印度情歌《到处流浪》、法国情歌《我的名字叫伊莲》，而且莫亨对我"不劳而获"、不划桨的行为也视而不见了，我终于用歌声"俘虏"了他。

下午5点到达沙朗嘎特（Sarang Ghat）河滩，我们已经划行了19公里，漂流了6个小时。沙朗嘎特是一个山清水秀的回水湾，我们的船队开始在这里露营扎寨。那些舵手已经在河上漂流了五六年，他们搭建帐篷、烧火做饭的速度也是又快又专业。清洁菜品、餐具的水桶分一二三四号，在沙滩上一字排开；把四只划桨插立在沙中，就把沥水的餐具袋干净地挂了起来，里面是我们喝茶的杯子、吃饭的刀叉和盘子；折叠餐桌上没几分钟就摆上了各种用品，蜂蜜、果酱、黄油、辣椒酱、番茄酱、香蕉苹果、果汁水……

尼泊尔漂流的最佳时节是10月到11月，这时候，雨季已经过去，万物葱绿，水位还相当高但却在慢慢回落，气候宜人，碧空万里，正是欣赏河景、山景的最佳时机。漂流的价格一般是每天30至60美元，总的来说是一分钱一分货。漂流团队有很奢华、专业的，舵手们会为你做好一切事情，如装备橡皮船、搭建帐篷、做饭等。尼泊尔有四大漂流公司，划桨尼泊尔（Paddle Nepal）、探险尼泊尔（Adventure

Aves Nepal）、喜马拉雅之旅（Himalayan Encounters）、终降尼泊尔
（Ultimate Descents Nepal），我选择的即是两天120美元的下色悌河
漂流团队（Rafting Lower Seti），包括往返乘车费、露营野餐费、专
业装备和漂流费；也有一般团队，需要自己动手做一切，诸如搭帐篷、
做饭等。漂流工具也良莠不齐，而质量的好坏对参与漂流者的舒适及安
全程度有很大影响。所以与其省下几十美元进行一次危险的、不舒服的
旅行，不如多花点钱，享受一次安全的、优质的漂流旅行。当我喝上一
天来第一口香喷喷、热滚滚的咖啡时，我这时才有了一点被当着客人、
被人呵护的感觉。在客人没有喝完咖啡和热茶时，舵手们是不能喝任何
东西的，这是他们服务的行规，尊卑分明。我想着这些年轻的男孩子同
样也在水里浸泡了一天，他们也需要热水取暖、恢复体力，然后我就用
餐桌上的热水，为他们泡上了一壶浓浓的尼泊尔红茶，再加上一大勺蜂
蜜，端到了他们面前，请他们来和我们一起享用。

　　一个平等主义者、浪漫主义分子总会得到大家的好感青睐的，在烧
火做咖喱饭时，舵手们搬了块大鹅卵石，让我坐在火塘边紧挨着他们取
暖。晚餐后、夜色上来时，几十个住在山上的塔鲁族男女老少就打着火
把、带着手鼓来到河滩上和大家一起搞篝火舞会了，这时4个印度男人
和3个舵手都分别跑了过来，悄悄地要求我，答应今晚和他跳舞，然后
再成为他的女朋友。我虽然喝了印度男人的两大盅威士忌，猛吃了他们
专门花钱从村庄里买来的咖喱鸡，开心地做了每个人的舞伴，但是有情
色绯闻的"girl friend"就免谈了，我把人间的情欲放置在了脑后。
　　在星光密布的河流边，燃着篝火、打着尼泊尔手鼓、唱着情歌、
跳着快舞，简直比冲激流险滩还浪漫刺激。莫亨说舞会完后大家可以志

愿捐赠一点钱给村民们，多少不限，那样的荒滩之夜太让人快乐了，我不仅悄悄放了300卢比在火堆旁的盘子里，还掏出了我密封袋里的阿尔卑斯奶糖和几个跳舞的小孩分享。那几个戴着脚铃、光着脚跳舞的小女孩一下围住了我，她们头上点着的红色提卡在火光的映射下是如此的美丽，一直美到我的心尖。我们席地坐在沙子上，我抱起一个很小的女孩，让她坐在我的大腿上，我们摇来摇去地悠悠哼唱。

夜深了，河边的水雾开始上来，四散，飘浮，像一群精灵。村民们捧着盘子中的卢比，燃起蜡烛，围成一圈，面对月神开始举行他们感谢神灵赐予他们食粮的仪式，他们吟诵着："哦，天神，您滋养树，滋养花和种子，滋养多蜜的河流，也滋养众生。"那一刻我为他们这样一个虔诚的谢恩仪式而心生感动。其实我们所能给予的也就是区区几百卢比而已，而他们那种快乐知足的天性却让我久久不能忘怀。一个大一点的跳舞女孩突然跑来给了我一个道别的亲吻，说她们要回村庄了，"我太喜欢你了，你和我们一起回家吧。"接着，我又被一一跑过来的女孩子亲了六七下，那时她们举起了手中的火把，我真想起身，跟着她们一起回那个在地图上永远找不着的村庄。

夜色再度浓郁，我仰望夜空，想起那一段熟悉星辰的年代。那时，星辰离我们人类不远，星光也就像今夜一样在我们惊奇的眼中舞蹈。当我们的人心被科技、我们的眼睛被手机、我们的语言被微信俘获之后，我们就很少再体验到星辰以古老的声音说着话、火光用比这个世界还要古老的语言跳着舞的感觉了。尼泊尔人曾说"我是梵"，我想那不是妄想，那是我此刻真的体验到的一种圆满。

舵手们动作很快，把我的单人小帐篷搭在了远离4个印度男人的一边，中间隔着法国夫妇的帐篷。他们用小袋子装上沙子，然后把蜡烛插在沙袋里，于是每顶帐篷前就有了暖暖的烛光相伴。在夜空里，这样的几簇夜光在与遥远的虚空呼应。我是近视眼，但又臭美，一个人摸黑，磕磕碰碰地去河边洗脸，蹲下时发现莫亨在我身后举起了蜡烛，再照着蜡烛把我送回了帐篷前。凯特·斯蒂文斯有一首仅仅1分钟的经典民谣，叫《舵手的茶叶》（ *Tea of the Tillerman* ），他散漫地吟唱："拿一杯茶给舵手，拿一点美酒给带来雨水的女人，为了那快乐的一天，为了那陶醉的一天（Bring tea for the tillerman, wine for the women who made the rain come, for that happy day, for that happy day）。"他舒缓拨弹着吉他的旋律，优美、简约得让人仿佛身处一个世外桃源。当我在满天星光的夜色里打开iPhone重新聆听这首70年代的老歌时，我想凯特一定是献给这样的四海为家的沙滩之夜的，献给那些以河流为生的年轻的舵手们的……

勇士激流勇进
Warriors Surf on the River

我在橡皮舟中漂浮，在世界与世界的某处。河流就好像是土地的蓝色血脉，将高山和平原连接在了一起，所经之处，生灵与自然的融合仿佛一场精彩的表演。在尼泊尔，河流更被奉若神明，各种族及宗教的仪式都沿着河流两岸展开。在河上漂流，就犹如在上演一部尼泊尔的"纪录片"。

清晨，河岸边的蟋蟀和萤火虫还醒着，当我在轻柔的迷雾中醒来，我闻到了弥漫在风中的柴火味、烤土司味，还有一种很特别的煎饼味。舵手们已经把我们昨天乱扔一地的头盔、救生衣用划桨串了起来，像整装待发的骑士样立在了沙滩上，当然这也是一种祈求顺风顺水的早祷仪式。黑壮的莫亨不仅为大家准备了西式早餐，还为大家做了尼式早餐。他正蹲在柴火旁，在平底锅里放上几滴油，一张一张地为大家摊着米饼。"Pearl你看，摊饼的柴火要小，米饼要又薄又软，稻米的天然香味才能慢慢溢出、达到极致。" 莫亨将刚摊好的一张热热的米饼放在我的盘子里，我很惊异昨天在河上他那双像岩石样坚硬的手臂，今早怎么就可以变得像少女样柔软了。

莫亨将我们的蓝色橡皮艇命名为"克利须那（Krishna）"，意即天神毗湿奴的第八个化身，爱玩闹爱吹笛子的"黑天牛神"·，尼泊尔人的情歌骑士。他解开蓝色"黑天牛神"的绳扣，站在水中大声地说："我今天需要更好的划桨手！"然后我们就豪情百倍地开船了。

今天会有两个险滩，"最后的激流（Last Rapid）"和"咖啡壶（Coffee Pot）"，那对法国夫妇干脆不穿衣服免得打湿衣裳，直接穿着泳装套上救生衣就坐到了排头兵的位置上。他们的女儿尼娜则一直像"鲸鱼骑士"一样，一路上骑在皮划艇手的身后，直接在水中追逐着游鱼与浪花遨游，直到发现水中还有漫游的水蛇时才尖叫着爬上了橡皮艇。这个人小胆儿足的"甜心"和她的父母一样，还是个彻底的环保主义者，看见印度男人随手把小吃食品袋丢在沙滩上，或者把烟灰弹在河水里，她都会大声地用英语教育他们道："这对鱼儿不好（It's not good for fish）！"

　　我发觉很多漂流者只想到的是冲浪的刺激，常常不注意我们在河流上花费的时间和细节。实际上，那才真是美景的一部分。沿着河岸旅行是一件非常令人兴奋的事情，当你的身体无遮无掩地暴露在阳光下的大自然中时，你能感受到河流所给予你的一切，从爱斯基摩人的皮船、印第安人的树皮舟到中国人的竹筏、木筏……河流不仅满足了人们生活、生存、交通、战争的需要，很多时候，河流还能把你带到你用其他方式不能抵达的地方。莫亨说呼吸着河流上空的新鲜空气，对心很好。我停下了手中的桨，让自己的心随波逐流。

　　我迷失在色悌河某处清晰的天空倒影里，一波波的水生植物从岸边蔓延到幽绿的水中，温柔地扫过我伸出的手。蜻蜓羽纱般灿烂的翅膀，不时追随着飘过的小舟飞行，有时还顽皮地停息在我的手臂上。安纳普尔纳终年覆雪的山峰很近，尼泊尔人的丰饶、繁殖女神在小舟划过水面时凝视着我，流水在鹅卵石上会奏出不同的乐响。它们吟诵着简单的感激，替我们这些遗忘了天空、大地、星辰、阳光、水流和空气之优美的人说话，生命生生不息，无处不在，我们这只河流里仅有的一叶小舟，消隐在了流水的尽头。

　　我们泛着舟飘过舒缓的河面，1小时，2小时，我现在已经很崇拜一身水亮黑皮肤的莫亨了，他把一头棕色长发系成马尾绑在脑后，如同加勒比海盗，我已经开始叫他"船长（Captain）"，因为他就像我们的梁山泊好汉样，把我这样贪生怕死的"懦夫"也变成了勇气百倍的"浪里白条"。

　　船长提醒说我们到了今天的大浪（the biggest wave）了，大家要记得抓住缆绳不要落水。从远处看那段险滩波涛汹涌，触目惊心。冲上去时感觉浪高有2米，而且浪打的方向很不固定，从四周蜂拥而来，我们的橡皮艇在漩涡中失控地"随波逐流"。船长在后面大喊："hold on！"我们赶紧停止划桨，抓绳卧倒。但还没有来得及抓住船上的缆绳，3个印度男人径直掉入了水中，他们穿着橘色救生衣的身体在浪花里沉浮。还好有两个人反应很快及时抓住了船尾的缆绳，被拖在后面，最后一个没有抓住，一下被卷进了浪里，冲了好远。皮划艇上的舵手马上逆流而上，去救人！我们把最后一个印度汉子拉上来时，他整个人都蒙掉了，再也不叽叽呱呱地和我说"聊斋"，要我今夜成为他的女朋友了，估计是水呛得太多了。

很多人都会很向往漂流、冒险、浪迹天涯。毕竟旅行和冒险，本是人生中最快乐的事。而冒险也定义了我们生活方式的类型，它让我们从循规蹈矩的日常生活中彻底地逃离出来，灿烂地释放着骨子里狂野又疯狂的天性，以一种全新的方式去看待我们周围的世界。江河里秒秒时光流过，自由在没有束缚的自由里，经过的是一段又一段摸不清的渡口，当我们像鲁滨孙一样漂流时，我发现更多的时候是我们和那条河流在互相影响的乐趣。本以为到了最后一段2⁺级的"咖啡壶"，水势并不湍急，可以像慢呷一口咖啡样，舒舒坦坦地满口醇香、全身而退了，没想到尼泊尔人取名它为"咖啡壶"，自有其形象深刻的含义。那水道的出口又窄又小，我们的橡皮艇像"碰碰车"样被礁石撞得甩来甩去，划桨"啪啪啪"地全打在了石头上。莫亨已经向后仰倒了整个身体，用他那金属般的铁臂把我们的船撑出了"咖啡壶"那细长的小嘴。

但是"划桨尼泊尔"的另一艘橡皮艇却没有这样幸运了，它紧随在我们的后面冲击"咖啡壶"，比利时女人苏菲（Sofie）在弓身躲避大浪时，她的右脚踝韧带不幸撕裂，顿时就痛得晕死了过去。两艘船打起了旗语，都靠岸停在了沙滩上，舵手们聚集在一起进行了紧急抢救，我第一次在荒滩现场看到了RICE急救，Rest（停止腿部动作），Ice（冰敷收缩局部血管），Compression（用弹性绷带加压包扎腿部消肿），Elevation（抬高腿部防止充血）。那时我的脑海里闪过了有关漂流的另外四个字母ARDA，Adventure（奇遇），Romantic（浪漫），Danger（危险），Activity（活动力），漂流的四种经历在最后一刻凸现，而无论是哪四个字母，都是我们在极限运动中需要谨记的。

　　一个舵手喂苏菲吃了一粒止痛片，我们围在旁边，只能轻声安慰苏菲："take it easy, good girl（放松点，好女孩）！"好在腿骨没有断裂，印度男人开玩笑说，"今晚我能和你跳一支印度贴面舞吗？"苏菲泪流满面但也笑出了声。

　　在河流上运用团体与自己的力量、意志是令人感动的，我们划桨了3小时，9公里，到达了盖嘎特（Gai Ghat）岸边，"黑天牛神"号全体举桨，欢呼漂流终于圆满地结束了，那些家伙，甚至小女孩尼娜，全部向我泼起了水。我被他们"飞"了起来，以一个不优美的空中姿态被抛入了水中。

　　因为我划桨最少，因为我全身的衣服打湿得最少，因为他们也想让我去水下数鱼。

　　无论如何，最后一个漂亮的"弄湿退出（wet-exit）"还是让我的漂流之旅惊了一次心、动了一次魄。

　　风止热散时，河流送来了清凉。

逍遥,

奇特旺丛林探险

Safari in Chitwan National Park

Chapter9　Strolled freely

「　　堤岸上散落着木制躺椅、遮阳的茅草棚，躲避炎热天气的狗蜷缩在有湿气的沙坑里酣睡，饮着红茶随意找把靠椅躺下来的时候，就看见了河对岸那一望无际的丛林、沙漠色的象草林以及天际边长年积雪的雪山。

　　每每想起尼泊尔，我都会想起我坐在索拉哈小镇的咖啡馆楼上，看见一个象工骑着一头银灰色的印度象，不紧不慢地走过学校、银行、钱币兑换店、网吧、旅馆，走过来来往往的人群、喧闹声，在落日的光线里安适自在地走回家……　　　　　」

躺在古老之河看日落

Lying by the Old River and Watching the Sunset

　　印象中一个美国人在19世纪写了本《神秘的喜马拉雅》探险记，他说那是一个非常封闭的神秘国度，外国旅行者想要进入，必须得到王室的许可。那里到处弥漫着印度宗教的气息，对湿婆神的崇拜和佛陀的侍奉几乎就是尼泊尔人生活的全部；人们以大象作为劳力及交通工具；那时没有公路通向加德满都，以致国王买的进口轿车竟需要人力翻山越岭地抬进来……

　　我想尼泊尔至今还保持着如此原始、有趣生活的地方，就是奇特旺的丛林探险了。

　　从色惕河结束两天的漂流后，我们在盖嘎特上岸，要搭乘1个小时的本地汽车去到皇家奇特旺国家公园（Royal Ghitwan National Park）。那群印度男人租了一辆越野吉普，其中的"老大"邀请我说："今晚你和我在丛林小屋共进晚餐，好吗？"我的确不想和一个珠光宝气的印度富商来点"丛林罗曼史"，而宁愿去和受伤的比利时女人苏菲组成一个新的团队。在布鲁塞尔做一份很好的职业、32岁的会计苏菲，表现出了一种很强的忍耐力和极佳的旅行精神，就像她来自的那个城市著名的撒尿小孩于连一样勇敢，我跑到路边小摊去买了4个西红柿，递了两个给她，她把绑上绷带的脚跷在背包上，我们就坐着小巴一路颠簸着去到索拉哈。

　　索拉哈（Sauraha）小镇虽小但生机勃勃，有十几家村民的简陋木屋旅馆，大多是由泥土和干枯的大象草盖成，院内种植有繁茂的热带植物，房间带有小阳台，有干净的卫生间，还提供风扇和蚊帐。小镇上还有餐馆、酒吧、咖啡吧、网吧、旅行社和钱币兑换店，大多数的自助旅行者来到奇特旺都会住在这里，但真正临河而建尽享落日美景的酒店都在雷普提河边。我们预订的是河岸旅馆（Hotel River Side），看见旅馆的老板冈嘎（Gamga），一个鼻子高高、头发卷卷、戴着墨镜的帅哥已经开着一辆敞篷越野吉普等在巴楚里（Bachauli）车站的路边，我们顿时心花怒放；沿着尘土满天的土路，一路头发被吹得狂花乱舞地到达河岸边时，我的第一感觉竟是怎么和《远离非洲》的电影情景一模一样！

　　奇特旺意即"丛林的心脏"，是印度和尼泊尔之间喜马拉雅丘陵地带中为数不多的未遭破坏的自然区域之一，也是世界上罕见的亚洲独角犀牛的栖息之地和孟加拉虎的最后避难所。它曾是尼泊尔皇室和外国贵族狩猎的禁苑，在1911年的一次血腥狩猎中，英王及其贵族共杀死了39只受伤的老虎和10头犀牛。但在1973年，它被联合国教科文组织列为世界文化遗产并建立成了禁猎的奇特旺国家公园。整个公园有932平方公里，除544头犀牛和约80只老虎外，还有另外50种哺乳动物，诸如豹、懒熊、象、土狼、野猪，以及450种鸟类，这里无疑是亚洲最大的天然野生动物保护区。

　　我一到达就看见了雷普提河边的日落。雷普提（Rapti）意即古老之河，河岸旅馆就建在河流回水处的堤岸边，是两幢蓝白色相间的三层小楼，露台和窗户都临河而开，颇有"面朝大海春暖花开"之趣。旁边还建了丛林人的茅草木屋，如果你想奢侈的话，不妨单独一人去住一间茅屋。堤岸上散落着木制躺椅、遮阳的茅草棚，躲避炎热天气的狗蜷缩在有湿气的沙坑里酣睡，饮着红茶随意找把靠椅躺下来的时候，就看见了河对岸那一望无际的丛林、沙漠色的象草林以及天际边长年积雪的雪山。

　　在这里，能看到世界上为数不多的雪山下丛林后的日落，这样的景致一下让我想起海明威和《乞力马扎罗的雪》。一个酷爱冒险的男人在非洲丛林面临死亡，带着一种忧伤的神情面对着他的情人，断断续续地回忆着自己一生中的片段，最终，他在死亡的幻梦中飞向了乞力马扎罗的雪峰顶。而这里无疑也是这样一个寂静的野生世界，越过眼前那片灼热而炫目的平原，能够眺望到灌木丛的边缘。野鹿、羚羊、猿猴、豹、野象、大蟒蛇就在那里出没，长尾鹦鹉、蓝孔雀、沙松鸡就在林间飞翔，塔鲁人的独木舟像美丽的梭鱼样缓缓地顺雷普提河而下，无声无息地漂向了夕阳的尽头。

　　晚上附近村庄巴楚里（Bachauli）的塔鲁人，会来到营地围着篝火打着手鼓跳棍子舞，由于塔鲁人对于疟疾有着天然的抵抗力，因此小规模的塔鲁族村庄也成了奇特旺山谷唯一的人类原住地。丛林塔鲁人有自己的信仰，他们崇拜野兽和一系列的神灵及鬼魂，也崇拜印度教的一些神祇，他们对大象和骏马尤其崇拜，那些不宜于人类居住的林莽地区，同样让他们感到神圣与敬畏。走进他们的村庄里，会看见每户人家都有自己的专用神龛，他们在一块隔开的四方形空地的中间，放着赤褐色陶制的大象和骏马，再在它们面前摆放着一碗一碗的祭酒。塔鲁人至今都喜欢在泥屋的墙上，用彩色颜料画着他们狩猎的场景，人物、动物、小鸟、花草、种子、花瓣、翅膀都栩栩如生。女孩子们不在田间干活时，就娴静地坐在屋前的树荫下绣制华美的衬衫，这种衬衫穿在身上，与他们那饱经阳光炙晒的黑亮皮肤相互映衬，显得格外的性感、美丽。这些丛林人特别喜欢唱歌和跳舞，他们在一块空地上围成一个圈圈，当伴奏者敲起大鼓时，他们便开始舞蹈，大人小孩都跳，越跳越欢快，他们的衣裳在篝火和月色的映射下像一条微微发亮的光圈，不一会我们这些围观的人也拍着手，和着鼓声，有节奏地跳了起来。而他们呼噜呼噜吆喝着、噼噼啪啪击打棍子的声音，让人想起这些原住民曾经是以狩猎奇特旺的动物为生的。

不过，如今的野生动物保护区里已不允许建酒店，村庄也分散在丛林的边缘，古老的雷普提河像一条天然的屏障，把丛林和人类的居住区域隔离开来。河岸边除了孤单单的木屋，没有城镇，没有村庄，没有车马，旅馆内也没有网络，没有电视音响，好像什么现代文明的踪迹都没有！大家就围着篝火在星光下喝啤酒、威士忌，漫无边际地聊天，而我则要了一盘大份量的牛排来吃，并且告诉冈嘎说我好像没有吃饱，还是很饿，他不由地睁大了眼睛。我想每个来到丛林的人，第一夜都会有这种感觉的，我们身体中那种原始的野性，会因为无边无际的寂静夜色和偶尔从河对岸传来的野兽的低鸣声而猛然地复苏。

夜晚照例停电，露台上只有昏暗而呛人的煤油灯照明，冈嘎提醒大家关好门窗、不要乱跑出去神游，因为这里就是野外，就是丛林，就是野生动物的活动区，泽鳄和印度鳄就在暗夜的河里逡巡。我一直在小屋里点着蜡烛看书，想着《遗失的世界》里，一个空想家、一个女富翁、一个猎手、一个科学家和一个记者被困于丛林荒蛮之地，他们必须要找到通往现代文明的路，才能逃出那个被遗失的世界……我不由得胡思乱想了一夜，臆想着是否也会有吸血怪兽或者"金刚"大猩猩就在我窗外逡巡徘徊而无法入眠。

丛林探险270分钟

Adventure in the Jungle for 270 Minutes

第二天清晨6:30，冈嘎就来敲门，一个温馨的morning call，我们一天的行程也用粉笔写在了黑板上。先是坐90分钟的独木舟（canoe）顺河而下，然后是3小时的丛林穿越，正午时回到旅馆，在河里与大象一起洗澡，下午再骑大象去丛林找犀牛。

雷普提河上已停了十几艘独木舟，尖头尖尾的平底独木舟足有5米长，里面放置着六七张矮凳，但宽度却不够大，仅能容下一个肩宽，如遇上一两百磅的胖子，他的双臂就只能搁在舟舷上了。这种用一整条树木挖空雕凿出来的小舟，船体上的刀痕真真切切可见，可以想象奇特旺密林深处有多少参天大树。人一坐下来，船身吃水就达到了2/3，人的整个身体就像贴在水面上滑行，双手轻易地就可以在河中戏水，而独木舟轻盈得像"快马子"，悄无声息地射了出去。

今天的丛林向导是宽鼻、厚嘴唇的达瓦（Dawa），一个有8年丛林生活经历的结实小伙子。他叮咛我们不要大声说话，以免惊动水中或岸边的动物。清晨的河面弥漫着轻柔的水雾，宁静无比，燕子成群地在河道上空翩翩而飞，他就一一地指给我们看，栖息在沙洲上成双成对、不断鸣叫的是斑头雁和白鹭，还有从西伯利亚飞来越冬的西伯利亚鸭，从青藏高原勇敢飞越喜马拉雅山的蓑羽鹤，站在河岸树梢上的有金莺、绿鸽子、太阳鸟和林枭，太多我们从来没有听说、没有见过的飞禽。在尼泊尔发现的鸟类超过850种，尼泊尔只占地球表面面积的0.1%，但世界上10%的鸟类都栖息于此，故奇特旺也是最受世界各地的观鸟族们喜爱的地方之一。至今雷普提河里没有任何现代机动船只的轰鸣和污染，最原始、天然的独木舟仍然是居住在河两岸的塔鲁人的交通工具，他们用它来捕鱼、摆渡、运送象草、牛奶，或运送游客，与女孩月下相会等。乘独木舟漂流，与在色悌河里那种惊心动魄的激流漂流完全不同，我们在静静流淌的河流里享受着岸走船移的惬意，野生动物的环绕，当然还有一种对原始静谧中暗藏着的各种杀机的隐秘期待。

比利时女人苏菲已去镇上的医院做了检查，腿上打上了石膏，绑上了绷带，一只右脚已肿得像块黑面包，但她还是挂着拐杖，勇敢地来参加了我们的独木舟行，大家把船头视野最开阔的位置让给了她，她把伤腿高高地跷在船舷外，而鳄鱼就在岸上走。雷普提河中生活着最凶猛的印度长嘴鳄与短嘴泽鳄，长嘴鳄鱼的外表看起来很古怪，细长的尖嘴里长满参差不齐的牙齿，它进化成这副滑稽的嘴脸也是为了适应它的食物——河鱼，它是以吃鱼为生的。而身材短粗、看起来憨态可掬的短嘴泽鳄才是攻击性最强的杀手，它可长到4米，抓住什么就吃什么，包括人，所以又叫食人鳄。达瓦曾经3次遭受到泽鳄的袭击，最可怕的一次是泽鳄冲向了独木舟，撕破了他左手的羽绒衣服。所以任何时候他的手里都提着一根粗壮坚硬的棍子，那是来惊吓威慑鳄鱼的。

船一路划过时，时不时能看见在岸上昏睡的鳄鱼，有时距离只有几米，锋利的牙齿颗颗可见。鳄鱼是冷血动物，喜欢晒太阳储存能量，提升体温，它趴在岸边一动不动时，看上去就像一尊古老、木讷的雕塑，一只体型肥硕的泽鳄趴在草丛上晒太阳，它短而宽的嘴吻微微张着，一副很享受的样子，看上去好像在偷偷窃笑，如果它突然向小船扑来的话，那该怎么办呢？

我不敢想象。此时没人敢惊动它们。

独木舟就这样在蒸腾的雾气与清澈的水面之间缓缓地顺流而下，犹如漂浮在水墨画般的梦境中，但我知道达瓦说的并非神话，我们正在置身其中的就是一个活生生的、充满着危险与死亡气息的野生世界。以我蒙古族人的天性，看见天高水阔的美景就会放声歌唱，但我们没有人敢大声说话，也生怕惊醒了正在水下做着黄粱美梦的鳄鱼兄弟，要是它老兄一不高兴，那时说不定最先遭难的就是苏菲那高高跷起的伤腿了。

河岸对面的森林是没有围栏与大门的，上岸后达瓦再次叮咛了一些注意事项，遭遇到不同的动物如何应对等，并脱下了他的迷彩背心，执意让我套在我粉色条纹的布衬衣外。我知道在旅馆的黑板上写着：请穿长袖、长裤和靴子，但不要穿亮色的衣服，诸如红色、黄色和白色的衣服，以免目标醒目、无法躲避动物。可是我带来的衣服都是浅色的，就只好"铤而走险"了。达瓦握住棍子在前面开路，让另一个年轻男向导在后面压阵，让我们排成线形走在中间，就开始向丛林的深处进发了。我的心一下子就开始怦怦怦地急跳了起来，因为恐惧、因为紧张，还因为是第一次。河里已经见识了鳄鱼，那么丛林里还会遭遇什么呢？

大家最关心的是能不能看到老虎和雪豹。精瘦的孟加拉虎，尼泊尔语中的"Bagh"，位于尼泊尔丛林食物链的顶端，这种动物生性孤僻，有自己的领地，在奇特旺大约有80只孟加拉虎，聪明、狡猾而凶猛的孟加拉虎是次大陆最令人心惊胆战的猛兽之一，本地人和外国人都曾在奇特旺丛林受到其攻击，荷兰人Joop与他的团队就曾经遭受到一只保护幼虎的雌虎的突袭。向导用棍棒击退了老虎，他们躲过了袭击，但还是吓坏了。而据达瓦这么多年来的经验来说，看到老虎的次数是"凤毛麟角"，因为白天它们一般都在很深的丛林里面躺着，酣睡打盹，因此能看见的机会不多，得睁大眼睛。神乎其神的雪豹，尼泊尔人称作"白豹"，更少出没，一方面是因为其出色的伪装，另一方面则是因为它栖息于世界上最偏僻、最不适宜居住的山区。如果能够看到，说明我们交了好运。

　　长时间在杂草丛生的热带森林里走路，也实在是一件郁闷、不好玩的事情，时刻要注意保护自己的脸和露在外面的皮肤，随时会被高及8米的犀利的象草划伤，或被前面的人走过后又弹回来的树枝打伤；一不小心，湿地上的水蛭和蚂蟥就像附骨疽样咬得你手脚鲜血淋漓。最主要的是全体都要噤声，就只听见脚下踏着的枯枝树叶那让人神经紧绷的"沙沙沙"声。达瓦随时拨开树叶，指给我们看昆虫、鸟、新鲜的蜂巢，以及一些动物的骨头，或是生活的痕迹，如黑熊的身体蹭破了皮的树、老虎磨过爪子的木桩或是犀牛留下的粪便等。这一切就像丛林探险电影中的暖场一样，让大家莫名其妙兴奋着、紧张着。高大参天的木棉树、菩提树和娑罗双树几乎遮蔽了所有的阳光，越往深处走，我们越被这些"铺垫"的景象营造出来的野生氛围所感染和刺激。

　　奇特旺是珍稀的独角印度犀牛（Gaida）的保护地之一，全世界大约仅剩2000头这种犀牛，其中大部分生活在奇特旺。独角犀牛是3种亚洲犀牛中个头最大的，与非洲双角犀牛有些差异，它的视力极差，虽然重达2吨，但行动异常迅捷。达瓦指着湿地上一条深陷下去、拖曳了几十米的泥痕告诉我们说，这是犀牛交配时留下的拖痕，因为它们的身躯过于庞大、独角过于犀利，它们只能在行走中缓慢地做爱，长达数小时。团队中的法国女人雷吉妮（Regine）英文不够好，当她好不容易弄懂啥意思时，脸一下就红了起来。试想我们人类也曾经生活在这样原始自然的环境中，如今我们也只是回家来看看真正的野生生活罢了。

3个小时走出丛林后，我终于长长地吐了一口粗气。冈嘎很好奇地问我今天看见了什么，我只能很老实地回答说，几只白斑鹿、跟手掌一样大的蝴蝶、无数有着奇异色彩的昆虫、一大群在树上飞来飞去的恒河短尾猿猴、两堆老虎的新鲜粪便，听起来时而像狂笑、时而像发烧出汗的疟疾病人的鹰鹃，还有在河边修身养性的印度鳄，但没有老虎和犀牛的踪影。

冈嘎很开心我有如此细腻、好玩的收获，敦促我说快去河里和大象一起洗澡（elephant bath），那是最能激发童心的一件趣事。每天正午时分，阳光晒得河水暖洋洋时，索哈拉的大象就排队走到河岸旅馆附近的河边洗澡，这时的象工们会让游客与大象在水里嬉戏，过把瘾就死。最好的着装当然是穿着比基尼，拉着大象的两扇招风耳，从象鼻子爬上大象背，然后骑在大象身上，接受象鼻子里不断喷射而出的水花的沐浴。那是我有生以来接受过的最猛烈的象皮长管子"水战"，大象就像在自家花园里快乐地浇花一样，用粗壮的浇水管乐此不疲地玩着"吹喇叭水花"游戏，把整整一个象鼻子容量的凉水从我头顶上浇下，没几下我就从象背上被冲到了河里。大象由于毛少，容易生皮肤病，所以最喜欢在河里洗澡或做泥浴，这时象工会拿块红砖石，让你当清洗工、志愿者，站在水中为大象擦皮按摩、挠痒痒；大象则会很享受地躺在水里，任由你在它那像百岁老人的皱褶纹路里费力地刮来刮去。有不怕死的老外索性开始在河里戏水、游泳，我也游起了花儿开。

冈嘎警告了我两次，说河里会有鳄鱼出没，最好待在正在洗澡的大象周围，不能游远了。我知道在奇特旺有个鳄鱼保护繁殖中心，每年当地人都会在鳄鱼繁殖的季节，将在岸边搜集到的鳄鱼蛋进行统一的孵化养殖，到一定阶段，再把它们放回到河流里，同时还救治受伤或生病的鳄鱼，帮它们更好地活着。在这里没有像泰国那样的鳄鱼皮制品卖，把鳄鱼皮制成鞋子、包包让人穿戴在身上，也没有鳄鱼表演与鳄鱼合影的项目，奇达旺的鳄鱼都能在自然环境中自由自在地出没，安逸地栖息，所以能够有一头5吨重的大象环视在周围，在充满着鳄鱼气息的古老之河里畅游片刻，也算是一种与众不同的冒险了。

我尽情欢娱，在河里解掉了一身的暑气。

骑着大象找犀牛

Riding on an Elephant to Look for a Rhinoceros

象是比较稀有的动物，在古代，人们常将大象看作王室的象征，历代国王都想尽可能多地拥有大象，以壮大自己的声威。由于森林密布，特赖地区在20世纪以前的确有着许多大象，这些印度象（hathi）是亚洲大陆最大的动物，体重可达5吨，足足有一台"解放牌"汽车重。在18

世纪，尼泊尔王室每年要捕获200至300头印度象。世居的塔鲁人不仅设法捕猎大象，而且还学会了驯化它们，久而久之，塔鲁人便以优秀的驯象师而远近闻名。

目前在奇特旺已没有野生象了，在保护区里带游客进入丛林探险的工作象都来自国家公园内的大象养殖中心（Elephant Breeding Centre）。亚洲有两个大象幼儿园，一个在斯里兰卡，另一个就在这里。大象养殖中心在雷普提河的南岸，距索拉哈小镇约3公里，骑一辆单车即可去看望这些聪明的家伙。这里养了20多头大象，主要饲养母象和小象。当地人说有一年，公园里所有的母象都怀孕了，是因为一只从印度丛林来的野象越过了边境，很尽情地撒了一次欢。母象的孕期约22个月，要每隔4~9年才产下一仔，而双胞胎极为罕见。幼象要到3岁时才断奶，但会同母象一同生活8年后才开始接受训练，有点像人类要到学龄才去上学读书一样。所以在幼儿园里会看见亦步亦趋紧跟在运送象草的母象身后的小象，它们东歪西倒吃着奶、晃晃悠悠地闲逛，是天下最幸福的一群孩子。一头大象最长可活到80岁左右，驯象师会在大象的巨耳上画上他们喜爱的花花绿绿的图案。与树的年轮一样，人们可根据象耳来判断其年龄，每多一圈就是老一年，就像《尔雅》里记载的，"象者，轮少则幼，轮多则迈。"这里的每个驯象师会终其一生陪伴着一头大象。

非洲象是没法驯服的，故在尼泊尔骑乘亚洲大象去丛林寻找犀牛，是奇特旺最难得的一种丛林探险经历。尼泊尔的象轿十分原始、古朴，就是用木条钉成一个四方筐，四人一乘，每人占据一角，而驯象师就坐在象头上，双脚蹬在大象的耳朵后，左右着大象行走的方向，并时不时用手中拿着的木棍敲击、拍打大象的躯体，驾驭大象前行，同时撩拨开

挡道的树枝密叶。我们的象队浩浩荡荡地向丛林出发后，骑在象头上的
驯象师尼玛（Nyima）一直密切注意着丛林里的一举一动，一旦有动物
出现便赶紧让我们观看。骆驼是"沙漠之舟"，牦牛是"雪域之舟"，
而大象就是当之无愧的"丛林之舟"。大象的嗅觉特别灵敏，可与犬
相比，但比犬还聪明，可帮助人类做很多很多的事情，比如看小孩、守
门、陪同主人出猎。在奇特旺，还有每年一度的国际象球比赛，有8支
国际象球队参赛，参赛者们骑在大象上很刺激地追逐着打马球，大象们
要是躺倒在球门前或顽皮地把马球吃下去的话都会被判犯规。

　　当然，坐在象轿上在丛林中行进，其实很不舒服，摇摇晃晃的幅度
很大，身体困在木筐里完全不能动弹，没有用脚走在丛林中探险刺激，
但只有大象才能嗅得到其他动物的气息，带你进入一个真正的野生王
国。有队员的帽子不小心被高处的树枝刮掉了，大象用鼻子轻轻一卷，
就把帽子递回到了她的手上，甚至我的尼康镜头盖这样的小东西掉在了
小径上，也没难倒它那灵巧的鼻子。在水泽的一处草丛里，驯象师发现
了一条手臂般粗的蟒蛇，而我们乘坐的大象竟顽皮地想用鼻子去挑逗蜷
伏的蟒蛇，我们紧张得生怕上演一场"象蛇之战"或者"狂蟒之灾"，
尼玛则赶紧将大象赶离了现场。

　　在丛林里，人们只有骑着大象才可能最近距离地接触犀牛，象队开始
地毯式搜索独角犀的踪迹。法国女人雷吉妮激动得语无伦次，竟然说成了
"我们正骑着犀牛找大象"，惹得大家哈哈大笑。我们终于在一个遮天蔽
日的密林处遭遇了独角犀一家人，是一对父母和一只小犀牛。大象们像在
打一场伏击战样，兴奋地用鼻子卷着挡眼的树木，踏着噼啪作响的树枝慢
慢地迎了上去。所有人都屏住了呼吸，只听见"咔嚓咔嚓"的相机声。

独角犀有着甲壳虫般乌黑锃亮的颜色和光泽，看起来就像穿着铠甲的中世纪武士一样，像个又老又丑的巨型妖怪，但它那直直翘起的绝无仅有的一支短角，很像联络外星球的一根神秘天线，与它那约2吨重的肥壮身躯相比，眼睛小得像两枚豆荚，简直萌化了。它们会在清晨或傍晚时出来觅食草、芦苇和细树枝，夹在厚厚皮褶之间的皮肤很细嫩，极容易受到蚊虫叮咬，所以它们也和大象一样，几乎每天都要进行护肤的泥浴。尼玛说任何人遭遇到一头母犀牛带着它的幼仔，都有可能遭到它迅猛的冲撞，即便是你骑在象背上也很危险。很多人都会有终生难忘的美好的丛林探险经历，但还应该意识到潜在的危险。一想到"践踏致死"这些字眼，就知道被犀牛追逐可不是闹着玩的。但这个犀牛家庭是那样的笨拙可爱，它们正将庞大的身体滚在潮湿凉爽的泥浆中，翻江倒海，自娱自乐，完全沉浸在儿童式的快乐中，对我们的紧张和惊讶视而不见。

尼玛说独角犀是尼泊尔的国宝，世界珍稀的野生动物独角犀目前只在奇特旺及周围才能见到，捕猎独角犀会受到极刑的处罚，但希望长生不老的人认为犀牛角是长命百岁的"仙丹"，一支犀牛角能卖到约10万美元，因此盗猎者会疯狂地铤而走险，公园里共有6头犀牛被捕杀，其中一头怀胎15个月的母犀牛被枪杀在国家公园边界的森林里，盗猎者割走了它美丽的犀牛角。

事实上，在这个孤独的星球上，我们人类除了天气，已无天敌，往往为了扩张自己的欲求而肆意践踏其他生物的生命，而一个物种，通常要进化几百万年才会到我们看见它的样子，甚至有的物种已延续了上亿年，但灭绝往往只要几十年。比如犀牛，在超过5000万年的时间里，犀牛经受住了冰河时期的考验，无惧史前鬣狗和巨型鳄鱼等动物的挑战，它们比人类出现得还要早，如让我们回到3000万年前，人类还要过很长一段时间才会出现。我们要知道，虽然动物有美丽的皮毛、珍稀的牙角，但毕竟只有动物才真正地需要它们，毕竟我们不愿意在这个星球上只能看见我们人类自己的影子。

大象驮着我们在丛林里巡游时，我无意间看见了象草丛中一只孤独行走着的大象，大象到了老年，能自知死亡的来临，它会脱离象群，去找隐蔽的地方藏身，悄然死去。亚洲象与非洲象还有一个不同是，它们连睡觉都是站着的，一直站着到死。那个孤独面对死亡的身影，让我想到大象一生在奇特旺密林里的劳作，它给予人类的善意、友爱与智慧，还有它生命最后时刻那无与伦比的尊严与完美。

3小时后，象队集体淌水度过雷普提河，离开丛林时的情景非常壮观，落日将整个森林染成了动人的洒金色，我们也离那片生机勃勃的野生动物栖息地越来越远。从象轿下地时，我在骑乘中心的门口，用2000卢比买了一件稻草色的T恤，那是尼泊尔犀牛保护基金的一种捐赠，T恤上的独角犀牛旁印着一行让人震颤的字：My horn is not medicine（我的角不是药）。我就穿着这件T恤离开了炎热的奇特旺。

每每想起尼泊尔，我都会想起我坐在索拉哈小镇的咖啡馆楼上，看见一个象工骑着一头银灰色的印度象，不紧不慢地走过学校、银行、钱币兑换店、网吧、旅馆，走过来来往往的人群、喧闹声，在落日的光线里安适自在地走回家……

谜一样的山峰、谜一样的冰雪、谜一样的丛林、谜一样的动物、谜一样的信仰、谜一样的天空和神灵，世界上有很多地方能够让你忘记时间的存在，而尼泊尔却会让你连同自己也一并忘掉。

唯一百花盛开的国度

　　为什么要去尼泊尔?因为它是最安全的国家之一，也是最适合背包客自助旅行、花费最便宜的国家之一，还是宗教氛围最浓郁的国家之一。

　　尼泊尔一如它的国歌所唱的那样，《唯一百花盛开的国度》，我们就是那个百花锦簇的花团。

　　对每一个渴望去安安静静行走、去流浪、去私奔、去做志愿者、去度蜜月、去改头换面、去干干净净享受喜马拉雅阳光与浪漫的旅人来讲，尼泊尔散发出来的魅力与香气是任何一个人一伸手就可立马触及的，因为：

No.1　那是不用签证不需付签证费就可去到的国家

　　中国公民已可落地签证，白本出境了，即不需签证即可出境去尼泊尔旅行。

　　尼泊尔对持各类有效护照的中国公民均可办理落地签（on-arrival visa），在尼泊尔各陆空开放口岸都可落地签。中国已于2014年2月开放白本护照出境放行，不过必须出示有效护照及前往尼泊尔的往返机票。在尼泊尔各陆空开放口岸落地签需提交的材料包括：有效护照与护照照片；停留期限可为15天、30天、90天，从2016年起，中国护照旅行者落地签不需交纳签证费。

需要注意的是，从中国西藏樟木口岸陆路出境的，必须提前去以下四个机构中的任一机构申请面签，办理签证；也可由中国国家旅游局授权的具有出境游权利的旅行社代替办理签证。

四个机构为：尼泊尔驻北京大使馆、尼泊尔驻拉萨总领事馆、尼泊尔驻上海名誉领事馆、尼泊尔驻广州名誉领事馆。

No.2　那是旅行最安全的国家之一

尼泊尔安全吗？

每个还没有来过或者渴望来尼泊尔旅行的人都会担心地问。去一个异国他乡旅行，安全是第一需要考虑的问题。

与我去过的非洲、中东、南美洲或其他第三世界国家相比，尼泊尔是旅行的安全指数和国民的幸福指数最高的国家之一。听见哪家店铺被偷了吗？看见哪个游客被抢劫了吗？媒体上又有血案报道吗？极少！

无论白天还是夜晚，都可在街上自由行走。抢劫、小偷、乞讨、索贿等不良事件极少发生。即使在喜马拉雅山区徒步，也极少发生不良事件。

　　加德满都、博卡拉的街道狭窄不堪，汽车、摩托、三轮车、单车就在人的身边穿梭，但很少有人争吵、很少有人小偷小摸，没有人大声武气地吆喝，也很少见到车祸。一切都是老牛拉破车那样优哉游哉、慢慢吞吞。对于天天要去敬拜的当地人来说，对于有信仰的信徒们来说，宽容、善良、行善、积德才是通往来生的天堂之路的最好品性。而在这里，道德与宗教的约束力，往往比任何法律的约束力与制裁力来得更为强大和有效。

No.3　那是花费最便宜的国家

没有之一。

RMB￥1=Rs16；US$1=Rs100

即使与花费便宜的东南亚相比，尼泊尔也是旅行花费最

便宜的国家。想想1元人民币可兑换约16卢比（Rs），1美元可兑换约100卢比（Rs）来消费，任何人都有得道升仙、陡然升上天堂，要花天酒地、胡作非为一把的快感。

每天100元人民币，约1600卢比走遍尼泊尔，这不是神话。

300、400卢比即可住有庭院的青年旅馆、家庭客栈，一日三餐花费约800卢比，剩余的卢比用于低廉的本地交通与门票。20卢比喝一杯红茶，60卢比喝一杯咖啡，80卢比喝一杯鲜榨果汁，50卢比坐一次三轮车，没人向你要求小费，不用像印度、非洲某些国家那样每天必须支付一大笔小费。

No.4 那是离我们最近的境外天堂

中国已开通四条直达尼泊尔首都加德满都的航班。拉萨—加德满都，成都—加德满都，昆明—加德满都，广州—加德满都，飞行时间从1小时40分至4小时40分不等。尼泊尔与中国的时差为2小时15分，与中国接壤的边界总长有1100公里，那是离我们最近的境外天堂。

从陆路樟木口岸出境的人，可乘坐拉萨—樟木的班车，在拉萨柳梧客运站发车，电话：0891-6947216。也可自行拼车。樟木距加德满都120公里，车程约3小时，每日通关时间为：9:30~17:00。

No.5　那是最适合背包自助行的国家

尼泊尔是一个旅游之国，西方人直接把尼泊尔称为"佛祖的后花园"。无须参加旅行社，无须向导与地接，也不需很好的英语，每年约300万的外国游人，让加德满都的泰美尔区、博卡拉的湖滨区，成为世界各地背包客的聚集地与出发地。一年四季温暖的气候，与世无争的安宁，随处可见的钱币兑换店，便利、完善的各类旅行服务设施，随时可与来自各国的旅行者结伴，尼泊尔无疑已成为最受背包客、穷游者喜爱的国度。

英语是尼泊尔旅行的通用语言，所有的标识都以英文为主。但随着中国旅行者的剧增，很多地方都有了中英文标识，很多尼泊尔人也会说简单的中文了。最简单的方法是，按手机计算器与翻译器解决你一切语言不通的烦恼，搞定吃喝拉撒。

唯一要准备的是一个万用转接充电插头，尼泊尔使用两圆头欧标插座（欧洲标准），不同于美标与中标。

No.6　那是风景最完美的国家之一

尼泊尔是世界上景色最丰富的国家之一，也是地球上高度差第二大的国家。沿着喜马拉雅山麓，从低于海平面100

米的特赖平原，到海拔884米的湖滨区博卡拉，到海拔1300米的加德满都谷地，到海拔6000米以上的240座雪山，到海拔8000米以上的8座世界级雪山，到世界之巅的珠穆朗玛峰，不同层次的地形与截然不同的景观，在每一次呼吸之间，每一次镜头的快速闪动之间，无疑都是一次视觉的盛宴。

No.7　那是户外运动最齐全的国家

无论是徒步、登山、攀岩、漂流、皮划艇、溪降、蹦极、骑山地车，还是观鸟观花、狩猎、坐热气球、玩滑翔伞、坐小飞机飞越珠穆朗玛峰，抑或是骑大象，在国家公园里寻找犀牛与老虎的足迹，每一次身体力行，都会让个体的生命与大自然更加亲密。更主要的是，这里还是玩各种户外运动最便宜的国家。

尼泊尔还是全世界最负盛名的徒步地、登山地，它为旅行者提供了各种类型的徒步游机会，你可进行1天、2天、3天或4天不等的短距离徒步。深受徒步者喜爱和追捧的安纳普尔纳峰保护区徒步游（ＡＢＣ）、珠穆朗玛峰大本营徒步游（ＥＢＣ）需要超过1周时间，但荣居世界最佳徒步地榜首。在尼泊尔徒步的花费很低，而景色却无比壮丽，也只有在尼泊尔才能请得到最便宜但服务最好的背夫和向导。

No.9　那是寺庙最多的国家

　　加德满都是梵语的"光明之城"、"寺庙之城"，这里的寺庙多如住宅，神像多如居民，加德满都谷地至少有2700多座神寺，大多数的尼泊尔人信奉印度教和佛教，基督教、伊斯兰教、耆那教、萨满教，各种宗教也在此汇聚，这里既是喜马拉雅的"山中天堂"，佛祖的故乡，亦是各种信徒、朝圣者的灵修之地。

No.9　那是节日最丰富的国家

　　尼泊尔好像一年到头都在过节，它被称作世界上节日最多的国家之一，它有50多个民族，几乎每隔一天就有一个节日，最著名的有洒红节、宰牲节、佛诞节、湿婆节、神牲节、提吉节、黑天神节、因陀罗节等。不管你什么时候去到那里，都会很容易"碰巧"遇到至少一个节日，都有可能亲眼见到蕴含着民族与宗教特色的、丰富多彩的活动。如果你愿意，完全可以装扮成稀奇古怪的样子，与他们一起又蹦又跳。

No.10　那是手工艺术的血拼天堂

　　尼泊尔至今还是一个农业和手工业的国家，代代相传的手工艺术精美绝伦，值得购买的东西太多，从克什米尔羊绒披肩到手工丝织地毯、羊毛地毯，手绘唐卡、手工木雕、铜器、陶器，哪怕是一串小叶紫檀的念珠，燃一炷香的铜香熏，还是纯手工雕刻的佛像，都有着天然、古朴的魅力，一路发现，一路砍价，都可以开开心心地买到你钟情的心爱之物。

加德满都泰美尔区集散地

尼泊尔国家区号：00977；加德满都区号：01，手机98、97打头，花Rs100在任何一个杂货店、小超市可办一张当地手机充值卡，超值超方便，通话每分钟只需Rs2，每条短信Rs1；市内车费，三轮车Rs50~150，出租车Rs100~300，公共汽车Rs20~60。

背包客客栈

加都泰美尔区（Thamel）是各国旅行者聚集的地方，各种旅游服务设施齐全。500多家旅馆竞争很激烈，雨季（淡季）和旱季（旺季）的价格也有高低之分。无论是哪家旅馆，都有一定折扣，所以要学会砍价，每家旅馆都有wifi供微信控免费使用。即使最便宜的青年旅馆都会有热水沐浴服务，因为这里是阳光之城，太阳能热水器又便宜又环保。

以下3家家庭式青年旅馆位于泰美尔十字路口（Thamel Chowk）的纳森门巷道里（Narsing Gate），紧靠在一起，是闹市中难得的安静之地，别具一格，花园幽静，价位中等偏低，出行方便，这是我在加都停留4次后发现的最适合背包客的相聚之地。

加都国际青年旅馆（Kathmandu Hi Thamel Hostel, 4262597，9841608995，info@y-outhhostel-nep. org, www. youthhostel-nep. org，s/Rs800，d/Rs1000, d/Rs300per bed）；扎西德勒旅馆（HotelTashiDhele, 4251720，9841289131，tashidhele@hotmail. com, s/Rs500，d/Rs800，d/Rs200perbed）；陀龙峰旅馆（Thorong Peak Guest House，4262980，4253458, tpgh@mail. com. np，www. thorongpeak. com，s/ US$20，d/US$28）。

小·型团队旅馆

其他沿着泰美尔的中心区域，从泰美尔十字路口到纳森门街的楼式酒店，以下7家相距不过50米，适合小型团队停留，其中包括中国人开设的宾馆。

北地酒店（Hotel Northfield，4700078, 4701079，htlnorthfield@mail. com. np，www. hotelnorthfield. com，s/US$30，d/US$40）；普斯卡旅馆（Hotel Puskar，4262956，hotelpuskar@yahoo. com，s/Rs600，d/Rs900）；布达拉宾馆（Potala Guest House，4220467，4226566，info@potalaguesthouse，www. potalaguesthouse. com, s/US$18，d/US$20）；加都王子酒店（Kathmandu Prince Hotel，4255961，ktphotel@wlink. com. np，

www. kathmanduprincehotel. com, s/US$25, d/
US$30）；成都宾馆（Hotel Chendu, 9721550632,
QQ: 2410626701, s/d/Rs900）；九鼎源宾馆（Jiu Ding
Yuan Hotel, 4412928, 9813800888, QQ:609467877,
s/d/Rs900）；龙脉假日酒店（DragonHolidayHome,
4250625, 9808738447, QQ: 1484482120, s/d/
Rs900）。

花园庭院式酒店

加德满都宾馆（Kathmandu Guest House,
4700632, 4700800, www. ktmgh. com, s/US$30, d/
US$40；它是泰美尔的第一家旅店，也是泰美尔的中心标
识，问路时都会说靠近加都宾馆的什么地方。占地空间较
大，有露天餐吧、花园，环境幽雅。宾馆内有停车场以及
租单车和租车的旅行社。宾馆大院里有尼泊尔传统式的雕
塑，龙头喷着水的一排水柱，可以洗手。有一个油绿色的
路标立在空中，上面刻着世界各个大城市到加都的距离，
比如Beijing—3776km, Rome—6629km, Sydney—
9741km，让你一下觉得很刺激，原来自己是跑了这么远的
路才来到这里的呀。）

牦牛雪人酒店（Yak&Yeti Hotel, 4248999,
4240520, www. yakandyeti. com, s/US$115, d/
US$125；位于加德满都的市中心，它有100年历史了，是

尼泊尔传统尼瓦尔建筑的现代新设计，是一家浓郁尼式经典风格的五星级酒店。）

佛陀花园宾馆（Buddha Garden Hotel, 4229935, info@buddhagarden.com.np, www.buddhagarden.com.np, s/US$20, d/US$25）；涅槃花园宾馆（Nirvana Garden Hotel, 4256200, 4256300, 4256333, 4256444, hotel@nirvanagarden.com, www.nirvanagarden.com, s/US$40, d/US$50）。

旅行者餐吧

来自世界各地的旅行者已让加德满都成为国际化美食的天堂，在泰美尔地区的餐厅、饭馆、酒吧、咖啡吧惊人地多，到了抬头不见低头见的程度。以泰美尔的中心标识加德满都宾馆为路标，紧邻的花园式露天餐吧有如下7家，均以各国风情风格为主，集茶水、咖啡、用餐、酒吧、音乐、阳光为一体，饮品：现磨咖啡、红茶、鲜榨果汁每杯Rs60~80，菜品Rs100~400，加收10%服务费。

北地餐吧（Northfield Café, 4700884, 印式尼式餐吧）；曾经咖啡吧（4Ever Café Bar, 4700316, 美式餐吧）；露台餐吧（Terrace Bar, 4701170, 欧式餐吧）；路屋咖啡吧（Roadhouse Café, 4262768, 墨式餐吧）；阴阳餐馆（Yin Yang Restaurant, 4262768, 泰式餐吧）；冰与火餐吧（Fire&Ice Restaurant, 4250210, 意式

餐吧）；安拉托利亚（Anatolia Restaurant，4258757，伊斯兰餐吧）。

中式餐馆

　　各种大小不一的中餐馆至少有20多家，中国游客云集于其中5家大型餐馆，这里吃住行、换钱订票包车结伴，一条龙服务，只需说中文。

　　成都餐馆（Chengdu Restaurant，9721550632）；九鼎缘餐馆（Jiu Ding Yuan Restaurant，4412928）；凤凰餐馆（Phoenix Reataurant，4246949）；长城餐馆（Changcheng Reataurant，4244298）；北京餐厅（Beijing Restaurant，4251368）。

尼式餐馆

　　尼泊尔文化餐吧（Nepali Chulo，4220475，www.nepalichulo.com.np，Dubarmarg；这家古典、精致、富丽堂皇的餐馆，提供的是最传统的尼泊尔尼瓦尔美食与现场音乐伴奏，尼式侍者服务。在地道的尼瓦尔食谱中，你能吃到用动物的所有部分和体液制作的佳肴，很多你都不可想象，包括炖脑花、炸脊骨髓和蒸血块等，在紧邻泰美尔的杜巴广场上，由拉纳家族的一座三层楼宫殿改建，着传统纱丽装的女子迎候在餐吧入口，在每位客人的额头点上鲜红的吉祥"提卡"痣，外国客人太多了，手持大托盘的侍者依然笑容可掬。）

泰美尔酒吧

朗姆酒涂鸦酒吧（Rum Doodle Restaurant&Bar，4701208，菜品酒水Rs150~600，是世界上所有登山队都知晓的菜馆与酒吧，酒吧主题是足迹，墙上有各种登山队留下的涂鸦，晚上经常有乐队演出，是一个令人疯狂的酒吧）；楼上爵士乐吧（Upstairs Jazz Bar，4410436，酒水Rs150~500，周三和周六有现场爵士乐演出，喜欢爵士乐的可以到此晃荡）；J吧（J-Bar，4418209，酒水Rs200~500，是泰美尔打烊得最晚的酒吧，也是最喧闹的酒吧）；满月吧（Full Moon，4700185，酒水Rs100~300，周三、周五和周六有现场乐队演出，喜欢尼泊尔传统音乐的人可以到此沉醉、尽兴）。

帕坦老城

帕坦在加德满都以南约5公里处，可以乘出租车、公车、坐三轮车、骑单车到那儿做一个悠闲的一日游，再享受一杯王宫广场的咖啡，亦可用简餐，费用Rs50~300。老城门票Rs500，可用2日。

老屋咖啡吧（Old House Café，5555027；这间尼瓦尔的老屋位于帕坦杜巴广场的东北角，从一楼的楼道步行上楼，每一层都有打开的雕花窗户，可以从不同层次打望杜巴

广场和王宫。楼顶温暖的阳光和从周围山峰微微吹来的风让人心情特别地舒坦，边喝咖啡边吃巧克力蛋糕，视线之下在王宫广场中穿梭的人群瞬间都变成了小人国中的童话。）

　　寺庙餐吧（Café du Temple，5527127；在杜巴广场的正北部，屋顶观景很惬意，侍者的笑也很迷人。楼道中是家族的黑白老照片，有几十人，背景就是王宫，有一种时光流逝的感觉，你会沉醉在一种安然、平和的诗意中。）

在巴克塔普尔住一晚

　　巴克塔普尔在加德满都以东约16公里处，乘公车Rs60；搭出租车Rs600，约需45分钟时间。房费每晚在Rs800左右。

旅馆与咖啡吧

　　巴德岗宾馆（Bhadgaon Guest House，6610488，bhadgaon@mos.com.np，www.bhadgaon.com.np；房间和楼道装饰都很有巴克塔普尔的风格，雕花木窗、烛台和木制用具，克什米尔风格的床单。底楼的餐吧很大，在花园中，落地的大窗门可以直接打望旧城广场的人来人往；去顶楼的露天咖啡吧小坐，可以很好地俯瞰尼亚塔波拉庙的全景，以及被喜马拉雅山环绕着的整个巴克塔普尔的街景。）

　　拉克希米旅馆（Siddhi Laxmi，6612500，siddhilaxmi.guesthouse@gmail.com；尼泊尔绝大多数的

旅馆、咖啡吧、餐吧都是一体的，选择一家风景不错的旅馆，也意味着选择了一处可以喝咖啡、休闲、聊天、看景色的地方。一进入纳克希米旅馆，印度燃香的味道特别重，对香味过敏的人，会感觉晕乎乎的。这家旅馆正对着尼亚塔波拉庙，晚上从窗口可望一眼那5对黑乎乎的神物。）

旅行与徒步公司

尼泊尔搜奇旅行公司（My Nepal Adventure Tours & Travels，4258191，4220356，mnatours_china@hotmail.com，www.mynepal-adrenture.com）；尼泊尔亚洲探险（Asia Voyaga，4002541，sales@asiavoyage.com，夏天·夏尔巴：微信/QQ：85022305；小邦：9808764686，www.asiavoyage.cn），以上两家有能说中文的各种旅游服务及徒步向导；雪绒花徒步登山公司（Edelweiss Treks & Mountaineering，4219810，9741062414）；均在泰美尔。

旅游巴士

去到加德满都以外的其他地区，可采用乘坐旅游车和本地公共汽车两种方式。

所有去往博卡拉的旅行大巴车在泰美尔的入口处坎提帕斯（Kantipath）车站发车，每天早晨7:00一班，车程约7小时，从泰美尔任何一家旅店坐Rs50~100的三轮车，或步行约20分钟即可到达车站；直接去旅行车公司订票，车费约Rs650/人；在各家旅馆、酒店和旅行社，都可预订车票，但要收取Rs50~200的手续费。

金色旅行（Golden Travels, Kathmandu, 01-4283765；Pokhara, 061-460120, www.supergoldentravels.com）

绿线（Greenline, Kathmandu, 01-4257544；Pokhara, 061-464472, www.greenline.com.np）

旅行者快车（Tourist Express, Kathmandu, 01-4261624；Pokhara, 061-463588, www.nepaltouristexpress.com）

岗布长途汽车站

加德满都汽车总站（Kathmandu Bus Station），又称岗布长途汽车站（Gongbu Bus Park），在加都北边的环路（Ring.Rd）上，有通往尼泊尔全国各地的长途车，博卡拉、奇特旺、蓝毗尼、苏诺里等。乘出租车约200卢比，也可在泰美尔北边的勒克纳斯路（Lekhnath Marg），花20卢比，乘23路小巴到达那里。这个汽车总站又大又繁忙，几乎没有英文标识，不过司机、售票员会热情地帮助你，让你没有觉得有任何障碍和麻烦，车费比旅行车便宜一大半。

志愿者组织

在尼泊尔做一名志愿者是很有意思的一种体验，登录www.volunteernepal.org可查寻相关志愿者工作。

福特基金会（Ford Foundation，4378864，www.fordnepal.org；安排志愿者主要从事教学和照顾儿童的工作，至少工作两周，食宿由接受帮助的家庭安排。）

尼泊尔生活慈善项目（Living Project Nepal，由一群来自世界各地，生活在北京的朋友们组成，一直在为震后尼泊尔山区儿童的教育和生活努力，通过有趣的活动筹集善款修建学校，并征集援建尼泊尔偏远山区志愿者，团队创始人之一为Valeria Chan陈慧；微信群：Friends of Living Project北京）。

博卡拉湖滨区集散地

　　博卡拉区号：061，手机98、97打头。沿着费瓦湖东岸而建的湖滨区（Lakeside）分为北、中、东三个区域，是各种旅行设施与旅行者聚集之地。以下旅店安静、便宜、干净，都带有花园、餐吧和wifi，是世界各国背包客、徒步者爱待的地方，便于结伴，属于小众，不属于吵闹的大型旅游团客人。旅馆每晚费用在Rs300~1000，酒店在US$10~30。

北湖滨区（*Lakeside North*）

特色旅店

曼达普旅馆（Hotel Mandap，462088，98460 31420，hotelmandap@hotmail.com）；顶点旅馆（Apex Guest House，462496，9846053994，apex-guest-house@yahoo.com）；切翠姐妹旅馆（Chhetri Sisters Guest House，462912，www.3sistersadventure.com）；观景旅馆（View Point Lodge，462218）。

特色餐吧

喜马拉雅餐吧（Himalayan Café，9846325233），自由酒吧（Freedom Bar，9808598101），湿婆餐吧（Shiva Restaurant，9841928576）；甜蜜回忆餐馆（Sweet Memories Restaurant，463251）；鱼尾菊粉丝餐馆（Zinnia Fans Restaurant，464905）。

中湖滨区（*Central Lakeside*）

特色旅店

九色鸟旅馆（Danfe Hotel，467008，9856028739，www.danfehotel.com）；第三极旅馆（Hotel Third Pole，466554，463647，www.hotelthirdpole.com）；

小西藏旅馆（Little Tibetan Guest House, 461898, littletibgh@yahoo.com, ）；安纳普尔纳旅馆（Hotel Plaza Annapurna, 462606, www.hotelpannapurna. com.np）；蓝色天堂酒店（Hotel Blue Heaven, 461450, www.hotelblueheaven.com.np）；和平酒店（Hotel Peace Plaza, 461505, www.hotelpeaceplaza. com）；徒步者客栈（Trekkers Inn, 462456, 463244, www.trekkersinn.com）。

特色餐吧

费瓦天堂餐吧（Fewa Paradis Restaurant, 462183）；飞去来餐馆和德国面包房（Boomerang Restaurant& German Bakery , 463175）；阿姆斯特丹酒吧（Club Amsterdam, 463427）；蜜蜂吧（Busy Bee Café, 462640）；龙脉餐厅（Dragon Chinese Restaurant, 461446）；柠檬树（The Lemon Tree, 463246）；唐人饭店（China Town Restaurant, 9846023096）；桑妈奴韩国餐馆（Sammaru Korean Restaurant, 461779）；旁遮普餐馆（Punjabi Restaurant , 462533）。

东湖滨区（*Lakeside East*）

特色旅店

喜马拉雅酒店（Hotel Himalayan Inn, 9846184368, www.hotelhimalayaninn.com）；皇家旅馆（Royal Guest House, 463443, royalgh@hotmail.com）；和平眼旅馆（Peace Eye Guest House, 461699, www.peaceeye.co.uk）；这3家旅店紧挨在一起，风格各异，便于选择。

米拉酒店（Hotel Meera, 462031）；蝴蝶客栈（Butterfly Lodge, 461892, www.butterfly-lodge.org）；燕巢旅舍（Giri Guest House, 464955, 这里有中国女孩燕子与尼泊尔丈夫的故事）。

特色餐吧

塔卡利厨房（Thakali Kitchen, 206536）；月亮舞餐吧（Moon Dance Bar, 461835）；中国湖畔花园（Chinese Garden Reataurant, 465153, 9851012571）；兰花饭店（Lan Hua Chinese Restaurant, 463847）；四川峨眉饭庄（在皇家旅馆对面，老板是中国人，妻子是尼泊尔人）；等风来中餐厅（在燕巢旅舍对面，9801116666, 9808346257）。

瑜伽与冥想

安纳普尔纳瑜伽修行所（Annapurna Yoga Ashram，9846023134，yogagurupkr@gmail.com，www.nepalyogaguru.com；在鱼尾峰大门的对面，依湖靠山而居，不喜欢普通旅行的人，可在此小住几日，与纳拉扬古鲁一起练瑜伽，做一次瑜伽徒步之旅。阿育吠陀按摩，Ayurvedic Massage，US$15/1hr；灵气治疗，Reiki Healing，US$15/1hr；瑜伽课程，Yoga Classes，US$8.50/1.5hr；瑜伽与冥想课程，Yoga/Meditation Classes，US$15/2.5hr）

徒步游公司

徒步（trekking）最佳季节为: 每年的1月~5月、10月~12月，雨季6月~9月危险，很难徒步。

博卡拉是徒步游的大本营，有近80家大大小小的徒步公司，务必选择有资历、信誉好、专业型的徒步公司，这样才能为你提供最优秀、最安全的服务。尤其是在徒步中遇到意外事故时，只有那些大型的、负责任的徒步公司才能为你提供及时的帮助和救援。每一家住宿的旅馆、吃饭的餐吧都会殷勤地为你提供向导和背夫，他们的价格通常比徒步公司便宜几美元，但信誉和安全没有足够的保障，徒步者需慎重考虑。

　　徒步公司通行的价格为：向导兼背夫，US$20/天，向导US$15/天，背夫US$10/天，客人的吃住、交通、保险自理，向导和背夫的吃住自理，但客人需支付向导或背夫在路上转车的交通费用，还有徒步完成后的小费；徒步团队US$50/每人每天，公司提供向导与背夫，包含客人在路上吃住与交通的一切费用。露营团队US$80/每人每天，公司除了提供以上的一切外，在徒步中你还可使用桌椅、就餐帐篷、卫生间帐篷及其他奢侈的装备。记住要与公司砍价，能砍多少是多少。

　　安纳普尔纳徒步飞行公司（Annapurna Paragliding，461706，462063，9856025315，sangeeta@wlink.com.np，www.annapurnaparagliding.com；公司创办人Basanta，17岁开始做背夫，是博卡拉第一位获得A级向导证的人，24岁时受到一对英国徒步者夫妇的资助，去到英国完成旅游专业学位，2003年创办徒步与滑翔伞飞行公司, 是尼泊尔徒步旅行社协会主席。)

鱼尾峰探险公司(Fishtail Adventure, 461872, 9856035371, fishtailadventure@gmail.com, www.fishtailadventure.com; 公司老板Rami做向导8年, 后去瑞士做职业高山向导3年, 年轻、有责任感, 对徒步者帮助很大。)

佐姆森徒步探险公司(Jomsom Treks & Expedition, 463270, 9846028593, www.Jomsomtreks.com.np; 由有10年向导经历的Guru创办, 故招牌语是"徒步向导自己的公司, guide owned company", 向导和背夫聚在大厅里, 可以边交谈边挑选。)

沙提姐妹徒步公司(ChetriSisters, 462912, trek@3sistersadventure.com, www.3sistersadventure.com; 专门提供女性向导与背夫, 女性向导兼背夫, US$20/天; 女向导US$15/天: 女背夫US$12/天, 客人的吃住、交通、保险自理, 向导和背夫的吃住自理。)

航线中心(Flight Centre, 463554, rishi8848@hotmail, www.travlallnepal.com, 在这里直接订机票、车票与预约向导、背夫, 也比你在旅馆订便宜。)

新市集装备店(New Fair Mount Trekking Varieties, 462429, 9846078922, 出售各种徒步、登山装备, 并可在这里租借、交换装备或卖掉不用的装备。)

滑翔伞飞行公司

只有在博卡拉才能体验世界最棒的喜马拉雅飞翔，而价格是在其他国家飞翔的一半。可去以下大型专业的滑翔伞公司预订，费用还包含拍摄照片与视频，也可在各旅店、旅行社预订，最后都会把客人送到这些公司来飞行。

通行的费用为：费瓦湖泊上空飞行，US$90/30min；费瓦湖泊上空和穿越平原景色飞行，US$122/60min；猎鹰滑翔伞飞行，US$170/30min；滑翔伞课程，US$1200，为热爱飞行的人提供为期10天的滑翔伞飞行培训费，学业结束后获得飞行驾照，然后就可以自己操作，在喜马拉雅山的上空自由飞行了。

边界飞行（Frontiers Paragliding，466044，466122，frontiers@nepal-paragliding.com，www.parahawking.com/index.php）

日出飞行（Sunrise Paragliding，463174，461869，info@sunrise-paragliding.com，www.sunrise-paragliding.com）

蓝天飞行（Blue Sky Paragliding，464737，463015，www.blue-sky-paraliding.com）

爱维亚飞行俱乐部（Avia Club Nepal，463338，462192，info@aviaclubnepal.com，www.aviaclubnepal.com）

安纳普尔纳徒步飞行公司（Annapurna Paragliding，461706，462063，annapaurnapara-gliding@gmail.com，www.annapurnaparagliding.com）

漂流公司

漂流（rafting）最佳季节为：每年的1月~5月，10月~12月；尼泊尔气候受季风影响，季风带来的雨季一般从6月开始，持续到9月初。故6月~9月不宜漂流。

漂流的通行价格为：US$50/天，在翠苏里河（Tirshuli）漂流；US$60/天，在上色悌河（Upper Seti）漂流。提供专业漂流艇、漂流救生背心，有专业漂流舵手与救生员陪同，可从加德满都或从博卡拉出发，包括路途上吃住与交通一切费用，即往返乘车费、露营野餐费、专业装备费和漂流许可证费等。

划桨尼泊尔公司（Paddle Nepal，加德满都：01-4700239；博卡拉：061-465736，info@paddlenepal.com，www.paddlenepal.com）

喜马拉雅之旅（Himalayan Encounters，加德满都：01-4700426；info@himalayanencounters.com，www.himalayanencounters.com）

探险尼泊尔（Adventure AVES Nepal，加德满都：01-4700230；info@adventureaves.com，www.adventureaves.com）

象神探险公司（Ganesh Kayak Shop，博卡拉：061-462657，ganeshkayak@gmail.com，www.ganeshkayak.com）

萨朗科日出

萨朗科（Sarangkot）距博卡拉约9公里，是观赏安纳普尔纳群峰的绝佳地点。

从博卡拉乘坐出租车或摩托车半小时，到达萨朗科（Sarangkot）山腰，沿着山径的石板小路一直往上攀爬，沿途有众多条件舒适的观景客栈，住在长满金色小米和万寿菊花的田野客栈，或住在凌空的山景客栈，这里是俯瞰博卡拉山谷和费瓦湖泊的宁静之处，也是滑翔伞飞越山峰的起点。第二天清晨6点徒步上行半小时到达山顶，从这里你能独享喜马拉雅山脉日出的全景，从西边的道拉吉里峰（8167米）到金字塔型的鱼尾峰（6997米）再到连绵不绝的安纳普尔纳群峰（7000~8000米）。如果说水边的博卡拉是尼泊尔的后花园，萨朗科则是博卡拉的后花园。

如果待在博卡拉有3天的时间，一定抽1天的时间住在萨朗科。那时再回到博卡拉，会觉得博卡拉太喧闹。

喜马拉雅观景客栈（Himalaya View Guest，9846021511，d/Rs600）；湖景客栈（Lake View Guest，9804172673，d/Rs600）；山顶客栈（View Top Lodge，9746064324，d/Rs1000）。

蓝毗尼旅行全攻略

　　没有直达蓝毗尼的旅游车，旅行者可在加德满都岗布长途汽车站，乘坐每日早上7:00发车到尼印边境苏诺里（Sunauli）的班车，中途在巴勒瓦（Bhairawa）的悉达多汽车总站（Siddhartha Bus Park）倒车，再乘坐1小时的当地小巴去到蓝毗尼。如在加德满都买了全票，就不用再买票了。

　　数10家旅馆、餐吧都集中在蓝毗尼小镇上，蓝毗尼汽车站就在小镇入口处。离开蓝毗尼同样需要坐小巴车去到巴勒瓦倒车，然后再买去博卡拉、奇特旺或加德满都的车票；蓝毗尼电话区号：071。房费为Rs600~1000，多人间Rs200/每床，租单车Rs200/每天。

　　蓝毗尼乡村客栈（Lumbini Village Lodge，580432，526053，lumbinivillagelodge@yahoo.com）；蓝毗尼彩虹旅馆（Lumbini Rainbow Guest House，580169）；佛陀宫旅馆（Hotel Buddha Palace，580272）；悉达多宾馆（Siddhartha Guest House，580238）；三狐狸餐馆（The 3 Fox Restaurant，580288，是小镇上人气最旺的餐馆，顶楼露天餐吧可俯瞰

特赖平原景色）。

摩耶夫人祠（Maya Devi Temple，即圣园，佛祖诞生地，门票Rs50，朝圣僧侣免费。可坐三轮车或骑单车前往，约十几分钟距离。）

佛教国家寺庙群（在圣河两岸的旷野中，没有任何门票费，可骑单车前往。）

道拉赫瓦和提罗拉科特（道拉赫瓦小镇，Taulihawa，在蓝毗尼以东27公里，距小镇约3公里处的提捞拉科特，Tilaurakot，是古代迦毗罗卫王国的所在地，佛祖还是王子乔达摩·悉达多时，在那里度过了他生命中的前29年岁月。可坐小巴车或租车前往。）

奇特旺旅行全攻略

旅行者大都集中住在皇家奇特旺国家公园（Royal Ghitwan National Park）外的索拉哈（Sauraha）小镇上，小镇上有几十家旅馆、餐吧等，一切旅行设施、服务俱全，与国家公园仅一河之隔。可坐旅游车或本地长途汽车到达，从索拉哈步行15分钟即可到达巴楚里（Bachauli）车站。

省钱的背包客可自行选择吃住，自由安排时间，每日吃住花费在Rs1000左右；其他费用为：公园门票Rs1500，丛林向导费Rs800，骑大象费Rs1500，坐独木舟费Rs900，与大象洗澡费Rs200，吉普狩猎Rs3500。

通过加德满都或博卡拉的旅行社、徒步公司、漂流公司或所住的旅馆，都可预订一个奇特旺三天两夜标准行程套餐，包括往返汽车、深入丛林的吉普车、旅馆费用、三餐费用、骑大象费、森林徒步费、坐独木舟费、大象洗澡费、大象幼儿园参观费、塔鲁族村庄徒步、棍子舞表演等，费用为US$105~125，均为临河的三星至五星级酒店、丛林木屋，事实上套餐超值。

最完美的方式是四天三夜套餐，除以上活动之外，用一天行程做一次一天一夜的漂流，乘筏漂流到达也是一种新奇的异国体验。即从博卡拉漂流去奇特旺，在奇特旺做丛林探险，再坐车回加德满都。

每年10月至来年5月是奇特旺丛林探险的黄金季节；6~9月是雨季，气温湿热，户外蚂蟥无孔不入，丛林小路溜滑不堪，最不适合去丛林探险。奇特旺电话区号：056。

河岸旅馆（Hotel River Side，580009，580265，hriverside@hotmail.com，加德满都预订：01-4425073）；河岸竹屋（River Side Bamboo Resort，9845084530，riversidebambooresort@yahoo.com）；隐居旅馆（Hotel Hermitage，580090）；犀牛木屋宾馆（Rhino Lodge&Hotel，580065）；丛林旅行者营地（Travelers Jungle Camp，580013，www.nepaljunglecamp.com）。

尼泊尔的节日

　　节日就是让人们一起来唱歌跳舞、欢欣鼓舞的。尼泊尔无疑是世界上节日最多的国家之一，全国各种节日每年多达300多个。很少有国家像尼泊尔一样，为了节庆而停止日常工作的。尼泊尔人几乎每年要花三分之一的时间来从事节日活动。

　　尼泊尔的节日大都与宗教、农时有关。政府规定放假的节日有近50个，节日形式也多种多样，举办庙会、祭祀、跳舞、游行等，尼泊尔人对每一个节日都格外重视且充满热情，节日时来自各种族、各个地方的人倾巢而出，任何一个旅行者都可通过参加不同的节日来感受尼泊尔的传统风俗与宗教文化。

1月·2月

　　沐浴节（Magh Sankranti）：在1月中旬，人们以沐浴的方式来庆祝冬天最冷的一个月，意味着温暖的季节就会到来。在河流的汇合处，人们打湿身体，在各种神殿中祈祷，并吃山药、芝麻糖、喝酥油茶等。

　　藏历新年（Losar）：藏族聚居处的盛大节日，从

加德满都谷地的博达哈大佛塔和猴庙，到偏远的都尔泊（Dolpo）和昆布（Khumbu）地区，人们用花车游行、宗教仪式或法事、飘舞的经幡来庆祝自己的新年。

2月·3月

湿婆节（Maha Shivaratri）：所有供奉湿婆的神庙都会庆祝湿婆生辰的节日，主要活动在晚上，故原意为湿婆神之夜。来自尼泊尔和印度各地的信徒、苦行僧会云集在加德满都的湿婆神主庙帕斯帕提那神庙（Pashupatinath），为祭拜湿婆神而唱歌跳舞。

洒红节（Holi）：也称"霍里节"，尼泊尔最色彩缤纷、最好玩的节日，历时7天，这一节日来源于女妖霍里（Holi）被烧成灰烬的神话故事。人们无论相识与否，走在街上都可以相互抛洒红粉，还会浇水。外国人会备受关注，如果你被淋成了一只红色的落汤鸡，千万不要生气，因为尼泊尔人视红色为吉祥如意的象征。不过这一天请不要携带相机，穿上不怕水泼的服装，最好是雨衣。

3月·4月

赛马节（Ghoda Jatra）：春季里加德满都最火爆的节日，庆祝活动在加德满都市中心的通迪尔广场。活女神、前国王王后和皇家骑兵队都会出现，节日期间会举行赛马、马术、摩托车表演，偶尔也会举行阅兵仪式。

尼泊尔新年（Nepali New Year）：又叫光明节，通常在4月的第二周春暖花开时开始，新年这天人们沐浴，穿起节日盛装，外出野餐、荡秋千、看戏，大宴亲朋好友。

4月 - 5月

战车节（Bisket Jatra）：这是加德满都山谷最激动人心的庆典，持续5天，主要在巴克塔普尔古城和希米举行。从4月中旬尼泊尔新年的第一天开始，人们拖拽着木制战车、象神载歌载舞，环绕着整个城镇游行，中间还举行一场人多势众的拔河比赛。

红麦群卓拿节（Rato Machhendranath）：红麦群卓拿是雨神和慈悲之神，在旱季结束雨季到来时，人们在帕坦老城，推着宝塔型的木制战车，祈求雨神带来作物生长的雨水，展示红麦群卓拿的金色马甲，尼瓦尔艺人会跟随着表演传统的歌舞、乐曲，一直要拥着战车游行1个月，再回到战车的出发地。

5月 - 6月

佛诞节（Buddha Jayanti）：纪念佛祖释迦牟尼诞辰的节日。每年5月举行，以蓝毗尼和加德满都的庆祝活动最为引人注目。节日前夕，僧侣、香客们前往蓝毗尼朝圣。节日当天，蓝毗尼的僧人们会抬着佛祖玉像，举行隆重热烈的游行仪式。而在加德满都，成千上万的人会云集在博大哈大佛塔和猴庙，诵经、点燃酥油灯，猴庙会有一年一次的晒唐卡活动。

蛇神节（Naga Panchami）：全国参拜蛇神纳嘉（Naga），并献上贡品，其中包括一碗米饭；在巴克塔普尔古城的居民会将米粒撒入水池中，以帮助跳入水中杀死毒蛇的圣人恢复原形，居民还在门上画上蛇神图像，人们认为蛇神拥有控制雨水的神奇力量。

圣线节（Janai Purnima）：活动在8月满月日（Purnima）举行，是印度教更换圣线（Janai）和戴祛灾线的日子。圣线由棉线或金线制成，斜挂在颈部或肩头，是教徒们举行成人仪式后佩戴的护身物。这一天除更换圣线外，男女老少也要去神庙戴祛灾线，即由婆罗门祭司在受线者的手腕上（男右女左）缠绕几缕棉线。

母牛节（Gai Jatra）：8月中旬举行，母牛节始于中世纪，尼瓦尔人相信人死后，灵魂会在母牛的引领下去见阴间的阎罗王雅马神（Yama），母牛节就是为了祭奠在前一年去世的人们。这一天母牛们会被领着穿过大街小巷，小孩子们也会打扮成牛的模样，人们还组织带幽默戏剧的表演，最为热闹的地方要数加德满都谷地的三座古都。

黑天神节（Krishna Jayanti）：8月下旬是庆祝黑天神克里须那的诞辰日。黑天是印度教中最受喜爱的神祇之一，他是吹笛手和情圣。人们会到帕坦的黑天神庙吟诵着赞美黑天神的颂歌和宗教经典，整晚守夜，歌声不断。

9月 - 10月

提吉节（Teej Festival）：你见过持续3天的妇女节吗？9月，尼泊尔印度教女人会举行自己的盛大节日——提吉节。此时，穿着红色纱丽的女子会禁食、沐浴，通宵达旦唱歌、跳舞，去湿婆神庙祈福。已婚妇女求百年好合，待字闺中的女子则祈求能嫁给一位如意郎君。

因陀罗花车节（Indra Jatra）：这是9月举行的激动人心的节日，可以看到活女神现身，也是加都最辉煌的节日。在印度教里，因陀罗被视为云雨之神；在佛教里，因陀罗又是护法之神。活女神库玛丽将乘坐华贵的花车出巡。人群会戴上传统的尼泊尔面具跳舞，热烈的节日持续8天，也标志着雨季的结束。

宰牲节（Dasain Festival）：尼泊尔最盛大、时间最长的节日，为庆祝难近母女神杜尔迦（Durga）战胜邪魔而设立；每年10月举行，在全国各地数十万动物被宰杀，全国放假10~15天。犹如中国的春节，人人都赶回家团聚，热闹非凡。

提哈节（Tihar Festival）：是尼泊尔人的第二大节日，又叫神牲节、燃灯节，也是跳舞节，开始于10月末或11月初，庆典共持续5天。

舞蹈节（Mani Rimdu）：11月，夏尔巴人的舞蹈节，特色是面具舞和藏戏，庆祝地点为索鲁昆布地区、珠峰大本营徒步线路上的天波切寺（Tengboche）。

11月 - 12月

巴拉卡图达西节（Bala Chaturdashi）：11月末或12月初的新月那天举行，朝圣者会蜂拥至帕斯帕提那神庙，夜间点起油灯，为亡者抛洒谷粒；黎明时在圣河巴格马蒂河里净身沐浴。

神婚节（Sita Bibaha Panchami）：12月末，数以万计的信众从南亚次大陆齐聚珍那普（Janakpur），女神悉多的出生地，以庆祝悉多与罗摩的婚姻，用大象托着罗摩的画像前往悉多神庙。节日会持续7天，如果你打算结婚，这也是举行婚礼庆典的绝美时刻。

世界象球锦标赛（World Elephant Polo Championships）：每年11月24日，在奇特旺国家公园外的塔鲁村庄梅古里（Meghauli）机场跑道上，举办别开生面的国际象球比赛，参赛者们骑在大象上打马球，赛程为期5天。

尼泊尔梦幻分子的音乐与电影

　　音乐是尼泊尔人生命中须臾不可或缺的东西，尼泊尔的音乐店和披肩店一样多，哪怕是在非常小的城镇，不仅大街小巷上音乐弥漫，而且那些不易发现的珍藏级老碟，凯特·斯蒂文斯的《茶叶舵手》，詹姆斯·艾许的《梦幻心莲》，都可在一家一家的音乐店中寻找到踪迹。对于喜欢音乐的驴友与梦幻分子来说，通常都会买几张尼泊尔传统的民间音乐CD来做留恋，因为富有特色的尼泊尔音乐会让你魂牵梦绕，分分秒秒浸润在纯净天空的梵音里。

《尼泊尔印象》（*Images of Nepal*），
《第三只眼》（*The Third Eye*），
《尼泊尔的节日》（*Festivals of Nepal*）

　　尼泊尔有一支非常著名的乐队，苏尔苏达（SUR SUDHA）三人组合，他们用尼泊尔传统乐器来弹奏民歌，这只乐队曾在世界各地演奏过超过两千场音乐会，是尼泊尔的大师级演奏团和音乐大使，长笛（Flute）、西塔尔（Sitar）、手鼓（Tabla），以上三张CD是将尼泊尔的宗教性、神秘性、民族性与古典性结合得天衣无缝的经典作品。最流行的情歌《木棉花开飞漓漓》（*Resham Firiri*）即在其中。这些音乐是为神唱的颂歌和赞美诗，是即兴演奏的民间传说、爱情故事与宗教冥想。悠扬舒缓的乐曲会将你的思绪带到无限远的地方，孤独中更加孤独，沉寂中更加沉寂，让你迷醉！

《加德满都》（*Kathmandu*），凯特·斯蒂文斯（Cat Stevens）

凯特·斯蒂文斯是英国民谣摇滚的代表人物，他的音乐从印度、尼泊尔的宗教中得到了释放。经典的如《破晓》（*Morning Has Broken*）、《加德满都》（*Kathmandu*）等。当我清晨从加德满都的泰美尔醒来，从晨曦中迎来第一缕阳光时，耳边缓缓流淌着的是凯特·斯蒂文斯那优美的旋律。孩子的脸上、情人的眼中、至深的想念里、别人的话语间，这时你会发现生命完美的秘密，让你飘飘然的力量——我们该会有怎样美好的心境来迎接这崭新的一天呢？让我们一起来加德满都怀旧吧！

《梦幻心莲》（*Lotus Path*），詹姆斯·艾许（James Asher）

詹姆斯·艾许，来自伦敦的作曲家。他关于沉思与冥想的音乐，自始至终都非常美丽放松，就像在荷花小径上的一次特别的旅行，充满着温暖与灵性的精神，优美的长笛，贯穿着低沉醇厚的男声吟唱，像是一次神圣安宁的东方圣颂之旅。莲花小径（Lotus Path）、紫罗兰（Violet）、梦的海洋（Ocean of Dreams）、绿色（Green）、雪松（Cedar Tree）、银白色（Silver）、人间的歌（Earth Song）、远方小山上（Far Over the Hill），浓郁的喜马拉雅色彩，给倾听者带来的是一种心灵的安慰和平静。

《尼泊尔旅程》（Journey to Nepal）

无尽的孤独、浪漫与思念，在尼泊尔山区这个无法用现代通讯来传递相互信息的地方，横亘在恋人之间那无法缩短的距离与路程，这时只有音乐能穿越时空与心灵。漫天风雪中的牧羊女，一个人独自去到都尔泊（Journey to Dolpo），寻找玛姬荷的故事（Story of Majhi）……行走在安纳普尔纳雪山的徒步线路上，极度无依极度无助时，看见两个英国的嬉皮士穿着短裤，但背包的顶部却挂着一台iPhone的迷你音响，他们放着《尼泊尔旅程》从我面前经过时，让我猝不及防地撞见这神奇的音乐，而那样的音乐实在是太让人震撼了。

《断法》（Cho）、《舞蹈的空行母》（Dancing Dakini）、《微笑》（Smile），阿·琼英·卓玛（Ani Choying Drolma）

尼泊尔有一位有着天籁之音的女尼阿·琼英·卓玛，她出色的佛乐唱咏，让那些流传了数百年的宗教歌曲因远离物

质社会，纯净而又透露着某种终极的祥和与灵性光华。她的许多曲子都不是英文版的，有些是梵语和尼泊尔文唱诵，但却不影响我们从中听到的如来自佛陀亲传的祝祷。

《喜悦》Blissful，穷乃（Lama Ngodup Jungney）

他是尼泊尔著名的僧侣吟唱歌手穷乃，曼陀罗、沉思与和歌，在互连网上关于穷乃的音乐介绍只有7行，但在嘈杂的泰米尔区，在一条闹中取静的小巷口，在一群喝了拉克西烧酒的背夫向导中，在没有电视和音响的山中客栈，或在遥远的西藏色达，都可听到穷乃在四弦萨伦吉琴上的喜悦之音。在最后一次重返尼泊尔时，他纯净、悦然的声音好像牧羊少年，吹笛手黑天神正在带领人们穿过倒塌的街道，走向重生的密林和山脉。

《欲望的面具》（Mask of Desire），
次仁热达（Tsering Rhitar）

次仁热达是尼泊尔最为重要的电影导演之一，这部片子曾代表尼泊尔参与了当年奥斯卡最佳外语片的角逐。古老的超自然的信仰与现实欲望的冲突，现代生活也冲击着加德满都那无处不在的神灵生活。

《情祸》（Kagbeni），布桑·达哈（Bhusan Dahal）

卡格本尼（Kagbeni），中译为《情祸》，是尼泊尔历史上第一部在美国上映的数字电影，主角瑞须那和幼时的好友拉美西结伴驱赶着马帮去集市卖苹果，途中他们遇到了一个巫师。在瑞须那主动将一条毛毯提供给巫师后，巫师用一个能够实现愿望的猴爪回报了瑞须那的善意。没想到，这一个猴爪竟然引发了更大的祸事，成了两个年轻男孩之间背叛和复仇的导火索。

卡格本尼是安纳普尔纳山脉大环线最经典的徒步线路之一，片中的尼泊尔音乐和景色让人恨不能马上就能亲自踏上这条山径，犹如预言中说的"人们相遇，爱情发生，神的孩子都要去尼泊尔"一样。

《喜马拉雅》(Himalaya)，艾瑞克·瓦利(Eric Valli)

《喜马拉雅》荣获2000年恺撒最佳摄影奖和音乐奖，是一个酋长少年时的故事，一个荡气回肠的传奇。故事发生在喜马拉雅山上的一个部落，位于尼泊尔西北方一个名叫都尔泊(Dolpo)的村庄。这个与世隔绝的山村中，每年最重大的事，就是带着犁牛背着自己村庄的盐，长途跋涉横越整个山峰，去另一个部落交换粮食……最后酋长霆雷死在了路上，这一切就像是一堂无价的人生之课，喇嘛诺尔布回到寺院之后将这一趟行旅全部的过程画在了墙上，叫大家都记得这一次难得的成长旅程，那是一个神秘辽阔的喜马拉雅藏地的风光与人情。

在尼泊尔要做的 *101* 件事情

No.1~No.10

01. 在你死之前攀登珠穆朗玛峰

02. 玩激流漂流探险

03. 观赏尼泊尔的鸟类

04. 投资一块尼泊尔的土地

05. 在萨朗科看日出

06. 进口尼泊尔的手工纸

07. 瑜伽，冥想

08. 爱上唐卡

09. 了解尼泊尔的种姓

10. 进口尼泊尔的手工艺品

No.11~No.20

11. 拜见活女神库玛丽

12. 享用尼泊尔红茶

13. 语言不通时按计算器

14. 进入世界最高的温室

15. 为尼泊尔报纸写小见闻

16. 徒步

17. 古城巴克塔普尔之旅

18. 吃尼泊尔的传统食物——达尔巴

19. 感受完美谐和的宗教

20. 学习尼泊尔口语

No.21~No.30

21. 在喜马拉雅山冲浪

22. 逛遍尼泊尔的纱丽店

23. 骑山地车

24. 看尼泊尔或印度电影

25. 采访尼泊尔著名乐队SUR SUDHA

26. 欣赏地道的尼泊尔民间音乐

27. 在泰美尔"血拼"

28. 交几个尼泊尔朋友

29. 和街边男孩踢足球

30. 玩蹦极跳

No.31~No.40

31. 看加德满都的寺庙之城

32. 看大象打马球

33. 在费瓦湖上划船

34. 坐热气球飞行

35. 一日远足

36. 划皮艇

37. 乘坐观山景小飞机

38. 骑马远足

39. 玩滑翔机

40. 传统村落文化之旅

No.41~No.50

41. 逛皇家博物馆

42. 天天在脖子上戴鲜花

43. 坐米轨小火车去印度边境

44. 交往克什米尔帅哥

45. 离开前买东西

46. 研究尼泊尔

47. 在路边跳舞

48. 去卡西诺赌场

49. 写一本关于尼泊尔的书

50. 坐本地长途汽车探险

No.51~No.60

51. 看画展

52. 去木斯塘禁区旅行

53. 在帕斯帕提那神庙看"烧尸"

54. 在安纳普尔纳远足

55. 呆坐，放松，看雪山

56. 消耗点脂肪

57. 参观大象幼儿园

58. 去刀铺看工匠制作廓尔喀弯刀

59. 吃中国馍馍

60. 去新的杂货铺购物

No.61~No.70

61. 坐人力三轮车

62. 打望鱼尾峰——圣山

63. 买手工铜制品

64. 在死之前留一个脚印在喜马拉雅山

65. 喝尼泊尔冰啤

66. 去蓝毗尼

67. 为当地人翻译中文菜谱

68. 爬一座雪山

69. 在特赖平原骑单车

70. 办一个讲座

No.71~No.80

71. 看尼瓦尔人的传统秀

72. 教当地人英语或教汉语

73. 让当地艺人为你画一幅肖像

74. 吃各种面条

75. 戴尼泊尔传统的帽子"豆皮"

76. 喝马萨拉茶

77. 参加女孩和贝尔果婚礼

78. 二去魔鬼瀑布

79. 逛廓尔喀王宫和集市

80. 在额头上点红色提卡

No.81~No.90

81. 去香料市场

82. 徒步最酷的集市——珠峰大本营的南池

83. 做灵气治疗

84. 骑大象

85. 走进珍那普——朝圣罗摩和悉多

86. 伸出你的舌头，惊叹

87. 去佐姆森徒步

88. 给动物戴花环

89. 租一辆摩托

90. 做一次阿育吠陀按摩

No.91——No.101

91. 学打手鼓

92. 坐观光直升机

93. 去喜马拉雅山的茶园远足

94. 听詹姆斯·艾许的《梦幻心莲》

95. 做一次义工

96. 念六字真言

97. 自己设计一条尼泊尔的旅行线路

98. 玩滑翔伞

99. 艳遇一次

100. 举行一场尼泊尔婚礼

101. 自己写101件要做的事情